EDGAR NOSKE

Das Erbe des Papstes

Buch

Im Jahr 854 steht Kaiser Lothar vor den Trümmern seines Lebens. Sein Reich droht zu verfallen, weil er den Angriffen der Sarazenen und Wikinger nichts entgegenzusetzen hatte. Und wenn seine Söhne nach seinem Tod erst einmal das Reich untereinander aufgeteilt haben, wird von seinem Glanz nichts mehr übrig sein. Derweil mehrt sich die Zahl seiner Gegner auch in den eigenen Reihen. In dieser Situation erfährt der Kaiser, dass er der Vater eines illegitimen Sohnes ist: Johannes, enger Mitarbeiter des Papstes in Rom, hat die besten Aussichten, der kommende Pontifex zu werden. Ein Karolinger auf dem Thron Petri! Lothar setzt alles daran, diese Aussicht Wirklichkeit werden zu lassen …

Unterdessen in Cordoba: Der Adlige Gernot von Besslingen schmiedet einen Racheplan. Denn er hat erfahren, dass sich Kaiser Lothars Brüder, Karl der Kahle und Ludwig der Deutsche, gegen ihn erheben wollen. Endlich sieht er die Zeit der Vergeltung gekommen, denn Lothar hatte Jahre zuvor Gernots Burg schleifen und seine schwangere Frau enthaupten lassen. Gernot selbst war in letzter Minute die Flucht zu den Sarazenen gelungen. In Cordoba hatte er eine sehr erfolgreiche Schwertkampfschule aufgebaut und immer auf eine Gelegenheit gewartet, das Schwert gegen Kaiser Lothar zu erheben. Die scheint nun gekommen. Um auf der Seite König Karls gegen Kaiser Lothar zu kämpfen, kehrt er in Begleitung eines maurischen Händlers und Freundes in die deutschen Lande zurück. Doch mit Kämpfen allein ist diese Schlacht nicht zu gewinnen. Schnell gerät der edle Gernot in ein Gewirr aus Intrigen zwischen Kaiser Lothar und König Ludwig und eine weit reichende Verschwörung, die bis in den Vatikan führt …

Autor

Edgar Noske, geboren 1957, studierte Italienisch, Geschichte und Philosophie, machte eine Lehre als Industriekaufmann und jobbte als Taxifahrer, Hilfskrankenpfleger, Aushilfskoch und Kellner. Außerdem betrieb er einige Zeit ein Geschäft für Hemden und Krawatten und war Vertreter für Masten von Flutlichtanlagen. Seit 1991 lebt er als freier Autor im Rheinland und in der Eifel.

Von Edgar Noske außerdem als Taschenbuch lieferbar

Der Bastard von Berg. Ein Krimi aus dem Mittelalter (45631)
Der Fall Hildegard von Bingen. Ein Krimi aus dem Mittelalter (45696)
Lohengrins Grabgesang. Ein Krimi aus dem Mittelalter (45695)

Edgar Noske

Das Erbe des Papstes

Ein Krimi aus dem Mittelalter

GOLDMANN

Dieser Roman erschien im Emons Verlag
unter dem Titel »Der sechste Tag«

Umwelthinweis:
Alle bedruckten Materialien dieses Taschenbuches sind
chlorfrei und umweltschonend.

1. Auflage
Taschenbuchausgabe Mai 2007
Wilhelm Goldmann Verlag, München,
in der Verlagsgruppe Random House GmbH

Ungekürzte Lizenzausgabe des gleichnamigen Romans
Umschlaggestaltung: Design Team München
Umschlagmotiv: Corbis / The Art Archive und
Corbis / Archivio / conografico
Titelnummer: 46392
AM · Herstellung: MW
Satz: DTP Service Apel, Hannover
Bindung: GGP Media GmbH, Pößneck
Printed in Germany
ISBN 978-3-442-46392-3

www.goldmann-verlag.de

In memoriam Werner Blindert,
dem ich die Anregung zu diesem Buch verdanke.

Für Lothar, weil es sich anbietet,
aber auch für Elmar, den alten Belgier.

Der besondere Dank des Autors
gilt Tim Karberg,
ohne dessen Recherche dieses Buch
nicht möglich gewesen wäre.

Vertrag von Verdun 843
Teilung des Karolingerreiches
Reich Karls II. des Kahlen
Reich Lothars I.
Reich Ludwigs des Deutschen
Zugehörigkeit ungeklärt
abhängige Gebiete
Patrimonium Petri (Kirchenstaat)
0 100 200 300 km
Kartographie: U. Beha
Angelsachsen
Bretagne
Bayeux
Rennes
St. Denis
Paris
Franzien
Nantes
Tours
Poitiers
Bourges
Atlantischer Ozean
Angoulême
Clermont
Bordeaux
Aquitanien
KÖNIGREICH ASTURIEN
Bayonne
Toulouse
Gascogne
Montpellier
Burgos
Narbonne
Septimanien
Salamanca
Zaragoza
Toledo
Barcelona
EMIRAT v. CORDOBA
Cordoba
Mauren
Valencia
Malaga
Cartagena
Mittelmeer

Nordsee
Friesland
Hamburg
Bremen
Sachsen
Magdeburg
Paderborn
Aachen
Köln
Cambrai
Prüm
Fulda
Soissons
Besslingen
Ingelheim
Sorben
Mainz
Lotharingien
Worms
Verdun
Ostfranken
Prag
Troyes
Straßburg
Regensburg
Böhmen
Elsaß
Alamannien
Besançon
Bayern
Chur
Genf
Kärnten
Vienne
Lombardei
Friaul
Mailand
Pavia
Venedig
Genua
Kroaten
Provence
Ravenna
Nizza
Tuscien
Spoleto
Korsika
Rom
Adriatisches Meer
Capua
HZM.
BENEVENT

»Omnia mutantur, nos et mutamur in illis –
alles ändert sich, und wir uns mit ihm.«
Lothar I.

PROLOG

Ardennergau, Sommer 833

Gernot blickte sich um. Sie schienen ihn nicht mehr zu verfolgen. Er zog die Zügel seines Pferdes sachte an, und der Braune fiel vom Galopp in den Schritt. Die Flanken des Pferdes waren von schaumigem Schweiß bedeckt, und auch Gernots Kleider waren durchnässt. Die halbe Nacht hatte es geregnet, doch er hatte es nicht gewagt, zu rasten und sich unterzustellen. Zu dicht waren sie ihm auf den Fersen gewesen. Was sie mit ihm machten, würden sie seiner habhaft werden, wusste er nur zu gut: Sie würden ihn am nächsten Baum aufknüpfen.

»Bringt ihn mir tot oder lebendig!«, hatte Lothar seinen Männern hinterhergerufen. »Aber tot ist er mir lieber!«

Die Schlacht war verloren, das galt als sicher. Wobei der Begriff Schlacht der blanke Hohn war. Nicht ein einziges Mal waren sie gegeneinander angeritten, nicht ein einziger Pfeil hatte den Bogen verlassen, niemand hatte die Klingen gekreuzt. Ränke, Bestechungen und Eidbrüche hatten den Kampf zwischen Ludwig dem Frommen, Kaiser der Franken, und seinen Söhnen entschieden.

Länger als eine Woche hatten sich die feindlichen Heere auf dem Rotfeld bei Colmar gegenübergestanden. Tagelanger Regen hatte den Boden aufgeweicht und die Ebene in ein Meer aus Pfützen verwandelt. Nass bis auf die Knochen und frierend hatten sie in ihren Zelten gehockt und den Befehl zum Angriff herbeigesehnt. Doch er war ausgeblieben. Vielmehr hatten die verfeindeten Parteien ohne Unterlass verhandelt. Gesandte beider Seiten hatten sich täglich unter der Vermittlung Papst Gregors des Vierten, der seine Zelte im Lager des Kaisers aufgeschlagen hatte, getroffen, ihre Angebote unterbreitet und gleichzeitig die gegnerischen abgelehnt.

Abseits dieser offiziellen hatte es jedoch auch geheime Kontaktaufnahmen gegeben. Immer wieder hatten Lothar, König von Italien, Pippin, König von Aquitanien, und Ludwig der Deutsche, König der Ostfranken, Boten entsandt, die einzelne Gefolgsleute ihres gemeinsamen Vaters und Kaisers gezielt angesprochen und bestochen hatten. Zunächst hatten die Kaiserlichen empört abgelehnt, als jedoch der Judaslohn immer höher wurde, vermochten sie nicht zu widerstehen. Einer nach dem anderen der Ludwig per Eid zur Treue Verpflichteten hatte sich mit seinen Männern abgesetzt und war zu den Gegnern übergelaufen. Am 30. Juni schließlich, vor nunmehr drei Tagen, hatte Ludwig sich seinen Söhnen ohne Heer gegenübergesehen. Lediglich Gernot und eine Hand voll weiterer Kaisertreuer waren ihm geblieben.

Als Kaiser Ludwig die Aussichtslosigkeit seiner Lage erkannt hatte, hatte er den ihm verbliebenen Gefolgsleuten befohlen zu fliehen. Sie hatten sich selbstredend geweigert, ihren Lehnsherrn im Stich zu lassen, doch er hatte darauf bestanden. Ihn würde man gefangen setzen, ihnen aber die Köpfe abschlagen, und das wollte er verhindern. Im letzten Augenblick, als das Hufgetrappel der Häscher bereits zu hören war, hatten Gernot und die anderen sich davongemacht. Und nun wurden sie gejagt wie die Hasen.

Gernot verließ das Tal der Our und wandte sich nach Nordwesten. Sein erschöpftes Pferd immer wieder anspornend ritt er bergan tiefer und tiefer in die Wälder hinein. Hier, in seinen heimatlichen Gefilden, kannte er jeden Hügel, jede Senke und jeden Pfad. Hier würden sie ihn niemals finden. Aber sie würden nach Besslingen reiten, zu seiner Burg. Die musste er vor ihnen erreichen und Mechthild holen. Dann würden sie gemeinsam nach Südwesten reiten, wie Kaiser Ludwig es ihm geraten hatte.

»Das einzige Land, in das dir Lothars Schergen nicht folgen können, mein lieber Gernot, ist Spanien«, hatte Ludwig gesagt. »Zwar sind die Mauren dort keine Christen, aber sie sind auch keine Heiden. Sie sind der Seligkeit, wie sie der Glaube an Christus verspricht, nicht teilhaftig geworden, doch meine Ratgeber haben mir versichert, dass sie dennoch die Heilige Schrift kennen. Flehe beim Emir von Cordoba um Schutz, und er wird ihn dir und deinem Weib nicht versagen.«

Ganz wohl war Gernot nicht bei dem Gedanken, sich ins Reich der Muselmanen zu begeben, doch er hatte keine andere Wahl. Schließlich galt es nicht nur Mechthilds und sein Leben in Sicherheit zu bringen, sondern auch das ihres ungeborenen Kindes. Noch vor Sonnenuntergang würde er seine geliebte Frau in die Arme schließen. Er hatte das Gefühl, den Duft ihrer Haare und ihrer Haut schon riechen zu können.

Und noch einmal gab er seinem Pferd die Sporen.

ERSTES BUCH

Cordoba, Frühjahr 841

Die Nacht war bereits über die Stadt am Oberlauf des Rio Guadalquivir hereingebrochen, als eine hochgewachsene, in schwarze Gewänder gehüllte Gestalt ihr Pferd vor dem Palast des Emirs zügelte. Nur wenige Worte wechselte der Ankömmling mit den Wachen, dann gaben sie den Weg frei, und der Reiter lenkte sein Tier durch das Tor in den Vorhof der weitläufigen Anlage. Dort wurde er von einem Diener erwartet, der ihn nach einer unterwürfigen Begrüßung mit eiligen Schritten zu den Gemächern des Emirs geleitete.

Emir Abd ar-Rahman der Zweite, Herrscher der Umayyaden, war ein hagerer Mann fortgeschrittenen Alters, der seinen Gast in einem kleinen schmucklosen Raum an einem Zedernholztisch sitzend erwartete. Auf dem Tisch standen zwei Gläser mit Tee und zwei Keramikschalen, gefüllt mit Gebäck und getrockneten Früchten. Der Alte bedeutete seinem Gast mit einer Handbewegung, näher zu treten. Eine bronzene Öllampe auf dem Tisch und ein rechteckiges, mit Vogelfiguren verziertes Kohlebecken aus Messing, das an der Wand zwischen den beiden einzigen Fenstern stand, beleuchteten den Raum spärlich; die Gesichter beider Männer waren nur schemenhaft zu erkennen.

»Setz dich zu mir, Sohn meines allzu früh verstorbenen Freundes Abdallah«, sagte der Emir und wies mit der Hand auf die Sitzkissen an seiner Seite. »Erfrische und stärke dich und dann höre dir an, weswegen ich dich habe rufen lassen.«

Der Schwarzgewandete verneigte sich vor dem Emir und ließ sich mit untergeschlagenen Beinen nieder, rührte die angebotenen Erfrischungen aber nicht an.

»Ich habe dich kommen lassen«, fuhr der Emir fort, »weil du im Ruf stehst, nicht nur ein weit gereister und gebildeter, sondern auch ein einfallsreicher, um nicht zu sagen listenreicher und darüber hinaus auch verschwiegener Mann zu sein. Eigenschaften, die ich auch an deinem Vater geschätzt habe und die dich befähigen werden, ein von mir entworfenes Vorhaben in die Tat umzusetzen.«

»Eure Anerkennung schmeichelt mir, Exzellenz«, entgegnete Abdallahs Sohn. Seine Stimme hatte einen näselnden Klang, als leide er an einem leichten Katarrh. »Ich kann nur hoffen, dass Ihr mich nicht überschätzt und ich Euch wahrhaftig zu Diensten sein kann.«

»Daran habe ich keinerlei Zweifel. Bevor ich dir jedoch kundtue, worum es sich handelt, musst du schwören, über das hier Gesprochene absolutes Stillschweigen gegen jedermann zu wahren, so wie auch ich das tun werde. Nicht einmal meine engsten Berater sind in mein Vorhaben eingeweiht.«

»Beim Barte des Propheten«, sagte der Jüngere und legte die rechte Hand auf sein Herz.

Abd ar-Rahman setzte sich daraufhin bequemer und machte eine weitschweifige Geste.

»Die Entwicklungen der letzten Jahre bedrücken mich. Unser ruhmreiches Imperium zeigt ernste Anzeichen des Verfalls. Die Dynastie von Herrschern, die einst unser großer Vorfahr Uthman ibn Affan begründete, ist entmachtet. Nur hier, in dieser fernen Provinz am Rande des bewohnten Erdkreises, ist unsere Seitenlinie der Familie, zu der ich mich zu zählen die Ehre habe, noch in der Regentschaft. Mit dem Niedergang unseres Geschlechtes einher ging der Niedergang des islamischen Reiches. Meine Vorväter haben – einer wie der andere – die Grenzen unseres Einflussbereichs immer weiter ausgedehnt. Doch die neuen Herren unseres Landes, diese Emporkömmlinge, die ihre Abstammung dreist auf Abbas, den Onkel Mohammeds, zurückführen, sind in ihrer fernen neuen Hauptstadt Bagdad nur noch auf ihren Eigennutz bedacht. Die Tage des Ruhmes und der Ehre sind vorbei, vergangen wie die langen Schatten der nachmittäglichen Sonne.«

»Das Reich betreffend, teile ich Eure Besorgnis, Exzellenz. Verstehe ich Euch daher richtig, dass Ihr nach stärkerer Unabhängigkeit von der zentralen Macht in Bagdad strebt?«

»Ach, mein junger Freund, darum geht es schon gar nicht mehr. Zwar drückt mein eigener Titel noch immer die Oberhoheit des Reiches über unser Land aus, aber in Wirklichkeit kann mir niemand in meine Amtsgeschäfte hineinreden. Außerdem sind Titel Schall und Rauch, was zählt, ist wirkliche Macht. Nein, die Unabhängigkeit unseres Emirats sehe ich bereits als verwirklicht an. Mir geht es um mehr. Ich habe mir zum Ziel gesetzt, die ruhmreichen Tage wieder aufleben zu lassen, in denen unsere Heere unaufhaltsam vorrückten und kein Feind sie aufzuhalten vermochte.«

Nun nahm der Schwarzgewandete doch eine der getrockneten Feigen. Nachdem er sie verspeist hatte, sagte er:

»An eine Ausweitung unseres Einflussbereichs denkt Ihr? Bei aller Hochachtung, überschätzt Ihr da nicht die Möglichkeiten, die uns augenblicklich zur Verfügung stehen, insbesondere die Größe und Stärke unserer Truppen? Unsere christlichen Feinde sind uns zahlenmäßig um ein Vielfaches überlegen. Dazu kommt die Bedrohung unserer Küsten durch die Normannen.«

»Mit den Normannen wird unsere Flotte fertig werden«,

sagte der Alte. »Da bin ich zuversichtlich. Aber natürlich hast du Recht, soweit es deine Einschätzung unserer Kampfkraft im Verhältnis zu der unserer ungläubigen Feinde angeht. Aus diesem Grunde habe ich beschlossen, eine List anzuwenden. Denn ist man vor einer Schlacht nicht in der Lage, die eigenen Kräfte zu verstärken, so bleibt einem nur, die Kräfte des Gegners entsprechend zu schwächen.«

»Wie darf ich das verstehen, Exzellenz? Verfügt Ihr über Gewährsleute in den feindlichen Heeren?«

»Nein, nein, solche Leute sind für mein Vorhaben nicht vonnöten. Lass mich ein wenig ausholen: Jede Streitmacht ist nur so stark wie das Volk, aus dem sie gebildet wird. Die Fürsten der Ungläubigen sind zerstritten wie zankhafte Waschweiber – für ihre inneren Zerwürfnisse sorgen sie selbst. Was sie im Kampf gegen unsere Truppen jedoch immer wieder eint und stark macht, ist ihr Glaube. Sollte es uns gelingen, sie in ihrem Glauben zu erschüttern – ihn ihnen gar zu nehmen –, dann wird nichts und niemand mehr unseren Siegeszug bis an die Grenzen der bewohnten Erde aufhalten können.«

»Unseren christlichen Feinden den Glauben nehmen? Verzeiht, Exzellenz, aber der Glaube ist das tiefste Fundament der Seele. Niemand vermag in die Seele eines Menschen einzudringen. Wie wollt Ihr daran rütteln, gar das auf ihm ruhende Gebäude zum Einsturz bringen?«

»Glaube und Vertrauen liegen nahe beieinander. Erschüttere das Vertrauen der Menschen, und du erschütterst auch ihren Glauben. Dazu bedarf es eines symbolträchtigen Ereignisses. Das werden wir herbeiführen. Und zwar in ihrem Zentrum, inmitten ihres Herzens.«

Der Emir griff unter den Tisch, holte ein Pergament hervor und entrollte es. Es handelte sich um eine Karte der bekannten Küstenlinien des mittelländischen Meeres. Mit theatralischem Gestus wies sein Finger auf Mittelitalien. »Das Herz, das ich meine, liegt hier.«

Abd ar-Rahman hatte die genaue Stelle verfehlt, aber sein Gast wusste auch so, was der Emir meinte – Rom, den Mittelpunkt der christlichen Welt.

»Ihr spracht von einem symbolträchtigen, apokalyptischen Ereignis, Exzellenz«, hakte er nach. »Habt Ihr dabei an etwas Bestimmtes gedacht?«

»Ich denke an eine Person, die, an der richtigen Stelle in dieser Stadt zum richtigen Zeitpunkt eingesetzt, zehntausendmal mehr wert ist als jeder Verräter in noch so hoher Stellung in den feindlichen Heeren. Eine Person, die wir allerdings erst einmal finden müssen. Das wird deine Aufgabe sein, mein Sohn.«

Da der Schwarzgewandete noch immer ein fragendes Gesicht machte, vollführte der Emir eine einladende Geste.

»Nimm noch eine Feige, und ich erkläre dir, was du zu tun hast«, sagte Abd ar-Rahman mit einem Lächeln.

Erst im Morgengrauen verließ Abdallahs Sohn den Palast des Emirs. Grau war sein Gesicht von der schlaflosen Nacht, aber gleichzeitig spiegelte sich eine Glückseligkeit in seinen Zügen, als hätte er seinen Platz im Paradies bereits sicher.

Mit entschlossenem Gesicht hob der Maure das beidhändig geführte Schwert und schwang es blitzartig auf Gernots Kopf zu.

Doch damit hatte Gernot gerechnet. Mit einer raschen Bewegung drehte er dem Gegner seine rechte Schulter zu, riss den Griff des mächtigen Bidenhanders vor sein Gesicht und richtete die Klinge nach unten. Die Waffe des Mauren traf Gernots Schwert am Heft und glitt ab, an seinem Körper vorbei.

Nun holte Gernot seinerseits zum Angriff aus. In einer Kreisbewegung schwang er das Schwert einmal ganz herum und führte es mit einer mehr schneidenden als schlagenden Bewegung gegen den Oberarm des Mauren. Dieser zog seine Klinge gerade noch rechtzeitig zurück und wehrte den Hieb hart ab. Einen Augenblick lang versuchten beide Kämpfer, einander mit schierer Muskelkraft wegzudrücken, bis sich der Maure plötzlich mit einem Schritt nach hinten löste. Kaum hatte er wieder festen Stand gefunden, stieß er die Klinge mit der Spitze voran geradewegs auf Gernots Brustbein zu.

Gernot drehte sein Schwert und lenkte den Stoß des Angreifers nach außen ab. Der Maure lief ins Leere. Sofort machte Gernot einen kurzen Ausfallschritt nach rechts und schlug mit seinem Bidenhander nach der ungedeckten Kehle seines Gegners. Nur wenige Fingerbreit vor dessen Adamsapfel verharrte die Waffe in der Luft.

»Gut gekämpft, Usman«, sagte Gernot zu dem Mauren, der das Schwert senkte und sich mit einer angedeuteten Verbeugung für das Lob bedankte. »Du kannst dich wieder zu den anderen setzen.«

Gernot wandte sich an die an der Längsseite des Saales im Schneidersitz sitzenden Knaben und jungen Männer. »Was ich euch mit dieser Schlagfolge zeigen wollte, ist Folgendes: Die größere Länge der fränkischen Schwerter gegenüber den einhändigen Waffen eurer Väter ist oft genug ein trügerischer Vorteil. Die fränkischen Klingen sind nicht nur sehr lang, sondern auch sehr schwer. Nur wenn ihr sie nah genug am Körper führt, seid ihr schnell genug, um gegnerische Schläge abwehren zu können. Diese Regel hat Usman beinahe die ganze Zeit beherzigt – lediglich bei seiner letzten

Attacke hat er sie missachtet, und so hatte er keine Möglichkeit, meinen Gegenangriff abzuwehren.«

Da Gernot aus eigener Erfahrung wusste, wie leicht ein langes Schwert einen jugendlichen, ungeübten Kämpfer zu Ungestüm und mangelnder Vorsicht verführen konnte, versäumte er in keiner seiner Stunden, seinen Schülern diese Gefahr vor Augen zu führen. Zum Abschluss des heutigen Unterrichts wollte er noch ein letztes Mal die Abwehr über die Schulter vorführen, mit der er vorhin Usmans ersten Schlag abgewehrt hatte, als er unter dem Türstock eine männliche Gestalt gewahrte. Sie trug einen leichten Burnus aus hellbrauner Seide, weiche Lederstiefel und einen breiten, mit Edelsteinen besetzten Gürtel, an dem ein kurzer, schwerer Reitersäbel befestigt war. Selbst auf die Entfernung war an der stumpfen Seite der Klinge die feine Maserung zu erkennen, die die Waffe als ein Meisterstück einer der bedeutendsten Damaszener Waffenschmieden auswies. Zusammengerechnet mochte der Besucher für seine Kleidung und die Waffe in etwa den gleichen Betrag ausgegeben haben, den Gernot mit seiner Fechtschule in einem Jahr verdiente.

»Heute beenden wir unsere Übungen etwas früher«, sagte Gernot zu seinen Schülern. »Übermorgen sehen wir uns wieder. Und denkt daran, die Abwehrschläge gegen einen Angriff von der Seite zu üben.«

Während die Schüler fröhlich lärmend aus der Halle strömten, trat Gernot auf seinen Gast zu.

»Sei gegrüßt, Tariq, alter Freund. Wie schön, dich wohlbehalten wiederzusehen. Die Geschäfte in Syrien und Ägypten müssen sich ja prächtig angelassen haben, so lange, wie du auf Reisen warst. Wann haben wir uns zuletzt gesehen – vor einem Jahr?«

»Vor einem Jahr und drei Monaten, fast auf den Tag genau«, sagte Tariq, und die Freunde fassten sich an den Oberarmen.

»Seit wann bist du zurück?«

»Seit vorgestern.«

»War die Reise erfolgreich?«

»Die Geschäfte hätten nicht besser laufen können. Viele Bewohner im Osten des Reiches, vor allem in Al-Iskandereia, hängen noch immer der christlichen Lehre an und können nicht davon lassen, Wein zu trinken, der im muslimischen Reich nicht hergestellt werden darf. Aber der Kalif in Bagdad lässt sie gewähren, solange sie ihre Steuern pünktlich entrichten. Beim Propheten, was waren die ersten Kalifen noch für edle Streiter für die Sache des reinen Glaubens! Aber das süße Leben im wohlhabenden Damaskus und in ihrer neuen Hauptstadt hat sie gänzlich verdorben. Geld ist ihnen nun wichtiger als jede Moral.«

»Du machst mir Spaß, mein Freund: Mit Weineinfuhren aus den Ländern der Ungläubigen große Gewinne erzielen, sich aber gleichzeitig über den Kalifen ereifern, der dir diese Geschäfte erst durch seine Gleichgültigkeit in Glaubensfragen ermöglicht. Und ganz nebenbei: Die Stadt heißt Alexandria und nicht Al-Iskandereia. Gerade du, dessen Griechisch um so vieles besser als das meine ist, solltest das wissen.«

Tariq überhörte die Stichelei. Wie alle Araber hatte er mit dem Buchstaben X gewisse Schwierigkeiten.

»Du kannst mir glauben, Gernot, manchmal wünsche ich mir, ich hätte das Handelshaus meines Vaters nicht geerbt. Viel lieber wäre ich ein Krieger geworden wie du. Aber was soll ich tun? Ich habe eine weit verzweigte Verwandtschaft zu ernähren, darunter drei Schwestern, die noch zu verheiraten sind. Da muss ich wohl oder übel mit den Waren handeln, die den größten Gewinn versprechen.«

»Mein Bedauern ist dir gewiss, Tariq.« Gernot grinste. »Welch ein mühseliges Leben hast du zu führen!«

»Da ich gerade meine Schwestern erwähnt habe«, fuhr Tariq ungerührt fort. »Jammerschade, dass du die Richtigkeit der Lehre des Propheten noch immer nicht erkannt hast – zumal du die heilige Sprache des Korans inzwischen ganz leidlich beherrschst. Hättest du den einzig wahren Glauben als den deinen angenommen, müsstest du dir deinen Lebensunterhalt nicht länger mit einer Fechtschule verdienen. In den Streitkräften unseres Emirs ist stets Platz für Männer, die zu kämpfen und zu führen verstehen. Als Offizier unserer heldenhaften Truppen würdest du gewiss einen guten Ehemann für eine meiner Schwestern abgeben. Sicher ist dir nicht entgangen, wie Leila dich ansieht, wann immer du in meinem bescheidenen Haus zu Gast bist. Und da du mein Freund bist, würde ich dir ihre Hand sogar dann geben, sollte ich für Fatima bis dahin keinen Mann gefunden haben, obwohl sie die Ältere ist. Oder du nimmst sie gleich dazu. Wenn du erst rechtgläubig geworden bist, spielt es keine Rolle, wie viele Frauen du zu deinem Eheweib nimmst. Allein vier Hauptfrauen erlaubt der Prophet und dazu so viele Nebenfrauen, wie du versorgen kannst.«

»Vier Frauen – große Güte! Aber dein Angebot, der Schwager eines so reichen und angesehenen Kaufmannes zu werden, ehrt mich natürlich. Und wenn du mir meine Kühnheit verzeihst, gebe ich sogar zu, dass Leila eine wirklich bezaubernde Frau ist. Doch die Lehren eures Propheten haben mich auch während deiner Abwesenheit nicht überzeugen können, und sie werden es wohl nie. Ich bin Christ, und dabei wird es bleiben.«

Tariqs Augen wurden schmal. »Ich glaube, dein Festhalten am falschen Glauben hat weniger mit deiner Treue zu euren drei Göttern zu tun, als vielmehr mit deiner nicht enden wollenden Trauer um deine Frau und euer Kind, die bei der Geburt verstorben sind.«

»Da magst du Recht haben«, sagte Gernot und klang auf einmal schwermütig.

»Sehnst du dich denn nie nach einer Frau? Nach dem Duft ihrer Haut? Nach den Wonnen der Liebe?«

»Doch, das kann ich nicht abstreiten. Aber Liebe endet nicht zwangsläufig mit dem Tod der Geliebten. Und außerdem: Wie oft soll ich dir noch erklären, dass wir Christenmenschen keine drei Götter verehren? Vater, Sohn und heiliger Geist sind eins, ein einziger dreifaltiger Gott. Aber das begreift ihr Muselmanen ja nicht.«

Plötzlich gab sich Gernot munter und schlug dem Freund auf die Schulter. »Aber ehe wir noch anfangen zu streiten: Lass uns lieber deine Rückkehr feiern.«

Sie traten durch den Ausgang der Fechthalle, einen von Säulen gestützten Spitzbogen, ins Freie. Der Wechsel von der Kühle im Inneren des Gebäudes in die mittägliche Hitze war wie das Eintauchen in ein heißes Bad. Laut und vielstimmig brandete ihnen das Leben der Straße entgegen. Sie schritten durch die engen, gewundenen Gassen der Altstadt Cordobas, vorbei an einfachen Ständen aus leinwandbespannten Holzrahmen. Links pries ein Töpfer lauthals seine Waren an, rechts versuchte ihn ein Obst- und Gemüsehändler, auf dessen Tisch sich Melanzanas, Melonen, Pfirsiche und Krummgurken türmten, zu übertönen. Ein Dritter schenkte an einer Straßenecke Wasser aus, das in angefeuchteten Ziegenbälgen kühl und frisch gehalten wurde. Menschen drängten sich an ihnen vorbei, die Körbe voller Obst, Krüge mit Fisch oder Stangen, an denen Hühner hingen, auf Köpfen und Schultern trugen.

Schließlich erreichten sie eine der zahlreichen kleinen Teestuben, die im Erdgeschoss eines Hauses unter einer

Säulenarkade lag. Tariq bestellte, und wenig später standen zwei schlanke Becher aus bläulichem Glas auf dem Tisch, aus denen ein starker, mit Pfefferminzblättern gewürzter und mit Honig gesüßter Aufguss duftete. Auch wenn der Tee kein Ersatz für Wein war, musste Gernot doch zugeben, dass diese Errungenschaft daheim im Frankenreich unvorstellbar war. Solange er noch als Lehnsmann Kaiser Ludwigs in Besslingen gelebt hatte, war er gewiss kein armer Mann gewesen, doch selbst an Sonntagen hatten bei ihm nur dickwandige Becher und Schüsseln aus gebranntem Ton auf dem Tisch gestanden. Von Glas hatte er zwar schon einmal gehört, doch vor seiner Flucht ins Reich der Muselmanen nie welches zu Gesicht bekommen. Und hier befanden sie sich nicht etwa im Palast des Emirs oder im Domizil eines reichen Kaufmannes, sondern in einer einfachen Teestube im Bazar von Cordoba.

Nicht nur der Tee, alle Düfte und Gerüche, die Gernot umgaben, waren sinnesbetörend: die Öle und Essenzen, die Kräuter und Gewürze, die die arabischen Speisen so unverwechselbar und geheimnisvoll machten. Im Land der Franken hingegen war bereits einfaches Salz eine Kostbarkeit gewesen, mit dem selbst auf einem Gut wie Besslingen sparsam umgegangen werden musste. Trotz alledem: Wie gerne hätte Gernot hin und wieder all diese Köstlichkeiten gegen ein Stück Schweinebraten mit Hirsebrei eingetauscht. Selbst der elende und oft verfluchte Brei allein hätte ihn schon glücklich gemacht, hätte er ihn nur einmal daheim mit Frau und Kind verspeisen können.

»Wenn ich mir deinen abwesenden Gesichtsausdruck so betrachte, wette ich, du träumst wieder von zu Hause, deinem dumpfen Gemäuer inmitten feuchter und kalter Wälder«, sagte Tariq.

»Das, was du mein Zuhause nennst, wurde unmittelbar

nach Mechthilds Tod geschliffen«, brummte Gernot. »Außerdem waren lediglich die Sockel aus Stein, der Rest war aus Holz. Lothars Mannen brauchten die Burg nur in Brand zu stecken.«

»Wie lange ist es jetzt her, dass du davon erfahren hast?«

»Nunmehr sechs Jahre. Ein knappes Jahr nach den Ereignissen hat mir Anna, Mechthilds Schwester, die Nachricht über einen Fernhändler zukommen lassen. Mein erster Gedanke war, mich selbst zu töten, obwohl mein Glaube das verbietet.«

»Glaube hin oder her, das hätte dir auch nicht zu Gesicht gestanden.« Tariq reichte Gernot von dem in Honig eingelegten Mandelgebäck, das inzwischen aufgetragen worden war. Anschließend nahm er selbst ein Stück. »Du bist ein Kämpfer, Gernot, ein Mann der Rache, kein Weichling, der sich selbst entleibt.«

»Rache!«, fuhr Gernot auf. »Natürlich würde ich noch heute Lothar liebend gerne den Kopf von den Schultern schlagen, auch wenn mir das Mechthild nicht wiederbringt. Ihr Tod war Gottes Fügung. Selbst wenn wir gemeinsam geflohen wären, wäre er unvermeidlich gewesen.«

»Gottes Fügung? Du meinst Kismet, das Schicksal.«

Gernot schüttelte den Kopf. »Lass uns davon aufhören. Erzähl mir lieber von deinen Erlebnissen im Osten des Reiches.«

»Der Osten ist ein wunderbares Land«, sagte Tariq mit leuchtenden Augen. »Als ich ein Knabe von zwölf Jahren war, hat mein Vater mich auf eine große Handelsreise nach Damaskus, Al-Quds, das ihr Jerusalem nennt, und Al-Iskandereia mitgenommen. Damals war ich so begeistert von der Pracht und der Größe dieser Städte, dass ich nicht wieder nach Al-Andalus zurückkehren wollte. Ich habe meinen Vater angefleht, mich in Damaskus auf eine der Koranschulen zu geben. Aber er ließ sich nicht erweichen. Für ihn stand seit meiner Geburt fest, dass ich eines Tages das Handelshaus der as-Suris übernehmen würde. Mich etwas lernen zu lassen, was mir dabei nicht von unmittelbarem Nutzen sein würde, war für ihn reine Zeitverschwendung. Also ließ er mich zuerst Griechisch, später auch Lateinisch und Fränkisch lernen. Und Rechnen natürlich. Rechnen und nochmals Rechnen. Aber die Lehren der Weisheit des Propheten oder gar eine der freien Wissenschaften – wozu sollten die einem angehenden Kaufmann von Nutzen sein? Nur Allah allein weiß, wie sehr ich damals davon geträumt habe, nach dem Besuch einer der großen Koranschulen Medizin, Philosophie und Astronomie zu studieren. Ja, den Wissenschaften hätte ich mein Leben zu gerne gewidmet.«

»Die Sonne ist nicht einmal einen Fingerbreit gewandert, da wolltest du noch Krieger werden«, sagte Gernot.

»Du Neunmalkluger hast natürlich immer nur ein und denselben Traum gehabt – Bauer und Krieger zu werden.«

»Das liegt am Wetter in den Ardennen. Dort regnet es an zwei von drei Tagen. Da bleibt kein Raum für Schönwetterträume. Aber du wolltest mir ursprünglich nicht von deiner Jugend, sondern von der Handelsreise erzählen.«

»Du hast Recht, ich bin abgeschweift. Im Grunde wollte ich auch nur darauf hinaus, dass ich mir während der Überfahrt über das große Meer Sorgen gemacht habe, dass die Städte des Ostens mich diesmal enttäuschen könnten. Alte Männer und ihr verklärter Blick zurück in die Tage ihrer Jugend, du kennst das sicher.«

Gernots Zustimmung bestand darin, dass er seine Lippen vorstülpte und leicht nickte.

Tariq nahm einen Schluck Tee. »Als ich aber in Sidon an Land ging und zwei Tage später die Tore von Damaskus erreichte, wurde mir klar, dass ich diese Stadt in meiner Jugend keineswegs überhöht hatte. Im Gegenteil. Unbedarft, wie ich seinerzeit war, war ich gar nicht imstande gewesen, die Herrlichkeiten dieser prächtigsten aller Städte auch nur annähernd zu erfassen. Allein die Große Moschee! Solch ein gewaltiges Bauwerk hast du in deinem ganzen Leben noch nicht gesehen. Zweifelsohne das größte Gotteshaus des gesamten islamischen Erdkreises. Du musst wissen, in der Zeit, bevor der Prophet der unwissenden Menschheit die Offenbarungen Allahs gegeben hat, stand dort ein gewaltiger Tempel der Heiden für ihren obersten Gott. Viele seiner Säulen und Torbögen sind noch vorhanden, allerdings heute nach außen zugemauert, wie es sich für ein Bethaus der Rechtgläubigen geziemt. Mitten aus dem Gewühl des weitläufigen Marktes – gegen den der Markt von Cordoba nur eine lächerliche Ansammlung von Buden ist – erhebt sich dieser gewaltige Bau. Ein riesiger Kubus, majestätische Ruhe ausstrahlend im Zentrum der ihn umtosenden Geschäftigkeit. In seiner unmittelbaren Nähe liegen die Schulen der berühmten Gelehrten des Islam. Dort werden die Künste und Wissenschaften mit einer Inbrunst betrieben, die uns hier im Emirat von Cordoba wie jämmerliche Kleingeister aussehen lässt. Von euch Franken ganz zu schweigen.«

Gernot ging auf die letzte Bemerkung nicht ein, sondern schlürfte seinen Tee.

»In Damaskus verkaufte ich die Schiffsladung andalusisches Olivenöl, die ich mitgebracht hatte, mit tüchtigem Gewinn«, fuhr Tariq fort. »Nachdem ich den Kapitän und die Mannschaft des Seglers, die in Sidon zurückgeblieben waren, ausbezahlt hatte, blieb mir genug Geld, um beim besten Waffenschmied eine Ladung Klingen aus feinstem Damaszener Stahl einzukaufen. Die schönste behielt ich natürlich für mich.«

Mit unübersehbarem Stolz tätschelte Tariq die Waffe, die an seinem Gürtel hing.

»Mit meiner neuen Ware schloss ich mich einer Karawane an, die über den alten Königsweg nach Ägypten zog. In Al-Quds, auf halber Strecke, machten wir nur kurz Halt, lohnenswerte Geschäfte ließen sich dort nicht tätigen. Dafür ist die Moschee, die jetzt auf den Grundmauern des alten Tempels Salomons steht, eine Augenweide. Von ihren Ausmaßen nicht so beeindruckend wie die in Damaskus, dafür aber mit wunderschönen blauen Kacheln und einer Kuppel aus purem Gold verziert.«

»Fürwahr ein kunstsinniger Kaufmann«, murmelte Gernot in sein Glas.

»Was sagst du?«

»Dass du ein kunstsinniger Kaufmann bist.«

»Solange die Geschäfte darunter nicht leiden – was ist daran auszusetzen?«

»Nichts. Meine Bemerkung war durchweg anerkennend gemeint.« Tariq musterte den Freund schräg, konnte in seinen Zügen aber keinen Spott ausmachen.

»Schließlich kamen wir nach Ägypten. Dort herrscht fast ständig Krieg. Die Libyer aus der Großen Wüste und die schwarzen Nubier und Äthiopier im Süden weigern sich bis heute hartnäckig, die Oberhoheit der muslimischen Herrscher über ihre Länder anzuerkennen. Wie dem auch sei, Klingen stehen in Ägypten jedenfalls hoch im Kurs. Ich tauschte meine Waffen gegen ungemünztes Gold ein, das in Ägypten im Überfluss vorhanden ist, und freute mich, die Heimreise gerade noch rechtzeitig vor dem Einsetzen der Herbststürme antreten zu können. Da hörte ich in Al-Iskandereia von den Klagen der dortigen Christen und Juden, dass es kaum möglich sei, im Reich unseres Kalifen an Wein zu kommen. Auf den alltäglichen Genuss dieses Getränkes könnten sie wohl verzichten, ihren sonntäglichen Gottesdienst können sie ohne Wein jedoch nicht feiern. – Bei Gelegenheit musst du mir diesen euren Brauch einmal näher erklären. Ist es tatsächlich wahr, dass ihr bei euren Riten so tut, als würdet ihr einen Menschen verspeisen? Euch Franken und auch den Griechen traue ich ja allerlei zu, aber das klang mir dann doch ein bisschen zu unmenschlich.«

»Wir sind noch viel schlimmer«, sagte Gernot. »Wenn im Winter das Jagdglück ausbleibt, verspeisen wir sogar unsere Kinder. Die Jüngsten zuerst.«

Tariq bedachte seinen fränkischen Freund mit einem langen forschenden Blick. Dann schüttelte er verständnislos den Kopf. »Du hast eine Art zu scherzen, Gernot, die mir wohl auf ewig fremd bleiben wird. Ernst begegnest du mit Spott, und wo Heiterkeit angebracht wäre, machst du sauertöpfische Bemerkungen.«

Gernot zuckte die Achseln. »So sind wir nun mal, wir Barbaren. Sei doch froh, dass es Unterschiede zwischen den Menschen gibt. Sonst wäre das Leben entsetzlich langweilig.« Spannung lag in der Luft. Glücklicherweise trat in dem Moment der Wirt an ihren Tisch und schenkte Tee nach. Beide nippten an ihren Gläsern.

»Du machst es einem manchmal nicht einfach, dich zu mögen, Gernot«, sagte Tariq. »Wahrlich nicht.«

»Ich werde mich zukünftig bemühen, meine dummen Scherze zu unterlassen. Einverstanden? – Auch bin ich gerne bereit, dir deine Frage zu beantworten. Brot und Wein sind für uns Christen Symbol all dessen, was wir zum Leben benötigen, die Speise und den Trank. Und geweiht beim Gottesdienst gereicht bedeuten sie Leib und Blut Christi und vergegenwärtigen dadurch den von den Toten auferstandenen Herrn.«

Tariq gab ein leises Brummen von sich, was Zustimmung oder aber anhaltenden Unmut bedeuten mochte.

»Aber nun erzähl du weiter«, sagte Gernot.

Tariq zierte sich noch ein Weilchen, fuhr dann aber fort.

»Wie bereits gesagt, in Ägypten gab es einen großen Bedarf an Wein. Kurz entschlossen änderte ich meine Pläne und versuchte, ein Schiff für die Überfahrt nach Zypern zu bekommen. Ein wirklich kostspieliges Unterfangen, denn die meisten Kapitäne weigerten sich, ins Reich der ungläubigen Byzantiner zu segeln. Der Kerl, der sich schließlich bereit erklärte, verlangte glatt die doppelte Heuer, die ich veranschlagt hatte. Aber auf Zypern wurden wir gastfreundlich aufgenommen, und Wein gab es dort in Hülle und Fülle. Mit dem ägyptischen Gold konnte ich davon so viel erstehen, dass das Schiff bis zum Bersten mit Amphoren gefüllt war; selbst der steinerne Kielballast und die beiden Schleppanker blieben auf der Insel zurück. Der Kapitän hatte größte Bedenken, denn der Freibord des Schiffes betrug nur noch zwei Handspannen. Aber eine der ersten Regeln, die du als Händler lernst, lautet: Kein Gewinn ohne Gefahr. Also stockte ich die Heuer noch einmal auf, und auf einmal fand der Kapitän, dass die Strecke nach Ägypten fast ein Kinderspiel sei. In Al-Iskandereia bekam ich für den Wein fast die doppelte Menge des Goldes, mit dem ich nach Zypern aufgebrochen war. Das machte die dreisten Forderungen des Schiffsführers mehr als wett. Und auch die vier Monate, die ich anschließend in Ägypten verbringen musste, ließen sich so verschmerzen. Ich musste ja auf die geeignete Jahreszeit warten, um mit einem Segelschiff in Richtung Westen reisen zu können.«

»Bei jedem anderen Kaufmann würde ich vermuten, er hätte den Winter in Ägypten damit verbracht, sich Tag für Tag Kamelrennen anzusehen. Aber wie ich dich kenne …«

Tariq grinste. »Du hast Recht. Ich bin den Nil flussaufwärts gereist. In Al-Fustat habe ich mich längere Zeit aufgehalten. Dort hat der große Feldherr Ibn Tulun eine Moschee errichten lassen, die dem Gotteshaus von Damaskus ebenbürtig sein soll. Wobei die Betonung auf ›soll‹ zu legen ist. Die Moschee von Damaskus ist einfach unvergleichlich. Aber Al-Fustat hat etwas anderes, etwas wirklich Großartiges zu bieten: die gewaltigen Pyramiden, die westlich der Stadt in der Wüste stehen. Die Einheimischen wollten mir weismachen, bei den Pyramiden handele es sich um die Gräber längst vergangener Herrschergeschlechter, die unvorstellbare Schätze in sich bergen. Aber darauf bin ich natürlich nicht hereingefallen. Weiß doch jeder halbwegs gebildete Mensch, dass die Pyramiden Getreidespeicher sind, die der Prophet Josef einst für den König von Ägypten errichtet hat. Im Frühjahr schließlich, als die Winde wieder günstig wehten, mietete ich einen schnellen Segler, der mich und meinen Goldschatz nach Hause zurückbrachte – und hier bin ich.«

Bei seinen letzten Worten streckte Tariq die Füße von sich, schlürfte genüsslich seinen Tee – und mied Gernots Blick. Oha! Irgendetwas an dem Reisebericht stimmte nicht, da war Gernot sich sicher. Da Tariq weder ein Aufschneider noch ein Lügner war, musste er etwas ausgelassen haben. Etwas, das für Gernot von Bedeutung sein mochte. Für einen Moment war der Franke versucht, die Angelegenheit auf sich beruhen zu lassen, hakte dann aber doch nach.

»Kann es sein, dass du mir irgendetwas verschweigst, Tariq?«, fragte er behutsam. »Etwas, das für mich von Belang sein könnte?«

Der Maure machte gar nicht erst den Versuch zu leugnen, sondern seufzte nur. »In der Tat, Gernot, da ist etwas. Es betrifft die neuesten Nachrichten aus deiner alten Heimat. Bist du sicher, dass du sie hören möchtest?«

Gernot massierte sein linkes Ohrläppchen mit Daumen und Zeigefinger, bis es rot war.

»Ich fürchte, du unterschätzt, was hier in Cordoba während deiner Abwesenheit an Gerüchten über mein Heimatland angekommen ist«, sagte er. »Dass Kaiser Ludwig der Fromme im vergangenen Jahr verstorben ist und Lothar kurz davor steht, erneut zum Kaiser gekrönt zu werden, sorgt schon seit Monaten für Gesprächsstoff unter den Höflingen des Emirs. Diese Entwicklung erfreut mich ganz und gar nicht, was du sicher verstehst. Trotzdem gebe ich meine Hoffnung nicht auf, dass Lothar eines Tages vom Pferd fällt und sich den Hals bricht, schließlich war er schon immer ein lausiger Reiter.«

»Das ist aber nicht der neueste Stand«, sagte Tariq. »Auf der Rückreise von Al-Iskandereia hat der Segler einen Zwischenaufenthalt in Messina eingelegt. Dort traf ich zufällig einen alten Bekannten, einen Weinhändler aus Apulien, wieder, der neuerdings aber auch mit verschiedenen anderen Waren handelt. Er erzählte mir, dass sich allem Anschein nach im Reich der Franken ein neuer Krieg anbahnt. Wie er von seinem Schwager aus Marseille erfahren haben will, steigen die Preise für Roh- und Schmiedeeisen im westlichen Teil des Frankenreichs, in Aquitanien, seit Monaten unaufhaltsam. Den Gerüchten zufolge haben der jüngere Ludwig, den ihr den Deutschen nennt, und sein glatzköpfiger Bruder Karl ein Bündnis geschlossen und sind dabei, ihre Truppen massiv zu verstärken. Ein Waffengang gegen Lothar ist wohl nur noch eine Frage der Zeit.«

Gernots Blick schweifte ab und verlor sich im Nirgendwo. Tariq ahnte, was hinter der Stirn des Freundes vor sich ging. Gewiss überlegte er, ob er den Bruderkampf für seine Rache an Lothar nutzen könnte. Und falls ja, wie. Auf ein Wort der Entschlossenheit oder gar einen Jubelschrei wartete Tariq aber vergebens. Stattdessen äußerte Gernot sich unvermutet nüchtern.

»Der alte Widerspruch zwischen dem fränkischen und dem römischen Erbrecht«, sagte er. »Nach dem Recht unserer Väter erben alle Söhne eines Mannes nach dessen Tod zu gleichen Teilen. Wenn wir Franken jedoch den römischen Kaisertitel für unsere Herrscher beanspruchen wollen, so müssen wir uns zumindest in dieser einen Frage an das römische Recht halten, das vorschreibt, dass der älteste Sohn Vorstand der Familie wird und den Titel des Vaters erbt.«

»Für einen Mann des Schwertes kennst du dich in der Wissenschaft des Rechts gut aus.«

»Sicher, ich bin ein Krieger, wie mein Vater und mein Großvater es vor mir waren. Aber der Vater meines Lehnsherrn, der große Karl, Gott habe ihn selig, war der Meinung, dass seine Gefolgsleute nicht nur Kampfkraft, sondern auch Bildung besitzen sollten. Er selbst hatte erst im hohen Alter Lesen und Schreiben gelernt. So wurden die Söhne seiner treuesten Mannen zusammen mit den Prinzen des Hofes erzogen. Ich war einer der Knaben, dem diese Ehre zuteilwurde. Darüber hinaus war Karl der Meinung, die gemeinsame Zeit mit seinen Enkeln Lothar und Pippin würde uns zu Freunden fürs Leben machen, über die Grenzen der Stände hinweg, sodass wir dereinst demjenigen seiner Söhne, der die Kaiserwürde erben würde, ebenso treu dienen würden, wie unsere Väter ihm dienten.«

»Der große Karl hat das also veranlasst, den über alle Glaubensgrenzen hinweg eine Freundschaft mit Harun al-Raschid verband. Nicht Ludwig, der Vater der Knaben?«

»Was glaubst du, wie Ludwig zu seinem Beinamen gekommen ist? Er hat die meiste Zeit seines Lebens frömmelnd in irgendwelchen Kirchen und Kapellen verbracht. – Jedenfalls hat uns unser Magister Thomas, der aus Ravenna stammt, schon früh auf die Schwächen hingewiesen, die das fränkische Erbrecht beinhaltet. Du musst wissen, er lehrte uns nicht nur Latein und Griechisch, mit ihm studierten wir nicht nur die Heilige Schrift und die Schriften des großen Aristoteles, sondern auch die Grundzüge des Rechts, insbesondere des römischen. Er war es, der uns erläuterte, wir dürften den römischen Kaisertitel unserer fränkischen Könige nicht als gottgegeben hinnehmen. Der andere Kaiser, der im fernen Byzanz residiert, würde immer eifersüchtig ein Auge darauf haben, ob er sich nicht wieder zum alleinigen Nachfolger der alten Herrscher Roms aufschwingen könnte. Sollte das Frankenreich bei jedem Herrscherwechsel wieder und wieder geteilt werden, dann wären die immer kleiner werdenden Reichsteile schon bald zu schwach, um einem ihrer Könige die Kaiserwürde gegenüber den mächtigen Byzantinern zu sichern. Nur durch Einigkeit könnte das fränkische Volk seine Vormachtstellung an der Spitze der Christenmenschen behaupten, und vor dieser Notwendigkeit müssten die Rechte einzelner Fürstensöhne zurückstehen. ›Das Wohl vieler wiegt schwerer als das Wohl weniger oder gar eines Einzelnen‹, war sein Leitsatz. Das hat letztendlich auch der fromme Ludwig eingesehen und anno 817 die Änderung des entsprechenden Reichsgesetzes veranlasst.«

»Wenn ich das so höre, könnte dein ehemaliger Magister mit dieser Einstellung wahrhaftig ein Muslim gewesen sein«, sagte Tariq mit vollem Ernst. »Selbst Fürsten müssen sich dem Wohl der Gemeinschaft und dem Gesetz unterordnen. Aber habe ich dich richtig verstanden, dass euer ehemaliger Kaiser Ludwig das Erbrecht zunächst ändern ließ, um dann selbst dagegen zu verstoßen?«

»Ja, auf Betreiben seiner zweiten Ehefrau Judith. Sie verlangte die Gleichstellung des gemeinsamen Sohnes Karl mit

Ludwigs Söhnen aus erster Ehe. So nahm der Zwist seinen Anfang, der heute das Reich zerreißt.«

»Und dennoch, obwohl Ludwig im Unrecht war, hast du auf seiner Seite gekämpft.«

»Er war mein Lehnsherr, ihm war ich verpflichtet.« Gernot schlug mit der flachen Hand auf den Tisch. »Auf jeden Fall weiß ich jetzt, was ich zu tun habe.«

»Gemach, Gernot, triff keine übereilten Entscheidungen. Lass uns das alles noch einmal in Ruhe besprechen. Doch dafür ist eine Teestube auf dem Markt wohl kaum der geeignete Ort. Sei heute Abend bei mir zu Gast. Meine Frau Aisha wird uns einen Hammel zubereiten. Wenn du allein bist, isst du sowieso nicht vernünftig.« Tariq zwinkerte. »Außerdem wäre das eine gute Gelegenheit, Leila wiederzusehen.«

»Deine Einladung nehme ich dankend an«, sagte Gernot. »Auch wenn es nur ist, um mich von dir und deiner Familie zu verabschieden.«

Gernot machte sich auf den Weg zu seinem Haus, das unweit der Säulenhalle lag, in der er seine Fechtstunden abhielt. Die Hitze, die sich in den engen Gassen staute, das unablässige Geschrei der Händler und die Menschenmassen, durch die er sich zu kämpfen hatte, verursachten ein Rauschen in seinem Kopf, das ihn schwindeln ließ. Wie damals, in den ersten Tagen nach seiner Ankunft. Kalter Schweiß trat ihm auf die Stirn, sein Atem verflachte, und seine Knie wurden weich. Er lehnte sich an eine Hauswand und schloss die Augen, um das Gewimmel um ihn herum auszublenden. Bis ihm der Gedanke kam, einer seiner Schüler könnte ihn so sehen. Schwankend machte er, dass er weiterkam.

Erst als die schwere, mit Schnitzereien verzierte Haustür hinter ihm ins Schloss fiel und die Kühle seines Hauses ihn umfing, wurde ihm wohler. Gernot zog den Bleistöpsel aus dem Keramikrohr, das aus der Wand hervorstak, und ein Strahl frischen Wassers ergoss sich aus der Leitung in die darunter stehende bronzene Schüssel. Frisches Quellwasser, das über ein Aquädukt in die Stadt kam und dann durch tönerne Rohre in jedes Haus floss. Eine Annehmlichkeit Cordobas, die er anfänglich voller Staunen bewundert hatte. Als die Schüssel zu zwei Dritteln gefüllt war, verschloss er das Rohr wieder, tauchte seine Hände in das kühle Nass und benetzte Gesicht und Nacken. Das wiederholte er so lange, bis die Gedanken in seinem Kopf sich wieder in geordneten Bahnen zu bewegen begannen. Dann entledigte er sich seines ledernen Wamses und seiner Tunika, die er während der Fechtstunde getragen hatte, und streckte sich auf dem Teppich aus.

Vorhin in der Teestube hatte er aus dem Bauch heraus entschieden, gleich morgen nach Aquitanien aufzubrechen, um sich Karl dem Kahlen für den Kampf gegen Lothar anzudienen. Eine günstigere Gelegenheit, Rache zu nehmen, würde sich ihm kaum bieten. Und anschließend, nach vollendeter Tat, würde er nach Hause zurückkehren. Nur, wo war das, sein Zuhause? Besslingen? Besslingen gab es nicht mehr. Seine Familie, seine Burg, all das waren nur noch Erinnerungen. Mittlerweile lebte er im achten Jahr im Süden des maurischen Reiches. Die unerträglich heißen und staubtrockenen Sommer waren ihm verhasst. Aber die übrigen Jahreszeiten, besonders den milden Winter, fand er ausgesprochen angenehm. Auch hatte er sich längst an die anfangs fremden Speisen mit ihren scharfen Tunken gewöhnt. Ebenso an die arabische Sprache mit ihren kehligen Lauten, bei denen er sich zu Anfang beinahe die Zunge verknotet hätte.

Nicht zuletzt waren da die Freunde, die er hier gewonnen hatte, allen voran Tariq. Gernot dachte an die langen Abende voll guten Essens und anregender Gespräche, selbst wenn diese mit schöner Regelmäßigkeit im Streit über religiöse Fragestellungen endeten.

So wortgewaltig Gernot dabei nach wie vor seinen christlichen Glauben verteidigte, insgeheim war er sich seiner Sache schon lange nicht mehr sicher. Auch wenn er es Tariq gegenüber nie zugeben würde, hatte er bereits einmal mit dem Gedanken gespielt, vor dem Vorbeter der Moschee Allah als den einzigen Gott und Mohammed als seinen Propheten anzuerkennen. Dieser Schritt wäre für ihn kein Wechsel seines Glaubens, sondern nur seines Bekenntnisses gewesen: Beide Lehren hatten zwar unterschiedliche Begriffe und Vorschriften, aber ihre Grundsätze, so wie er sie verstand, unterschieden sich nicht allzu sehr voneinander. Nein, mit seinem Gewissen hätte Gernot einen Übertritt zum Islam vereinbaren können. Bislang davon abgehalten hatte ihn eher ein anderer Grund: Ihm war bewusst, dass er mit diesem Schritt Al-Andalus endgültig als seine Heimat angenommen hätte. Er hätte damit vor Gott und sich selbst eingestanden, den Rest seines Lebens hier zu verbringen. Aber wenn er sich nicht eindeutig zu Andalusien als seiner Heimat bekennen wollte, was war er dann? Etwa ein Heimatloser?

Unabhängig von seinen Rachegelüsten gegenüber Lothar wusste Gernot, dass er noch einmal ins Frankenreich zurückkehren musste, um sich darüber klar zu werden, wo er leben wollte. Noch einmal durch die vertrauten Wälder streifen, den Geruch der heimischen Erde in sich aufnehmen. Nun hatte er die Gelegenheit dazu. Während der vergangenen siebendreiviertel Jahre hätte er dies nicht wagen können. Zwar war Lothar nur König des Mittelreiches, das sich wie ein Schlauch von der nördlichen Küste bis hinunter nach Italien erstreckte. Dennoch verfügte er über genug Macht im gesamten Frankenreich und konnte nach wie vor sowohl im West- als auch im Ostreich auf eine starke Gefolgschaft zählen, würde er doch eines nicht allzu fernen Tages zum Kaiser aller Franken gekrönt werden, mit dem es sich niemand verderben wollte.

Aber jetzt hatten sein Bruder Ludwig und sein Halbbruder Karl, die seinem Führungsanspruch bisher nicht zu trotzen gewagt hatten, beschlossen, gegen ihn zu kämpfen. Das hieß, sie würden in ihren Reichsteilen als Erstes mit den insgeheimen Anhängern Lothars aufräumen, genau denjenigen, von denen Gernot nach Lothar selbst die größte Gefahr drohte. Gernot würde sich demnach im Westreich weitgehend gefahrlos bewegen können. Und von der Maas, die die Grenze zwischen den Reichsteilen markierte, bis nach Besslingen war es ein Katzensprung.

Plötzlich kam Gernot seine Fechtschule in den Sinn. Was sollte aus ihr und seinen Schülern werden? Hart waren die Anfänge gewesen, aber mit Beharrlichkeit und viel Herzblut hatte er die Ausbildungsstätte aufgebaut. Erst seit vier Jahren, seit er Tariq kennen gelernt und der seine Söhne bei ihm hatte unterrichten lassen, warf die Schule richtig Gewinn ab und bescherte ihm ein sorgenfreies Leben. Sie von einem Tag auf den anderen zu schließen brächte er nicht übers Herz. Irgendjemand würde sie weiterführen müssen. Nur wer?

Ob Usman dieser Aufgabe bereits gewachsen war, erschien Gernot zweifelhaft. Sicher war der junge Maure ein heller Kopf und hatte die notwendige Begabung. Doch er war noch viel zu ungestüm, um den Jüngeren die nötige Ruhe und Gelassenheit zu vermitteln, die ein Krieger auch im hitzigsten Gefecht bewahren muss.

»Viel zu ungestüm« – das waren Worte, die Gernot nur zu vertraut waren. Mit eben dieser Wortwahl hatte sein eigener Vater versucht, ihn vom Eintritt in Kaiser Karls Heer abzuhalten. Dabei war er damals doch schon sechzehn gewesen. Gernot musste schmunzeln. Usman war siebzehn.

Auf der anderen Seite machte Usman, der früher immer am schnellsten von allen gelernt hatte, seit Monaten kaum noch Fortschritte. Sicher focht er bereits auf sehr hohem Niveau, und je mehr man beherrscht, desto schwieriger wird erfahrungsgemäß der jeweils nächste Schritt. Trotzdem wunderte Gernot sich, wie Usmans Können plötzlich auf der Stelle zu treten schien. Aber vielleicht war es ja so, dass Usman für die nächste Stufe auf der Leiter seiner Entwicklung zum Krieger etwas brauchte, das Gernot ihm während des Unterrichts gar nicht vermitteln konnte: die Möglichkeit, selbstständig zu handeln, eigene Entscheidungen zu treffen und nicht nur Anweisungen zu befolgen. Und mit einem Mal hatte Gernot keine Bedenken mehr. Usman würde an seiner Verantwortung wachsen, wenn er die Fechtschule übernahm, Fehler eingeschlossen.

Gernot stand auf und legte die beiden ungeschliffenen Klingen zurecht, die er für die Vorführungen hatte anfertigen lassen. Dazu das Bündel Holzschwerter, mit denen die Schüler übten. Und den schweren, aus einem langen Stück hartem Akazienholz geschnitzten Schlüssel für die Fechthalle. Schon morgen würde er all dies Usman übergeben.

Gernot ging zu der eichenen Truhe, die er seit Jahren nicht mehr geöffnet hatte. Ein seltsames Gefühl überkam ihn. Einen Moment hielt er inne und ließ seine Hände über die eisernen Beschläge gleiten. Ernsthaft hatte er nie darüber nachgedacht, aber in diesem Augenblick kam es ihm vor, als sei er all die Jahre davon ausgegangen, diese Truhe in seinem Leben nie wieder zu öffnen.

Während Gernots Hände noch auf dem Deckel ruhten, kam ihm seine erste Begegnung mit Tariq in den Sinn. Kurz nach seiner Ankunft in Cordoba war er eines Nachts von drei bewaffneten Räubern überfallen worden. Trotz der Überzahl war es ihm gelungen, die Bande in einem kurzen beherzten Gefecht in die Flucht zu schlagen. Dabei war er von einem vierten Mann beobachtet worden, den er zunächst für einen Verbündeten der Räuber gehalten hatte. Als Gernot ihm schon an den Hals gehen wollte, hob jener abwehrend die Hände und versicherte ihm, hätte er den Eindruck gehabt, Gernot hätte sich ernsthaft in Gefahr befunden, wäre er ihm zu Hilfe geeilt. So aber würde er sich glücklich schätzen, bei ihm Fechtunterricht zu nehmen. Bereits am nächsten Tag hatte Gernot begonnen, Tariq zu unterweisen.

Langsam hob er den Deckel und nahm nacheinander seine alte Brünne aus Kettengeflecht, den Waffengurt sowie den Kriegshelm mit dem Naseneisen heraus. Dann folgten der entspannte Bogen aus Eibenholz mit dem dazu passenden Pfeilköcher. Ganz zum Schluss förderte Gernot ein langes, schweres Bündel zutage. Es hatte nur über Eck auf den Boden der Truhe gepasst. Behutsam legte er es auf den Tisch und schlug die in Haselnussöl getränkten Leinentücher auseinander. Nun lag es vor ihm, das alte Schwert seines Vaters, das seit dessen Ableben das seine war. Seit dem unseligen Tag auf dem Lügenfeld bei Colmar hatte er es nicht mehr benutzt. Er holte einen Lumpen aus der Küche und reinigte die Klinge vom Öl, bis der eingravierte Schriftzug klar und deutlich hervortrat: »No me saques sin razon, no me enbaines sin honor« – »Zieh mich nicht ohne Grund, steck mich nicht ohne Ehre zurück«.

Nachdem er die Klinge gesäubert hatte, befeuchtete er einen Wetzstein und begann die beiden Schneiden langsam und sorgfältig zu bearbeiten, das Ergebnis zwischendurch immer wieder mit dem Daumen prüfend.

Als die Klinge geschärft war, umfasste Gernot den mit einem Lederband umwickelten Griff mit beiden Händen und schwang die Waffe kraftvoll in einem halben Rundbogen zur Seite. Dann hoch über seinen Kopf und zur Parade senkrecht nach unten. Alle diese Bewegungsabläufe hatte er nunmehr sechs Jahrgängen von Schülern eingebläut, bis sie sie im Schlaf beherrschten. Aber würde er sie noch beherrschen? Hier in seinem Haus zweifelsfrei, aber Auge in Auge mit einem Gegner auf dem Schlachtfeld? Seit Colmar hatte er nie wieder denken müssen: »Er oder ich, beim nächsten Atemzug.« Nicht auszuschließen, dass er feuchte Hände und zitternde Knie haben würde wie einst als Knappe.

Nachdem er das Schwert am Gehenk seines Waffengurtes befestigt hatte, ging er in den Stall, der eine halbe Treppe tiefer an der Rückseite des Hauses angebaut war. Sein Brauner begrüßte ihn freudig, wohl in Erwartung eines Ausritts. Das Pferd wurde ausgezeichnet gepflegt. Ein Junge aus der Nachbarschaft kümmerte sich um das Tier und bewegte es täglich, wozu Gernot beim besten Willen keine Zeit mehr fand. Nur sonntags ließ er sich dieses Vergnügen nicht nehmen. Zumeist ritt er entlang des Rio Guadajoz, einem kleinen Fluss, der unterhalb von Cordoba in den Rio Guadalquivir mündete, oder er streifte durch die Sierra Hornachuelos, von wo aus man einen herrlichen Weitblick über die Ebene westlich der Stadt hatte.

Ein letztes Tätscheln, und Gernot trug den Kriegssattel, der an der Stallwand hing, in seine Wohnung. Er hatte sich nie einen neuen gekauft, obwohl die arabischen Sättel viel bequemer waren. Steigbügel und Beschläge schlug er zurück und machte sich daran, die lederne Hülle für den Bogen, die Satteltaschen und die beiden Riemen anzubringen, mit denen er seinen zusammengerollten Mantel festschnallen konnte. Jetzt war seine Ausrüstung vollständig und Gernot bereit, in die Schlacht zu ziehen.

Im Bewusstsein, die richtige Entscheidung getroffen zu haben, zog er die hölzerne Fensterlade auf und warf einen Blick nach draußen. Die Sonne war dabei, sich auf den Horizont zu senken. Wie lange hatte er doch seinen Gedanken nachgehangen! In wenigen Augenblicken würde der Gebetsruf ertönen, und Tariq würde sich in seinem Haus gen Mekka niederwerfen. Unmittelbar nach dieser religiösen Pflicht pflegte er sich zu Tisch zu begeben. Gernot musste sich beeilen.

Tariqs Palast lag ein Stück den Hügel hinauf, abseits vom Lärm des Marktes. Gernot kam trotz seiner Eile zu spät, denn er hatte einen kleinen Umweg gemacht, um noch etwas Honigkuchen als Gastgeschenk zu erstehen. Zwar waren die Läden der muslimischen Geschäftsleute auf dem Bazar anlässlich der Gebetsstunde bereits geschlossen, aber zwei Querstraßen weiter lag die Bäckerei von Meister Isaak, einem alten Juden, der sich um die Gebetszeiten der Muslime naturgemäß wenig scherte.

Am Eingangstor wurde Gernot von Tariqs treuem Diener Hassan Alarich erwartet, dessen Familie gotischer Abstammung war. Einst als Sklaven von Marokko nach Spanien verschleppt, hatte Tariqs Vater die Sippe unter der Bedingung freigelassen, dass sie zum Islam überträte und einen guten arabischen Namen annähme. Das hatten die Goten getan und waren trotzdem im Haus der as-Suris geblieben, jedoch nicht länger als Sklaven, sondern als freie und bezahlte Diener. Nach dem Tod seines streng religiösen Vaters hatte Tariq Hassan, den er von Kindesbeinen an kannte, erlaubt, neben seinem arabischen auch den früheren gotischen Namen seines Vaters, Alarich, als Beinamen zu führen. Eine Geste, die Hassan Alarich viel bedeutete.

Sie durchquerten die Vorhalle und gelangten über einen säulenumstandenen begrünten Innenhof, in dem ein Brunnen plätscherte, in den hinteren Teil des Hauses. Geschäftsfreunde und gewöhnliche Gäste wurden im vorderen Bereich des Hauses empfangen. Am Gastmahl im hinteren, privaten Bereich des Anwesens teilzunehmen, aber auch die Erlaubnis, mit Tariqs Frau und seinen Schwestern zu sprechen, waren Gunstbeweise, die die Wertschätzung des Mauren für seinen fränkischen Freund belegten.

Tariq lag bereits auf seiner Speiseliege, während Aisha, Fatima, Leila und Tariqs zwölfjährige Tochter Jasmina nebeneinander auf einem gepolsterten Sitzmöbel saßen. Die vierzehnjährigen Zwillingssöhne des Hauses, Mustafa und Hosni, waren nicht anwesend. Wie Gernot wusste, lebten die beiden zurzeit bei einem Verwandten auf dem Land, der sie im Fruchtanbau unterrichtete. Ihnen wollte Tariq eine einseitige Ausbildung, wie er sie genossen hatte, ersparen. Kebir, Tariqs Jagdhund, ein großes, graues, struppiges Tier, hatte seinen Kopf auf Fatimas Knie gelegt und war kaum von ihr zu trennen, bis Hassan Alarich ihn mit Nachdruck hinaus in den Hof beförderte und dort im Rosengarten einsperrte. Tariq wies Gernot die Liege zu seiner Rechten zu. Nachdem Gernot sich niedergelassen hatte, trug Hassan Alarich eine große Schale mit Orangenschnitzen und geschälten Pfirsichstücken herein.

»Ich habe gehört, dass sich in deinem Heimatland ein Krieg anbahnt, Gernot«, platzte Leila gleich nach ihrem ersten Bissen heraus. »Bist du da nicht glücklich, hier zu sein und nicht in den Kampf ziehen zu müssen?«

Dass eine Frau von sich aus das Wort ergriff, war selbst in einem aufgeschlossenen Haushalt wie dem der as-Suris im Grunde undenkbar. Entsprechend strafend waren die Blicke, die Leila von ihrem Bruder und ihrer Schwägerin zugeworfen wurden. Doch selbstbewusst wie sie war, übersah sie diese geflissentlich.

»Dein Bruder hat von seiner Reise Neuigkeiten mitgebracht, die den Schluss nahelegen«, sagte Gernot. »Und du hast Recht, jeder vernünftige Mensch sollte dankbar sein, wenn er sich von einem Krieg fernhalten kann. Nur kann ich das in dem Fall leider nicht.«

»Natürlich kannst du das nicht«, plapperte Jasmina los. »Ein großer Krieger wie du muss doch begierig darauf sein, seinen Ruhm zu mehren und seine Ehre zu verteidigen.«

Ihr blieben die strengen Blicke erspart – einer Zwölfjährigen sah Tariq den Verstoß gegen die weibliche Tugend der Schweigsamkeit noch als kindliche Unart nach. Aber spätestens in zwei Jahren wäre damit Schluss.

»Ich ziehe nicht in den Kampf, um Ruhm und Ehre zu erwerben, Jasmina. Danach strebt man nur als junger Mann, nicht mehr in meinem Alter.«

»Was treibt dich denn dann?«, bohrte die Kleine.

»Nun lässt du unseren Gast aber in Ruhe«, sagte Aisha, stand auf und nahm Jasmina an die Hand. »Wir gehen jetzt in die Küche und sehen nach, wie weit der Hammel gediehen ist.«

Als die beiden den Raum verlassen hatten, fragte Tariq: »Es ist also dein fester Entschluss, ins Frankenreich zu reisen und gegen Lothar zu kämpfen?«

»Ja, unabänderlich«, sagte Gernot. »Ich werde an den aquitanischen Hof reisen, um mich den Streitkräften Karls anzuschließen.«

Fatima und Leila taten so, als unterhielten sie sich, lauschten aber in Wirklichkeit dem Gespräch zwischen Gernot und ihrem Bruder. Schalen voll verschiedenstem Gemüse wurden aufgetragen. Dazu gab es süße Nudeln. Anschließend servierte Hassan Alarich eine Keramikplatte gekochter Flusskrebse, die mit gehackter Petersilie und Basilikum bestreut und mit Zitrone gewürzt waren. Zu guter Letzt wurde der Hammel gebracht. Salbei und Rosmarin gaben ihm seinen unnachahmlichen Geschmack. Gernot aß langsam und mit Bedacht, wohlwissend, dass dies für lange Zeit, wenn nicht für immer der letzte derartige Genuss sein würde. Gleich nach dem Essen zogen die Frauen sich zurück, wie es der Anstand erforderte. Gernot und sein Gastgeber waren allein.

»Erzähl mir von deiner Ausbildung, die du zusammen mit den Söhnen deines Lehnsherrn genossen hast«, sagte Tariq.

»Wieso möchtest du davon erfahren?«, fragte Gernot.

»Immer wenn du von Lothar sprichst, tust du das mit so viel inbrünstiger Abneigung, dass ich glaube, dein Hass auf ihn währt bereits länger als seit der Vertreibung vor acht Jahren. Liege ich damit richtig?«

»Deine Menschenkenntnis ist beachtlich, Tariq.«

»Als Kaufmann ist man darauf angewiesen, seine Verhandlungspartner einschätzen zu können. Da zahlt sich Einfühlungsvermögen in das Seelenleben anderer schnell in barer Münze aus. – Möchtest du noch etwas Tee?«

»Nur einen Becher Wasser.«

Tariq klatschte in die Hände. Hassan Alarich erschien, nahm die Anweisung entgegen und kam umgehend mit einem Tonkrug kühlen Wassers zurück, aus dem er erst Gernot und dann Tariq einschenkte. Nachdem der Diener sich wieder zurückgezogen hatte, nahm Gernot einen großen Schluck.

»Lothar und ich erblickten beide im Jahre des Herrn 795 das Licht der Welt«, sagte Gernot. »Als ich zehn Jahre alt war, schickte mein Vater mich auf Karls Geheiß an dessen Hof zu Aachen, wo ich auf ein halbes Dutzend Söhne anderer Gefolgsleute traf, mit denen ich gemeinsam ausgebildet wurde. Von den Prinzen war außer Lothar nur Pippin in unserer Gruppe, obwohl er damals erst sechs Lenze zählte. Er war uns körperlich zwar unterlegen, aber ein aufgewecktes Kerlchen, das uns im Studium der Schriften kaum nachstand. Ludwig der Deutsche schiss sich zu der Zeit noch in den Kittel.«

Tariq schmunzelte. Gernot leerte derweil seinen Becher und schenkte sich noch einmal nach. In der Küche war bei der Zubereitung des Hammels an Pfeffer nicht gespart worden.

»Von Anfang an standen Lothar und ich im Wettstreit miteinander, wenn auch unausgesprochen. Sein Ehrgeiz war grenzenlos, und er konnte es nicht ertragen, wenn ihm jemand – gleich in welcher Disziplin – überlegen war. Reiten konnte ich besser als er, schneller laufen und schwimmen ebenso, und dann tat ich mich auch noch mit dem Erlernen fremder Sprachen leichter. Da er mir, was auch immer er versuchte, auf keinem Feld gewachsen war, verlegte er sich darauf, unsere Mitschüler gegen mich aufzuhetzen und mir üble Streiche zu spielen. So schlich er einmal in die Küche und pinkelte in meinen Trinkbecher, bevor dieser aufgetragen wurde, war dann aber zu feige, seine Tat zuzugeben. Pippin erzählte mir später, wie Lothar sich vor den anderen mit dieser Schweinerei gebrüstet hatte. Ein anderes Mal packte er meinem Pferd eine Distel unter den Sattel, sodass das Tier durchging, als ich aufstieg. Der Höhepunkt aber war, dass er eine giftige Schlange zwischen den Fellen meiner Schlafstatt versteckte. Erst im letzten Augenblick entdeckte ich sie und konnte sie unschädlich machen. Das tote Tier habe ich ihm dann vor versammelter Klasse so lange um die Ohren gehauen, bis es zerfetzt war. Das hat er mir nie verziehen, ist mir aber danach aus dem Weg gegangen.«

»Hatte er nicht auch deine Frau begehrt?«

Gernot nickte. »Das war anno 826, in jenem Jahr, in dem mein Vater starb und Kaiser Ludwig mich mit Besslingen belehnte. Ich hatte Mechthild in Köln kennen gelernt und gefreit. Anlässlich der Belehnungszeremonie in Aachen machte Lothar ihre Bekanntschaft und begehrte sie umgehend als Friedelfrau. Mechthild lehnte mit dem Hinweis ab, mir die Ehe versprochen zu haben. In der gleichen Nacht hat Lothar versucht, mich ermorden zu lassen.«

»Wie bitte? Du beliebst zu scherzen!«

»Keineswegs. Drei gedungene Mörder drangen in das Wirtshaus ein, in dem wir die Nacht verbrachten. Zwei der Angreifer konnte ich töten, wobei ich selbst schwer verletzt wurde, der dritte konnte entkommen. Aber ich hatte ihn erkannt – Eberhard von der Pfalz, ein ehemaliger Mitschüler und Lothar blind ergeben.«

»Hast du dich an ihm gerächt?«

»Nein. Ich brauchte beinahe ein Jahr, um von den Verwundungen zu genesen. Danach hatte ich Wichtigeres zu tun.«

»Lebt er noch, dieser Eberhard?«

»Auf dem Lügenfeld hab ich ihn an der Seite Lothars gesehen. Wenn ihn seitdem nicht der Teufel geholt hat …«

Eine Weile herrschte Schweigen. Jeder der beiden Männer schien seinen eigenen Gedanken nachzuhängen. Irgendwann ergriff Tariq doch wieder das Wort.

»Hast du schon entschieden, wann du Cordoba verlassen willst?«, fragte er.

»Meine Ausrüstung habe ich bereits überprüft, sie ist in

bestem Zustand. Aber da sind noch einige Dinge zu regeln, insbesondere was die Schule betrifft. Ich denke, in zwei oder drei Tagen werde ich Cordoba verlassen. Dies ist also gewissermaßen unser Abschiedsessen, für das ich dir herzlich danke.«

»Da du ehrlich überzeugt zu sein scheinst, das Richtige zu tun, werde ich gar nicht erst den Versuch unternehmen, dich umzustimmen.« Tariq machte ein verschmitztes Gesicht. »Vielmehr werde ich dich begleiten. – Mach den Mund zu, Gernot. Du siehst albern aus.«

»Du willst mit mir in die Schlacht ziehen?« Gernot schüttelte verständnislos den Kopf. »Was hast du als Maure mit dem Bruderzwist der fränkischen Könige zu schaffen?«

»Nichts. Und ich werde auch nicht mit dir reiten, um an deiner Seite zu kämpfen. Vielmehr will ich die Gelegenheit nutzen, um endlich einmal die Pyrenäen zu überqueren und zu sehen, welche Geschäfte sich in Aquitanien machen lassen. In Kriegszeiten vermag ein geschickter Händler noch immer die größten Gewinne zu erzielen.«

»Sofern er nicht einen Kopf kürzer gemacht wird. Ich verstehe dich nicht. Du bist doch gerade erst von einer langen und gefahrvollen Reise zurückgekehrt. Deine Frau wird es kaum gutheißen, wenn du schon wieder abreist.«

»Da schätzt du Aisha falsch ein. Ihr ist es ganz recht, wenn ich außer Hauses bin, dann kann sie nach ihrem eigenen Gutdünken verfahren und muss keine Rücksicht auf meine Wünsche nehmen.«

»Und was wird aus deinem Geschäft?«

»Um das wird sich mein Vetter Ahmed kümmern, unterstützt von meinen Söhnen, so wie er das bereits getan hat, während ich im Osten war. Für ihn geht damit ein Traum in Erfüllung, denn wie ich vom Kriegerleben oder den Studien geträumt habe, so war es von Jugend an sein sehnlichster

Wunsch, das Handelshaus der as-Suris zu führen. Was ist – bin ich dir als Reisebegleitung willkommen?«

»Solange du mich nicht aufhältst«, sagte Gernot, »immer.«

*

Ingelheim, Winter 817

Ein eisiger Ostwind fegte seit Tagen durch das Rheintal und ließ alles Leben erliegen. Eisgang auf dem Strom machte den Betrieb der Fähre unmöglich. Reisende, die den Fluss überqueren wollten, mussten im Gasthaus am Fähranlieger ausharren, bis das Wetter umschlug. So auch eine vierköpfige Gruppe von Benediktinern, die von der Pfalz zu Ingelheim auf dem Weg zum Kloster Fulda waren.

Wortführer der Mönche war ein groß gewachsener, fülliger Mann mit nahezu kahlem Schädel, aber üppigem schwarzen Rauschebart, den die anderen mit einer gewissen Ehrfurcht Magister Thomas nannten. Abend für Abend trank er Unmengen Wein und stritt mit seinen Brüdern über die Auslegung der Heiligen Schrift, bis ihnen die Augen zufielen und sie bei Tisch einschliefen. Dann schleppte er sie eigenhändig einen nach dem anderen die Stiege hinauf in ihre Kammern.

Auch an diesem Abend war das Feuer bereits heruntergebrannt. Die abgenagten Knochen gebratener Hühner lagen auf dem Tisch, der Krug mit Wein kreiste, und Magister Thomas redete lautstark auf seine Brüder ein.

Plötzlich unterbrach ein spitzer Schrei den Redefluss des Magisters, kurz darauf ein zweiter. Alle vier Mönche blickten an der Feuerstelle vorbei zum hinteren Teil des Hauses, von wo die Schmerzenslaute gekommen waren. Die Frau des Wirtes kam aufgeregt mit zwei Scheiten Holz in die Stube gelaufen und fachte das Feuer erneut an. Dann schickte sie ihren Mann nach draußen, den Kessel mit Schnee zu füllen, da der Brunnen zugefroren war.

Wieder ertönte ein herzzerreißender Schrei.

»Meine Schwester«, sagte die Wirtsfrau. »Sie ist so weit, aber das Kind will nicht heraus.«

»Habt Ihr nach einer wissenden Frau geschickt?«

»Bei diesem Wetter wird sie nicht kommen können. Und ich versteh nichts davon, ich hab kein Kind!«

Ohne zu zögern erhob sich der Magister und schlug die Ärmel seiner Kutte hoch. »Gemeinsam werden wir es schaffen. Wo liegt die Frau?«

»Kennt Ihr Euch denn aus in solchen Dingen?«

»Ich habe mehr Kälbern und Ferkeln auf die Welt geholfen, als Ihr in Eurem Leben gegessen habt. Und mit Gottes Hilfe werde ich auch diesem Lebewesen helfen, das Licht der Welt zu erblicken.«

Die Gebärende war noch sehr jung, fünfzehn, vielleicht sechzehn Jahre alt. Auf den ersten Blick war zu erkennen, dass es nicht gut um sie stand. Sie war kreidebleich, fieberte und wirkte gänzlich ermattet.

Vorsichtig tastete der Magister ihren Leib ab. Bei jeder Berührung zuckte die junge Frau zusammen.

»Du musst pressen, meine Tochter«, sagte Thomas. »Tief Luft holen und pressen.«

»Sie hat keine Kraft mehr«, sagte die Wirtsfrau. »Sie ist zu schwach.« Ganz behutsam schob der Magister seine Hand in den Unterleib der jungen Frau.

»Das Kind liegt falsch, ich fühle einen Fuß«, sagte er nach einer Weile. »Mädchen, du musst jetzt all deine Kraft sammeln, einatmen und pressen. Immer wenn eine Wehe kommt, musst du pressen. Los – jetzt!«

Die junge Frau tat, was sie konnte. Sich mit den Fingern im Arm ihrer Schwester festkrallend bäumte sie sich auf.

»Ich habe die Füße«, rief der Magister. »Ich habe beide Füße!« Stück für Stück, immer im Gleichmaß mit den Wehen, zog er vorsichtig an den Beinen des Kindes. Und auf einmal, mit einem Rutsch, gefolgt von einem Schwall Blut und Schleim, war das Kind da. Der Magister wollte es hochnehmen, doch er spürte einen Widerstand.

»Bei Gott«, keuchte er. »Das Kind lebt nicht! Es hat die Nabelschnur um den Hals gewickelt ... Aber es ist nicht die seine! Es ist nicht seine Nabelschnur, hörst du! Da muss noch ein Kind sein. Ein Zwilling!«

Noch einmal nahm die junge Frau all ihre verbliebenen Kräfte zusammen. Das zweite Kind lag richtig herum und kam mit dem Kopf zuerst zur Welt. Und es war lebendig. Der Magister durchtrennte die Nabelschnur mit einem sauberen Messer, hob das Kind an den Beinen hoch und versetzte ihm einen Klaps aufs Hinterteil. Das kleine Wesen schnappte nach Luft und begann zu schreien.

»Es lebt«, sagte der Magister und strahlte. »Dein zweites Kind lebt.« Erst jetzt bemerkte er, dass die Wirtsfrau, die ihre jüngere Schwester im Arm hielt, weinte.

»Sie kann Euch nicht mehr hören«, schluchzte sie. »Sie ist tot.«

Der Magister horchte, ob das Herz der jungen Frau noch schlug, doch es war tatsächlich verstummt. Wenigstens einem ihrer Kinder das Leben zu schenken, hatte sie das ihre gekostet. Die Wirtsfrau ließ ihre Schwester los, schlug ein Kreuz und nahm ihm das Neugeborene ab. Sie wusch es und wickelte es in ein leinenes Tuch.

»Wo ist der Vater?«, fragte der Magister. »Es wird doch einen Vater geben.«

Verschüchtert sah die Wirtsfrau ihn an. Dann sagte sie leise: »Der Prinz ist der Vater.«

Erst am dreiundzwanzigsten Tag ihrer Reise erblickten sie in der Ferne die Mauern des Klosters Aniane in der Nähe des Berges von Pellier, fünf Tage später, als Gernot veranschlagt hatte. Dabei waren sie zunächst trotz des schroffen, hügeligen Geländes auf den gut ausgebauten Straßen des Emirats und der ihm tributpflichtigen christlichen Kleinstaaten zügig vorangekommen. Nach nicht einmal zwei Wochen hatten sich die vordersten Gebirgszüge der Pyrenäen am Horizont abgezeichnet. Streng genommen hatten sie sich da bereits auf dem Territorium der spanischen Grenzmark befunden, die das Frankenreich seit den Tagen des großen Karl für sich beanspruchte. Allerdings hatten die Franken diesen Anspruch seit mehr als einer Generation nicht mehr ernsthaft durchsetzen können, sodass die Gipfel der Pyrenäen das eigentliche Niemandsland der Grenze bildeten.

Mit dem Aufstieg in die Serra de Cadi hatten die Schwierigkeiten begonnen. Jedes Wegstück, das sie an Höhe gewannen, brachte ihnen zunehmende Kälte, und lange bevor sie den Pass erreicht hatten, begann es zu schneien. Schnee, den es in all den Jahren in Cordoba ganze zwei Mal – und das auch nur für wenige Tage – gegeben hatte und der bestaunt worden war wie ein zweiköpfiges Rind.

Der schmale Pfad mit seinem felsigen Untergrund wurde immer rutschiger. Widrige Bedingungen, mit denen Gernot und sein erfahrener Brauner noch einigermaßen zurechtkamen. Tariq jedoch, der außer seinem Rappen und seinem Hund Kebir ein Packpferd mit auf die Reise genommen hatte, hatte alle Hände voll zu tun, die Pferde in dem schwierigen Gelände zu führen. Zu allem Übel tauchte in der Abenddämmerung auch noch ein verfrüht aus dem Winterschlaf aufgewachter Bär vor ihnen auf. Das Packpferd scheute, warf einen Gutteil seiner Last ab und stürmte davon. Während Gernot mit Kebirs Unterstützung den Bären vertrieb, jagte Tariq dem durchgegangenen Gaul hinterher, konnte ihn aber erst tief unten im Tal wieder einfangen und musste dann auch noch die weit verstreute Ladung einsammeln. Dass keines der Tiere sich bei dem Höllenritt in dem tückischen Gelände die Beine gebrochen hatte und selbst die Ladung unversehrt geblieben war, grenzte an ein Wunder.

Von da an ließen sie es ruhiger angehen und ritten nur noch in den Stunden, in denen die Sonne hoch am Himmel stand. Bei jeder Rast machten sie Feuer und wachten abwechselnd, um sich so gegen weitere Angriffe von Bären oder Wölfen, die sie mehrfach in der Ferne heulen hörten, zu wappnen. Das alles kostete Zeit, die sie, auch nachdem sie die Pyrenäen überquert hatten, im Tiefland des südlichen Aquitanien nicht wieder aufholen konnten.

War der Abstieg aus dem Gebirge noch über einen nur notdürftig befestigten Weg erfolgt, ritten sie im Flachland über breite Straßen, die in der Nähe von Marktflecken und Städten sogar mit runden, etwa faustgroßen Steinen gepflastert waren. Die Reitpferde taten sich auf dem ungewohnten Untergrund eher schwer, bestenfalls Gespanne hatten einen Vorteil davon, wenn es regnete. Gernot drängte Tariq, größere Ansiedlungen und Rittersitze zu umgehen; wer wusste schon, welcher Gutsbesitzer Lothar noch immer die Treue hielt?

Tariq war kaum wiederzuerkennen. Nicht nur hatte er seine kostspielige arabische Kleidung abgelegt und trug stattdessen ein derbes, knielanges und langärmeliges Wollgewand, das mit einem einfachen Lederriemen gegürtet wurde, er hatte außerdem seinen auffälligen und teuren Reitersäbel gegen einen schlichten kurzen Dolch getauscht. Zu guter Letzt hatte er sich zu Gernots Belustigung eine Paste ins Gesicht und auf die Hände geschmiert, die ihm seine Frau Aisha zubereitet hatte. Woraus auch immer die Paste bestehen mochte, Tariqs olivfarbene Haut hatte sich dadurch aufgehellt. Allerdings um den Preis, das sie nun glänzte wie eine Speckschwarte, was ihn wie einen Fieberkranken erscheinen ließ. Auch deswegen war es vernünftig, menschliche Ansiedlungen zu meiden; nicht dass ihnen eine Horde die Schädel einschlug, weil sie fürchtete, sie litten an einer ansteckenden Krankheit.

Aniane lag in einem Tal unweit eines Bachlaufs, der eine Anzahl künstlich angelegter rechteckiger Teiche speiste. Die Klostergebäude waren von einer Mauer aus Feldsteinen umgeben, die ein beeindruckender Kirchenbau aus Sandstein mit seinen Säulen und Rundbögen überragte. Einst war das Anwesen das Gut einer gotischen Grafenfamilie gewesen, deren Sohn Witiza, der sich später Benedikt nannte, es zu einem wahren Vorzeigekloster gemacht hatte – jener Benedikt von Aniane, der Ludwig dem Frommen als enger Berater gedient hatte und nunmehr dem Kloster Inden bei Aachen vorstand. Gernot zügelte sein Pferd und wandte sich an Tariq.

»Dort lebt mein alter Magister Thomas, so es Gottes Wille war, ihn noch nicht abzuberufen. Zweifelsohne werden wir dort gastliche Aufnahme finden. Und wir können endlich mal wieder vernünftig speisen. Ich kann das zweifach gebackene Brot schon nicht mehr sehen. Die Küchen der Klöster sind hervorragend. Gerade hier in Aquitanien verstehen es die Mönche ausgezeichnet, Schweinebraten in den schmackhaftesten Zubereitungsarten auf den Tisch zu bringen.«

»Schweinebraten«, sagte Tariq und verzog angewidert den Mund. »Wie schön für dich.«

»Keine Sorge, mein Freund: In den Klöstern gibt es freitags reichlich Fisch. Siehst du die Teiche, die die Brüder angelegt haben? Du wirst dich genauso satt essen können wie ich.«

»Worauf warten wir dann noch?«

»Eines noch«, sagte Gernot. »Trotz der wundersamen Paste, die dir deine dich liebende Gattin mitgegeben hat, schlage ich vor, dass du zunächst einmal nichts sagst und mich reden lässt. Sollten die Mönche herausfinden, dass du ein Muselmane ist, besteht die Gefahr, dass das Essen und ein behagliches Nachtlager ein Traum bleiben.«

»Ist das die Art Gastfreundschaft, wie sie im Frankenland gepflegt wird?«

»Als ob das in Cordoba anders wäre. Dort bin ich oft genug nicht bedient worden, wenn man mich als so genannten Ungläubigen erkannt hat.«

Aus der Nähe erwies sich die Umgebungsmauer als weitaus höher, als sie aus der Ferne erschienen war, zwei Mannshöhen maß sie gewiss; die Feldsteine waren tatsächlich Steinblöcke, deren Unebenheiten an der Außenseite abgeschlagen worden waren, um ein Hochsteigen zu erschweren. Ein massives zweiflügeliges Holztor mit Eisenbeschlägen bildete die Pforte. Gernot klopfte mehrfach, doch nichts regte sich. Erst dann entdeckte er ein Seil, das durch ein Loch im oberen Teil eines der Torflügel geführt war. Er zog daran, und fern erklang eine Glocke. Kurz darauf wurde eine kleine Holzluke in Augenhöhe geöffnet.

»Seid gegrüßt, werte Reisende«, wurden sie von einer hellen Stimme in unwirschem Tonfall angesprochen, der im Gegensatz zur zunächst freundlichen Anrede stand. »Ich möchte Euch gleich darauf aufmerksam machen, dass dies ein Kloster und keineswegs ein Gasthof ist.«

»Wir haben nicht vor, Euch ehrwürdigen Brüdern zur

Last zu fallen«, sagte Gernot. »Allerdings wüssten wir gerne, ob Thomas, genannt Ravennus, noch immer in diesem Konvent lebt.«

»Ich wüsste nicht, was Euch das angeht.«

»Thomas Ravennus war einst mein Magister am Hof Karls des Großen.«

»Dann seid Ihr Freunde von ihm?«

»Ja, mein Name ist Gernot von Besslingen.«

»Und Euer Begleiter?«

»Konstantin«, log Gernot aus dem Stegreif, den empörten Blick Tariqs übersehend. »Konstantin von Smyrna. Er ist Byzantiner.«

Konstantin war ihm als Erstes eingefallen, so hatte der Sohn der Irene von Athen geheißen, die Byzanz zur Zeit des großen Karl regiert hatte. Und Smyrna war irgendeine Stadt in Kleinasien.

»Ist er ein Christ?«

»Selbstverständlich.« Nun wurde Gernot doch langsam rot. »Was ist nun? Ist Thomas Ravennus noch Euer Confrater?«

»Ja, ja, er erfreut sich bester Gesundheit«, sagte der Mönch und klang dabei gar nicht froh. Aber er entriegelte das Tor und hieß sie eintreten. Der Benediktiner erwies sich als kleines schrumpeliges Männlein mit wahrhaft diabolischem Blick. »Wenn Ihr tatsächlich Freunde des alten Bruders Thomas seid, könnt Ihr diesem Konvent vielleicht sogar einen Gefallen erweisen. ›Ora et labora‹ ist seit alters der Wahlspruch unseres Ordens. Von gelehrten Streitgesprachen hat der heilige Benedikt allerdings nichts gesagt. Die meisten unserer Brüder sind in dieses Kloster eingetreten, um Gott durch ein einfaches Leben, regelmäßiges Gebet und fleißige Arbeit zu ehren. Wenn Ihr den alten Vielredner für eine Weile beschäftigtet und uns anderen Mönchen vom

Hals hieltet, würdet Ihr einen großen Beitrag zur Ruhe und zum Frieden in dieser Abtei leisten, insbesondere zur Schonung des Gemüts unseres Abtes.«

Gernot musste schmunzeln. Sein alter Magister schien sich nicht verändert zu haben.

Sie warteten im Gästeflügel, der der Küche benachbart war. Verlockende Düfte wehten durch die offen stehende Tür herein, die Gernot das Wasser im Munde zusammenlaufen ließen. Tariq rümpfte die Nase, roch es doch nach ausgelassenem Speck, der natürlich vom Schwein stammte.

In den Ecken und unterhalb der Fenster waren die Mauern dunkel von Feuchtigkeit, die sich im Sandstein festgesetzt hatte. Das ließ auf einen regenreichen letzten Winter schließen. Hoffentlich war das Dormitorium besser abgedichtet, sonst würde es der gesamte Konvent auf der Brust haben.

Wie zur Bestätigung betrat ein übel hustender Mönch den Raum. Das schwarze Habit der Benediktiner spannte sich über einem gewaltigen Bauch. Der Mann war völlig kahl, hatte aber einen grauen Rauschebart, der ihm bis auf die Brust fiel, und buschige Augenbrauen. Seine Nase hatte die Form einer Kartoffel und war von dunklen Adern durchzogen, was ihn als Liebhaber der Früchte des Weinbergs auswies.

Magister Thomas brauchte eine Weile, um seinen Besucher zu erkennen. Als er schließlich gewahr wurde, wer da vor ihm stand, strahlte er.

»Gernot, bist du es wirklich?«, dröhnte seine Stimme durch den Raum. »Ich hatte nach all den Jahren nicht mehr damit gerechnet, dich jemals wiederzusehen. Wie ist es dir ergangen? Wer ist dein Begleiter? Komm an meine Brust!«

Gernot musste sich herzen lassen, dass ihm die Luft wegblieb. Dann stellte er Tariq wiederum als byzantinischen Händler vor und sagte:

»Es ist schön, Euch bei bester Gesundheit zu sehen, werter Magister. Wie ich sehe, konnten Euch die Jahre fern der Heimat nichts anhaben.«

»Meine Heimat ist da, wo Gott mich hinschickt, Gernot. Oder mein König. Aber sag, was führt dich her?«

»Ich habe von der Empörung des kahlen Karl und des deutschen Ludwig gegen Lothar gehört und bin auf dem Weg nach Paris, um mich ihnen anzuschließen.«

»Alle Achtung«, sagte Thomas Ravennus. »Will dein maurischer Freund ebenfalls in die Schlacht ziehen?«

»Ich sagte, mein Freund Konstantin ist Byzantiner, Magister. Wie kommt Ihr –«

»Mir kann man nichts vormachen. Aber du hast recht getan, seine wahre Abstammung zu verleugnen. Ich glaube kaum, dass mein Abt es gestatten würde, einen Muselmanen zu beherbergen. Bleibt also bei eurer Legende. Seid Ihr denn des Griechischen mächtig, Konstantin?«

»Mein richtiger Name lautet Tariq as-Suri«, sagte Tariq auf Griechisch. »Wenn Ihr gestattet –«

»Das will ich gar nicht wissen«, winkte Thomas Ravennus ab. »Bleiben wir bei Konstantin.«

»Fürwahr, das Griechische ist mir geläufig.«

»Ihr sprecht es zwar mit fremder Betonung, aber das wird hier im Kloster niemandem auffallen. Meine Mitbrüder beherrschen diese Sprache nur äußerst mangelhaft, und unser werter Abt ist seit einer Entzündung der Gehörgänge im vergangenen Jahr so gut wie taub, sodass auch ihm nichts auffallen wird. Aber setzen wir uns doch.«

Sie ließen sich auf den Schemeln nieder, die den Tisch umstanden. Derjenige, den Thomas gewählt hatte, gab ein jammervolles Ächzen von sich.

»Ich habe gehört, Ihr könnt auch als Mönch noch immer nicht von der Gelehrsamkeit lassen«, sagte Gernot.

»Das muss dir Bruder Bernhard, dieser Wicht, zugeflüstert haben«, sagte Thomas. »Ach, weißt du – damals, als der alte Kaiser Ludwig die Erziehung seiner Söhne als beendet angesehen hatte, da dachte ich, dass ich nie wieder etwas mit den Büchern der Alten zu tun haben wollte. Ich hatte mir vorgestellt, wie schön es doch sein müsste, meinen Lebensabend Gemüse pflanzend und Karpfen züchtend weitab vom städtischen Trubel zu verbringen. Einige Monate war das auch befriedigend. Doch dann merkte ich, wie sehr ich das Lesen und die täglichen Streitgespräche über die Auslegung der Heiligen Schrift und die Gedanken des großen Aristoteles vermisste. Also habe ich angefangen, mir neue Bücher zu beschaffen. Inzwischen ist die Bibliothek dieses Konvents auf ein ganz annehmbares Maß angewachsen, auch wenn der Erwerb eines jeden Buches immer wieder ein Kampf mit unserem ehrwürdigen Abt ist und Bruder Sebastian, dem die Verantwortung für die Geldmittel obliegt, mir ständig vorrechnet, wie viele Kühe und Schafe man für den Preis eines einzigen Buches anschaffen könnte.«

»Dass Ihr jemals ein Leben fern der Gelehrsamkeit führen könntet, war für mich schon immer unvorstellbar. Erfahrt Ihr denn wenigstens Unterstützung durch Eure Confratres?«

Thomas winkte ab. »Hör mir mit denen auf. Dass die Philosophie der Griechen ihnen nicht allzu nahe steht, war ja zu erwarten. Aber wenigstens für das Nachdenken und Streiten über Sinn und Auslegung der Schrift müssten sie doch zu begeistern sein, habe ich damals gedacht. Doch sie verlangen nur, dass der Abt ihnen sagt, wie die Auslegung denn nun richtig ist, und damit sind sie zufrieden. – Aber genug erzählt von einem alten Mann wie mir. Wie ist es dir ergangen?«

Gernot berichtete von seiner Flucht ins Emirat von Cordoba, seiner Fechtschule und wollte gerade anreißen, was ihn in den Jahren sonst noch bewegt hatte, als plötzlich sein Magen laut knurrte.

Thomas lachte auf. »Ihr seid genau zum richtigen Zeitpunkt angekommen – die Stunde des Abendessens naht. Ich werde beim Abt anfragen, ob ihr mit uns Brüdern im Refektorium Platz nehmen dürft. Falls er das nicht gestattet, wird man euch in der Küche verpflegen. Es gibt übrigens Karpfen, eine Spezialität dieses Klosters.«

Dass Laien im Refektorium essen sollten, war für den alten Abt dann doch zu viel, zumal es sich um Freunde des Querkopfes Thomas handelte. Also erhielten Gernot und Tariq genannt Konstantin ihr Abendbrot in der Küche. Der Karpfen, der ihnen aufgetischt wurde, war in der Tat so schmackhaft, wie Thomas es versprochen hatte. Sie langten kräftig zu und verschmähten auch nicht das frische Brot und den sahnigen Käse mit den gehackten Kräutern, der ebenfalls eine Besonderheit des Klosters war.

Nachdem die beiden Freunde gesättigt waren und auch das Abendessen der Mönche beendet war, trafen sie sich erneut mit Thomas. Er bedauerte, seinem Besuch nicht den Stolz der Abtei, die künstlich angelegten Fischteiche, zeigen zu können, denn das hätte bedeutet, Bruder Bernhard zu bitten, sie erst hinaus und später wieder hereinzulassen. Dem Wicht, wie er ihn erneut nannte, wollte Thomas aber keinesfalls verpflichtet sein. Also beließen sie es bei einem Gang durch den weitläufigen Gemüsegarten innerhalb der

Umfassungsmauer des Klosters. Kebir hatte Tariq beim Gästehaus angebunden.

»Dass Lothar vor acht Jahren seine Brüder gegen seinen Vater aufwiegeln würde, hatte ich lange vorausgesehen«, sagte der Magister, wobei er mit Rücksicht auf Tariq erneut Griechisch sprach. »Erinnerst du dich noch an unsere Unterrichtsstunden? Lothar war schon immer ein ehrgeiziger Mensch. An sich kein schlechter Wesenszug, doch wenn er mit der an Wahn grenzenden Vorstellung einhergeht, stets und überall zu kurz zu kommen und nicht hinreichend gewürdigt zu werden, wird das Ganze gefährlich. Und nun haben sich die Brüder gegen ihn zusammengeschlossen. Trotzdem hoffe ich, dass eine völlige Entmachtung Lothars nicht das Ziel dieses neuen Krieges ist, denn das würde zweifellos die Einheit des Reiches gefährden. Es sei denn, einer der beiden verbündeten Brüder würde sich nach einem Sieg schnellstmöglich die Kaiserkrone aufsetzen lassen – aber ob der andere dann noch lange mit ihm im Bunde bliebe?«

»Ich kann mich gut daran erinnern, wie wichtig es Euch immer war, dass wir die Bedeutung der Einheit des Reiches verinnerlichten«, sagte Gernot. »Aber glaubt Ihr nicht, dass die Einheit auch ein Nachteil sein kann, wenn um ihres Preises willen ein derart hintertriebener Mann wie Lothar an der Macht bleiben soll?«

»Nur der kann wahrhaft Großes bewirken, dessen Denken nicht bei seiner eigenen Lebensspanne Halt macht. Herrscher kommen und gehen, oft genug sogar in sehr kurzer Zeit, denn erfahrungsgemäß neigen Könige und Kaiser eher als andere Menschen dazu, eines unnatürlichen Todes zu sterben. Nein, die Unversehrtheit des Reiches hat Vorrang. Was nützt es, wenn nach einem missratenen wieder ein vorbildlicher Herrscher den Thron besteigt, aber kein Reich mehr da ist, das er regieren könnte?«

Gernot musste einräumen, dass diese Sichtweise seines alten Lehrers eine Menge für sich hatte. Dennoch war er alles andere als Thomas' Meinung. Zu sehr fühlte er, dass Lothar für die Würde des Kaisertums sittlich nicht geeignet war.

»Ist Euch bekannt, wie weit die Kriegsvorbereitungen am Hofe Karls gediehen sind?«, fragte Gernot.

»Du hast wohl Angst, zu spät zu kommen«, sagte Thomas mit einer Munterkeit, die gekünstelt wirkte, und schlug Gernot herzhaft auf die Schulter. »Erst gestern verließ uns ein Pilger, der aus dem nördlichen Aquitanien gekommen war. Er berichtete, Karl fehlten noch reichlich Männer, um einen Waffengang gegen Lothar erfolgreich bestreiten zu können. Du siehst, man wartet förmlich auf dich.«

»Und wisst Ihr auch, wie weit Lothar gerüstet ist?«

»Aus dem Mittelreich erfährt man nicht allzu viel. Nur selten kommt jemand vorbei, der diese Gegend bereist hat. Dafür ist Narbonne nicht weit von hier. Dort legen häufig Schiffe aus Ostia an, sodass wir wenigstens über die Vorgänge in Rom auf dem Laufenden sind. Auch wenn es nicht immer die reine Freude ist, was uns von dort zu Ohren kommt.«

»Wie meint Ihr das?«

»Die Verhältnisse in der Ewigen Stadt stehen nicht zum Besten«, sagte Thomas Ravennus und bediente sich des lehrerhaften Tonfalls, an den sich Gernot nur allzu gut erinnerte. »Die Verehrung der Reliquien hat immer wahnwitzigere Formen angenommen. Nun ist es nicht so, dass ich Reliquien so zweifelnd gegenüberstehe wie die rücksichtslosen Ikonenstürmer in Byzanz. Als Andenken an einen Heiligen, um uns sein gottgefälliges Leben bildhaft vor Augen zu führen, dienen sie einem durchaus nützlichen Zweck. Doch wenn ich daran denke, wie der römische Stadtadel zurzeit im Wetteifer mit dem Klerus geradezu darum ringt, Reliquien in seinen Besitz zu bringen, ist das eine Schande. Von der Bestechlichkeit zur Erlangung einflussreicher Stellungen gar nicht zu reden. Laien ohne jedwede theologische oder auch anderweitige Bildung werden zu Bischöfen ernannt, sofern sie an die Kurie nur einen entsprechenden Betrag entrichten. Aber das ist leider so, seit die Tage Leos des Dritten der Vergangenheit angehören.«

Nach seinen letzten Worten stieß Thomas einen derart lauten und inbrünstigen Seufzer aus, dass eine auf dem Weg sitzende Katze die Flucht ergriff.

»Natürlich war auch damals nicht alles eitel Sonnenschein«, fuhr Thomas fort. »Ich bin zwar ein alter Mann, aber zur Verklärung der Vergangenheit neige ich dennoch nicht. Doch die derzeitigen Verhältnisse in Rom spotten wirklich jeder Beschreibung. Nicht nur die Einsetzung der Bischöfe und Exarchen, auch jede Papstwahl gerät doch zu einer hohnspottenden Angelegenheit, wenn nicht der geeignetste Bewerber den Thron besteigt, sondern der erfolgreichste Ränkeschmied. Ein Vorgang, der immer nach dem gleichen Muster abläuft, wenn man ihn einmal durchschaut hat. Der Adel der Stadt Rom hat im Alltag den größten Einfluss auf die Wahl. Im Grunde haben die Byzantiner und der römische Klerus ein größeres Gewicht, doch die Kaiser im fernen Griechenland können diesen Anspruch nicht mehr durchsetzen, seit sie das Hinterland meiner Heimatstadt Ravenna verloren haben. Und die römischen Kleriker bilden zwar eine nach außen geschlossen wirkende Gruppe, sind aber insgeheim mehr ihren einflussreichen Familien verpflichtet als der Mutter Kirche. Also bauen die Römer immer wieder verschiedene Günstlinge als angebliche Anhänger der einzelnen, untereinander zerstrittenen fränkischen Könige auf, nebst einem oder mehrerer Kandidaten der Byzantiner. Gewählt wird derjenige, dessen Förderer am meisten zahlt. Aber wer auch immer auf dem Papststuhl sitzt, an der wirklichen Machtverteilung in der Kurie und der Stadt Rom ändert das so gut wie nichts, da das Adelspack Macht und Einfluss nach einem fein ausgewogenen Ordnungsprinzip unter sich aufgeteilt hat. Und gerät dieses Prinzip doch einmal aus dem Gleichgewicht, so gibt es eben eine kurzzeitige Häufung zufälliger Unglücke. Wen wundert es da noch, dass ein Leben in Rom kürzer ist als im angeblich so barbarischen Frankenreich.«

Gernot blickte zu Tariq, dessen Aufmerksamkeit jedoch mehr den Gemüsesprösslingen auf dem Hochbeet zu gelten schien. Dass Thomas Ravennus sich zu allem und jedem gerne eine eigene Meinung bildete und auch dann nicht an Schelte sparte, wenn es um Missstände innerhalb der Kirche ging, war Gernot nur zu bekannt. Aber dass der Alte sich über die Zustände in Rom derart unverblümt äußerte, erstaunte ihn dann doch. Immerhin handelte es sich bei dem Papst um den geistlichen Führer der Christenheit. Sicher war auch er nur ein fehlbarer Mensch, doch die Bedeutung seines Amtes und die damit verbundene Achtung vor dem Inhaber verboten im Grunde ein derart harsches Urteil.

»Nichts für ungut, meine Herren Christen«, meldete sich Tariq überraschend zu Wort. »Ich hoffe, ihr verzeiht mir meine freimütige Einmischung. Wenn ich das so höre, dann lobe ich mir doch die Kalifatsordnung, wie sie in meiner Heimat herrscht. Nicht dass ich behaupten würde, wir hätten damit den vorbildlichsten Zustand erreicht, so vermessen bin ich nicht, schließlich heiße ich nicht Plato. Mit der Nachfolgeregelung für unsere verstorbenen Kalifen hatten auch wir schon mehr als einmal Schwierigkeiten im Laufe unserer Geschichte. Aber gleich zwei höchste Ämter in einem Gemeinschaftswesen wie bei euch Franken, eins für die geistliche und eins für die weltliche Führerschaft? Da ist die Saat für Auseinandersetzungen doch bereits ausgebracht.«

Gernot lachte. »Keine Sorge, deine Anmerkungen beleidigen unsere christlichen Ohren nicht – und keiner der übrigen Klosterbrüder hat sie gehört. Die Sache ist sogar in gewisser Weise zum Schmunzeln. Folgendes musst du nämlich wissen: Den Kaiser gleichzeitig zum weltlichen wie geistlichen Oberhaupt der Christenheit zu machen ist ein Gedanke, der unserem alten Magister bereits früher immer mal wieder im Kopf herumging. Nach dem Vorbild der römischen Herrscher, die ja auch Imperator und Pontifex Maximus in einer Person waren. Nur unser alter Kaiser Ludwig, der seinen Hofgelehrten immer recht freie Hand bei der Äußerung ihrer Überlegungen ließ, mochte das nicht hören – spätestens ab dem Augenblick, als der Kaiser von Byzanz sich mehr und mehr daranmachte, dies nicht mehr als undurchführbares Vorhaben zu betrachten, sondern versucht hat, es wahrhaftig in die Tat umzusetzen.«

»Damit hatte Kaiser Ludwig durchaus Recht«, sagte Thomas Ravennus. »In meiner Jugend hielt ich die Vereinigung aller Macht in einer Hand für einen guten Gedanken, da sie so ohne größere Umstände zum Wohle aller eingesetzt werden könnte, ohne auf die Eitelkeiten eines Haufens von Prinzen, Adligen und hohen Klerikern Rücksicht nehmen zu müssen. Doch gerade darin liegt die Schwierigkeit. Solche Machtfülle erfordert einen weisen und überaus gerechten Herrscher, wie selbst der große Karl keiner war. Man denke nur daran, wie es den Sachsen unter seiner Herrschaft ergangen ist. Und wenn ich daran denke, wie seitdem die fränkischen Prinzen und Könige immer wieder um die Kaiserwürde streiten, mag ich mir gar nicht vorstellen, wie viel härter die Auseinandersetzungen wären, ginge es gleichzeitig auch um den Thron Petri. Nein, zumindest unter den Franken würde eine derartige Regelung für noch mehr Unfrieden sorgen. Heute schäme ich mich, euch unerfahrenen Jünglingen damals derartige Flausen in den Kopf gesetzt zu haben.«

Die letzten Strahlen der Sonne verschwanden hinter den Bergen, und binnen weniger Atemzüge wurde es dunkel und kühl.

»Es ist spät, Freunde«, sagte Thomas. »Die Kälte setzt meinen mürben Knochen zu. Ich habe mich gefreut, dich nach so langer Zeit wiederzusehen, Gernot. Und auch du, Maure, bist ein kluger und angenehmer Wortstreiter. Wollt ihr nicht noch einige Tage bleiben und einem alten Mann ein wenig Gesellschaft leisten? Abwechslung ist hier rar, müsst ihr wissen.«

»Das würden wir gerne«, sagte Gernot. »Aber Karl stellt sein Heer auf, und wenn ich dort eine angemessene Stellung erhalten will, so müssen wir uns beeilen.«

»Ach ja, der verdammte Krieg«, seufzte Thomas, und Gernot schien es, als schimmerten die Augen seines alten Magisters feucht. »Und deine verdammte Rache, Gernot.«

Gernot versuchte vergeblich in den Schlaf zu finden. Mal störte ihn die stickige Luft in der Kammer, dann der muffige Geruch des Strohs, das ihm als Unterlage diente. Umstände, die Tariq keine Schwierigkeiten bereiteten, wie seine gleichmäßigen Atemzüge aus dem mit Weidengeflecht abgetrennten Nachbarraum verrieten. Mitternacht war bestimmt bereits vorüber. Dabei bedurfte Gernot dringend der Ruhe, morgen hatten sie einen anstrengenden Ritt vor sich.

In seiner Not stellte Gernot sich eine Schafherde vor und begann die Tiere zu zählen. Aber die Schafe waren unruhig, standen nicht still und liefen durcheinander. Manche zählte er doppelt, andere übersah er. Es war zum Verrücktwerden. Als ihm dann auch noch der Mond durch einen Spalt zwischen den Dachschindeln ins Gesicht schien, gab er auf.

Die Gedanken in seinem Kopf wirbelten umher wie Laub im Herbstwind. Was trieb ihn nur so um, dass er nicht zur Ruhe kam? War es das Wiedersehen mit seinem alten Lehrer, das ihn so aufgewühlt hatte? Oder der näher rückende Waffengang und die Hoffnung, Rache an Lothar nehmen zu können? Gernot fand keine schlüssige Erklärung.

Jetzt suchten ihn auch noch Erinnerungen an Besslingen heim. Der Abschied von Mechthild, ihr letzter Blick, der sich ihm unauslöschlich ins Gedächtnis eingebrannt hatte. Gernot musste schwer schlucken. Es fehlte nicht viel, dass ihm die Tränen kamen.

Plötzlich knarrte die Stiege, die zum Dachgeschoss führte. Unwillkürlich griff Gernot nach seinem Dolch und setzte sich auf. Kebirs leises Knurren nebenan verriet ihm, dass er sich nicht geirrt hatte.

»Gernot?«, ertönte ein raukehliges Flüstern. »In welcher Kammer ruhst du?«

Gernot legte den Dolch zur Seite und stand auf.

»Hier, Magister Thomas«, sagte er und zog den derb geknüpften Vorhang zur Seite, der den Eingang abdeckte. »Was führt Euch zu dieser Stunde hierher?«

»Ich muss mit dir sprechen«, raunte der Alte. »Dringend. Lass mich eintreten.«

Während der Benediktiner auf der Schlafpritsche Platz nahm, griff Gernot nach Feuerstein und Zunder, um die Kerze anzuzünden. »Kein Licht«, sagte Thomas Ravennus. »Der Custos könnte es sehen.«

Gernot entriegelte die Fensterlade und drückte sie auf. Nun fiel wenigstens so viel Mondlicht ein, dass jeder die Umrisse des anderen erkennen konnte. Dann setzte er sich auf seine Packtaschen, die an der Wand lehnten. Thomas rülpste. Selbst auf die Entfernung von zwei Armlängen konnte Gernot den säuerlichen, weingeistigen Atem des Mönchs riechen.

»Ich habe lange mit mir gerungen, ob ich es dir erzählen soll oder nicht«, sagte Thomas Ravennus. »Immerhin musste ich ihm seinerzeit schwören, gegen jedermann zu schweigen, und solche Schwüre leiste ich nicht leichthin. Nun aber, da du in den Krieg ziehen wirst, hast du ein Recht darauf, die Wahrheit zu erfahren, damit du im Ernstfall die richtige Entscheidung treffen kannst.«

»Verzeiht, Magister, aber Ihr sprecht in Rätseln«, sagte Gernot. »Wer ist derjenige, dem Ihr einen Schwur leisten musstet? Und worum ging es dabei?«

»Lothar. Er war es, dem ich Stillschweigen schwören musste. Doch wie gesagt, ich finde, es ist an der Zeit, diesen Schwur zu brechen.«

Dafür, dass Thomas Ravennus stets ein Mann klarer Worte war, redete er in dieser Angelegenheit bemerkenswert um den heißen Brei herum. Gernot beschloss, nicht noch einmal nachzufragen, sondern dem Magister Zeit zu lassen. Die brauchte er offenbar, um seine Gedanken zu ordnen und die richtigen Worte zu finden. Nach einer Weile räusperte er sich.

»Um es kurz zu machen, Gernot – es geht um deinen Sohn. So, jetzt ist es heraus.«

Gernot war, als hätte ihn ein Keulenhieb getroffen.

»Meinen Sohn?«, stammelte er. »Ich habe keinen Sohn. Ich habe nur ein Kind gezeugt, und das ist mit Mechthild bei der Geburt gestorben.«

»Nein, das ist es nicht. Mechthild ist gestorben, ja, aber das Kind hat überlebt.«

»Was redet Ihr da? Hat Euch der Wein die Sinne umnebelt?«, fragte Gernot bitter.

»Es ist wahr, Gernot. Du hast einen Jungen, der den Namen Konrad trägt.«

»... Konrad? So hieß Mechthilds Vater.«

»Sie wagte es nicht, dem Jungen deinen Namen zu geben, um Lothar nicht unnötig herauszufordern. Deswegen verfügte sie vor ihrem Ableben, dass er den Namen ihres Vaters erhalten sollte.«

Gernot sprang auf, lief zum Fenster und starrte hinaus, nahm aber nichts wahr. Sein Blick war nach innen gerichtet. Er sollte Vater sein? Sein Kind war nicht unmittelbar nach der Geburt gestorben? Er konnte es nicht glauben. Vater eines beinahe achtjährigen Knaben? Er? Jäh drehte er sich um.

»Ich verstehe das nicht«, sagte er mit staubtrockenem Mund. »Warum erfahre ich das erst jetzt? Warum hat mir Mechthilds Schwester Anna eine andere Nachricht zukommen lassen?«

»Die Antworten darauf kenne ich nicht. Ich selbst habe von dem Knaben Konrad erst erfahren, als er bereits zwei Jahre alt war. Damals befand er sich in der Obhut einer der Hofdamen Lothars. Dann verfügte Lothar, dass der Junge in einem Kloster unterzubringen sei, und beauftragte mich mit der Durchführung.«

»Mein Gott!« Gernot musste sich an die Wand lehnen. Er zitterte am ganzen Leib. »Wohin habt Ihr ihn gebracht? Ist er noch immer in diesem Kloster?«

»Ich habe ihn nach Fulda gebracht, zu meinem Freund Abt Rabanus Maurus, wo er in der Klosterschule unterrichtet wird. Zusammen mit einem anderen, mir von Gott zum

Schutz anbefohlenen Knaben. Die beiden sind wie Brüder zueinander, auch wenn sie etliche Jahre trennen.«

»Wie kam es dazu? Ich meine, warum hat Lothar ihn am Leben gelassen?«

»Mir wurde zugetragen, Mechthild habe Lothar vor ihrem Tod angefleht, den Knaben zu schonen. Diese Bitte hat er ihr gewährt, warum auch immer. Vielleicht um eines Tages ein Pfand gegen dich in der Hand zu haben. Näheres könnte dir womöglich mein Freund Abt Marcellus in Paris berichten. Seit sein Kloster vor einigen Jahren niedergebrannt ist, wohnt er bei der Kirche der Heiligen Mutter Gottes. Seinerzeit war er als Lothars Leibseelsorger in Besslingen zugegen.«

»Konrad.« Gernot schüttelte den Kopf und atmete einmal tief durch. »Wann habt Ihr ihn zuletzt gesehen, Thomas? Wie sieht er aus? Schlägt er nach mir?«

»Das letzte Mal war ich vor zwei Jahren in Fulda. Konrad ist gut geraten. Er hat deine hohen Wangenknochen, auch deine gedrungene, kräftige Gestalt, aber seine Haare und Augen sind dunkel.«

»Das hat er von Mechthild. Mein Gott, ich glaube, nie ist ein Mann unverhoffter Vater geworden. Ich werde meine Pläne ändern. Ich muss sofort nach Fulda.«

»Das ist nicht möglich«, sagte Thomas Ravennus. »Abgesehen davon, dass du dafür das Mittelreich durchqueren müsstest, würde man dich nicht zu dem Jungen lassen. Vielmehr brächtest du nur sein Leben in Gefahr. Glaube mir, Lothar würde keinen Augenblick zögern, Konrad verschleppen zu lassen, sollte er erfahren, dass du versucht hast, Verbindung zu ihm aufzunehmen. Und zudem …«

»Ja?«

»Konrad weiß nicht, dass du sein Vater bist, Gernot.«

»Was glaubt er denn, wer sein Vater ist?«

»Ein unbekannter Adliger. Wie er übrigens auch die Hofdame, bei der er seine ersten beiden Lebensjahre verbracht hat, für seine Mutter hält.«

Gernot hatte Mühe nicht aufzuschluchzen.

»Warum habt Ihr mir überhaupt von Konrad erzählt, Thomas?«, fragte er wild. »Ihr macht mich zum Vater, um mir im gleichen Atemzug mein Kind wieder zu entreißen! Was macht es für einen Sinn, einen Sohn zu haben, wenn er seinen Vater nicht kennt? Schlimmer noch, wenn er nicht einmal weiß, wer seine Mutter war? O Lothar, du grausamer Hund, das wirst du mir büßen!«

»In deinem Schmerz siehst du die Angelegenheit nur aus deinem Blickwinkel«, sagte Thomas sanft. »Dabei vergisst du, dass das damals die einzige Möglichkeit war, Konrads Leben zu erhalten. Und nur darauf ist es angekommen. Schließe dich Karl an und besiege gemeinsam mit ihm Lothar. Danach wird Lothar keine Macht mehr haben, dich von deinem Sohn fernzuhalten. Ihr werdet Zeit haben, euch kennen zu lernen, und du kannst Konrad über seine wahre Herkunft aufklären. Also riskiere in der Schlacht nicht Kopf und Kragen! Deswegen habe ich dir von Konrad erzählt. Du hast nun einen Grund, am Leben zu bleiben, vergiss das nicht. Sonst wird der Knabe nie erfahren, wer ihn gezeugt und wer ihn geboren hat.«

Gernot sah ein, dass Thomas Recht hatte. Durch übereiltes und kopfloses Handeln würde er nur Schaden anrichten.

»Ihr spracht von einem zweiten Knaben, der wie ein Bruder zu Konrad steht. Wer ist das?«

»Sein Name ist Johannes. Ich kenne ihn seit seiner Geburt, bei der ich aufgrund außergewöhnlicher Umstände zugegen war. Er steht allein im Leben, sodass ich mich seiner angenommen habe. Die Mutter verstarb, unmittelbar nachdem sie ihn zur Welt gebracht hatte, und seinen Vater hat er nie kennen gelernt. Du siehst, Johannes' Schicksal ähnelt dem deines Konrad. Das verbindet die beiden über den Altersunterschied von fünfzehn Jahren hinweg.«

»Wisst Ihr, wer der Vater des Johannes ist?«

»In der Tat«, sagte Thomas Ravennus und kratzte sich durch sein Bartgestrüpp am Kinn. »In der Tat.«

»Wollt Ihr mir seinen Namen nicht sagen?«

»Ich weiß nicht recht ... Ach, was soll es. Eines Tages würdest du es ja doch erfahren. Er wurde von deinem Erzfeind gezeugt.«

Gernot fiel die Kinnlade herunter. »Von Lothar?«

»Hast du noch mehr Erzfeinde? Ich hoffe doch nicht.«

»Weiß Lothar –«

»Nein«, sagte Thomas entschieden und stand mühselig auf. Gernot reichte ihm die Hand zur Hilfe. »Und dabei soll es auch bleiben. Ich habe gesehen, wie Karl und Ludwig mit ihren Bastarden umgegangen sind. Das hat Johannes nicht verdient. Er ist ein junger Mann mit einem hoch entwickelten Geist. Wenn du ihn kennen lernst, wirst du das schnell bemerken.«

»Die Söhne der ärgsten Feinde sind die engsten Freunde. Was für ein Aberwitz.«

»Nichts währt ewig, auch Hass und Feindschaft nicht.« Als er den Vorhang bereits in der Hand hatte, drehte Thomas sich noch einmal um. »Ehe ich es vergesse, der Abt hat erlaubt, dass ihr so viel Brot und Käse mitnehmen dürft, wie ihr wollt. Dazu eine Flasche Öl und einen Beutel getrockneten Fisch. Die Dinge wird man euch morgen fruh in der Küche aushändigen.«

»Habt Dank, Thomas Ravennus«, sagte Gernot. »Für alles.«

»Schon gut, mein Sohn.«

Gernot lag noch lange wach. Immer wieder versuchte er

sich das Gesicht seines Sohnes vorzustellen, doch vor seinem geistigen Auge erschien nur Mechthilds Antlitz. Ihre milchweiße Haut mit den feinen Gesichtszügen, umrahmt von langem dunkelbraunem Haar. Dazu ihre Augen, so dunkel und geheimnisvoll wie eines der Maare im Mayengau. Kurz bevor der Hahn krähte, schlief er endlich ein.

Ile de France, Frühjahr 841

Tariq war völlig verblüfft, als Gernot ihm am nächsten Tag von seiner unverhofften Vaterschaft berichtete. Er erbot sich, an Gernots statt nach Fulda zu reiten und eingehende Erkundigungen über den Jungen einzuholen. Aber Gernot lehnte ab. Er wollte zunächst mit Abt Marcellus in Paris sprechen. Danach würde man weitersehen.

Je weiter sie nach Norden kamen, desto sorgloser bewegten sie sich. Im aquitanischen Süden hatte Gernot noch befürchtet, ein Lothar verbundener Burgherr könnte ihn erkennen. Doch hier in der Francia, wo Karl der Kahle seine Herrschaft unmittelbar ausübte, fühlte er sich einigermaßen sicher. Sie schliefen auch immer seltener wie die Wegelagerer im Unterholz, sondern kehrten nachts in Gasthäuser ein.

Nach mehr als zehn Tagen anstrengenden Ritts näherten sie sich der größten Stadt des westlichen Frankenreiches. Da es in der Umgebung von Paris nur wenige Wälder gab und stattdessen allenthalben Getreide und Feldfrüchte angebaut wurden, konnten sie die Mauern und Kirchtürme der Stadt schon von weitem ausmachen. Paris, das unbestrittene Zentrum des Handels, auch wenn König Karl nicht hier, sondern im weiter nördlich gelegenen St. Denis residierte.

Waren die beiden Freunde im Süden meist allein auf den

Straßen unterwegs gewesen, so herrschte auf den Zufahrtswegen zur Stadt reger Betrieb. Die meisten Menschen waren zu Fuß unterwegs. Bauern, die mit Obst, Gemüse, Eiern und Getreide beladene Kiepen schleppten oder Handkarren mit Käfigen voller Hühner und Tauben zogen, andere trieben Schweine und Kühe vor sich her. Von Zeit zu Zeit war ein schwerfälliger, von Ochsen oder Maultieren gezogener Wagen mit plump wirkenden Scheibenrädern zu sehen. Die Wagen wurden von Fernhändlern gelenkt, die Weinfässer, Stoffballen, Felle und – auffallend häufig – Metallwaren heranschafften. Nachschub für die Waffenschmiede Karls.

Am Ufer der Seine mussten Gernot und Tariq eine ganze Weile warten, ehe sie von den Wachtposten auf die Brücke gelassen wurden. Paris befand sich auf einer Insel inmitten der Seine und bot so die beste Möglichkeit, den Fluss zu überqueren. Entsprechend war der Andrang. Die Akzisenmauer der Stadt schloss die gesamte Seineinsel ein, und bereits vor dem Überqueren des Flusses war der stattliche Brücken- und Wegezoll zu entrichten. Eine Abgabe, die auch Gernot und Tariq nicht erspart blieb, doch wenigstens entfiel für sie die zeitraubende Stapelpflicht, da Tariq von den verschiedenen Sorten Olivenöl, getrockneten Früchten und den Seidenstoffen nur Warenproben mit sich führte. Dieses städtische Gesetz schrieb jedem Händler, der mit einer einen festgesetzten Wert überschreitenden Frachtladung durch die Stadt zog, vor, seine Waren auf dem mehrmals in der Woche stattfindenden Markt anzubieten. Das erhöhte zum einen den Warenumschlag innerhalb der Mauern; zum anderen hatten die Stadtoberen so die Möglichkeit zu überprüfen, ob der von den Kaufleuten bei der Berechnung des Zolls angegebene Verkaufswert der Waren auch den Tatsachen entsprach.

»Siehst du, auch die Christenmenschen verstehen sich auf

die Kunst, ihr Geld durch Handel zu mehren«, meinte Gernot zu Tariq, dessen Gesichtsausdruck aufrichtige Bewunderung für diese schlaue Verordnung verriet.

Als sie endlich ihren Zoll entrichtet hatten und über die Brücke in die Inselstadt einreiten konnten, dämmerte es bereits. Obwohl die engen Gassen der Stadt eine erstaunliche Menge an Gasthäusern aufwiesen, war es nicht leicht, eine Unterkunft für die Nacht zu bekommen. Nicht nur Händler, sondern auch zahlreiche niedere Adlige wie Gernot waren mit ihren Mannen aus den Provinzen in die Stadt gekommen. Der Gasthof, in dem sie schließlich unterkamen, war daher nicht gerade das erste Haus am Platz, aber dennoch annehmbar, verfügte er doch über einen bewachten Stall für die Reittiere und bot den Gerüchen nach zu urteilen, die der Küche entströmten, eine vernünftige Verpflegung. Als der Wirt den Preis für Übernachtung und Essen nannte, musste selbst Tariq einen Moment innehalten. Zwar war es für einen wohlhabenden Kaufmann wie ihn ein Leichtes, den Betrag zu zahlen, dennoch musste auch er scharf nachdenken, um sich zu erinnern, wann er das letzte Mal eine derart stolze Summe für ein gewöhnliches Nachtlager bezahlt hatte. Immerhin gab es Lamm zum Abendessen, und so konnte der Muselmane wie sein christlicher Reisegefährte das Mahl reuelos genießen.

»Hier in Paris herrscht eigentlich immer viel Trubel«, sagte der Wirt, nachdem er Fleisch, Brot, Wein und Wasser aufgetragen hatte. »Aber so ein Bienenstock wie zurzeit war die Stadt schon lange nicht mehr. Am Hof des Königs wird zum Kampf gerüstet, und der bevorstehende Krieg zieht Menschen aus allen Teilen des Reiches an. Ritter und Vögte mit ihren Mannen, die dem Kriegsruf ihres Lehnsherrn folgen. Händler, die dem König Eisen, Pferde oder Eibenholz zum Bau von Bögen anbieten. Abenteurer, die auf leicht verdienten Sold hoffen. Und natürlich eine Menge Räuber und Diebe, die hoffen, all den anderen ihr Geld wieder abzunehmen. Seht Euch also gut vor, wenn Ihr in den Gassen unterwegs seid!«

»Habt Dank für die Warnung«, sagte Gernot. »In der Tat wollen wir uns heute Abend noch ein wenig umsehen. Könnt Ihr uns sagen, wo die Kirche der Heiligen Mutter Gottes liegt? Wir sind auf der Suche nach Abt Marcellus. Vielleicht ist er Euch bekannt.«

»Den Abt kennt jeder hier. Jetzt hat ihn der König auch noch als Berater zu sich an den Hof geholt. Er lebt jedoch nicht im Palast in St. Denis, sondern hier in Paris, gleich neben der Kirche. Wenn Ihr den Gasthof verlasst, wendet Euch nach rechts und geht bis zum Geflügelmarkt. Dort biegt Ihr nach Osten ab. Die Kirche auf der Inselspitze könnt Ihr gar nicht verfehlen.«

Trotz der vorgerückten Stunde waren Straßen und Gassen der Stadt belebt wie am Tage. Der Markt war zwar schon bei Sonnenuntergang geschlossen worden, aber noch immer waren zahlreiche Kaufleute damit beschäftigt, ihre unverkauften Waren wieder in die Planwagen zu verstauen, die am Rande des Platzes standen. Fast alle Händler trugen Dolche in den Gürteln, manche sogar Schwerter. Auch einige Dutzend der Männer, die in der Hoffnung auf eine Verpflichtung als Söldner im Heer Karls auf dem Weg zum Königshof waren, hatten hier bereits eine erste Anstellung gefunden. Mancher Kaufmann vertraute beim Schutz seines Besitzes nicht allein auf seine eigene Klinge, sondern hatte drei oder vier kampfkräftig wirkende Haudegen angeheuert, die über Nacht beim Wagen blieben und abwechselnd Wache hielten. So waren die meisten der Karren von kleinen Trupps umlagert, die ein Feuer auf dem Pflaster entfacht hatten, einen Schlauch billigen Weins kreisen ließen und grölend schmutzige Lieder sangen. Spärlich mit Keulen, Spießen oder im besten Fall jämmerlich schartigen Schwertern bewaffnet, handelte es sich bei ihnen überwiegend um freigelassene Leibeigene oder verarmten Landadel, manchmal auch um dritt- oder viertgeborene Söhne eines Ritters, für die bei der Erbteilung nur eine alte Klinge und Brünne übrig geblieben waren. Ob einst leibeigen oder adlig geboren, dachte Gernot, Armut macht alle gleich.

Als sie in eine etwas breitere Gasse in Richtung Osten einbogen, brandete ihnen heftiger Lärm entgegen. Auch hier befanden sich zahlreiche Gasthäuser, die jedoch nicht darauf ausgelegt waren, ihren Gästen eine Unterkunft für die Nacht und ein warmes Essen zu bieten. Vielmehr floss der Wein in Strömen, und die betrunkenen Zecher lachten und johlten beim Würfelspiel. Nahe der Eingänge standen kleine Gruppen von Frauen. Ihre offen getragenen Haare und ihre Kleidung, bestehend aus einem ärmellosen Übergewand und einem gerade einmal die Knie bedeckenden Rock, ließen wenig Zweifel an ihrem Gewerbe aufkommen. Angesichts derartiger Lasterhöhlen bemühte Tariq sich erkennbar um eine Beschleunigung seines Schrittes. Dafür fiel Gernot auf, dass der Maure buchstäblich jedem Bettler, an dem sie vorüberkamen, eine Münze zuwarf.

»Wenn du in einer Stadt wie Paris allen Bettlern ein Almosen gibst, bist du beizeiten selbst ein armer Mann«, sagte Gernot. »Außerdem: Weißt du nicht, dass es oft genug nicht die blanke Not ist, die die Menschen dazu treibt, sondern dass die Bettelei gerade in den großen Städten ein regelrechtes Gewerbe ist? Wenn du dem Vorschub leistest, werden diese Menschen niemals einer nützlichen Tätigkeit nachgehen.«

»Aber das tun sie doch«, entgegnete Tariq.

»Wie das?«

»Besieh es so: Der Prophet schreibt vor, dass jeder Gläubige den Zehnten seines Einkommens an die Armen zu verteilen hat. Gerade bei Kaufleuten wie mir kommt da eine hübsche Summe zusammen. Gäbe es nun keine oder zu wenige Bettler, wie würde ich meine Armenspende dann los? Diese Almosen sind eine der fünf Grundpflichten unseres Glaubens. Würde ich nicht regelmäßig den vorgegebenen Anteil entrichten, hätte ich nie die Gelegenheit, ins Paradies einzugehen. Also üben die Bettler ein ehrbares Gewerbe aus, weil sie uns helfen, die Gebote Gottes zu befolgen.«

Diese Denkweise erschien Gernot mehr als eigenwillig. Aber ehe ihm eine geistreiche Entgegnung einfiel, kam die Kirche der Heiligen Mutter Gottes in Sicht, deren Turm sich schwarz gegen den nachtblauen Himmel abzeichnete und in deren Schatten das Heim des Abtes Marcellus liegen sollte.

Ein Priester, den sie in der Kirche antrafen, entzündete einen Kienspan, reichte ihn Gernot und wies ihnen den Weg durch den seitlichen Ausgang des Kirchenschiffes. Über einen stockfinsteren Innenhof kamen sie zu einem flachen lehmverputzten Gebäude, das dem Gotteshaus angegliedert war. Die Fensterladen waren geschlossen, und es herrschte Totenstille.

Nach einigem Suchen entdeckten sie eine halb offen stehende Tür. Gernot klopfte, und eine überraschend jung klingende Stimme bat sie herein. Der Raum war so niedrig, dass Tariq und selbst Gernot, der deutlich kleiner war, den Kopf einziehen mussten. Abt Marcellus war ein in die Jahre gekommener Mann mit mürrischem Gesicht, in dem aber wache Augen einen erfreulichen Gegensatz zu den heruntergezogenen Mundwinkeln bildeten. Er saß an einem mit Kerzenwachs bekleckerten Pult über einem Bogen Pergament, der mit zahlreichen, überwiegend wieder durchgestrichenen Textzeilen beschrieben war.

»Seid gegrüßt«, sagte der Alte. »Mit wem habe ich die Ehre und womit kann ich Euch dienen?«

»Ich bin Gernot von Besslingen und soll Euch Grüße von Bruder Thomas Ravennus aus dem Kloster von Aniane überbringen«, sagte Gernot. »Und dies ist mein Begleiter aus den südlichen Landen.«

»Danke für die Grüße«, sagte der Abt und verengte für einen Moment die Augen, als hätte eines der Worte in seiner Erinnerung einen Funken entfacht. »Geht es dem alten Thomas gut? – Ich habe ihn schon ewig nicht mehr gesehen. Früher haben wir so manche Nacht am Herdfeuer verbracht, weil irgendeine verzwickte Frage uns beide keinen Schlaf finden ließ und der ausgiebigen Erörterung bedurfte. Übrigens hättet Ihr Euren Begleiter nicht so kryptisch zu beschreiben brauchen. Selbst wenn er kein Christenmensch sein sollte, so ist er mir doch willkommen. Stellt ihn mir also ruhig vor.«

»Tariq as-Suri, Kaufmann aus Cordoba«, holte Gernot sein Versäumnis nach. »Und er ist des Lateinischen wie des Griechischen mächtig.«

»Somit haben wir keine Verständigungsschwierigkeiten.« Marcellus wies auf eine Holzbank an der Wand und bedeutete seinem Besuch, Platz zu nehmen.

»Habt Dank, aber wir wollen Euch nicht von Eurer Arbeit abhalten«, sagte Gernot mit einem Seitenblick auf Pergament, Feder und Tintenschälchen.

»Unfug, Ihr haltet mich von nichts Bedeutsamem ab. Im Gegenteil. Setzt Euch, setzt Euch!«

So unbequem die Bank war, auf ihr saß es sich noch immer besser, als es sich mit eingezogenem Kopf stand. Kaum hatten sie sich niedergelassen, tauchte ein kleiner schmutziger Hund auf, der einer Ratte nicht unähnlich war, und beschnüffelte eingehend Tariqs Hosenbeine. Denen haftete

Kebirs Geruch an, den sie zum Schutz ihrer Habseligkeiten in der Kammer des Gasthofs zurückgelassen hatten. Als Tariq den Hund kraulen wollte, flüchtete der unter das Pult.

»Bei dem, was Ihr hier seht«, sagte Marcellus und wies auf seine missglückten Entwürfe, »handelt es sich um den Anfang eines Gedichtes zum Lobe der Kahlköpfigkeit. Der Kahlköpfigkeit, das muss man sich einmal vorstellen! Schon unter üblichen Umständen wäre das ein lächerliches Vorhaben. Aber ausgerechnet jetzt! Unser Land und sein König befinden sich in einer äußerst heiklen Lage, der Krieg steht unmittelbar bevor. Die Bündnisverhältnisse müssen jeden Tag aufs Neue ausgelotet werden, die Interessen jedes einzelnen Fürsten sind zu beurteilen und angemessen zu berücksichtigen. Die verschiedenen Schriftwechsel, insbesondere der mit seinem Bruder Ludwig, müssten Wort für Wort abgewogen werden. Bedenkt nur, welche Folgen es haben könnte, würden die Verbündeten sich durch eine unbedachte Formulierung gegenseitig beleidigen! Und dann die notwendigen planerischen Überlegungen, nicht nur im kriegerischen Bereich, sondern auch bezüglich Handel und Landwirtschaft. Das Heer wird schon bald Nachschub an Waffen, Nahrung und auch Männern brauchen. So etwas will gut vorbereitet sein. Sollte es eng werden, kann man nicht einfach Getreide beschlagnahmen und die Bauern zum Kriegsdienst einziehen, die Nahrungsgrundlage des ganzen Landes würde zusammenbrechen.«

Marcellus klopfte mit seinem Zeigefinger energisch aufs Pult.

»Da ist Tag wie Nacht härteste Kopfarbeit gefragt. Doch was tut Karl, das Bürschchen? Er weist einen seiner – bei aller Bescheidenheit – fähigsten Berater an, in einem Gedicht seine königliche Kahlköpfigkeit zu rühmen, anstatt ihn sich die erforderlichen Gedanken machen zu lassen. Das kommt davon, wenn man unter der Fuchtel einer herrschsüchtigen Mutter aufgewachsen ist. Diese Judith soll der Teufel holen!«

»Ihr führt gewagte Reden, werter Abt.«

»Ach!« Marcellus machte eine wegwerfende Geste. »Seit ich mein Kloster, mein Lebenswerk durch einen Brand verloren habe, ist mir alles einerlei. Sollen sie mich für mein Geschwätz doch köpfen.«

»Und was gedenkt Ihr zum Lobe der Kahlköpfigkeit anzuführen?«

»Nun ja, das ist nicht so einfach, das seht Ihr ja selbst. Gutes Aussehen scheidet aus naheliegenden Gründen aus. Ich hatte an besondere Weisheit und auch die außergewöhnliche Manneskraft gedacht, die man den Kahlköpfen hin und wieder nachsagt. Es darf jedoch auch nicht zu übertrieben wirken, sonst fühlt Karl sich am Ende noch verhöhnt. Andererseits, vielleicht sollte ich es genau darauf anlegen, damit er mich davonjagt und ich mir ein ruhiges Plätzchen in einem abgelegenen Kloster im Süden suchen kann, um dort meinen Lebensabend zu verbringen. Vielleicht an der Seite meines alten Freundes Thomas, das wäre doch was!«

»Ich hatte mich schon gefragt, warum Ihr als königlicher Berater nicht bei Hofe, sondern hier in Paris lebt«, sagte Gernot. »Nun weiß ich es. Aber außer der Grußübermittlung haben wir Euch noch aus einem anderen Grund aufgesucht. Thomas Ravennus erwähnte, Ihr wäret anno 833 als Kaiser Lothars Leibgeistlicher mit ihm in Besslingen gewesen, wo er meine Burg hat schleifen lassen. Vermögt Ihr Euch an jene Ereignisse zu erinnern?«

Schlagartig legte sich Misstrauen wie eine Maske über Marcellus' Züge.

»Ich wusste doch gleich, dass ich Euren Namen schon einmal gehört habe. Hat Eure Frage einen bestimmten Grund?«

Gernot berichtete von seinem Exil in Cordoba und seiner fälschlichen Annahme, nicht nur seine Frau, sondern auch sein Kind verloren zu haben.

»Ah ja«, sagte Marcellus. »Jetzt verstehe ich. Ihr seid hier, um in der anstehenden Schlacht Vergeltung an Lothar und seinen Mannen für die Euch zugefügten Grausamkeiten zu üben. Und ich fürchtete einen Augenblick, Ihr wolltet mir altem Mann ans Leder. Dabei war ich es, der damals versucht hat, den Rasenden von seinem wahrhaft unchristlichen Rachetreiben abzuhalten. Leider vergebens. Unmittelbar nach den Ereignissen habe ich dann mein Amt in Lothars Diensten niedergelegt.«

»Erzählt mir bitte genau, was vorgefallen ist. Hat es bei der Schleifung der Burg viele Tote gegeben?«

»Seid Ihr sicher, dass Ihr alle Einzelheiten hören wollt?«

Gernot nickte stumm.

»Wie Ihr meint«, sagte Marcellus und schloss das Tintenschälchen, damit die Schreibflüssigkeit nicht eintrocknete. »Kaum in Besslingen eingetroffen, ließ Lothar alle Bewohner der Burg und des kleinen Dorfes zusammentreiben, darunter eine hochschwangere Frau, die er mit Namen ansprach, demnach kannte. Eine ziemlich rüde Befragung der Menschen ergab, dass Ihr, Gernot, den Ort erst zwei Tage zuvor mit unbekanntem Ziel verlassen hattet. Das brachte den ohnehin schäumenden Lothar noch mehr in Raserei, und er befahl seinen Mannen, sämtliche Bewohner in die Wälder zu jagen. Mit Ausnahme zweier Frauen. Der Schwangeren, die, wie ich erst da erfuhr, Euer Weib war, und ihrer Schwester. Was dann folgte, kann ich nur als einen Akt tiefster Barbarei bezeichnen.«

Gernot merkte, wie das Blut hinter seinen Schläfen zu pulsieren begann.

»Lothar ordnete an, dass die Frauen hinzurichten seien.

Da warf sich ihm Euer Weib zu Füßen und bat um Gnade. Nicht für sich, wie sie betonte, sondern für ihr ungeborenes Kind. Sie bat, es noch zur Welt bringen zu dürfen, danach sei sie bereit, vor den Scharfrichter zu treten. Zunächst dachte ich, Lothar sei nicht einmal dazu bereit, und bat ihn, sich großherzig zu zeigen, wie sein Vater und sein Großvater es getan hätten, und beiden Frauen das Leben zu lassen. Da schrie er mich an, das Einzige, was ich zu tun hätte, sei, ihm nach vollendeter Tat die Beichte abzunehmen. Aber immerhin besann er sich und gewährte der Frau ihre Bitte. Außerdem sagte er zu, die Schwester der Frau zu verschonen, damit sie sich um das Kind kümmern könnte. Zwei Tage blieben wir an dem inzwischen menschenleeren Ort, dann setzten bei Eurem Weib die Wehen ein. Mit Hilfe ihrer Schwester brachte sie einen gesunden Knaben zur Welt. Lothar gestattete ihr, das Kind einmalig zu stillen, dann musste sie es ihrer Schwester übergeben, und das unvermeidliche Schicksal nahm seinen Lauf.«

Gernot war wie erstarrt, fand aber doch die Kraft zu sprechen, wenn auch mit ihm völlig fremder Stimme.

»Fahrt fort, Marcellus. Berichtet mir von ihrem Ende.«

Marcellus blickte fragend zu Tariq, aber dessen Miene blieb regungslos.

»Nun gut«, sagte der Abt. »Es war später Abend, überall brannten Feuer, weil die Burg und das Dorf noch in jener Nacht niedergebrannt werden sollten. Euer Weib musste vor Lothar hinknien, und er erlaubte ihr, noch ein letztes Gebet zu sprechen. Das lehnte sie ab, gemahnte ihn aber noch einmal vor allen Männern an das gegebene Wort, das Kind und ihre Schwester zu schonen. Dazu bekannte er sich erneut, dann hob er das Schwert. Mir schien es wie eine Ewigkeit, wie sie so verharrten – Euer Weib, das Haupt erhoben und Lothar furchtlos anblickend, er mit gereckten

Armen und versteinerten Zügen auf sie hinabstarrend. Und dann geschah etwas völlig Unerwartetes. Er ließ das Schwert sinken, trat zur Seite und gab einem seiner Gefolgsleute ein Zeichen. Der vollendete mit einem Streich, wozu Lothar selbst nicht in der Lage gewesen war.«

»Wer war jener Gefolgsmann?«, fragte Gernot mit einer Stimme, die aus der Hölle zu kommen schien.

»Eberhard von der Pfalz, einer der übelsten Spießgesellen, die Lothar eng verbunden sind.«

Der Raum, in dem sie sich befanden, kam Gernot plötzlich viel zu eng vor. Die Luft war verbraucht. Kalter Schweiß perlte auf seiner Stirn. Schwerfällig stand er auf und ging hinaus. Über ihm spannte sich der nächtliche, wolkenlose Himmel. Wie Edelsteinsplitter waren die Sterne über das Firmament verstreut. Als Gernots Augen sich mit Tränen füllten, begannen die Sterne zu funkeln.

Auf einmal stand Tariq neben ihm, nahm ihn behutsam bei der Schulter und führte ihn fort. Auf dem Weg durch die Gassen sprachen sie kein Wort. Als sie an den Spelunken vorbeikamen, löste Gernot sich und steuerte auf eines der Häuser zu. Die am Eingang wartenden Frauen machten wortlos Platz. Keine wagte es, sich ihm anzudienen, auch Tariq nicht, der ihm mit grimmigem Gesicht folgte.

Sie wählten einen Tisch in einer dunklen Ecke, wo Gernot stumm einen Becher Wein nach dem anderen in sich hineinschüttete. Tariq ließ ihn gewähren. Die ersten Vögel zwitscherten bereits, als Gernots Kopf auf die Tischplatte sank. Tariq zahlte, stemmte den Volltrunkenen hoch und machte sich an die mühselige Aufgabe, ihn ins Gasthaus und auf sein Lager zu befördern.

*

Ingelheim, Herbst 828

Die Rebstöcke zu beiden Seiten des Ufers zeigten sich schwer behangen mit goldgelben oder tiefblauen Trauben; die Weinlese stand unmittelbar bevor. Der Rhein führte jetzt im Herbst nur mäßig Wasser. Bis auf ein oder zwei Stellen in der Strommitte hätte man ihn gefahrlos durchwaten können.

Der hochgewachsene, füllige Benediktiner im schwarzen Habit bevorzugte es jedoch, sich mit dem Fährkahn übersetzen zu lassen. Bereits im Sommer hatte er seinen Besuch mit einem Brief angekündigt, den aber weder der Fährmann noch seine Frau, die nebenbei ein Gasthaus am Anlieger auf dem linken Ufer betrieben, lesen konnten. Also hatten sie das Kind ihrer verstorbenen Schwester, das bei ihnen lebte, zum Pastor nach Ingelheim geschickt, um sich das Schreiben vorlesen zu lassen. Seitdem hatten sie den Mönch, der einst das Kind auf die Welt geholt hatte, beinahe täglich erwartet. Nun endlich war er da.

Die Frau und das Kind warteten bereits am Steg und halfen dem Fährmann, den Kahn festzumachen.

»Seid uns willkommen, Magister Thomas«, sagte die Frau und schlug scheu die Augen nieder.

Das Kind begrüßte ihn ebenfalls, betrachtete ihn aber mit Neugier. »Meine Güte, bist du groß geworden«, sagte der Magister und tätschelte ihm den Kopf.

»Ich werde bald zehn«, sagte das Kind.

»Das weiß der Magister doch«, sagte die Frau. »Er war bei deiner Geburt zugegen. Ohne ihn wärst du nicht am Leben.«

»Gehen wir ins Haus«, sagte der Fährmann. »Ihr seid gewiss hungrig von der langen Reise, Magister.«

Der Benediktiner speiste ausgiebig, sprach mehr als ordentlich dem Wein zu und unterhielt die gesamte Gaststube mit Geschichten von seinen Reisen. Erst als alle anderen be-

reits der Schlaf übermannt hatte, begab auch er sich zur Ruhe.

Am nächsten Tag unternahm er einen Gang durch die Weinberge, auf dem das Kind ihn begleitete. Es trug die neue Tunika und den Gugel, die der Magister ihm mitgebracht hatte.

»Solche feinen Kleider hat keiner meiner Freunde«, sagte das Kind. »Ich werde sie außer heute nur zum Sonntag tragen, wenn wir in die Kirche gehen.«

»Ihr geht nur zum Sonntag in die Kirche?«

»Der Weg ist weit und steil, Magister Thomas, und der Vater muss doch sonst alle Tage arbeiten und die Fährgäste übersetzen.« Das Kind machte ein verschmitztes Gesicht. »Aber unter der Woche geh ich noch einmal allein zum Pastor.«

»Was gibt es dabei zu grienen?«

»Im Grunde darf ich es niemandem sagen, aber ich glaube, Ihr seid verschwiegen. Der Pastor unterrichtet mich im Latein und im Lesen und Schreiben.«

»Das glaube ich nicht.«

»Doch. Er meinte, wenn ich schon mit einem so berühmten Mann wie Euch im Briefwechsel stünde, müsste ich auch die Briefe lesen können, die Ihr mir schreibt.«

Nun musste auch der Magister schmunzeln. »Aber du weißt, dass er das eigentlich nicht darf.«

»Ja«, sagte das Kind kleinlaut. »Aber warum eigentlich nicht? Weil ich meinen Bruder getötet habe?«

»Unfug!«, blaffte der Magister. »Wirft dir das irgendwer vor?«

Das Kind schüttelte den Kopf, dass der Zipfel des Gugels hin und her wippte. »Aber sie haben es mir gesagt. Ich bete jeden Tag für seine namenlose Seele. Und für die Seele meiner Mutter.«

»Daran tust du gut, mein Kind.«

Am Wegesrand lag ein mittelhoher Stein, der zum Rasten einlud. Schnaufend ließ der Magister sich nieder, und das Kind setzte sich an seine Seite.

»Ihr habt mir meine Frage noch nicht beantwortet«, sagte das Kind nach einer Weile. »Warum darf der Pastor mich nicht unterrichten?«

»Das ist so«, sagte der Magister, machte eine weitschweifige Geste, die wenigstens den halben Kosmos umfasste, und hielt dem Kind einen Vortrag, der mindestens ebenso umfangreich war. Das Kind jedoch hörte ihm bis zum Ende aufmerksam zu.

»Hast du jetzt verstanden, warum?«, fragte der Magister zum Schluss.

»Ja«, sagte das Kind. »Aber das ist ungerecht.«

Über diese Antwort grübelte der Magister den Rest des Tages nach. Als er sich am Tag darauf verabschiedete, um nach Ingelheim zu wandern, nahm er das Kind beiseite und drückte ihm ein schweres, in ein sackleinenes Tuch eingeschlagenes Bündel mit der Maßgabe in die Hand, es erst auszupacken, nachdem er abgereist war.

Kaum hatte der Mönch den Weg zur Pfalz unter die Füße genommen, schlich das Kind in seine Kammer und schlug das Tuch auseinander. Es beinhaltete die Heilige Schrift, das Wort Gottes, und der Widmung nach handelte es sich um das persönliche Exemplar des Magisters.

St. Denis, Frühjahr 841

Trotz der Zecherei vom Vorabend wachte Gernot am nächsten Tag nur wenig später auf als gewöhnlich. In einer nahe gelegenen Schmiede hatte der Arbeitstag bereits begonnen, und die Gesellen schlugen beherzt auf die glühenden Rohlinge ein. Gernot hatte das Gefühl, als würde ihm der Schädel platzen. Wie lange hatte er keinen Wein mehr getrunken! Und dann gleich in diesen Mengen.

Auf dem Hof steckte er erst einmal seinen Kopf in die Wassertonne. Auch dem Wirt war Gernots Zustand nicht verborgen geblieben, und mit einem Blick, der irgendwo zwischen Mitleid und Schadenfreude angesiedelt war, tischte er ihm ein paar Äpfel und einen Becher heißen Kräutertee auf. Beim Gedanken an Essen wurde Gernot speiübel. Dennoch zwang er sich, in einen der Äpfel zu beißen und den Tee zu schlürfen.

»Der Prophet wusste schon, was er sagt«, meinte Tariq, als er die Schankstube betrat.

Er verbarg seine maurische Abstammung nicht länger, sondern hatte seine prächtigsten Gewänder angelegt, um sich bei Hofe als Gesandter des Emirs vorstellen zu können.

»Ich wünsche auch dir einen guten Morgen«, brummte Gernot zurück.

Sein Hirn arbeitete noch schleppend, doch allmählich und bruchstückhaft setzte die Erinnerung an den gestrigen Abend wieder ein, und Abt Marcellus' Worte kehrten mit brutaler Klarheit in sein Bewusstsein zurück.

Mechthild war tot, das hatte er gewusst. Wäre sie, wie er geglaubt hatte, im Kindbett gestorben, so wäre das Schicksal gewesen. Aber dieses sinnlose gewaltsame Ende, das Lothar ihr bereitet hatte, war mehr, als Gernot ertragen konnte. Und dann war der Halunke auch noch zu feige gewesen, die Tat selbst zu vollbringen. Erneut hatte er sich Eberhards bedient, wie damals in dem Gasthaus zu Aachen, als die drei Handlanger versucht hatten, ihn im Schlaf zu meucheln. Mit der geballten Faust schlug sich Gernot vor die Stirn. Es war, als werde ihm der Schädel mit einem glühenden Beil gespalten. Aber genau das hatte er verdient. Niemals hätte er auf Mechthild hören und sie schutzlos in Besslingen zurücklassen dürfen. Er hätte dort bleiben und sich opfern müssen. Dann wäre Mechthild am Leben geblieben.

Tariq kannte den Freund nach all den Jahren gut genug, um dessen Stimmung auch ohne Worte zu verstehen.

»Dass du dich innerlich zerfleischst, macht deine Frau nicht wieder lebendig«, sagte er. »Zieh in den Kampf und rechne mit diesem Eberhard ab. Vielleicht findest du dadurch deinen Frieden. Lothar aber schone, wie es dir dein ehemaliger Magister geraten hat, um deines Sohnes willen.«

»Ich wünschte, ich wäre tot.«

»Solche Worte zeugen nur von Selbstmitleid, von sonst nichts«, fuhr Tariq ihn an. »Du bist ein Mann von Ehre, also benimm dich gefälligst auch so. Und nun lass uns reiten.«

Sie sattelten die Pferde, bezahlten den Wirt und verließen die Stadt in nördlicher Richtung. Die Straße nach St. Denis führte leicht bergan, war aber breit und gut gepflastert. Ansonsten hätte sie den Verkehr, der auf ihr herrschte, auch kaum bewältigen können. Die Händler, die in der Stadt rund um den Marktplatz gelagert hatten, waren als geschlossener Tross unterwegs. Mehrere Adlige mit ihren Gefolgsmannen hatten sich dem Zug angeschlossen, dazwischen fanden sich immer wieder bunt zusammengewürfelte Trupps von Söldnern, einige zu Pferde, die meisten jedoch zu Fuß. Gernot erkannte auf den ersten Blick, wer in den Haufen das Sagen hatte, und das waren nicht immer die Männer von adliger Herkunft.

Mit ihrem vergleichsweise leichten Gepäck ließen sie den Zug, dessen Geschwindigkeit sich nach den schwerfälligen Wagen richtete, bald hinter sich. Es war noch vor Mittag, als auf der Kuppe eines sanften Hügels die Pfalz von St. Denis in Sicht kam.

Die Anlage war von einer langen Mauer umgeben, die auch die zahlreichen Wirtschaftsgebäude und Heime der Hofbediensteten einbezog. Die eigentliche Pfalz bestand aus einem hohen, lang gestreckten Hallenbau, in dem unter anderem Speise- und Audienzsaal untergebracht waren. Der Anbau, der sich an die Rückfront anschloss, beherbergte die königlichen Gemächer, ein weiterer Flügel die königliche Küche. Nahe der Stirnfront des Pfalzgebäudes lagen die Unterkünfte der königlichen Leibgarde, die den Herrscher auf seinen Reisen durch das Reich begleitete.

Für das Heer, das dabei war, sich zu sammeln, reichten die Unterbringungsmöglichkeiten im Inneren der Pfalz bei weitem nicht aus. Daher war außerhalb des ummauerten Geländes eine regelrechte Stadt aus Zelten und einfachen Holzverschlägen entstanden. Das Gewimmel an Menschen stand dem in Paris kaum nach. Allenthalben qualmten Feuer. Vor den aus bunten Stoffen aufwendig genähten Zelten der Adligen brieten Schweine am Spieß, während ihre Gefolgsmannen und die zahlreichen Söldner große Tontöpfe in die Glut gestellt hatten, in denen Suppe vor sich hin köchelte.

Zwei Soldaten hielten Wache am Tor zur Pfalz, weitere Wachposten waren im Schatten des Torbogens dahinter zu erkennen. Die Soldaten trugen glänzend polierte Brünnen, lange Schwerter und Schilde mit großen bronzenen Schildbuckeln. Eine hochwertige und teure Ausrüstung, die sie als Angehörige des Ritterstandes auswies.

»Wer begehrt Einlass?«, fragte der Größere der beiden.

»Gernot, Ritter von Besslingen.«

»Wer ist Euer Begleiter?«

»Tariq as-Suri, Gesandter des Emirs von Cordoba.«

»Seid Ihr gekommen, um dem Kriegsruf Eures Lehnsherrn zu folgen?«

»Ich bin Karl nicht durch Lehnstreue verbunden. Dennoch bin ich bereit, für ihn in den Kampf zu ziehen, doch das würde ich ihm gerne selbst sagen.«

»Der König ist zurzeit auf der Jagd. Ihr dürft einreiten, aber meldet Euch unverzüglich bei Tankred von Hohenfels, dem Befehlshaber der königlichen Garde.«

Gernot und Tariq ritten ein. Im ersten Vorhof stiegen sie von den Pferden, die von Dienern übernommen wurden; sie wiesen ihnen auch den Weg zu den Unterkünften der Garde. Noch vor der Tür trafen sie auf einen stattlich gebauten Mann mit schulterlangen Haaren, der keine Rüstung trug, sondern mit einer rot gefärbten, mit gelben Stickereien verzierten Tunika und eng anliegenden Hosen bekleidet war. Ein locker um die Hüften gebundener, silberbeschlagener Gürtel vervollständigte seinen Aufzug. Gernot stellte sich und Tariq erneut vor. Ihr Gegenüber erwies sich als der gesuchte Befehlshaber.

In der Dienststube war es dunkel und muffig, es roch nach verschüttetem Wein. Tankred bot ihnen Stühle an und zog für sich einen weiteren heran, auf dem er rittlings Platz nahm.

»Von Besslingen heißt Ihr also«, sagte er und strich sich mit Daumen und Zeigefinger übers Kinn. »Gemäß meiner Kenntnis liegt dieses Lehen im Reichsteil Lothars. Seid Ihr Eurem Lehnsherren etwa abtrünnig geworden?«

»Ich war mit Besslingen noch von Kaiser Ludwig belehnt worden, in der Nachfolge meines Vaters«, sagte Gernot. »Als seine Söhne sich gegen ihn erhoben, war ich einer derjenigen, die ihm die Treue hielten. Nach unserer Niederlage auf dem Lügenfeld von Colmar floh ich vor Lothar und seinen Mannen ins Reich der Mauren. Als mir aber zugetragen wurde, dass Karl und der deutsche Ludwig sich zum Kampf gegen Lothar rüsten, hielt ich den Zeitpunkt für gekommen zurückzukehren.«

»Verstehe, verstehe.«

»Da ich dem König mein Anliegen gerne selbst vortragen möchte, bitte ich Euch, in meinem Namen um eine Audienz nachzusuchen.«

»Gewiss, gewiss. Wie man Euch sicher schon gesagt hat, ist der König mit einigem Gefolge zur Jagd ausgeritten. Sobald er zurückgekehrt ist, werde ich ihm Euer Anliegen vortragen. Bis dahin könnt Ihr Euch in den Mauern von St. Denis frei bewegen. Allerdings muss ich Euch ersuchen, Eure Waffen hier in der Obhut meiner Männer zurückzulassen. Ihr versteht gewiss, dass wir angesichts der augenblicklichen Lage äußerst vorsichtig sein müssen.«

Sowohl Gernots altes Schwert als auch Tariqs Prachtsäbel wurden in einer schweren, metallbeschlagenen Truhe eingeschlossen. Die übrigen Waffen hingen ohnedies an den Pferdesätteln.

Kebir bei Fuß, betraten sie den zweiten Innenhof, der Ausmaße hatte, die sogar Tariq staunen ließen. Der Platz bot Raum für zwei Turniere zugleich. Zurzeit tummelten sich hier wie schon vor den Mauern unzählige Kriegswillige, allerdings nur wenige von der zerlumpten Gattung. Daneben wurden nahezu alle Handwerke betrieben, die man sich vorstellen konnte.

In der Schmiede, die am östlichen Ende des Hofes an der dem Wind abgewandten Seite lag, schlug der Schmied gerade eine große, rechteckige Tonform auf, in der er breitflügelige eiserne Pfeilspitzen gegossen hatte. Korbflechter saßen auf Schemeln und flochten Tragkörbe, die an Maultieren befestigt werden konnten. Töpfer waren mit der Herstellung von Vorratsgefäßen unterschiedlichster Größen und Formen beschäftigt, während nebenan drei Männer mit verwirrend schnellen Bewegungen Seile aus Hanf drehten.

Angehörige der Leibgarde hatten in einer Ecke neben ihrer Unterkunft einen großen, drehbar gelagerten Schleifstein aufgebaut und bearbeiteten Schwerter und Lanzenspitzen. Andere waren mit dem Einfetten schwerer Eibenholzbögen beschäftigt. Drei ungestümen schlachtreifen Schweinen, die von einem vielleicht siebenjährigen Buben auf ein Gebäude zugetrieben wurden, aus dessen Dach ein gemauerter Schornstein ragte, konnten Gernot und Tariq gerade noch ausweichen.

»Das sieht mir nach der Küche aus«, sagte Gernot. »Dort kriegen wir sicher etwas zu essen.«

»Wenn du ans Essen denken kannst, muss es dir ja wieder besser gehen.«

Sie folgten dem Knaben mit dem schwarz-weiß gescheckten Borstenvieh, das bereits von einem Mann mit blutverschmiertem Leinenkittel und einem Messer in der Hand erwartet wurde. Dem Jungen verpasste er – wofür auch immer – eine schallende Backpfeife und beförderte die Schweine mit Fußtritten in einen Verschlag. Nur Wimpernschläge später setzte ein elendiges Gequieke ein.

Nachdem Tariq Kebir angewiesen hatte zu warten, betraten sie das Gebäude, das Gernot als Küche ausgemacht hatte. Als Erstes entdeckten sie mehrere bereits geschlachtete Schweine, die an den Hinterläufen von den Deckenbalken hingen. Daneben baumelten etliche Hasen, ein Stück weiter ein Dutzend an den Gurgeln aufgehängte Gänse, alles umschwirrt von Unmengen von Fliegen.

»So viel hatten wir schon lange nicht mehr zu tun«, sagte eine Stimme in ihrem Rücken. Es war der Schlachter, der seinen Kittel frisch besudelt hatte. »Heute Abend findet ein großes Festmahl statt, schließlich muss der König seine Getreuen bei Laune halten.«

»Meint Ihr, wir können hier einen Schlag zu essen bekommen?«, fragte Gernot.

»Natürlich. Geht durch in die Feuerküche und fragt die Frau, die am Herd steht. Sie hat hier das Sagen.«

Die Hitze, die ihnen nebenan entgegenschlug, war kaum zu ertragen. Unzählige Köche und Gehilfen veranstalteten mit ihrem Geschrei und ihrem Handwerkszeug einen gewaltigen Lärm. Vor lauter Rauch und Dampf konnte man nur wenige Armlängen weit sehen. Langsam tasteten sie sich durch den Nebel, vorbei an offenen Feuern, über denen sich Bratspieße drehten, und riesigen eisernen Kesseln, in denen es köchelte, brodelte und zischte.

Wer hier das Sagen hatte, hätte Gernot auch allein herausgefunden. Aus der entferntesten Ecke drang die durchdringende und keinen Widerspruch duldende Stimme einer Frau. Gerade pfiff sie einen Burschen an, weil er Öl verschüttet hatte. Dann wurde eines der Mädchen runtergeputzt, weil es mit dem Kneten eines Teiges nicht nachkam.

Vorsichtig, um niemandem im Wege zu sein und sich nicht an irgendeiner Pfanne oder einem Topf zu verbrennen, schoben sie sich weiter. Als sie hinter der Frau standen, die ein Schwein am Spieß, dessen Schwarte kurz vor dem Krachen war, mit einer hellen Flüssigkeit bestrich, äußerte Gernot seine Bitte nach Essen erneut, aber offenbar hörte sie ihn nicht. Also berührte er sie mit dem Finger an der Schulter, woraufhin sie wie eine Furie herumschoss.

Gernot war wie vom Donner gerührt. Weniger vor Schreck, sondern weil er für einen kurzen, verwirrenden Moment glaubte, seine Mechthild stehe vor ihm. Die Frau hatte die gleichen Gesichtszüge, allerdings war sie etwas kleiner und vor allem jünger.

Auch sie war verwundert, das war ihr anzusehen. Und schlagartig wusste Gernot, wen er vor sich hatte. Die Frau konnte niemand anders sein als Anna, Mechthilds jüngere Schwester.

Der Schlag mit der Pfanne erfolgte ansatzlos. Gernot vermochte gerade noch seinen Arm hochzureißen, damit ihn das Eisenteil nicht am Schädel traf. Dafür knallte es ihm umso schmerzhafter vor den Ellenbogen. Auf den zweiten Schlag war er allerdings gefasst, fiel Anna rechtzeitig in den Arm und entwand ihr die Pfanne.

»Dass du feiger Hund es wagst, dich noch einmal blicken zu lassen!«, fauchte sie ihn an.

»Hast du Schwierigkeiten?«, fragte eine Männerstimme zur Linken.

Wie aus dem Nichts war ein Baum von einem Kerl aufgetaucht, mindestens anderthalb Köpfe größer als Gernot und doppelt so breit. »Nein, schon gut«, sagte Anna, packte Gernot am Arm und zog ihn mit sich. »Wir gehen raus, dort sind wir ungestört. Und dem Menschen«, dabei zeigte sie auf Tariq, »gibst du einen Teller Fischsuppe, verstanden?«

Der Baum nickte.

Mal ziehend, mal schiebend wurde Gernot vor die Tür befördert. Trotz der hoch am Himmel stehenden Sonne war es draußen geradezu erfrischend gegen die Höllenhitze in der Küche. Unmittelbar vor dem Verschlag, in dem die Schweine geschlachtet wurden, baute Anna sich vor Gernot auf und stemmte die Hände in die Hüften. Ihre Augen waren schmal wie Schießscharten.

»Ich sage es nur einmal, Gernot von Besslingen«, zischte sie. »Deshalb solltest du gut zuhören. Kehr zurück in dein Mauseloch im Land der Ungläubigen, in dem du dich bisher verkrochen hattest, und lass dich hier nie wieder blicken. An Feiglingen, die ihre schwangere Ehefrau schutzlos ihren Feinden überlassen, während sie selbst davonrennen, um ihr eigenes armseliges Leben zu retten, herrscht hier kein Bedarf.«

Sie spie vor Gernot in den Staub. »Mit dir bin ich fertig!«

Sie wollte sich abwenden, doch Gernot hielt sie an der Schulter zurück.

»Ich aber nicht mit dir«, sagte er schneidend. »Kannst du dir nicht vorstellen, dass ich mir jede Nacht eben die Vorwürfe mache, die du mir gerade gemacht hast? Ja, ich habe einen unverzeihlichen Fehler begangen, als ich damals Mechthilds Drängen nachgab, mich in Sicherheit zu bringen. Sie war so überzeugt davon, dass ihr nichts geschehen würde, dass Lothar sie aufgrund seiner einstigen Leidenschaft für sie verschonen würde. Ich hielt das für sehr gewagt, doch das Wagnis auf der Flucht mit unserem Kind niederzukommen und es dabei zu verlieren, hielt Mechthild für größer. Ich hätte mich durchsetzen müssen, was ich aber nicht tat. Dafür trage ich auf ewig die Schuld. – Und nun verlange ich Auskunft von dir, warum du mir falsche Nachrichten hast zukommen lassen. Du hast mir Lügen über Mechthild und Konrad erzählt.«

Anna kreuzte die Arme vor der Brust, als fröstele sie.

»Das mit Konrad weißt du also?«

»Mein ehemaliger Magister Thomas Ravennus, der im Kloster Aniane als Mönch lebt, hat mir von ihm erzählt. Wie Mechthild gestorben ist, habe ich gestern von Abt Marcellus in Paris erfahren.«

»Dann weißt du auch, dass es nicht Lothar war, der sie getötet hat?«

»Ja, Eberhard von der Pfalz war der Mörder.«

Anna atmete mehrmals tief durch. »Warum, hast du gefragt. Weil Mechthild es von mir verlangte. Ich musste es ihr vor ihrer Hinrichtung schwören, damit du keinen Grund hättest, zurückzukommen und Rache zu nehmen. Um Konrads willen, aber auch um deinetwillen. Weißt du eigentlich, wie sehr sie dich geliebt hat? Den Tod bereits vor Augen, hat sie nur an dein Wohlergehen und das eures Kindes gedacht und nicht einen Herzschlag lang an ihr eigenes. O Gott, diese grausamen Stunden werde ich niemals vergessen!«

Gernot musste schlucken.

»Verzeih, Gernot, aber über all die Jahre hat sich meine Wut aufgestaut«, fuhr Anna fort. »Dabei weiß ich genau, dass ihr auch gemeinsam keine Möglichkeit gehabt hättet, mit dem Leben davonzukommen. Lothar hat damals an allen, die nicht bereit gewesen waren, auf seine Seite zu wechseln, grausamste Rache geübt. In allen Fällen, die mir bekannt geworden sind, hat er die gesamte Familie auslöschen lassen. Insofern ist es ein Wunder, dass er den kleinen Konrad und mich verschont hat.«

»Ich habe dir nichts zu verzeihen, Anna. Ich habe dir nur dafür zu danken, was du für Mechthild in ihren letzten Stunden getan hast.« Anna wischte sich mit dem Handrücken eine Träne aus dem Augenwinkel. »Konrad muss wohl eine Weile an Lothars Hof gelebt haben. Später wurde er weggebracht, vermutlich in ein Kloster. Was aus ihm geworden ist, weiß ich nicht.«

»Aber ich«, sagte Gernot. »Er lebt im Kloster Fulda. Nach dem Sieg über Lothar werde ich ihn dort aufsuchen.«

»Damit würde sich Mechthilds letzter Wunsch erfüllen. Sie wünschte sich so sehr, dass ihr eines Tages zueinanderfändet, auch wenn damals wenig Hoffnung darauf bestand.«

Plötzlich ertönten Posaunen und Trommelwirbel, im Bereich des Tores liefen Lanzenträger zusammen. Kaum hatten sie ein Spalier gebildet, erschollen Rufe, und vielhufiges Pferdegetrappel war zu hören. Umhüllt von einer Staubwolke, sprengte ein Trupp Reiter in den Pfalzhof.

»Die Jagd ist beendet«, sagte Anna.

Auch Tariq musste den Lärm vernommen haben; er trat aus dem Küchenhaus. Kaum hatte er Kebir erlaubt aufzustehen, stürmte der auf Anna zu und beschnüffelte sie schwanzwedelnd, als sei sie eine alte Bekannte.

»Verwechselt er mich?«, fragte sie und kraulte den Hund im Genick.

»Kebir ist ein Frauenfreund«, sagte Tariq, der sich zu ihnen gesellt hatte. »Wenn es Euch zu viel wird, scheucht ihn weg.«

Mittlerweile hatte der Staub sich gelegt, und die Reiter waren einzeln zu erkennen. Vorneweg ritt ein etwa achtzehnjähriger untersetzter kahlköpfiger Bursche – der König –, sichtlich bemüht, wie ein schneidiger und stattlicher Krieger zu wirken. Gernot konnte sich ein Schmunzeln nicht verkneifen, machte aber wie alle anderen eine Verbeugung.

Durch die Reihen seiner Leute reitend, nickte Karl freundlich in die Runde.

»Für einen König ist der Kahlkopf ziemlich leutselig«, raunte Tariq Gernot zu. »Unser Emir würde sich nicht so mitten unter seine Getreuen begeben, ohne darauf zu achten, ob sie von edler oder von niedriger Abkunft sind.«

»Du scheinst zu vergessen, wie sehr er auf das Wohlwollen aller Leute, unabhängig ihres Standes, angewiesen ist. Selbst der kleinste Landadlige trägt zu Karls Streitmacht seinen Anteil bei. Höchstselbst als Panzerreiter und eine Anzahl seiner Knechte als Fußvolk. Wenn einer dieser Kleinadligen zu Lothar überläuft, fällt das kaum ins Gewicht, doch bei einem oder zwei Dutzend könnte das den Lauf der Dinge bereits zu Karls Ungunsten verschieben. Also tut er gut daran, zu allen seinen Gefolgsleuten höflich und wohlwollend zu sein.«

Bei der Wohnburg angekommen, eilten zwei Pferdeknechte dem König entgegen. Einer nahm die Zügel des Rappen, der andere war Karl beim Absteigen behilflich.

Noch während das Pferd zu den Stallungen geführt wurde, trat der königliche Haushofmeister mit einer Rolle Pergamente unter dem Arm auf den Herrscher zu. An seiner Seite eine groß gewachsene hagere Frau in einem bodenlangen, mit Metallfäden durchwirkten Gewand, das Manteltuch über den Kopf geworfen und vor der Brust mit großen Zierspangen gehalten. Judith, die Mutter des Königs, wie Gernot wusste. Kurz ließ sich Karl von seinem Ministerialen über die Vorgänge während seiner Abwesenheit ins Bild setzen, um dann auf die Menge zuzugehen und einige der Anwesenden, anscheinend wichtige Neuankömmlinge, persönlich zu begrüßen. Auffallend herzliche Worte wechselte er dabei mit einem stattlichen Mann mit buschigem schwarzem Vollbart, der in eine Tunika aus edlem blauen Stoff, einen funkelnden Schuppenpanzer und einen ebenfalls blauen Mantel gekleidet war. An dem Wappen, das auf den Mantel gestickt war, erkannte Gernot ihn: Es war Arnulf, der Graf von Antoing, einst ein ergebener Vasall Lothars, der sich nun auf die Seite des Kahlkopfs geschlagen haben musste.

Eine erneute Einrede des Ministerialen lenkte Karls Aufmerksamkeit auf Gernot. Mit kurzen staksigen Schritten trat er auf ihn zu, wobei er ihm fest in die Augen sah. Gernot erwiderte den Blick, um sich anschließend erneut zu verneigen.

»Gernot von Besslingen«, sagte Karl. »Von Lothar unrechtmäßig seiner Titel und Besitzungen beraubt. Seid mir willkommen an meinem Hof und in meinen Diensten.«

»Ergebensten Dank, mein König. Ich bedaure zutiefst, Euch weder gerüstete Mannen noch irgendwelche Vorräte bringen zu können. Alles, womit ich zum Gelingen der bevorstehenden Auseinandersetzung beitragen kann, bin ich selbst mit meinem Schwert.«

»Ihr seid zu bescheiden, mein lieber Gernot. Denn mir ist

wohl bekannt, dass Ihr nicht nur das Schwert besser zu führen wisst als die meisten anderen Männer – auch Eure Fähigkeiten als Schlachtplaner und Heerführer standen bei meinem Vater, dem frommen Ludwig, sicher nicht ohne Grund in hohem Ansehen. Ich bitte Euch und Euren Begleiter hiermit, heute Abend bei einem Festmahl für die Großen des Reiches und des Heeres meine Gäste zu sein.«

Während Karl sich dem nächsten Adligen zuwandte, machte Gernot ein verlegenes Gesicht.

»Ich denke, ich weiß, was dir Sorgen bereitet«, sagte Anna.

»Ach ja?«

Wortlos wies sie auf sein Wams und seine Tunika, die von der wochenlangen Reise besudelt waren.

»Du kannst die Sachen den Waschfrauen geben, doch ob sie bis Sonnenuntergang wieder trocken sind …«

»Ich denke, in den Packtaschen meines Lastpferdes wird sich noch ein vorzeigbares Gewand finden«, sagte Tariq. »Komm, Kebir.« Gernot wollte Anna noch etwas sagen, aber da war sie schon wieder auf dem Weg in die Küche.

*

Als die Sonne sich zum westlichen Horizont neigte, verkündete ein Herold, dass der König seine Gäste zur Tafel bitte, und Gernot und Tariq schritten zum Residenzgebäude der Pfalz. Angetan mit einer weißen Tunika und einem weit fallenden Mantel mit pelzbesetztem Kragen machte Gernot einen überaus vorzeigbaren Eindruck. Zur Vervollkommnung seines Auftritts hatte er zudem den halben Nachmittag seinen Waffengurt poliert, an dem nun wieder sein Schwert hing, wie es ihm als Ritter zustand.

»Ist das Vorrecht des Adels, zu feierlichen Anlässen bewaffnet zu erscheinen, nicht heikel?«, fragte Tariq. »Ich könnte mir vorstellen, dass insbesondere unter denjenigen Rittern, Grafen und Herzögen, die erst vor kurzem ihre Wahl getroffen haben, in wessen Gefolge sie in die Schlacht ziehen, der eine oder andere sein könnte, dem es mit seiner Treue zum König doch nicht so ernst ist, wie er vorgibt. Außerdem – als wir hier eintrafen, war es auch nicht ehrenrührig, unsere Waffen abzugeben.«

»Nicht ehrenrührig für zwei unbekannte Reisende; aber inzwischen sind unsere Namen und Titel Karl bekannt gegeben worden. Unter diesen Umständen weiterhin Waffenlosigkeit zu verlangen, wäre ein Schlag ins Gesicht. Du hast natürlich Recht, kaum eine Gelegenheit wäre günstiger, um den König zu ermorden. Doch wer würde sich dafür hergeben? Ein solcher Meuchler würde die Pfalz nicht lebend verlassen.«

»Das ist keine Begründung. Wer wahrhaft überzeugt ist von seiner Sache, gibt auch sein Leben für sie hin.«

»Ich glaube, da überschätzt du unsere fränkischen Adligen, insbesondere die Zauderer unter ihnen. Sie alle haben abgewartet, welche Seite ihnen das beste Angebot macht. Wer ihnen mehr an Geld und Lehen verspricht und wo die Aussicht am größten ist, dies auch tatsächlich zu erhalten. Kaum einer folgt dem König aus Treue oder Überzeugung. Warum also sollte so jemand bereit sein, sein Leben wegen eines Meuchelmordes wegzuwerfen? Die Unwägbarkeiten einer Schlacht sind das eine, der sichere Tod etwas anderes.«

»Das mag auf die Mehrzahl der fränkischen Ritter zutreffen, aber denke an diejenigen, die kämpfen wollen, weil Hass oder Rache sie antreibt, so wie dich. Nimm ein Beispiel: Wäre gestern Abend in jenem Pariser Wirtshaus ein Bote Karls erschienen und hätte dir ein entsprechendes Angebot unterbreitet, ich bin mir sicher, du hättest es nicht von dir gewiesen, an Lothars Hof zu reisen, um ihn zu meucheln. Selbst um die Gefahr, dein eigenes Leben dabei wegzuwerfen.«

»Dein Vergleich hinkt gleich zweifach. Erstens bin ich kein heimtückischer Mörder, sondern suche den offenen Kampf. Zweitens ist mein Gesicht an Lothars Hof so bekannt, dass ich nicht einmal an der ersten Postenreihe vorbeikommen würde.«

Tariq warf hilflos die Hände in die Luft. »Gut, aber es muss doch auch jemanden geben, der weniger bekannt ist oder sich vielleicht hinter einer Verkleidung verbirgt.«

»Mag sein, dass es solche Leute gibt«, sagte Gernot. »Nur sind die Ministerialen der Könige nicht wegen ihrer Dummheit zu ihrem Rang gekommen. Wäre ich Haushofmeister, würde ich jeden halbwegs Verdächtigen, selbst wenn die höfischen Regeln es erfordern sollten, ihn zum Festmahl einzuladen, zwischen zwei besonders getreue Gefolgsleute des Königs setzen – und möglichst weit weg von Letzterem.«

Am Eingang zur großen Festhalle schlug ihnen bereits der Lärm der gut besetzten Tafel entgegen. An der Tür stand ein Herold, der bei ihrem Herannahen mit lauter Stimme in den Saal rief:

»Gernot, Ritter von Besslingen, und der cordobische Gesandte Tariq as-Suri.«

Zwei Diener geleiteten sie getrennt voneinander an verschiedene Tische. Eben jene unauffällige Sicherheitsvorkehrung, wie ich sie auch getroffen hätte, dachte Gernot. Auch entging ihm nicht, dass Graf Arnulf, den Karl vorhin so herzlich begrüßt hatte, weitab vom König neben dem Befehlshaber der königlichen Leibwache saß.

Gernot durfte an einem Tisch Platz nehmen, der unmittelbar neben dem Karls stand, was natürlich eine große Ehre war. Kaum saß er, wurde eine Dame an seine Seite geleitet. Gernot musste zweimal hingucken, bevor er sie erkannte.

Sie trug nicht mehr das grobe Wollkleid, das sie tagsüber angehabt hatte, sondern ein weites knöchellanges Gewand aus samtenem rötlichen Stoff und darüber eine dunkelbraune, fast schon schwarze Stola. Ihr Haar war nicht mehr hochgesteckt, sondern fiel in einem langen, geflochtenen Zopf über ihren Rücken. Keine Frau im Saal war schöner.

»Wie ich sehe, hat sich in den Packtaschen des Gesandten des Emirs tatsächlich etwas Passendes für dich gefunden«, sagte Anna. »Du siehst regelrecht stattlich aus.«

»Du aber auch.«

Anna verzog den Mund. »Frauen heißt man nicht stattlich, es sei denn, man will umschreiben, dass sie den Körperbau eines Streitrosses haben.«

»Oh!«

Ohrenbetäubende Fanfarenstöße befreiten Gernot aus seiner peinlichen Lage. Der König und seine Mutter schritten zur Tafel. Beide waren aufs Trefflichste und Kostspieligste gewandet. Judith war zudem mit Geschmeide behangen. Gernot wunderte, dass sie unter der Last nicht zusammenbrach. Alle erhoben sich, bis die beiden ihre Plätze eingenommen hatten, dann ließ man sich wieder nieder. Das Festmahl konnte beginnen.

Unzählige Diener trugen die Speisen auf: Schweinebraten vom Spieß, Tauben in roter Tunke, Gänsebraten mit Äpfeln und mit Speck umwickelte Hasenschenkel. Schüsseln voll dampfenden Krauts und Körbe mit Brot wurden dazu gereicht, Wein wurde herbeigeschafft, und zwar in Mengen, die gereicht hätten, halb Paris trunken zu machen. Gernot ließ sich eine saftige Haxe schmecken, von der er seiner Tischnachbarin die zartesten Stücke abzupfte, ganz so, wie es sich geziemte. Anna zerpflückte diese Stücke noch einmal und führte sie nur mit Daumen und Zeigefinger zum Mund, anstatt die ganze Hand zu benutzen. Auch ihren Wein trank sie nur in kleinsten Schlucken. Gernot hatte sie wegen ihrer rauen Art eigentlich immer für ungeschliffen gehalten – dass sie die Regeln des Anstands derart beherrschte, versetzte ihn einigermaßen in Erstaunen. Er selbst hielt sich beim Wein ebenfalls zurück, nach der üblen Zecherei in Paris wollte ihm der Rebensaft noch nicht wieder so recht munden.

Der größte Teil der übrigen Gäste fraß und soff, was hineinging. Gernot fiel bei einem Rundblick auf, dass Tariqs Verachtung für Wein ihn offenbar nicht daran hinderte, seinem Tischnachbarn, einem älteren Herrn mit rosigem Schädel und beachtlicher Leibesfülle, immer wieder kräftig nachzuschenken. Die beiden schienen sich prächtig zu vergnügen.

Je mehr Wein die Kehlen der Gäste hinabfloss, desto mehr lösten sich die Zungen. Ein Gast nach dem anderen brachte Hochrufe auf Karl und Aquitanien aus; und wenn es nach den Worten des heutigen Abends gegangen wäre, so war der Krieg so gut wie gewonnen. Großspurig wurden Rittergüter, Grafschaften und Bischofsstühle in Lothars Reich bereits als Eigentum betrachtet und verteilt, und die hohen Lösegelder, die man von den Familien der gefangenen Gefolgsleute Lothars einzutreiben gedachte, wurden verplant. Fast schien es, als würden die Heere Karls und des deutschen Ludwigs von St. Denis und Frankfurt aus zu einem Spaziergang aufbrechen, um sich irgendwo im Mittelreich zu einem Festgelage im Grünen zu treffen. An die Schrecken des Krieges, an die zu erwartenden Verluste oder gar die Möglichkeit einer Niederlage dachte in diesem Augenblick niemand. Genau das war der Zweck eines solchen Mahls – die Verbreitung ungetrübter Siegeszuversicht.

Mit einem Mal erhob zwischen all den Trinksprüchen und Prahlereien Karl selbst seine Stimme.

»Meine lieben Freunde!«, rief er und stemmte seinen Kelch. »Heute Abend ist viel von Lösegeldern zu hören, die ihr zu fordern gedenkt für die Gefangenen, die ihr sicherlich in großer Zahl machen werdet. Und das sollt ihr auch. Jeder von euch soll Lösegeld eintreiben von den Familien derjenigen Adligen, die um der eigenen Bereicherung und schnöder Vorteile willen dem ruchlosen Lothar Gefolgschaft leisten. Ich jedoch sage euch: Ich werde es anders halten. Hiermit gebe ich als König von Aquitanien vor euch, meinem treuen Gefolge, folgendes Versprechen: So Lothar, derzeit noch Kaiser der Römer, in diesem Krieg in meine Hände fällt, so sollen weder Lösegeld noch sonstiger Schacher mich davon abhalten, ihm die gerechte Strafe für seine Anmaßungen zuteilwerden zu lassen. Deshalb gelobe ich feierlich, dass ich alles daransetzen werde, ihn auf dem Schlachtfeld zu stellen und in ehrenhaftem Zweikampf zu Fall zu bringen. Sollte mir dies nicht gelingen, und er fällt lebend in die Hände meiner Truppen, so schwöre ich, dass er im Morgengrauen des dritten Tages nach der Schlacht für seine Verbrechen mit der Schärfe des Schwertes vom Leben zum Tode befördert werden wird. Weder Lösegeld noch Ländereien, ja nicht einmal das Versprechen, mich bei der Erlangung der Kaiserwürde zu unterstützen, werden mich von diesem Entschluss abbringen.«

Der Festsaal tobte.

»Ein Hoch auf unseren König Karl!«, war aus hundert Kehlen zu vernehmen.

Mehr und mehr Gäste stimmten ein, und die Hochrufe wurden immer überschwänglicher. Zuerst nur vereinzelt, schließlich aus allen Ecken nannten die bezechten Adligen ihren Herren nicht mehr König Aquitaniens, sondern verliehen ihm in ihrem Taumel den Titel eines »Kaisers aller Franken«.

Zu Anfang erfüllte die Szenerie Gernot noch mit einem gewissen Unbehagen. Selbst wenn Lothar aus dem Weg geräumt wäre, so würde es Ludwig der Deutsche sicher nicht hinnehmen, ließe Karl sich zum Kaiser erklären. Und doch griff die Stimmung im Saal auch immer stärker auf ihn über, obwohl sein Verstand vom Wein weit weniger benebelt war als der der meisten anderen. Diesem gemeinschaftlichen Rausch, der wie eine vorgezogene Siegesfeier wirkte, konnte sich auf die Dauer niemand entziehen.

Auf einmal tauchte ein Bild vor Gernots geistigem Auge auf. Er sah sich selbst auf dem Wehrgang stehen, während Lothar im Morgengrauen in ein Büßergewand aus grobem Leinen gehüllt auf den Burghof geführt wurde. Der Geistliche nahm ihm die Beichte ab, und sein Haupt wurde ein letztes Mal mit geheiligtem Weihwasser benetzt, wie es das Anrecht eines jeden Christenmenschen von hoher und edler Abkunft ist. Und dann, während Gernots Herz ganz mit Liebe zu Mechthild ausgefüllt sein würde, würde der Scharfrichter mit seinem für den Kampf viel zu dünnen und zu scharfen Bidenhander zum Schlag ausholen und mit einer einzigen, tausendfach geübten Bewegung den Kopf des Mannes, der einst Kaiser gewesen war, vom Rumpf trennen. Gernot konnte vor sich sehen, wie Lothars blutiger Kopf durch den Schmutz rollte und schließlich mit dem Gesicht nach unten liegen blieb. Ein schmähliches Ende – genau wie jenes, das dieser heimtückische Feigling in seiner ruchlosen Rachsucht Mechthild bereitet hatte.

Das Gejohle der Gäste riss Gernot aus seinen Gedanken. Anna sah ihn an, als habe sie ohne ein einziges Wort verstanden, was er gerade gedacht hatte.

»Du bist am richtigen Ort, um zu tun, was du tun musst«, sagte sie. »Das wird das Vergangene nicht ungeschehen machen, doch das Gefühl, Mechthilds Tod gerächt zu haben, wird dir helfen, deinen Seelenfrieden wiederzufinden.« Und sie fügte hinzu: »Und mir den meinen.«

Aufgewühlt von seinen Empfindungen, stand Gernot auf und hob seinen Becher. In Richtung der königlichen Tafel gewandt, rief er mit lauter Stimme: »Dem großen Karl, dem erhabenen Kaiser, zur Ehre und zum Ruhm!«

Der aufbrandende Jubel kannte keine Grenzen.

Im weiteren Verlauf des Abends erging sich noch mancher in mehr oder weniger gefühlsduseligen Trinksprüchen. Für einiges Aufsehen und derbes Gelächter sorgte zudem Tariqs Tischnachbar, als er in kerzengerader Haltung mit seinem Stuhl nach hinten umfiel und auf dem Boden liegen blieb. Zwei Diener eilten herbei, die sichtlich Mühe hatten, den beleibten Herrn aus dem Saal zu befördern. Den Versuch, diese Aufgabe unauffällig zu erledigen, machten sie gar nicht erst.

Obwohl Gernot sich beim Wein zurückgehalten hatte, erwachte er am nächsten Morgen erst, als die Sonne schon hoch am Himmel stand. Sein Kopf war schwer – weniger wegen letzter Nacht als vielmehr ob der zahlreichen körperlichen und seelischen Belastungen der vergangenen Tage. Nachdem er sich angekleidet hatte, klopfte er an die Tür der benachbarten Kammer. Aber Tariq war, wie Gernot vermutet hatte, bereits aufgestanden.

Um sich einen besseren Überblick zu verschaffen, stieg Gernot zur Umfriedungsmauer der Pfalz hoch. Das Gewimmel im Hof und auf den umliegenden Feldern schien seit gestern noch zugenommen zu haben. Ständig trafen neue Männer ein, die sich dem aquitanischen Heer anschließen wollten. Adlige und Söldnerführer machten dem König ihre Aufwartung, um Bezahlung, Lehen oder Beuteanteil auszuhandeln.

Nachdem sein Blick längere Zeit über die Menschenmassen geschweift war, machte Gernot schließlich den Freund aus: Tariq hatte seine beiden Pferde aus dem Stall geführt, in einer Ecke angepflockt und war dabei, das Packpferd zu beladen. Sein Hund stand daneben und bellte, sobald einer der Kriegsknechte den Pferden zu nahe kam. Gernot verließ seinen Aussichtspunkt und ging zu seinem maurischen Freund.

Nach der Begrüßung sagte Tariq: »Ich wollte es dir eigentlich noch gestern Abend sagen, aber als ich in deine Kammer kam, hast du schon tief und fest geschlafen. Um es kurz zu machen: Ich reise ab. Ich bin schließlich nicht zu meinem Vergnügen hier wie du.«

»Witzbold«, sagte Gernot. »Lass mich dir danken. Es war eine große Geste von dir, mich hierher zu begleiten. Aber ein Heerlager am Vorabend eines Krieges ist in der Tat nicht der richtige Ort für einen Kaufmann wie dich. Oder sollte ich besser sagen, für einen Gesandten? Ich dagegen bin vorerst am Ziel, da Karl mich in Gnaden in seine Streitmacht aufgenommen hat. Hab eine sichere Heimkehr und grüß deine Familie von mir.«

»Gernot von Besslingen«, sagte Tariq mit gespielt böser Miene. »Mir scheint, Ihr legt es darauf an, mich zu beleidigen. Aber im Ernst: Ich habe dir versprochen, dir so gut ich irgend vermag zur Seite zu stehen, und für gewöhnlich halte ich meine Versprechen. Daher werde ich wohl kaum nach Cordoba reisen. Vielmehr hat mich dein frankeslustiger Glaubensbruder, mit dem ich gestern den Tisch teilte, auf einen Gedanken gebracht. Bei ihm handelt es sich um einen wohlhabenden Weinhändler aus Mainz. Nach Waffen und Pferden ist Wein, wie ich das auch gestern wieder gesehen habe, das am meisten nachgefragte Gut in Kriegszeiten. Er hat vor mir mit seinen außergewöhnlich guten Geschäften hier bei Hofe geprahlt. Außerdem konnte ich ihm entlocken, dass die Klöster eurer ach so frommen Mönche die nächstgrößeren Abnehmer dieses Getränkes sind. Seine besten Geschäfte hat er dabei wohl mit dem Kloster Fulda getätigt. Doch da er seine gesamte Ware nunmehr nach Aquitanien verkauft, sitzen die Fuldaer derzeit auf dem Trockenen. Eine einmalige Gelegenheit für mich, in den Weinhandel mit dem Frankenland einzutreten.«

»Fulda?«, fragte Gernot. »Du willst nach Fulda?«

»So ist es. Ich werde Wein in der Gegend um Ingelheim kaufen und zur Rhön schaffen lassen. Bei der Gelegenheit dachte ich …«

»Ich weiß, was du vorhast. Du willst versuchen, Konrad kennen zu lernen.«

»Dich würde man vielleicht nicht so ohne Weiteres ins Kloster lassen. Aber mich als Händler –«

»Händler hin oder her, du bist Muselmane.«

»Ich werde mich rechtzeitig vorher umkleiden.«

»Was du vorhast, ist haarsträubend, Tariq. Lothar ist noch nicht besiegt, du würdest kaum unversehrt durch das Mittelreich kommen.«

»Du vergisst, dass ich mit ihm nicht im Streit liege. Ich bin lediglich ein Kaufmann auf Reisen. Außerdem ist es meine Sache, ob ich in dieser Angelegenheit ein Wagnis eingehe. So, und nun kein Wort mehr davon.«

Gernot legte eine Hand auf Tariqs Unterarm. »Aber sei vorsichtig. Bring Konrad nicht in Gefahr, hörst du?«

Tariq tätschelte Gernots Hand. »Ich werde so behutsam vorgehen, als wäre er mein eigener Sohn.«

Bevor Gernot noch etwas sagen konnte, trat Anna zu ihnen. Sie war wieder so zweckmäßig gekleidet wie bei ihrer ersten Begegnung. Während Gernot und Tariq ihr lediglich zunickten, begrüßte Kebir sie erheblich heftiger. Erst nachdem sie ihn gebührend zwischen den Ohren gekrault hatte, gab er Ruhe.

»Ihr wollt uns verlassen, Tariq?«, fragte sie. »Schade, ich hatte gehofft, Ihr würdet mir einmal ausführlich vom Emirat Cordoba erzählen. Sicher nehmen Euch wichtige Handelsgeschäfte in Anspruch.«

»In der Tat. Zwar hat Gernot bereits versucht, mich zurückzuhalten, doch was soll ich tun? Kaufleute wie ich werden schließlich nicht von ihren Königen für siegreich geschlagene Schlachten belohnt. Wir müssen jeden Tag aufs Neue handeln, um unseren Lebensunterhalt zu verdienen. Und was das Emirat betrifft, wendet Euch nur an Gernot, er kann Euch beinahe so viel berichten wie ich. Seid gegrüßt!«

Gernot und Tariq umarmten sich kurz, dann schwang sich der Maure auf seinen Rappen und nahm das Packpferd beim Zügel. Ein Pfiff, und Kebir lief seinem Herrn nach, der im Schritt zum Tor der Pfalz hinausritt.

*

In den folgenden Tagen steigerten sich die Vorbereitungen für den Feldzug in Richtung Rhein zu fieberhafter Geschäftigkeit. Gernot und Anna sahen sich kaum. Anna war mit der Verpflegung des königlichen Trosses beschäftigt, und Gernot wurde immer häufiger von einem der Ministerialen Karls zu den Beratungen des Kriegsrates gerufen. Der König wollte auf die Meinung eines so erfahrenen Feldzugplaners ungern verzichten. Gernots im Stillen gehegte Hoffnung, den Befehl über eine Abteilung des Fußvolkes oder gar einen Flügel der schweren Panzerreiterei zu erhalten, blieb indes unerfüllt. Wie er hintenherum erfuhr, befürchtete Karl, Gernot könnte in seinem Hass auf Lothar die nötige

Zurückhaltung vergessen und mitsamt der ihm anvertrauten Mannen ins Verderben rennen, sobald er eine Gelegenheit sähe, Lothars persönlich habhaft zu werden.

Zunächst war Gernot beleidigt, dann musste er jedoch einräumen, dass die Haltung des Königs durchaus nachvollziehbar war. Stünde er selbst in der Verantwortung für ein derart großes Heer, ja für ein ganzes Reich, würde er wahrscheinlich ähnlich handeln. Zunächst einmal galt es, jede Unwägbarkeit zu vermeiden, da hatten die Befindlichkeiten Einzelner zurückzustehen. Überhaupt nötigte der kahlköpfige König Gernot zunehmend Achtung ab. Für einen Achtzehnjährigen, der zudem noch aussah, als könnte er nicht bis drei zählen, war Karl recht klug. Jeden Versuch eines seiner Truppenführer, sich in den Vordergrund zu spielen, wusste er geschickt zu verhindern. So wie er ihnen auf der einen Seite größere Befugnisse zugestand, entzog er sie ihnen auf der anderen wieder, und niemand wagte, sich zu widersetzen.

Inzwischen war der Feldzug bis in die Einzelheiten geplant. Karls Streitmacht würde in schnellen Tagesmärschen bis in die Ardennen vorrücken und sich dort, sobald sie das unwegsame bewaldete Gebiet erreicht hätte, in mehrere Kolonnen aufgliedern. Diese sollten nur locker miteinander Verbindung halten und ansonsten überwiegend selbstständig handeln. Ziel dieser Planungen war es, eine möglichst breite, bewegliche Kampflinie abzudecken und so Lothars Truppen den Weg ins Moselland zu versperren, wo er sich gut verteidigen könnte und auch die Versorgung seiner Truppen über längere Zeit kaum Schwierigkeiten bereiten würde.

Die am weitesten nördlich marschierenden Kolonnen des aquitanischen Heeres sollten wenn irgend möglich so schnell vorrücken, dass sie in der Lage wären, die Höhenrücken der Eifel zu besetzen, bevor Lothar auf die Idee kommen konnte, sich nach einer möglicherweise verlorenen Schlacht in diese unwirtliche Gegend zu flüchten, wo eine Verfolgung schwierig war und der Kaiser zudem die Äbte der dortigen Klöster zu seinen engsten Vertrauten zählte.

Das gut ausgerüstete Ritterheer des deutschen Ludwigs hingegen, das zahlenmäßig zwar weniger stark war als die aquitanischen Truppen, doch zu einem weit höheren Anteil aus schwer gepanzerten Reitern bestand, sollte von Frankfurt aus den Main hinunter zum Rhein vorstoßen, sich dort zum Teil einschiffen und zu Lande und zu Wasser die wichtigsten Orte am linken Rheinufer besetzen. In den meisten Städten würde allein das Erscheinen einer größeren Anzahl schwer bewaffneter Reitertruppen ausreichen, den Fußsoldaten der städtischen Milizen den Schneid abzukaufen und sie ohne größere Kampfhandlungen zur Übergabe zu bewegen. Lediglich im Falle der großen und gut befestigten Handelsstadt Köln richteten sich die deutschen Ritter auf eine längere Belagerung ein und führten zu diesem Zweck eine Anzahl Schanzwerkzeuge und Belagerungsgeräte mit sich. Aber da die eigentliche Macht in Köln in den Händen der Kaufleute lag, war auch denkbar, dass sich ein für beide Seiten vorteilhafter Handel erzielen ließ – wenn auch zum Nachteil des Kaiser Lothar treu ergebenen Erzbischofs Hadebald.

»Was machst du für ein sorgenvolles Gesicht?«, fragte Anna. »So genau, wie alles geplant ist, kann doch nichts mehr schiefgehen. Darüber hinaus kämpft ihr auch noch auf der Seite des Guten, sodass Gott es nicht zulassen wird, dass Lothar eure Pläne durchkreuzt.«

Nach langer Zeit saßen Gernot und Anna mal wieder beieinander. Sie hatten sich auf die westliche Pfalzmauer begeben und genossen die letzten Augenblicke, bevor die Sonne unterging. Annas Versuch, ihr grübelndes Gegenüber ein wenig aufzumuntern, hatte nur bedingt Erfolg.

»Gewiss, jede Einzelheit ist wieder und wieder im Kriegsrat besprochen worden«, sagte Gernot. »Doch was ist, wenn Lothar auf die Bedrohung aus zwei Richtungen anders als abwartend reagiert? Mir ist die Sache nicht geheuer. Versetz dich einmal in seine Lage: Ihm ist klar, dass er bei einem Rückzug in das unwegsame Eifelland ebenso gut gleich abdanken kann. Karl und Ludwig bräuchten ihn dazu weder zu verfolgen noch zu fangen, sondern lediglich die reichen Handelsstädte und die fruchtbaren Flusstäler zu erobern, um ihm auf die Art sämtliche Grundlagen seiner Macht zu entziehen. Wenn ich mich an Lothars Stelle einer solchen Bedrohung gegenübersähe, wüsste ich, dass mein einziger Trumpf in den gut ausgebauten Verkehrswegen meines Reiches und demzufolge in der Geschwindigkeit meiner Truppen bestünde. Ich würde versuchen, so schnell es ginge mit allen meinen Kämpfern eines der beiden feindlichen Heere zur Schlacht zu stellen und zu schlagen. Keinen Mann würde ich dabei für die Verteidigung gegen das auf der anderen Seite in mein Reich einmarschierende feindliche Heer verschwenden. Nach diesem blitzartigen Sieg hätte ich sodann den Rücken frei und könnte alle verbliebenen Kräfte gegen die anderen Truppen werfen.«

»Wo würdest du zuerst zuschlagen – im Osten gegen die Deutschen oder hier bei uns im Westen?«

»Eine schwierige Entscheidung. Karls Truppen sind zwar zahlenmäßig stark, weisen jedoch einen hohen Anteil kaum erfahrener und demzufolge in ihrer Kampfkraft schwer einzuschätzender Fußtruppen auf. Es sind überwiegend Bauern, die der Landadel der fruchtbaren und dicht besiedelten Francia ausgehoben hat. Ludwigs Streitmacht ist nach allem, was wir wissen, kleiner, aber ihre zahlreichen gut ausgerüsteten und im langjährigen Einsatz gegen die heidnischen Wenden an der unruhigen Ostgrenze kampferprobten Panzerreiter machen sie eher schlagkräftiger.«

»Das ist keine Antwort.«

»Ich bin ja auch noch nicht fertig. Sowohl die Planungen Karls als auch Ludwigs beruhen auf einem schnellen Vormarsch, aber Karl wird das kaum durchhalten können. Die Truppen sind zu Fuß unterwegs und werden zudem von zu vielen unerfahrenen Kleinadligen geführt. So ist ein rasches Vorankommen kaum zu gewährleisten, selbst wenn man die Truppe in mehrere kleinere Gruppen unterteilt. Karls Heer stellt demnach erst später eine Gefahr dar als Ludwigs Ritter, die ich daher zuerst angreifen würde. Möglichst solange sie noch den Main abwärts marschieren und kein für einen Reiterangriff günstiges weites, offenes Gelände erreicht haben.«

»Für mich klingt das einleuchtend. Warum hast du das im Kriegsrat nicht vorgetragen?«

»Was glaubst du, was ich die ganze Zeit getan habe? Aber ich wurde überstimmt. Jeder Heerführer wird sich angesichts einer zweiseitigen Bedrohung auf einen kleinen, gut zu verteidigenden Kernbereich seines Herrschaftsgebiets zurückziehen und dort abwarten, bis sich eine günstige Gelegenheit für einen Gegenangriff einstellt. So besagt es die Regel der klassischen Kriegskunst. Außerdem wurden meine Zweifel am schnellen Vorrücken von Karls Heer entrüstet zurückgewiesen, vor allem natürlich von den Vertretern eben jenes Landadels, von dem ich gerade sprach.«

»Dann benötigt ihr doch mehr Glück, als ich hoffte.«

»So ist es.«

Die Sonne versank und ließ lediglich einen glutroten Streifen am Horizont zurück. Mauersegler schossen auf der Jagd nach Insekten durch die Luft.

»Was hat dich eigentlich an Karls Hof verschlagen?«, fragte Gernot. »Ich bin zunächst mit Lothar und seinen Mannen nach Aachen gegangen, um mich um Konrad zu kümmern«, sagte Anna. »Lange haben sie mir den Knaben jedoch nicht gelassen, nach nicht einmal zwei Wochen wurde er mir entrissen und jener Hofdame übergeben, die er für seine leibliche Mutter hält. Sie ist eigentlich recht freundlich und gestattete mir, den Kleinen hin und wieder zu besuchen. Bei einem dieser Anlässe habe ich dann ihren Bruder kennen gelernt, den Grafen von Ponthion. Er hat um meine Hand angehalten, und da ich zu der Zeit mit meinem Leben nichts Besseres anzufangen wusste, habe ich eingewilligt. Geliebt habe ich ihn nicht, doch er war mir ein guter Mann. Vor drei Jahren ist er am Fieber gestorben. Auf Betreiben seiner Brüder musste ich Ponthion verlassen und habe hier am Hof Karls Zuflucht gefunden.«

»Hast du keine Kinder?«

»Nein. Leider.«

Ein schwarzes Wesen schoss dicht über ihren Köpfen hinweg.

»Die erste Fledermaus«, sagte Anna. »Lass uns gehen.«

*

Noch vor Sonnenaufgang des übernächsten Tages schallten die Fanfaren der Herolde durch die Pfalz. Doch diesmal riefen sie nicht zum Kriegsrat oder zu einer Ansprache des Königs. Sämtliche Truppen hatten auf dem weiten Feld vor den Toren Aufstellung zu nehmen, jeder Anführer mit seinen Mannen an dem Platz, der ihm zugewiesen worden war. Sobald die Marschordnung hergestellt wäre, würde das Heer abrücken.

Gernot, der den Leibgardisten des Königs zugeteilt worden war, saß bereits im Sattel, als Anna an sein Pferd trat. Er stieg noch einmal ab. Gänzlich überraschend nahm sie ihn in die Arme.

»Gib auf dich Acht, Gernot«, sagte sie. »Solltest du Eberhard und Lothar nicht stellen können, dann wird es ein anderer tun. Mechthild würde nicht wollen, dass du dich unnötig in Gefahr begibst. Um eures Sohnes willen.«

Gernot genoss noch einen Augenblick die Wärme der Umarmung, dann gab er Anna einen Kuss auf die Stirn und löste sich von ihr. »Sei unbesorgt«, sagte er, während er sich erneut aufs Pferd schwang. »Ich habe inzwischen mehr als einen Grund, am Leben bleiben zu wollen.«

Das Heer war erst einige Tage unterwegs, da hatten sich Gernots Befürchtungen bereits bewahrheitet. Karls Truppen waren weitaus langsamer vorangekommen als geplant. Das lag zum Teil am Unvermögen der Truppenführer, zum Teil aber auch an der für die Jahreszeit ungewöhnlich schlechten Witterung. Dauerregen hatte eingesetzt und die Wege aufgeweicht. In dem Morast ermüdeten die Soldaten schnell. Das Holz, das sie täglich für die abendlichen Lagerfeuer sammelten, war nass und qualmte nur, was ebenfalls zur gedrückten Stimmung beitrug.

Gernot hatte sich mit einigen anderen Männern um die Feuerstelle eines Fallenstellers aus den Pyrenäen geschart, der als Kundschafter und Jäger beim Heer diente und dessen Feuer noch am besten brannte. Auf seiner Weidenrute, die er über die Glut hielt, hatte er ein Eichhörnchen aufgespießt. Etwas Besseres hatte er während des Tages nicht erlegen können, denn der dem Zeitplan hinterherhinkende Vormarsch ließ für eine richtige Jagd keine Zeit.

Der Regen wurde stärker, und Gernot zog die Kapuze

seines Mantels tiefer ins Gesicht. Er musste an Anna denken und den unerwartet gefühlvollen Abschied. Empfand sie etwa mehr für ihn, als man natürlicherweise für den Mann der Schwester empfindet? Und was war mit ihm? Hegte er Zuneigung zu Anna, die über das übliche Maß hinausging? Er war sich nicht sicher, zu lange hatte er nicht mehr in Liebe an eine lebende Frau gedacht. Und plötzlich schämte er sich. Allein solche Gedanken zu haben, war für ihn, als hinterginge er Mechthild und würde die gemeinsame Zeit mit ihr verraten.

Derart in Grübeleien versunken bemerkte Gernot zunächst nicht, dass unvermittelt Bewegung in das Heerlager kam. Doch schließlich waren die Krieger, die aufgeregt von einer Feuerstelle zur nächsten liefen und irgendeine Neuigkeit verbreiteten, nicht mehr zu übersehen. Befehle wurden gebrüllt, und mehr und mehr Männer scharten sich um ihre Lehnsherren und Söldnerführer. Schließlich erreichte die Nachricht auch das Feuer des Fallenstellers.

»Lothar kommt!«, rief ihnen einer aus dem Haufen des Grafen Arnulf zu. »Er ist mit seinem Heer in die Francia einmarschiert und schon fast die ganze Mosel aufwärts gezogen. Wir müssen uns zum Kampf rüsten, um ihn aufzuhalten, bevor er Paris erreichen kann!«

Also doch! Dass Lothar in der Zwickmühle, in die ihn das Bündnis zwischen Karl und Ludwig gebracht hatte, nicht abwartend bleiben würde, hatte Gernot vorhergesehen. Dennoch überraschte ihn, dass Lothar zunächst die Auseinandersetzung mit Karls schwerfälligem Heer und nicht mit Ludwigs hochbeweglichen Reitertruppen suchte. Was auch immer Lothar dazu bewogen haben mochte – Gernot sollte es recht sein. Der Tag der Entscheidung stand also unmittelbar bevor.

Als die Kriegstrommeln im Bereich des königlichen Lagerabschnitts geschlagen wurden, war Gernot schon dabei, sich bereitzumachen. Wegen seines Kettenhemdes war er von dem einen oder anderen Ritter belächelt worden, der einen der schweren Schuppenpanzer sein Eigen nannte. Aber Gernot fühlte sich in seiner Rüstung aus zusammengenieteten Eisenringen alles andere als unwohl. Gegen Pfeilschüsse und Lanzenstiche bot sie zwar weniger Schutz als ein Schuppenpanzer, Schwertstreiche jedoch fing sie genauso gut ab. Und das Eisenhemd gab ihm eine Bewegungsfreiheit, von der die übrigen Ritter in ihren steifen Harnischen nur träumen konnten. Diese Bewegungsfreiheit war wichtig, sogar lebenswichtig. Gernot war ein Schwertkämpfer, kein Lanzenreiter. Schulter an Schulter auf den Feind loszugaloppieren, um ihn durch den gleichzeitigen Stoß Hunderter von Lanzen ins Wanken zu bringen, war nicht seine Art zu kämpfen. Wie jeder begnadete Schwertfechter war er ein Einzelkämpfer. Die langjährige Erfahrung, die er im Heer Ludwigs des Frommen gesammelt hatte, hatte ihn gelehrt, dass beim Kampf in einer fest gefügten Schlachtordnung das Können des Einzelnen von untergeordneter Bedeutung war. Planung und eiserne Einhaltung der aufgestellten Ordnung, die eine Schlachtreihe von Rittern oder Fußvolk zusammenhalten ließ, waren entscheidend. Ein geschickter Schwertkämpfer hingegen konnte den Trumpf seiner Fähigkeiten nur dann ausspielen, wenn er sich aus der Schlachtreihe löste und seine Gegner im Kampf Mann gegen Mann stellte. Welchen beiden Männern er in der kommenden Schlacht am liebsten gegenüberstehen würde, darüber musste Gernot nicht nachdenken.

Wie sich herausstellte, war Lothars Vormarsch über eine lange Zeit unbemerkt geblieben, ein Armutszeugnis für Karls Vorhut, der die Aufklärung oblag. Eilig rückten Karls Truppen nun ab, um Lothar östlich von Paris abzufangen.

Diesem hastigen Gegenstoß wich der König des Mittelreichs jedoch nach Süden aus, sodass Karls Truppen umkehren und die Verfolgung aufnehmen mussten. Gernot fluchte – wenn eine Armee der anderen nachsetzt, dann kann sich der Verfolgte das Schlachtfeld aussuchen. Ein kaum zu überschätzender Vorteil, wie Gernot aus oftmals leidvoller Erfahrung wusste.

Und Lothar schien sich seiner Sache sehr sicher zu sein. Ohne Umwege zog er mit seinem Heer auf die welligen Ebenen der zentralen Francia zu, wo das Gelände einen Reiterangriff begünstigte und die Fußtruppen kaum eine Möglichkeit hatten, Deckung zu finden. Karl ließ seine Soldaten in voller Kampfausrüstung zwei Tage und eine Nacht hindurch marschieren, trotzdem gelang es ihm nicht, Lothar einzuholen, bevor sich das Gelände öffnete. Lothar hingegen machte keinerlei weitere Anstalten, vor der Schlacht mit Karls Truppen auf Paris vorzustoßen; mit den durch den Gewaltmarsch ausgelaugten Fußsoldaten würde er leichtes Spiel haben. Und so kam es, dass die Reiter, die Karl als Späher vorausgeschickt hatte, im Morgengrauen des nächsten Tages ein Meer von Lagerfeuern keinen viertel Tagesritt entfernt meldeten.

»Was für eine Dreistigkeit!«, rief Karl, sichtlich wütend über ein ausgebreitetes Pergament gebeugt. »Lothar bemüht sich nicht einmal, seine Stellung vor unseren Kundschaftern zu verbergen.«

Wie ein Tölpel hatte er sich von Lothar austricksen lassen, und er war sich dessen bewusst. Morgens hatte er angeordnet, seine Soldaten sollten vor dem Angriff auf Lothars Stellung noch zwei Stunden rasten, aber dies konnte die durchgängige Nachtruhe, die das gegnerische Heer genossen hatte, niemals wettmachen.

»Wozu sollte er sich auch verstecken?«, fragte Graf Arnulf, der im Kriegsrat immer öfter das Wort ergriff. »Der Ort, an dem seine Streitkräfte lagern, ist wie geschaffen für eine Reiterstreitmacht.«

»Ja, verdammt«, stimmte ihm der Erzbischof von Reims zu, der sich ungeachtet seines geistlichen Amtes mit einer beachtlichen Anzahl Gerüsteter in Karls Reihen eingefügt hatte. »Ein Angriff mit Fußtruppen auf seine Stellung würde an Selbstmord grenzen. Ich rate deshalb dringend von einem Angriff ab.«

»Pfaffengeschwätz«, schimpfte Karl. »Zaudern, zaudern und nochmals zaudern, bis die Gelegenheit verstrichen ist.«

»Der König hat Recht«, mischte Gernot sich ein. »Was wollt Ihr statt anzugreifen tun, werter Erzbischof? Weiter hinter Lothar zurückbleiben und abwarten, bis er sich in Paris oder St. Denis verschanzt? Oder vielleicht in Reims, wo er sich an den Schätzen Eures Bischofsstuhls schadlos halten kann? Wenn wir angreifen, verlieren wir vielleicht einen Großteil unseres Heeres, wenn wir uns zurückziehen, verlieren wir das Königreich.«

»Ich stimme Gernot zu«, beendete der junge König den Disput. »Es gäbe sicher günstigere Gelegenheiten für unsere Truppen, sich zu schlagen. Keiner von uns will ein Zusammentreffen an diesem Ort. Doch wir haben keine andere Wahl. Die Schlacht wird hier stattfinden – oder aber vor den Mauern von Paris. Und die kenne ich aus eigener Anschauung gut genug, um zu wissen, wie schwer sie einzunehmen sind. Auch wenn sich die hiesigen raffgierigen Mönche mit der Rodung der in ihrem Besitz befindlichen Walder ruhig etwas hätten zurückhalten können. Das Kloster, dem diese Ländereien gehören – wie heißt es noch gleich?«

Der Diener, der gerade dabei war, das Pergament mit der Landkarte zusammenzurollen, sagte: »Fontenoy ist sein Name.«

»So denn, begebt Euch noch ein wenig zur Ruhe, meine Getreuen«, sagte Karl mit feierlicher Ergriffenheit in der Stimme. »Sobald die Sonne aufgeht, treten wir an zur Feldschlacht von Fontenoy«

*

Als an diesem Morgen die Kriegstrommeln geschlagen wurden, hatten noch nicht einmal alle Männer in den Schlaf gefunden. Kühl war die Nacht gewesen, nunmehr stand weißer Nebel über den Wiesen. Das fahle Licht, das die Morgensonne vom diesigen Horizont aus über das Land schickte, schuf eine gespenstische Stimmung.

Die leichte Reitertruppe, die sich aus wohlhabenden Freien gemeiner Herkunft zusammensetzte, war bereits aufgesessen. Ihr fiel die Aufgabe zu, zunächst das vor dem Hauptheer liegende Gelände zu erkunden, und anschließend in breiter Front, jedoch nicht sehr tief gestaffelt die feindlichen Linien anzugreifen. Gegen schwere Reiterei oder gut verschanztes Fußvolk hatten die ungepanzerten Reiter ohnehin keine Aussicht durchzubrechen. Daher lautete der Befehl, sich bei stärkerem Widerstand umgehend zurückzuziehen und beim vorrückenden Hauptheer die Deckung der Flanken zu übernehmen. Doch daran dachte im Augenblick niemand. Mit Kampfgebrüll preschte die Truppe los.

Wenn die Truppe zurückkehren würde, würden an ihrer statt die Panzerreiter und in ihrem Gefolge die Fußtruppen vorrücken. Möglichst aufgesplittert in kleine Einheiten, um den Feind an mehreren Abschnitten der Front in einzelne Scharmützel zu verwickeln und so zu binden. Dann würden die schweren Panzerreiter sich erneut sammeln und zum alles entscheidenden Sturmangriff antreten. Hätten sich ihre Reihen im Verlauf der Schlacht aufgelöst und wären sie abgesessen, um in den Nahkampf zu Fuß überzugehen, würde das restliche Fußvolk das Schlachtfeld stürmen, um die schwerfälligen Ritter zu unterstützen.

So weit der Plan. Gernot plagte jedoch angesichts dieser Überlegungen arges Bauchgrimmen. Es gab schlicht zu viele Unwägbarkeiten, die die Gedankenspiele des Kriegsrats scheitern lassen konnten. Da war zunächst einmal die schwächste Stelle von Karls Heer: die geringe Anzahl gepanzerter Reiter. Wenn ihr Angriff die Reihen Lothars nicht zumindest an einigen Stellen aufbrechen konnte, so würden die anschließend angreifenden Fußtruppen geradewegs ins Verderben rennen. Die schmählichste, aber dennoch klügste Entscheidung wäre in diesem Fall, sich mit dem Fußvolk und den leichten Reitern vom Schlachtfeld zurückzuziehen, um sich später erneut mit den Panzerreitern, die sich hatten absetzen können, zu vereinigen. Doch das bedeutete, diejenigen Ritter, die sich zu dem Zeitpunkt bereits im Nahkampf zu Fuß befanden, ihrem Schicksal zu überlassen.

Gernot verbot sich weitere Gedanken in diese Richtung. Es würde gutgehen. Verdammt noch mal, es musste einfach gutgehen, selbst gegen alle Regeln der Wahrscheinlichkeit. Schließlich kämpften sie doch für eine gerechte Sache. Auf der Seite des Guten, wie Anna es ausgedrückt hatte. Da musste Gott ihnen doch auf dem Schlachtfeld beistehen, oder nicht?

Plötzlich schlugen die Trommeln zwei kurze und einen langen Wirbel – das Zeichen für die Panzerreiter, sich zum Angriff zusammenzufinden. Gernot war verunsichert. Noch befand sich der Hauptteil des Heeres weit hinter der Front, und vorn konnte sich außer ein paar Geplänkeln im Grunde nicht viel getan haben. Trotzdem trieb er seinen Braunen an, um sich mit den übrigen Rittern an die Spitze der sich breit entfaltenden Heereskolonne zu setzen.

Und plötzlich sah er den Grund. Die leichte Reiterei kehrte nicht geschlossen zurück, nur einzelne kleine Trupps kamen ihnen entgegen. Fast alle Männer und auch die meisten Pferde waren verwundet.

»Lothar hat seine Front nicht geschlossen gehalten und die Vorgeplänkel abgewartet.« Der Anführer eines der Reitertrupps, den Gernot nach der Lage befragt hatte, war völlig erschöpft. »Offenbar hält er uns für so schwach, dass er gleich seinen größten Vorteil ausgespielt hat – er hat seine Panzerreiter auf uns gehetzt. Wir wurden bereits auf halber Strecke zu seinem Lager abgefangen. Einige kämpfen noch, aber die meisten sind tot oder gefangen. Ich sage euch, sobald er die Restlichen niedergemacht hat, wird er geradewegs unser Hauptheer angreifen!«

Gernot war klar, dass die gepanzerten Reiter sich so schnell wie möglich nach vorn begeben mussten, um die Fußtruppen vor einem Angriff von Lothars Rittern abzuschirmen. Alle gaben ihren Pferden die Sporen und jagten über die vor ihnen liegende Hügelkette. Auf der letzten Erhebung angekommen, zügelten sie die Pferde, um sich einen Überblick zu verschaffen. Der Anblick war verheerend.

Nur wenige der in der Ebene unter ihnen kämpfenden leichten Reiter hatten sich absetzen können, die meisten waren von Lothars Rittern umringt und wurden niedergemetzelt. Die ersten gegnerischen Panzerreiter begannen sich bereits wieder in Schlachtordnung zu sammeln. Würde Lothar nun den Regeln der Kriegskunst folgend warten, bis alle Ritter sich vereint hatten, um den Angriff fortzusetzen, oder würde er die Reiter in kleineren Trupps vorschicken, da gegen die Fußtruppen Karls die geballte Kraft aller Lanzen nicht gebraucht wurde?

Wie auch immer. Es gab nur eine Möglichkeit, eine Wende in der schon so gut wie verlorenen Schlacht herbeizuführen. Noch waren die meisten von Lothars Rittern in Geplänkeln gebunden – wenn Gernot und seine Kampfgefährten sofort angriffen, bevor die Ritter sich erneut formiert hatten, konnten sie ihre Reihen vielleicht durchbrechen.

»Vorwärts, zum Angriff!«, brüllte Gernot den mit ihm auf der Kuppe versammelten Rittern zu.

»Aber das widerspricht dem Befehl. Er lautete: Warten, bis alle Ritter hier sind, und erst dann angreifen.«

»Verdammt! Karl kannte die Lage hier vorn nicht. Ich reite jetzt hinunter. Ob ihr mitkommt oder nicht, ist mir gleich.«

Gernot trieb sein Pferd an und sprengte den Hügel hinab. Während des Rittes zog er einen Pfeil aus dem Köcher und legte in vollem Galopp auf einen der gegnerischen Ritter aus der sich neu bildenden Reihe an. Sich umzuwenden, ob die anderen ihm folgten oder auf der Hügelkuppe warteten, hatte er keine Zeit. Jeden Augenblick musste er in Schussweite sein. Nicht zu früh. Selbst wenn er genau traf, konnten die Feinde die Reihe sofort wieder schließen. Schon konnte er das Weiße in den Augen seiner Gegner erblicken; bestenfalls ein halbes Dutzend Pferdelängen trennte ihn von der sich nun in Bewegung setzenden Panzerreiterreihe.

Jetzt nur keinen Fehler machen. Den Pfeil nicht in der Erregung der Schlacht verreißen. Einfach nur die Hand öffnen, die Sehne ohne jede unnötige Anspannung vom Ankerpunkt lösen, den Pfeil so ruhig und gerade wie möglich auf seine Flugbahn schicken. Jetzt.

Der Pfeil schwirrte auf den ihm unmittelbar entgegenkommenden Ritter zu. Gernot hätte nicht genauer treffen können. Die Stahlspitze des Pfeils fuhr seinem Gegner oberhalb des Kragens seines Panzerhemdes durch die Kehle. Der Mann wurde wie durch einen Keulenhieb aus dem Sattel geschleudert. Einen Herzschlag lang entstand eine Lücke im

Pulk der Angreifer. Gernot lenkte sein Pferd genau dorthin und zog sein Schwert.

Die Reiter der zweiten Reihe hatten ihre Lanzen noch nicht gesenkt. Die Lanze des nächstbesten Gegners zersplitterte unter Gernots erstem Schwertstreich, der zweite Feind flog durch die pure Wucht des Schlages vom Pferd. Doch schon sprengte der nächste Gegner heran. Dieser hatte ebenfalls das Schwert gezogen. Klirrend schlugen die Klingen aufeinander. Gleichzeitig vernahm Gernot Gebrüll, Krachen von splitterndem Holz und aufeinandertreffendes Eisen hinter sich – die übrigen Panzerreiter Karls waren ihm doch gefolgt und trafen auf die Schlachtreihe ihrer Gegner. Auf beiden Seiten stürzten Reiter, von Lanzenspitzen durchbohrt, von den Pferden. Gleichzeitig stürmte sein Gegner erneut auf ihn zu. Gernot duckte sich unter dessen Hieb hinweg und durchschlug ihm knapp oberhalb des Sattels, dort wo der Panzer endete, das Rückgrat.

Für einen Augenblick hatte er sich Luft verschafft, genug, um einen kurzen Überblick zu gewinnen. Der Kampf war allem Anschein nach ausgeglichen. Aber beide Seiten erhielten zunehmend Verstärkung, wobei die aus dem Tal herbeieilenden Panzerreiter Lothars diejenigen Karls an Zahl mehrfach übertrafen. Wenn doch nur die Fußtruppen zur Unterstützung kämen!

Plötzlich stürmte ein bereits vom Pferd gestürzter Ritter mit seinem Streitkolben auf Gernot zu. Gernot ritt ihn einfach nieder. Dann musste er sich zweier Angreifer gleichzeitig erwehren. Aber auch diese Aufgabe löste er meisterlich. Beide stürzten tödlich getroffen aus ihren Sätteln.

Gernot riss seinen Braunen auf der Hinterhand herum, und auf einmal blieb sein Blick an einem blauen Punkt haften. Einem blauen Punkt inmitten eines eng gestaffelten Pulks bis an die Zähne bewaffneter Reiter.

Der Punkt wurde größer und größer und zu einem über einen schweren, prachtvollen Schuppenpanzer geworfenen blauen Mantel mit aufgestickten goldenen Bienen. Die Tracht des Kaisers der Franken und Römer. Keine Frage, der da auf das Kampfgetümmel zugaloppiert kam, war kein Geringerer als Lothar.

Und der Ritter zu seiner Rechten war Eberhard von der Pfalz.

Ohne einen Gedanken an die Aussichtslosigkeit seines Tuns zu verschwenden, stürmte Gernot auf die Erzfeinde zu. Vom Zorn beflügelt fällte er jeden Ritter, der sich ihm in den Weg stellte, mit wenigen Streichen. Schon traf er auf die erste Reihe von Lothars Leibgarde. Zwei der Gardisten nahmen sich seiner an. Den Lanzenstoß des ersten Gegners wehrte Gernot mit dem Heft seines Schwertes ab, gab im selben Augenblick seinem Pferd die Sporen und duckte sich unter der zweiten Lanze hinweg. Der Ritter versuchte noch, halb über die Schulter ein zweites Mal nach Gernot zu stechen, doch es war zu spät. Gernot hatte die Reichweite der Lanze unterlaufen und nutzte den Augenblick der Wehrlosigkeit seines Gegners gnadenlos aus. Mit seinem Schwert fuhr er ihm unterhalb des Gürtels tief in den Leib. Blut schoss unter den Schuppen hervor, und der Reiter sank vom Pferd.

Zwischenzeitlich hatte der Erste der beiden Leibwächter gewendet und ritt erneut zum Angriff an. Gernot konnte die Scharte im Schaft genau erkennen, wo er die Lanze beim ersten Mal getroffen hatte. Seine ganze Aufmerksamkeit war auf diese Stelle gerichtet. Im richtigen Moment schwang er sein Schwert – und die Waffe seines Gegners brach. Zwar reagierte dieser schnell, ließ den hölzernen Stumpf fallen und versuchte sein Schwert vom Gürtel zu reißen, doch Gernot war schneller und hieb ihm den Arm ab.

Mit gewaltigen Schwertstreichen schlug er eine Bresche in die Phalanx der nachfolgenden Gardisten und sprengte dann, sein Pferd aufs Äußerste antreibend, auf Lothar und Eberhard zu, die, eben noch geschützt von einem Ring Leibwächter, die Lage noch gar nicht erfasst zu haben schienen. Allein Eberhard versuchte sein Schwert zu ziehen, doch zu spät. Mit einem gewaltigen Schlag köpfte Gernot ihn im Vorbeireiten, wendete seinen Braunen und trieb ihn mit wildem Geheul auf Lothar zu.

Endlich begriff der Kaiser, wen er vor sich hatte, und riss sein Schwert hoch. Mit lautem Krachen prallten die Eisen aufeinander. Lothar hatte seit frühester Jugend Unterricht bei den besten Fechtmeistern des Reiches erhalten, und doch war Gernot dem Prinzen immer überlegen gewesen. Er war sich sicher, dass sich daran nichts geändert hatte.

Doch der Kaiser kämpfte gut. Seine Schwertführung war nicht nur gekonnt, er focht beinahe so stilvoll wie Gernot. Dennoch geriet er zunehmend in Bedrängnis. Gernot versetzte ihm einen Hieb gegen den unteren Rippenbogen, und nur der schwere Panzer hinderte die Klinge am Eindringen. Lothar verzog vor Schmerzen das Gesicht.

Trotzdem griff Lothar erneut an. Gernot zog seine Waffe nah an den Körper, um den Streich abfangen zu können. Doch der Kaiser schlug nicht nach Gernot, sondern trieb seine Klinge in die Flanke des Braunen. Das Pferd stürzte, und Gernot hatte Mühe, nicht unter dem massigen Pferdekörper begraben zu werden. Gerade noch rechtzeitig kam er auf die Beine, um den nächsten Hieb des Kaisers abwehren zu können. Doch solange Lothar vom Pferderücken aus focht, war Gernot benachteiligt.

Wieder holte der Kaiser zum Schlag aus. Gernot hob seine Waffe wie zur Abwehr, doch wehrte er den Schlag nicht ab, sondern tauchte zur Seite weg. Von der Wucht seines eigenen Schlages nach vorn gerissen, geriet Lothar aus dem Gleichgewicht. Gernots Klinge traf ihn mit voller Wucht auf das verstärkte Rückenteil seines Panzers. Die Schneide vermochte die Rüstung nicht zu durchdringen, aber es reichte, um Lothar vom Pferd zu holen.

Ohne zu zaudern drosch Gernot auf seinen Widersacher ein, der am Boden liegend die Schläge parierte. Ihn würde er nicht mehr auf die Beine kommen lassen, ihn würde er in Stücke hauen. Gerade hob er sein Schwert zum alles entscheidenden Hieb, als ihm ein stechender Schmerz ins Kreuz fuhr – die Lanze eines Leibwächters hatte ihn getroffen. Durchbohrt hatte sie das Kettenhemd nicht, der Schmerz war dennoch fürchterlich. Von Lothar ablassend fuhr Gernot herum, rechtzeitig genug, um dem nächsten Lanzenstoß zu entgehen. Dabei geriet er ins Stolpern und fiel rücklings in den Schlamm. Aus dem Augenwinkel sah er, wie zwei Leibwächter von ihren Pferden sprangen, Lothar auf die Beine halfen und ihn auf eines ihrer Tiere setzten. Dann bestiegen beide das andere und ritten mit ihm davon. Gernot heulte auf vor Wut.

Der Lanzenreiter, der ihn niedergestreckt hatte, sprengte erneut heran, die Waffe gehoben, als wolle er eine Wildsau aufspießen. Gernot versuchte verzweifelt auf die Beine zu kommen, rutschte aber immer wieder weg. Das war das Ende. Aber anstatt zuzustoßen, ließ der Angreifer die Lanze plötzlich fallen, riss die Arme hoch und stürzte aus dem Sattel.

Gernot blickte sich um. Graf Arnulf ließ den Bogen sinken und streckte seinen Arm aus.

»Kommt!«, rief er. »Schnell!«

Gernot rappelte sich hoch, blickte noch einmal dem flüchtenden Lothar und dem Rest seiner Leibwache nach und ergriff dann Arnulfs Arm, um sich hinter ihn aufs Pferd ziehen zu lassen.

»Das war ein großartiger Kampf!«, rief Arnulf über die Schulter, während sie in Windeseile davonritten. »Nur schade, dass Lothar entkommen konnte. Das hätte die Schlacht zweifellos entschieden. Seht selbst: Unsere Reiter können der Übermacht nicht mehr lange standhalten. Wir müssen uns zurückziehen. Die Fußtruppen haben oben auf dem Hügelkamm Bäume gefällt und ein paar notdürftige Verschanzungen errichtet. Wir müssen dem Angriff von Lothars Reitertruppen zumindest so lange standhalten, bis Karl sich in Sicherheit gebracht hat.«

So schlimm stand es also. Die Schlacht war verloren.

Auf der Hügelkuppe hatten sich die überlebenden Ritter und die Fußtruppen um die wenigen, aus angespitzten Baumstämmen bestehenden Verschanzungen gesammelt. Jeder, der einen Bogen bei sich hatte, hatte ihn gespannt. Jeden Moment mussten die Ritter Lothars den Hügel hinaufgestürmt kommen. Da sie bergan reiten mussten, würde die Wucht ihres Angriffs ein wenig gemildert werden, das war jedoch schon alles.

Und da kamen sie auch schon, nicht geschlossen, sondern in kleinen Gruppen. Als sie in Schussweite waren, schwirrten die Pfeile der Verteidiger los. Da sie auf eng gefügte Pulks schossen, war weniger die Präzision der Treffer als vielmehr das rasche Aufeinanderfolgen der Schüsse entscheidend. Die zweite Salve von Pfeilen flog durch die Luft, die dritte. Schon begannen sich die Reihen der Angreifer zu lichten; jeder Dritte musste den Hügel zu Fuß erstürmen, da unzählige Pferde dem Pfeilhagel zum Opfer gefallen waren.

Die ersten Lanzenreiter hatten die Stellung erreicht. Sofort wurde jeder Einzelne von ihnen von mehreren Gegnern umringt. Schwerter und Spieße krachten aufeinander. Ein Reiter nach dem anderen wurde aus dem Sattel geholt und gnadenlos niedergemacht. Den Kaiserlichen blieb nichts anderes, als sich zurückzuziehen. Unter den Mannen Karls brach überschwängliches Siegesgebrüll aus.

»Wir haben sie vertrieben!«, rief Arnulf, der die Führung an sich gerissen hatte. »Auch die zweite Welle werden wir abschlagen.«

Gernots Blick schweifte über die eigenen durch den Angriff gelichteten Reihen. Selbst wenn es ihnen gelänge, die zweite Schlachtreihe zurückzuschlagen – Lothar besaß genügend Reserven für eine dritte, ja eine vierte Angriffswelle. Noch nicht einmal fliehen konnten sie, Lothars Reiter würden ihnen in dem offenen Gelände mühelos nachsetzen und sie niedermetzeln. So oder so war es vorbei.

Doch die unten im Tal versammelte Rittermacht trat nicht zum zweiten Sturmangriff an. Vielmehr wandte sie sich um und ritt in entgegengesetzter Richtung davon. Gernot traute seinen Augen nicht. Wieso zog Lothar, den sicheren Sieg zum Greifen nahe, seine Truppen zurück?

Eine Gruppe leichter Reiter, die die Flanke des verbliebenen Heeres Karls abgeschirmt hatte, kam herangeprescht. Die Stimme des Anführers überschlug sich, als er völlig außer Atem brüllte:

»Die Rettung! Die Mannen Ludwigs des Deutschen sind da! Sie haben Lothars Nachhut angegriffen und reiben sein Heer von hinten auf.«

»Wir müssen unsere Truppen noch einmal zum Angriff sammeln!«, rief Gernot Arnulf zu. »Jetzt ist es an uns, Ludwig zu unterstützen.« Als er aufspringen wollte, knickte er mit dem linken Bein weg. Erst jetzt bemerkte er die klaffende, stark blutende Wunde in seinem Oberschenkel. Schwarze Punkte tanzten vor seinen Augen.

»Lasst es gut sein, Gernot«, sagte Arnulf und schwang sich auf sein Pferd. »Ihr habt Eure Schlacht geschlagen. Einer meiner Männer wird Euch zurück ins Lager begleiten. Der Rest folgt mir!«

Gernot brannte noch immer vor Kampfeslust, doch sein Körper versagte den Dienst. Keuchend setzte er sich auf einen der gefällten Baumstämme. Das Atmen fiel ihm schwer, vermutlich hatte ihm der Lanzenstoß eine Rippe gebrochen. Nunmehr erst wurde ihm bewusst, wie viel Glück er bei seinem Angriff auf Lothar, Eberhard und die kaiserliche Leibwache gehabt hatte. Er hätte an diesem Tag mindestens dreimal zu Tode kommen können.

Auf Arnulfs Mann gestützt, wankte er zu einem bereitgestellten Pferd. Nur mit Mühe und der Hilfe des gräflichen Gefolgsmannes konnte er sich in den Sattel ziehen. Die Zügel überließ er dem anderen. Kaum hatten sie sich in Bewegung gesetzt, schwanden ihm die Sinne.

*

Als Gernot erwachte, war ihm, als hätte er etliche Tage am Stück geschlafen. Traumlos, tief und sorgenlos. Auf einer hölzernen Liege, bedeckt mit mehreren Fellen lag er in einem Zelt. Auf seiner Stirn befand sich ein kühler Umschlag. Schmerzen verspürte er keine, dafür unbändigen Durst und Hunger. Neben seinem Lager stand ein Krug. Gernot schnupperte daran – es musste Wasser sein. Als er das Gefäß zum Mund führen wollte, spürte er ein heftiges Stechen unterhalb des linken Schulterblatts. Die gebrochene Rippe. Aber das würde werden.

Langsam trank er, bis der Krug beinahe leer war. Dann betastete er seinen verletzten Oberschenkel. Das Bein war verbunden und schmerzte nur, wenn er die Muskeln anspannte. Da hatte er schon Schlimmeres mitgemacht.

Plötzlich teilte sich der Vorhang, der den Eingang abdeckte, und Graf Arnulf trat ein, einen Sattel auf der Schulter.

»Wie steht die Schlacht?«, fragte Gernot.

Arnulf grinste. »Der Sieg ist unser – bereits seit gestern. Wie geht es Euch?«

»Gut. Was hat es mit dem Sattel auf sich?«

»Das ist der Eure. Ich habe ihn geborgen. Eurem Pferd war leider nicht mehr zu helfen. Es war bereits verendet.«

»Das treue Tier«, murmelte Gernot. »Was ist mit Kaiser Lothar? Konntet Ihr seiner habhaft werden?«

»Nein, er ist entkommen. Möglicherweise konnte er sich nach Norden absetzen; wir vermuten, dass er seine Truppen bereits im Stich ließ, bevor die Niederlage unausweichlich war. Karl und Ludwig haben Häscher in alle Richtungen ausgesandt, um ihn aufzuspüren. Bislang vergebens.«

Wut stieg in Gernot hoch. Der Sieg war mit einem unglaublich hohen Blutzoll erkauft worden. Und jetzt sollte dem Kaiser trotz aller Mühen die Flucht gelungen sein? Für Gernot kam das einer nachträglichen Niederlage gleich. Da tröstete es ihn nur wenig, dass er Eberhard von der Pfalz erwischt hatte, Mechthilds Henker.

»Sobald Ihr wieder auf den Beinen seid, möchte Karl Euch sehen«, sagte Arnulf. »Ich weiß zwar nicht, was er vorhat, aber ich denke, er wird Euch für Eure Heldentaten angemessen belohnen wollen.«

Den Rest des Tages verbrachte Gernot trotz seiner Aufgewühltheit überwiegend schlafend. Am Abend erhielt er Besuch vom Medicus, der seine Verbände wechselte und ihm einen abscheulich schmeckenden Kräuteraufguss verabreichte.

»Euer Körper ist von bäriger Beschaffenheit. Die Wunden haben sich weder entzündet, noch habt Ihr Fieber. Ich denke, wenn Ihr Euch mit der Linken auf einen Stock stützt, könnt Ihr mit aller notwendigen Vorsicht schon morgen Euer Lager verlassen.«

»Was morgen geht, geht auch heute«, knurrte Gernot.

Das Aufstehen war mühselig, doch nach einigen Versuchen gewöhnte er sich an den kräftigen Knotenstock und humpelte aus dem Zelt. Die Jubelstimmung im Lager hielt sich trotz des Sieges in Grenzen. Die Verluste mussten allzu hoch gewesen sein. An einem der größeren Feuer, an dem man ihm etwas zu essen reichte, traf er erneut auf Arnulf.

»Unzählige Ritter sind gefallen«, sagte der Graf betrübt. »Die Blüte des fränkischen Adels ist auf dem Schlachtfeld geblieben. Auch wenn ich den enormen Verlusten meine neue Stellung als Truchsess des westlichen Reiches verdanke, weiß ich nicht, was aus dem Frankenreich werden soll, nun da derart viele Rittersitze verwaist sind. Aber jetzt kommt mit, Karl möchte Euch sprechen.«

Karls Zelt war so groß wie fünf gewöhnliche zusammen. Mehrere Ritter standen vor dem Eingang Wache.

»Tretet ein, mein lieber Gernot«, rief Karl, der in der Mitte des Zeltes auf einem hölzernen Thron saß. »Wie ich sehe, seid Ihr schon wieder auf den Beinen. Sehr gut. Nun, Ihr habt Euch in dieser Schlacht vortrefflich geschlagen. Ich bin mir durchaus bewusst, wie groß Euer Anteil daran war, dass sich das Kriegsglück zum guten Ende doch der gerechten Sache zugewandt hat. Ritter Gernot von Besslingen: Hiermit belehne ich Euch mit dem Rittersitz von Soissons. Sobald Ihr wieder vollständig genesen seid, macht Euch auf den Weg, nehmt Eure Ländereien in Besitz und verbringt dort den Rest des Sommers bis zur Erntezeit. Nach Einnahme der jährlichen Steuern kommt nach St. Denis und lasst

Euch mit neuen Aufgaben in meinem ruhmreichen Heer betrauen.«

»Ergebensten Dank, mein König.«

Das war es, Gernot ward entlassen. Ritter von Soissons, das klang nicht schlecht. Soweit Gernot wusste, war Soissons ein nicht unbedeutendes Herrschaftsgebiet im fruchtbaren Kernland der Francia, unweit von Paris und St. Denis gelegen.

Gernot hatte das Zelt noch nicht verlassen, als von draußen plötzlich aufgeregte Stimmen zu vernehmen waren. Nur Wimpernschläge später kam ein voll gerüsteter Ritter ins Zelt gestürzt. Noch ganz außer Atem machte er vor König Karl seine Meldung: »Eure Majestät – wir haben ihn.«

*

Ingelheim, Herbst 835

Die Reisenden, die an diesem Nachmittag das Gasthaus an der Fähre erreichten, saßen zu dritt in einem offenen vierrädrigen Wagen. Vier bewaffnete Reiter bildeten den Begleitschutz. Vor sechs Tagen hatte die kleine Gesellschaft Straßburg mit Ziel Fulda verlassen. Der Besuch in Ingelheim bedeutete dabei einen Umweg, aber der baumlange kräftige Benediktiner mit dem grauen Rauschebart, der sich die Kutsche mit einer vornehm gewandeten Dame und einem Kleinkind teilte, hatte darauf bestanden. Sein Name war Thomas Ravennus, und er hatte ein persönliches Interesse, in eben jenem Gasthaus nach dem Rechten zu sehen.

Er hatte den Reisewagen gerade verlassen, als ein junger, nicht sehr groß gewachsener Bursche um die Ecke gestürmt kam und ihm vor seinen mächtigen Bauch rannte.

»Verzeiht«, stammelte der Junge. »Ich habe Euch nicht gesehen, ehrwürdiger Mönch.«

Der Knabe wollte schon weiter, als er plötzlich die Augen aufriss und pure Freude seine ebenmäßigen Züge erstrahlen ließ.

»Magister Thomas! Ihr seid es!«

In dem Moment erschien ein knüppelschwingender Mann etwa im Alter des Magisters auf der Bildfläche.

»Verdammter Bastard!«, schrie er wutentbrannt. »Jetzt sollst du mich kennen lernen.«

Der Junge drängte sich schutzsuchend hinter den Magister.

»Aus dem Weg, Fettwanst«, knurrte der Mann. »Sonst verpass ich Euch auch eine.«

Der Magister gab den Reitern das Zeichen abzuwarten.

»Was geht hier vor?«, fragte er den Wüterich. »Was erzürnt Euch so?«

»Das Balg hat wieder gelesen. Ich habe ihn beim Lesen erwischt.«

»Was ist daran verwerflich?«

Dem Kerl mit dem Knüppel blieb der Mund offen stehen. »Was daran verwerflich ist? Er sollte die Hühner füttern, verdammt. Stattdessen hat er gelesen.«

»Dann wird er jetzt die Hühner füttern«, sagte der Magister. » Und Ihr legt den Stock aus der Hand.«

»Wer seid Ihr, dass Ihr mir –«

»Mein Name ist Thomas Ravennus«, donnerte die Stimme des Magisters über den kleinen Platz vor dem Gasthaus. »Und ich sage Euch: Legt den Stock aus der Hand, sonst werde ich ihn Euch abnehmen und Euch damit den Arsch versohlen.«

Nun bekam der Mann den Mund wirklich nicht mehr zu. Einen Moment lang starrte er den Mönch an, dann schleuderte er den Knüppel in den Staub und trollte sich.

»Wer war das?«, fragte der Magister den Knaben.

»Mein Stiefvater.«

»Gerät er häufiger so außer sich?«

»Das war noch gar nichts«, sagte der Knabe. »Ihr müsstet ihn erleben, wenn er getrunken hat.«

Entgegen seinen Gewohnheiten verleibte sich der Magister nach dem Essen nicht krügeweise Wein ein, sondern setzte sich mit dem Knaben auf den Steg des Fähranlegers. Die Sonne war längst untergegangen, aber eine Hand voll Sterne und der nahezu volle Mond spendeten hinreichend Licht.

»Was ist aus deinem Onkel, dem alten Fährmann, geworden?«, fragte der Magister.

»Er ist vorvergangenes Jahr gestorben«, sagte der Knabe. »Er hatte es schon lange auf der Lunge.«

»Und was hat es mit deiner Aufmachung auf sich?«

»Einer muss ja die Fähre rudern, oder glaubt Ihr, der alte Säufer, den meine Tante jetzt am Hals hat, wäre dazu in der Lage? Ihr habt ihn ja erlebt. Draufschlagen ist alles, was er kann.«

»Dann weiß er gar nicht, dass du –«

Der Knabe lachte. »Der Kerl ist dümmer als ein Fuder Stroh. Nein, er weiß nichts.«

»Schlägt er sie auch?«

»Weniger oft als mich, aber ihr ist es ohnehin gleich. Sie sagt, besser einen schlechten Mann als keinen.«

»So ein Unsinn.«

Eine Weile saßen sie schweigend nebeneinander und starrten in den Fluss, in dem sich die Gestirne spiegelten. Dann fragte der Knabe: »Das Kind, das Ihr dabeihabt, soll in ein Kloster, habe ich das richtig gehört?«

»Es wird nach Fulda gebracht, wo die Mönche sich seiner annehmen werden.«

»Lernt es dort Lesen und Schreiben und all die anderen Dinge?«

»Selbstverständlich.«

»Ich wollte, das dürfte ich auch.«

Magister Thomas räusperte sich. »Hast du in der Bibel gelesen, die ich dir vor Jahren hiergelassen habe?«

»Ich kann sie beinahe auswendig.«

»Hast du auch verstanden, worum es in den einzelnen Büchern geht?«

»Stellt mich auf die Probe, Magister.«

Thomas Ravennus begann mit einigen einfachen Fragen zum allgemeinen Verständnis der Heiligen Schrift. Die Antworten kamen ohne Zögern, waren flüssig vorgetragen und ausnahmslos richtig. Dann kam er auf das Buch Jesaja zu sprechen und befand sich plötzlich mitten in einer heftigen Diskussion, ob das Buch nun von einem einzelnen oder mehreren Autoren verfasst sei. Der Knabe beharrte darauf, dass mindestens zwei Menschen, wenn nicht drei an der Niederschrift beteiligt gewesen sein mussten. Als Begründung dafür führte er den literarisch uneinheitlichen Stil des Buches an und belegte dies mit Textzitaten aus dem Gedächtnis. Dem Magister blieb im wahrsten Sinne des Wortes die Spucke weg.

»Du bist ein Gelehrter!«, rief er schließlich aus.

»Nein«, sagte der Knabe. »Aber ich hätte gerne die Möglichkeit, einer zu werden.«

Noch in dieser Nacht traf der Magister eine Entscheidung. Er wusste, dass er sich damit gleich über mehrere Gebote hinwegsetzte, doch das war ihm einerlei. Einen solch wachen Geist durfte man einfach nicht verkümmern lassen.

So saßen denn am nächsten Morgen vier Menschen in dem Reisewagen, als dieser stromaufwärts zur nächsten Furt rollte.

St. Denis, Sommer 841

Beinahe zwei Wochen währte die Rückreise nach St. Denis, die Gernot ebenso wie der gefangene Lothar in einem Wagen zurücklegten, wenn auch aus unterschiedlichen Gründen. Der eine wegen seiner gebrochenen Rippe und seines noch nicht verheilten Oberschenkels, der andere wegen der ihm angelegten Fußfesseln, die das Reiten unmöglich machten.

Ursprünglich hatte Karl angekündigt, Lothar am dritten Tag hinrichten zu lassen, aber Gernot hatte Verständnis dafür, dass er sich dieses Spektakel bis Paris aufheben wollte, damit die Bürger der Stadt etwas davon hatten.

Die Pfalz erreichten sie spätnachmittags. Viele der Wartenden brachen in Tränen aus, einige verloren die Besinnung, als sie erfuhren, dass ihre Lieben gefallen waren und nie mehr heimkehren würden. Eine junge, dunkelhaarige Frau in einem schlichten, aber schmucken weißen Wollkleid hatte mehr Glück.

»Gernot!«, rief Anna, als er vom Wagen stieg, eilte auf ihn zu und umarmte ihn derart stürmisch, dass Gernot aufschrie. »Bei Gott, was hast du?«

»Meine Rippe«, hustete er. »Sie war gerade verheilt.«

»Ich Tölpel!«

»Nun ja … Wenn du versprichst, mir nicht auch noch vors Bein zu treten, vergebe ich dir.«

»Sieh, wer ebenfalls hier ist.«

Aus der Menge im Hintergrund löste sich eine massige Gestalt mit Rauschebart und einem gewaltigen Bauch.

»Thomas Ravennus!«, rief Gernot und bedeutete dem alten Benediktiner mit vorgestreckten Handflächen, Abstand zu halten und auf eine Umarmung zu verzichten. »Was führt Euch nach St. Denis?«

»Mein Abt meinte, wenn unser Kloster schon keine

Kämpfer für den Krieg gegen Lothar abstellen kann, so sollten wir unseren König doch wenigstens unseres geistlichen Beistandes versichern. Mich alten Knochen hielt er dafür am geeignetsten. Leider habe ich die Reise derart geruhsam angehen lassen, dass ich erst nach Abrücken der Streitmacht hier eintraf. Und euch nachzueilen, nun ja, das erschien mir mehr als unvernünftig. Umso schöner ist es, nun an den Siegesfeierlichkeiten teilnehmen zu können.«

»Und der Hinrichtung Lothars beizuwohnen«, sagte Gernot mit funkelnden Augen.

»Wie? Hat Karl das etwa angekündigt?«

»Er hat es vor der versammelten Ritterschaft geschworen. Anna war Zeugin.«

»Feierlich gelobt«, berichtigte sie ihn.

»Das ist dasselbe«, sagte Gernot.

»Nicht ganz«, sagte Thomas Ravennus. »Aber lassen wir das. Wo hast du deinen maurischen Freund gelassen, Gernot?«

Gernot berichtete, dass Tariq in Geschäften an die Mosel gereist sei, verschwieg aber, dass er vorhatte, im weiteren Verlauf seiner Reise Fulda aufzusuchen. Wer wusste, ob der alte Magister solch eine Einmischung, noch dazu eines Ungläubigen, gutgeheißen hätte.

Im hinteren Teil des Pfalzhofes hoben Buhrufe und Beschimpfungen an, als Lothar vom Wagen gehoben wurde. Allerdings hatte er den Kerker nicht zu fürchten, standesgemäß würde er in den Gasträumen der Pfalz untergebracht werden. Schließlich war man eines Blutes, auch wenn die beiden Männer nur Halbbrüder waren. Thomas verabschiedete sich, um einen Blick auf den Gefangenen zu erhaschen.

»Sehen wir uns heute Abend beim Siegesmahl?«, fragte Gernot.

»Ich denke schon«, sagte Anna.

»Wie kommt es eigentlich, dass du … ich meine als Köchin …«

»Du meinst als Gräfin von Ponthion.«

»Trägst du den Titel noch?«

»Karl nennt mich noch immer so, obwohl ich den Titel mit dem Tod meines Mannes und der Vertreibung verloren habe. Und er lädt mich noch immer zu den Festlichkeiten ein. Das ist seine Art, seine Dankbarkeit zu bekunden.«

»Dankbarkeit wofür?«

»Mein verstorbener Mann hat ihn als dreizehnjährigen Knaben einmal vor dem Ertrinken gerettet. Das hat er ihm nie vergessen, und heute habe ich meinen Nutzen davon.« Anna rümpfte die Nase. »Wie wäre es mit einem ausgiebigen Bad, bevor du an der Festtafel Platz nimmst? Tunika und Mantel, die dein Freund dir überlassen hat, habe ich aufgehoben und werde sie derweil ausbürsten.«

Gernot, der seinen eigenen Gestank nach all den Wochen gar nicht mehr wahrnahm, beeilte sich in Richtung Badehaus zu kommen, bevor die anderen Helden auf den gleichen Gedanken kämen.

*

Da das Wetter prächtig war, hatte Karl angeordnet, das Festbankett im Freien auszurichten. Die Diener hatten Tische, Stühle und lederbespannte Schemel aus dem Saal nach draußen geschleppt und die Tafel festlich gedeckt. Fackeln in mannshohen, vierbeinigen Haltern und lodernde Kohlefeuer in eisernen Becken sorgten für die angemessene Beleuchtung. Als die Posaunen ertönten, machten sich die geladenen Gäste auf den Weg

Gernot und Anna begaben sich im Gefolge des Grafen Arnulf zur Tafel. Anna trug ein weinrotes Gewand mit goldenen Stickereien und duftete wunderbar nach Lavendel.

Gernot hatte bei seinem Bad auf Kräuterbeigaben verzichtet und roch einfach nur sauber. Knechte aus dem königlichen Gefolge wiesen den Gästen ihre Plätze an; Gernot saß zwischen Arnulf und Anna, Thomas Ravennus hatte zwei Tische weiter seinen Platz gefunden.

Fanfaren kündigten das Erscheinen der Könige an. Karl trug eine blaue, golddurchwirkte Tunika, darüber einen weiten, roten Mantel und auf dem Haupt das etwas klobig wirkende königliche Diadem. Trotz des Kopfschmucks sah man die umlaufende Delle an seinem Kopf, weil er den ganzen Tag seine Krone getragen hatte. Ludwigs Kleidung war erheblich schlichter. Zwar trug er ebenfalls sein Diadem und einen scharlachroten Mantel, darunter aber nur ein wollenes Wams und einfache fränkische Kniehosen. Reichlich einen Kopf größer als Karl, weitaus kräftiger gebaut als dieser und zudem noch mit vollem Haupthaar gesegnet, hatte er den Putz weniger nötig.

Nachdem die beiden Könige mit reichlich Getue an ihrer Tafel Platz genommen hatten, klatschte Karl zweimal kurz in die Hände, das Zeichen für die Dienerschaft, mit dem Auftragen zu beginnen. Wie beim Bankett vor dem Feldzug wurde neben den Speisen wiederum so viel Wein herangeschleppt, dass auch der Letzte sich hemmungslos betrinken konnte. Man war in Siegerlaune, entsprechend fröhlich und ausgelassen war die Stimmung. Auch Gernot machte dabei keine Ausnahme.

Von Zeit zu Zeit unterbrachen Karl oder Ludwig das Essen und verkündeten lautstark, welcher ihrer Gefolgsleute welchen Lohn für seine Taten bekommen hatte, jedes Mal heftig beklatscht von der versammelten Festgesellschaft. Auch Gernots Belehnung mit Soissons fand Erwähnung. Hätte Gernot behauptet, dass ihm dies nicht geschmeichelt hätte, wäre er ein Lügner gewesen.

Bis tief in die Nacht hinein wurde gegessen, getrunken und gelacht. Die Diener schafften unermüdlich Nachschub an Speisen und Getränken heran, doch allmählich konnten selbst die Gefräßigsten und Versoffensten nicht mehr. Einige hatte der Wein bereits ins Reich der Träume befördert. Zum Teil laut schnarchend lagen sie mit ihren Köpfen auf dem Tisch. Das Fest neigte sich erkennbar dem Ende zu.

Anna gähnte schon seit einer Weile auffällig, und Gernot wollte sie gerade fragen, ob er sie zu ihrer Kammer begleiten sollte, als Karl plötzlich um Ruhe und Aufmerksamkeit bat.

»Gefolgsleute, Freunde, Sieger von Fontenoy«, hob er an. »Ich spreche zu euch im Namen König Ludwigs wie auch meiner selbst. Wie ihr alle wisst, ist es uns gelungen, unseres Widersachers auf dem Schlachtfeld, Kaiser Lothars, habhaft zu werden. Die Gerechtigkeit hat wieder einmal gesiegt.«

Karl machte eine Kunstpause. Gernot hing an seinen Lippen. Gleich würde er den Zeitpunkt von Lothars Hinrichtung verkünden und alle Anwesenden einladen, dem Schauspiel beizuwohnen.

»Und es wird euch alle freuen zu hören«, fuhr der kahlköpfige König fort, »dass er sich zu einem bedingungslosen Friedensschluss bereit erklärt hat. Was wäre ihm auch anderes übrig geblieben nach dieser vernichtenden Niederlage seiner Truppen.« Karl und Ludwig lachten kurz auf, klopften sich gegenseitig auf die Schultern, und die Zuhörerschaft stimmte pflichtschuldig ein.

»Doch darüber hinaus habe ich noch eine besondere Überraschung für euch alle: Das Lösegeld, das Lothar Ludwig und mir für seine Freilassung gezahlt hat, machen wir euch zum Geschenk, unseren treuen Untertanen. Dreitausend Goldstücke für jeden von euch – zusätzlich zu allen euren sonstigen Belohnungen!«

Die Festgesellschaft brach in unbeschreiblichen Jubel aus. Einige stiegen gar auf ihre Stühle, prosteten den beiden Herrschern zu und ließen sie hochleben, als hätten sie soeben die Rezeptur zur Herstellung von Gold verkündet.

Nur einer saß da wie versteinert: Gernot. »Kein Lösegeld wird mich davon abbringen, Lothar gerecht zu bestrafen«, so hatte das Ehrenwort Karls gelautet.

Graf Arnulf deutete seine versteinerte Miene richtig. »Aber Gernot, was habt Ihr denn erwartet? Am Vorabend eines Krieges wird immer der Kampf bis zum letzten Blutstropfen beschworen, um die Männer einzustimmen. Da fallen auch mal voreilige Ehrenworte. Aber sobald die Schlacht geschlagen ist, muss wieder Vernunft walten. So ist es immer gewesen, und so wird es auch bleiben. Beruhigt Euch, trinkt noch einen Schluck Wein und freut Euch über die dreitausend Goldstücke, mit denen Ihr Euren Lehenssitz auf das Prächtigste ausstatten könnt. Ganz wie es einem berühmten Kriegshelden zukommt.«

Arnulfs wohlgemeinte Worte verfehlten ihre Wirkung. Gernot wollte sich nicht beruhigen. Ganz allmählich löste sich die bleierne Starre, in die er bei Karls Worten gefallen war, und heiße, kochende, brennende Wut stieg in ihm hoch. Wut auf den Teufel von Lothar, dem es wieder einmal gelungen war, sich aus einer scheinbar aussichtslosen Lage zu befreien. Und Wut auf Karl, den Wortbrüchigen, der den angeblich so verhassten Widersacher für ein paar lumpige Goldstücke ziehen ließ.

Gernot sprang auf.

»Die meisten hier in dieser Runde scheinen sehr vergesslich geworden zu sein!«, brüllte er, dass alle anderen auf der Stelle verstummten. »Ich aber erinnere mich noch sehr gut. Zum Beispiel an einen Schwur, den Ihr getan habt, Karl. Keine Verhandlungen sollte es geben mit Lothar, und niemals sollte er gegen Lösegeld freigelassen werden. Was ist daraus geworden? Ihr habt ihn laufen lassen, diesen Hundsfott. Keinen Silberling des schmutzigen Lösegeldes will ich, erst recht keine dreitausend Goldstücke. Vor die Füße würde ich sie Euch schleudern. Und da wir schon dabei sind – was ist aus Eurer Ankündigung geworden, Lothar zum Zweikampf stellen zu wollen? Das wurde er tatsächlich, allerdings von mir, und nicht von Euch. Euch, mein erhabener König, habe ich zu keinem Zeitpunkt irgendwo auf dem Schlachtfeld gesehen. Bei der Nachhut, in Sicherheit, da hat es Euch offenbar besser gefallen. Unwürdig des Königsamtes nenne ich Euch! Einen unwürdigen, meineidigen Feig –«

Gernot hörte ein Splittern, gleichzeitig raste ein Feuersturm durch seinen Schädel. Heiß und gleißend, um unmittelbar darauf zu verlöschen. Schlagartig wurde es dunkel. Stille umfing ihn.

Und dann empfand er nur noch Frieden.

Fulda, Sommer 841

Gernot träumte, er sei ein Sack Mehl, den der Müller und sein Gehilfe auf einen Karren wuchteten. Dann wurden Befehle gebrüllt, die nicht recht zu dem Traum passten, und der Karren setzte sich in Bewegung. Gernot schlug die Augen auf. Über ihm leuchteten die Sterne, und die Sichel des Mondes stand auf der Kippe. Als er seinen Kopf heben wollte, schoss ihm ein fürchterlicher Schmerz durchs Hirn. Vorsichtig betastete er seinen Schädel. An der Hinterseite hatte er eine matschige Beule, als wäre sein Kopf Fallobst.

»Er kommt zu sich«, sagte eine weibliche Stimme. Anna.

Wieder hob Gernot den Kopf. Diesmal ging es, da er auf

den Schmerz gefasst war. Übel wurde ihm dennoch. Nur mit Mühe konnte er ein Würgen unterdrücken. Anna saß an seiner Seite, doch da war noch jemand, vermutlich eine Wache.

»Auf dem Weg in welches Verlies sind wir?«, fragte Gernot. Anna strich ihm die Haare aus der Stirn. »Dann weißt du also noch, was du angerichtet hast?«

»Ich bin dem König an den Kragen gegangen, weil er Lothar hat laufen lassen.«

»So weit ist es, Gott sei Dank, nicht gekommen«, brummte der andere. Die Stimme gehörte unverkennbar Thomas Ravennus. »Oder Anna sei Dank, wie man will.«

»Ich hatte vor, ihn zu erwürgen«, sagte Gernot.

»Das hatte ich befürchtet«, sagte Anna. »Deswegen habe ich dich auch niedergeschlagen.«

»Du hast mich niedergeschlagen?«

»Mit einem Tonkrug«, sagte Thomas und kicherte. »Ein sauberer Schlag. Du bist gestürzt wie eine gefällte Eiche.«

Der Karren krachte in ein Schlagloch, und eine Welle der Übelkeit durchflutete Gernot. »Wohin fahren wir? Nach Paris?«

»Nein«, sagte Anna. »Nach Fulda.«

»Jetzt verstehe ich überhaupt nichts mehr.«

»Das musst du auch nicht. Sei froh, dass du ungeschoren davongekommen bist.«

»Anna, bitte, ich will wissen, was geschehen ist. – Thomas Ravennus, sagt Ihr mir doch, was sich während meiner Bewusstlosigkeit zugetragen hat.«

»Ich war nicht dabei«, sagte der Magister. »Außerdem will ich jetzt schlafen. Frag Anna, sie hat mit dem König verhandelt.«

»Also?«

Anna seufzte. »Du warst dabei, den König derart zu beleidigen, dass es dich den Kopf gekostet hätte. Also habe ich dich niedergeschlagen. Zuerst wollte Karl dich in den Kerker werfen lassen, aber ich habe ihm erklärt, dass dein ungebührliches Verhalten nur auf den ungewohnten Weingenuss zurückzuführen wäre. Üblicherweise würdest du nur Wasser trinken.«

»Das hat er geglaubt?«

»Nein, aber wir haben uns darauf verständigt, dass es so war. Mit Rücksicht auf mich und das, was mein verstorbener Mann einst für ihn getan hat, hat er Milde gegen dich walten lassen. Gleichzeitig hat er jedoch betont, dass damit seine Schuld mir gegenüber ein für alle Mal abgetragen sei.«

»Dann musstest du die Pfalz also verlassen?«

»Ich hätte als einfache Köchin ohne jede Vorzugsbehandlung bleiben können. Das wollte ich jedoch nicht. Deshalb sitze ich neben dir auf diesem Karren.«

»Als ob das besser wäre«, sagte Gernot. »Was versprichst du dir davon? Ich besitze nichts. Ich kann uns nicht einmal eine Mahlzeit kaufen.«

»Ich kann für mich sorgen. Karl hat mir großzügig deinen Anteil am Lösegeld Lothars überlassen.«

»Dieses verdammte Geld!«, schnaubte Gernot. »Und was ist mit meinem Lehen?«

»Graf Arnulf ist mit Soissons belehnt worden«, sagte Anna, »doch nur für ein Jahr. So lange hat Karl dich aus dem Westreich verbannt. Danach gehört Soissons dir.«

»Hoffentlich erwartet der meineidige Kerl nicht, dass ich ihm dafür auch noch dankbar bin«, knurrte Gernot. »Ich hätte nichts dagegen, im Verließ zu schmoren, wäre Lothar dafür hingerichtet worden. Welcher Teufel mag Karl nur geritten haben, ihn so billig davonkommen zu lassen?«

»Kein Teufel, sondern ich«, sagte Thomas Ravennus.

»Wie? Ich denke, Ihr schlaft. Was redet Ihr da?«

»Ich habe Karl geraten, das Lösegeld anzunehmen, und er war weise genug, auf mich zu hören.«

»Ich ... ich glaube es nicht«, stammelte Gernot. »Wie konntet Ihr mir derart in den Rücken fallen. Ihr –«

»Nun blase dich mal nicht so auf, Gernot, ja? Erinnere dich bitte an unser Gespräch im Garten von Aniane. Damals sagte ich dir, dass ich hoffte, eine völlige Entmachtung Lothars sei nicht das Ziel dieses Krieges, weil das die Einheit des Reiches gefährden würde. Diese Ansicht vertrete ich auch heute noch, und entsprechend habe ich Karl und Ludwig beraten.«

Gernot hob an zu widersprechen, aber Thomas ließ ihn nicht zu Wort kommen.

»Jetzt rede ich! Dass du im Schmerz über den Verlust deiner Frau nicht in der Lage bist, über den Gesichtskreis deiner Rache hinauszublicken, ist bedauerlich, aber verständlich. Doch eben deshalb muss es andere Männer geben, deren Blick ungetrübt in die Zukunft gerichtet ist. Männer, denen das Reich mehr bedeutet als ihre persönlichen Befindlichkeiten. Darüber solltest du einmal nachdenken. – So, und nun werde ich schlafen, wenn ihr erlaubt. Es war ein langer, überaus anstrengender Tag für einen alten Knaben wie mich.«

Thomas Ravennus lehnte seinen Kopf an den neben ihm stehenden Sack, deckte sich mit seinem Mantel zu und rüttelte sich zurecht, bis er eine behagliche Schlafstellung gefunden hatte. Bereits beim zweiten Atemzug schnarchte er, dass der altersschwache Karren erzitterte.

»Warum reist Thomas Ravennus eigentlich mit uns?«, fragte Gernot flüsternd.

»Er hat etwas davon gemurmelt, sein Abt würde ihm eine Reise nach Fulda niemals genehmigen«, sagte Anna ebenso leise und streckte sich neben Gernot aus. »So nutzt er die

Gelegenheit, mit uns dorthin zu kommen. – Mir ist kalt. Nimm mich in die Arme und wärme mich.«

Nach allem, was Anna für ihn getan hatte, konnte Gernot ihr den Gefallen unmöglich abschlagen. Also schmiegten sie sich aneinander und rumpelten durch die Nacht.

*

Die beiden Knechte, die den Karren lenkten, hatten Anweisung, in Cambray umzukehren. Anna kaufte von ihrem Goldschatz für die weitere Reise drei Pferde. Zwei gewöhnliche und ein besonders kräftig gebautes für Thomas Ravennus.

Bis Köln bewegten sie sich im Herrschaftsgebiet Lothars, aber die Reise verlief ohne Zwischenfälle. Den von Karl unterzeichneten Schutzbrief benötigten sie kein einziges Mal. Seinen Wert im Ernstfall bezweifelte Gernot ohnedies.

Thomas Ravennus hielt sich tapfer, wenn man ihm auch ansah, wie sehr ihn das Reiten quälte. Eine Betätigung, die für ihn so ungewohnt war wie das Psalmensingen für Gernot. Dennoch kamen sie leidlich voran. Die letzten Tage schloss sich ihnen eine Gruppe pilgernder Mönche auf zwei Eselskarren an, die auf dem Weg zum Grab des heiligen Bonifatius war. Eine willkommene Ablenkung für den Benediktiner, der die Glaubensbrüder ein um das andere Mal in heftige theologische Dispute verwickelte. Und endlich, nach etwas mehr als zwei Wochen im Sattel, kam der Turm der Ratgarbasilika in Sicht, der sich in der Ferne in den Himmel reckte. Gernot zügelte sein Pferd, und auch Anna hielt an seiner Seite.

»Du wirkst angespannt«, sagte sie.

»Ich kann es nicht leugnen«, sagte er. »Nach all den Jahren endlich meinen Sohn kennen zu lernen und in die Arme nehmen zu können ... !«

»Versprich dir von der ersten Begegnung nicht zu viel, Gernot. Konrad weiß nicht, dass du sein Vater bist. Für ihn bist du ein Fremder.«

»Ich weiß. Aber vielleicht hatte Tariq Gelegenheit, ihm von mir zu erzählen.«

»Wenn dein maurischer Freund so schlau ist, wie ich ihn einschätze, hat er das tunlichst unterlassen.«

»Nun denn«, sagte Gernot, atmete tief durch und trieb sein Pferd wieder an. »Gehen wir es an.«

So bedeutend das Kloster Fulda, das seit den Tagen Papst Zacharias' keinem Bistum, sondern unmittelbar Rom unterstellt war, mit seinen sechshundert Mönchen und den über zweitausend Handschriften seiner Bibliothek sein mochte, so unbedeutend wirkte die Stadt gleichen Namens. Fast alle Häuser waren strohgedeckt, kaum eines, das ein Dach aus Holzschindeln hatte. Keine einzige Straße war gepflastert, dafür gab es knöcheltiefe Spurrillen, in denen das Wasser vom letzten Regen stand. Die Anzahl an Gasthäusern und Herbergen war beachtlich – man schien hier überwiegend von Wallfahrern zu leben –, die meisten jedoch machten einen armseligen Eindruck. Lediglich ein Haus, unmittelbar am Marktplatz gelegen, schien gehobenen Ansprüchen zu genügen. Falls Tariq noch in der Stadt war, würden sie ihn hier antreffen.

Kaum hatten sie die Gaststube betreten, jaulte am anderen Ende des Raums ein großer, grauer, struppiger Hund auf und stürmte zwischen Schemeln und Bänken hindurch auf Anna zu. Während sie den närrischen Kebir kräftig kraulte, bahnten sich Gernot und Thomas den Weg zu Tariqs Tisch. Der Maure war verkleidet wie seinerzeit im Süden Aquitaniens und hatte sich auch wieder diese grässliche Paste ins Gesicht geschmiert. Als sie sich umarmten, fragte Gernot vorsichtshalber leise, welchen Namen er derzeit führte.

Hier im Ostreich kam erneut Konstantin von Smyrna zu Ehren.

»Seit wann bist du hier?«, fragte Gernot, nachdem sie sich gesetzt hatten.

»Seit acht Tagen«, sagte Tariq. »Sechs Tage musste ich mit den Mönchen feilschen, bis sie mir endlich meinen Wein abnahmen. Ich sage dir, das sind ausgeschlafene Käufer. Bei dem Geschäft habe ich so gut wie nichts verdient.«

»Gestattet mir eine Zwischenfrage«, sagte Thomas Ravennus, beugte sich über den Tisch und senkte die Stimme. »Weiß man hier bereits, wie der Krieg zwischen den verfeindeten fränkischen Königen ausgegangen ist?«

»Gestern, unmittelbar bevor ich abreisen wollte, kam die Kunde. Deswegen bin ich auch geblieben, da ich damit gerechnet habe, dass Gernot in Bälde hier auftauchen würde. Und wie man sieht, hatte ich Recht mit meiner Einschätzung.«

»Ich hätte in der Schlacht fallen können, dann hättest du ewig gewartet«, sagte Gernot.

»Ich habe nie an deinem Überleben gezweifelt. Niemand, den ich kenne, versteht besser mit dem Schwert umzugehen als du.«

»Dachte ich es doch«, sagte Thomas. »Neuigkeiten verbreiten sich schneller, als das schnellste Pferd galoppieren kann. Daher solltest du dich bedeckt halten, dass du auf Seiten der Sieger gekämpft hast, Gernot. Mein Freund Rabanus Maurus ist nämlich ein überaus getreuer Gefolgsmann Lothars, musst du wissen. Und da diese Stadt vom Kloster und seinen Pilgern lebt, wird man hier ebenso denken.«

»Glaubt Ihr, das könnte die Wahrscheinlichkeit, Konrad zu treffen, mindern?«, fragte Gernot.

»Sollte dein Einfluss auf den Ausgang der Schlacht ruchbar werden, ist das durchaus denkbar. Deswegen sollst du dich ja in Schweigen hüllen. Ich werde das Kloster zunächst allein aufsuchen und die Lage erkunden. Sicherer erscheint mir, Konrad zu dir zu bringen, als andersherum. Wer weiß, ob dich nicht einer der Brüder von früher kennt und um deine Rolle weiß.« Thomas erhob sich schwerfällig. »Sollte ich heute Abend nicht zurückkehren, macht euch deswegen keine Sorgen, dann übernachte ich im Gästehaus des Klosters.«

Kaum war Thomas außer Hörweite, fragte Gernot: »Hattest du Gelegenheit …«

Tariq schüttelte den Kopf. »Ich bin heilfroh, meinen Wein losgeworden zu sein. Die Treiber mit ihrem Dutzend Maultieren, die ich an der Mosel gemietet hatte, wollten mir schon an den Kragen, weil sie dachten, ich versuchte sie zu prellen. Das liegt an dem Abt, der höllisch misstrauisch gegen alles ist, was unchristlich und unfränkisch sein könnte. Selbst als Byzantiner war ich ihm so verdächtig, dass er mir zwei Mönche hinterherschickte, um mich auszukundschaften. Ich wüsste zu gerne, was er erwartete. Dass ich zum Nachtmahl kleine Kinder verspeise? Wobei das doch eine fränkische Eigenart sein soll, wie du mir erklärt hast. Wäre ich als Muselmane aufgetreten, hätte ich die Gebeine der Heiligen Drei Könige im Gepäck haben können, und er hätte sie mir nicht abgenommen. Lediglich den Cellarius des Klosters, der nicht nur seiner Aufgabe wegen, sondern von Natur aus dem Wein sehr zugetan scheint, konnte ich mit einem Schlauch für seinen eigenen Gebrauch zum Reden bringen. Dein Sohn Konrad lebt noch immer hier und besucht die klostereigene Schule. Er scheint ein recht gelehriges Kerlchen zu sein.« Tariq grinste. »Von wem er das bloß hat?«

Gernot war viel zu angespannt, um auf Tariqs Scherz einzugehen. Als Anna sich zu ihnen gesellte, stand Gernot auf und bot ihr seinen Platz an. Verwundert setzte sie sich, während er sich mit der Begründung verabschiedete, er müsse sich um die Pferde kümmern.

»Was hat er?«, fragte Anna. »Die Pferde sind doch längst versorgt.«

»Er wird Vater«, sagte Tariq.

Thomas Ravennus ließ auf sich warten. Er war an diesem Abend nicht ins Gasthaus zurückgekehrt und blieb auch den nächsten Tag und die darauffolgende Nacht abwesend. Nicht einmal eine Nachricht übermittelte er. Gernot war unleidlich, als habe er Zahnschmerzen. Er trank zu viel, schlief schlecht und ließ seinen Unmut an Anna und Tariq aus. Beide sahen ihm seine Unwirschheit nach, hofften aber gleichzeitig, es möge sich endlich etwas tun.

Wie hoch die Sonne am zweiten Morgen nach ihrer Ankunft bereits stand, ließ sich nicht sagen, da ein heftiger Südostwind graue Wolken über den Himmel jagte. Dazu schüttete es, dass der Marktplatz sich binnen kürzester Zeit in einen See verwandelte. Das Dach des Gasthauses war dem Wolkenbruch nicht gewachsen. Zuerst regnete es in die Kammern durch, dann tropfte es auch in die darunter liegende Gaststube. Der Wirt hatte alle möglichen Gefäße aufgestellt, doch immer wieder bahnte sich das Wasser neue Wege.

Schwere Tropfen fielen auch in Gernots Schüssel mit dem nahezu salzlosen Haferbrei. Ihm war das gleich, den Brei mochte er ohnehin nicht. Ebenso wenig die dazu gereichte Ziegenmilch oder den Kanten beinharten Brotes. Einzig becherweise Wasser nahm er zu sich, um seinen Nachdurst zu stillen. Anna und Tariq aßen, wenn schon nicht mit Genuss, so doch um zum Tagesbeginn etwas im Magen zu haben.

»Ich halte diese Warterei nicht länger aus«, sagte Gernot. »Ich werde gleich ins Kloster reiten und sehen, wo Thomas abgeblieben ist.«

»Du wirst alles zerstören«, sagte Anna. »Manche Dinge brauchen eben ihre Zeit.«

Die Tür zur Gaststube wurde aufgestoßen, und ein Berg von einem Mann trat ein. Gegen die Unbilden des Wetters hatte er sich mit einem gewaltigen Umhang aus schafsfettgetränkter Wolle geschützt. Wasserlachen hinterlassend, durchquerte er die Stube, legte seinen Umhang ab und ließ sich neben Tariq auf die Bank fallen.

»Thomas Ravennus – endlich!«, sagte Gernot. »Wir dachten schon, Euch sei etwas zugestoßen.«

»Geduld war noch nie deine Stärke, mein lieber Gernot, wenn ich mich recht entsinne«, sagte der Benediktiner. »Wobei ich dich in diesem Fall sogar verstehen kann. Aber Rabanus und ich haben uns seit über zwei Jahren nicht gesehen, da gab es viel zu erzählen. Auch hat er mir seine neuesten Anschaffungen für die klösterliche Bibliothek gezeigt. Ich sage euch, ich hätte vor Neid platzen mögen.«

Anna sah, dass Gernot sich auf die Unterlippe biss, daher stellte sie die Frage, die ihm unter den Nägeln brannte. »Hattet Ihr Gelegenheit, Konrad zu sehen, werter Thomas?«

Thomas nickte bedächtig. »Hatte ich, hatte ich. Der Junge hat sich prächtig entwickelt. Er ist inzwischen schon des Schreibens mächtig und beherrscht die lateinische Sprache in ihren Grundzügen. Erstaunlich für einen Knaben seines Alters. Aber er hat ja auch einen begnadeten Lehrmeister. Rudolf von Fulda, den ihr vielleicht als Verfasser der ›Vitae Leobae‹, der Lebensbeschreibung der heiligen Lioba von

Tauberbischofsheim, kennt. – Nein? Der Name sagt euch nichts? – Einerlei, jedenfalls leitet Rudolf die Klosterschule nunmehr im zwanzigsten Jahr und verfügt über außerordentliche lehrmeisterliche Fähigkeiten. Einen besseren Magister könnte dein Sohn sich gar nicht wünschen, Gernot.«

»Kann ich ihn sehen?«, fragte Gernot, dem Thomas' Drumherumgerede den letzten Nerv raubte.

Wieder nickte Thomas. »Ich habe eine Begegnung vereinbart.«

»Für wann?«

»Für den frühen Abend des heutigen Tages. Wir werden uns im Gästerefektorium des Klosters treffen. Rabanus war nicht geneigt, seinem Novizen Konrad das Verlassen des Klosters zu gestatten. Ich nehme an, du bist aber auch so zufrieden.«

»Weiß der Abt, dass ich Konrads Vater bin?«

»Ich kam nicht umhin, es ihm zu sagen. Erstaunlicherweise war er nicht überrascht. Nebenbei bemerkt, dein Name sagt Rabanus gar nichts, und das ist auch gut so. – Jedenfalls meinte er, eines Tages fände Blut immer zueinander, daran könne man auch mit Gewalt nichts ändern. – Ach, ehe ich es vergesse, bei der Gelegenheit wirst du auch meinen Schützling Johannes kennen lernen. Er ist mit seinen gerade mal dreiundzwanzig Jahren bereits zum stellvertretenden Leiter der Bibliothek aufgestiegen. Aus ihm wird dereinst ein großer Theologe, das habe ich immer gewusst.«

*

Zum Kloster, das in einer Aue des namengebenden Flusses lag, war es ein Katzensprung, doch da es am Abend noch immer regnete, nahmen sie die Pferde. Anna hatte gebeten, mitkommen zu dürfen, was Thomas ihr großzügig gestattet und bei der Gelegenheit auch Tariq eingeladen hatte, sich ihnen anzuschließen. Nicht einmal Kebir musste zurückbleiben. Gernot fragte sich, ob dem Abt ein solcher Auflauf wohl genehm sein würde, aber da Thomas in dieser Hinsicht größtmögliche Zuversicht verbreitete, brachte er seine Bedenken nicht zur Sprache.

Das Kloster zeigte sich schon von außen von einer Größe und Pracht, wie Gernot sie noch nicht gesehen hatte. Bereits vor über sechzig Jahren hatte Karl der Große der Abtei Immunität verliehen und damit den Grundstein für die heutige Blüte gelegt. Inzwischen galt das Kloster als wissenschaftlicher Mittelpunkt des Reiches, obwohl es tief im Osten und dadurch abgelegen war.

An der Pforte wurden sie auf das Freundlichste begrüßt. Zwei Mönche nahmen ihnen die Pferde ab und führten sie zu den Stallungen. Ein dritter Bruder namens Notker geleitete sie am Brauhaus und dem Dormitorium für durchreisende Brüder vorbei zum Gästerefektorium, das auf der Nordseite der Basilika lag. Der Speisesaal hatte gewaltige Ausmaße, aber wie der sie begleitende Mönch mit unterschwelliger Selbstgefälligkeit betonte, fanden zu manchen Festtagen wie dem Todestag des heiligen Bonifatius dennoch nicht alle Gäste gleichzeitig Platz zum Speisen. Im Augenblick jedenfalls hatten sie den Raum für sich allein.

Thomas, Tariq und Anna nahmen auf der ihnen zugewiesenen Bank Platz, Gernot lief unruhig auf und ab, bis Anna ihm bedeutete, sich neben sie zu setzen.

Es war bestenfalls die Zeit verstrichen, die ein geübter Koch benötigt, um ein Huhn zu rupfen, als die Eingangstür sich wiederum öffnete. Von Notker begleitet, trat ein hagerer, zerbrechlich wirkender junger Mönch ein. Ihm folgte ein Knabe, der ihm bis knapp an die Oberarme reichte. Etwas verlegen versuchte der Kleine sich hinter den beiden Ordensbrüdern zu verstecken, bis Notker ihn nach vorne schob und auf Gernot deutete. Langsam, aber festen Schrittes trat der Junge vor Gernot hin, der von der Bank rutschte und auf die Knie ging, womit sie in etwa gleich groß waren.

Bei Gott, das Kind hatte die Augen Mechthilds. Es war keine Frage, wen Gernot vor sich hatte.

»Ich bin Konrad«, sagte der Junge leise. »Und ich weiß, dass Ihr mein Vater seid.«

Gernot war so verblüfft, dass er nur den Kopf schütteln konnte, was Konrad zu einem verunsicherten Blick veranlasste, musste er doch vermuten, er hätte sich geirrt. Hilfesuchend sah er sich zu den anderen um, aber Thomas Ravennus nickte eifrig, und da nahm Gernot den Jungen auch schon in die Arme.

»Natürlich bin ich dein Vater, Konrad«, sagte er, wobei ihm heiße Tränen über die Wangen liefen. »Und du bist mein Sohn. Gott sei gepriesen, dass ich dich gefunden habe.«

»Ihr weint ja, Vater«, sagte Konrad. »Das liegt am Rauch«, sagte Gernot. »Welcher Rauch? Hier ist kein Rauch.«

Thomas Ravennus kam Gernot zu Hilfe, indem er den jungen Mönch begrüßte und den anderen vorstellte. »Das ist Johannes, von dem ich euch so viel erzählt habe.«

Kebir schien das als Aufforderung zu betrachten, aufzuspringen und schwanzwedelnd auf Johannes zuzulaufen, der angesichts des großen ungestümen Hundes furchtsam zurückwich.

»Solange sie wedeln, beißen sie nicht«, sagte Thomas scherzhaft, was Johannes jedoch keineswegs beruhigte. Vielmehr versuchte der junge Gelehrte, hinter dem massigen Leib des Magisters Schutz zu finden.

»Kebir!«, rief Tariq scharf. »Hierher!«

Mit gesenktem Kopf trottete der Hund zu seinem Herrn und legte sich an seine Seite.

»Johannes ist mein Schützling, wie ihr bereits wisst«, sagte Thomas Ravennus. »Hier im Kloster hat er bei Rabanus Maurus und Rudolf von Fulda seine Ausbildung erfahren und leitet nunmehr stellvertretend ...«

Während Thomas Johannes in den höchsten Tönen lobte, zog Gernot seinen Sohn zur Seite.

»Woher weißt du, dass ich dein Vater bin, Konrad?«, fragte er leise. »Ich war der Annahme, du würdest glauben, von einem unbekannten Höfling abzustammen.«

»Das glaubte ich auch lange«, sagte der Junge. »Weil die Mönche mir das gesagt haben. Aber eines Tages hat Johannes mir erzählt, dass Ihr, Gernot von Besslingen, mein Vater seid.«

»Woher wusste er das?«

»Er hat einst ein Gespräch zwischen Thomas Ravennus und seiner Tante belauscht, da muss ich erst zwei Jahre alt gewesen sein. In dem Gespräch hat Thomas Ravennus das erwähnt.«

»Dann weißt du auch, wer deine Mutter war?«

»Ich weiß nur, dass sie Mechthild hieß und bei meiner Geburt gestorben ist.«

»Sie war die wundervollste Frau der Welt, mein Sohn. Und sie hat dich, solange sie konnte, über alles geliebt.«

Gernot zeigte auf Anna, die noch immer auf der Bank saß. »Die Dame dort ist deine Tante, die Schwester deiner Mutter, die bei deiner Geburt dabei war. Ihr Name ist Anna.«

Konrad sah kurz zu Anna hin, schien aber mit seinen Gedanken woanders zu sein.

»Was hast du, mein Sohn?«, fragte Gernot. »Dich bedrückt doch etwas.«

Nach einigem Zögern rückte Konrad mit der Sprache heraus. »Muss ich Fulda nun verlassen und mit Euch gehen?«

»Möchtest du das denn nicht?«

»Ich geh doch hier zur Schule. Rudolf und Johannes unterrichten mich, und wie sie möchte ich einmal Mönch werden. Nicht Ritter wie Ihr.«

Gernot fuhr seinem Sohn mit der Hand durch die Haare. »Darüber werden wir später befinden.«

»... ein wahrer Ausbund an Gelehrsamkeit ist Johannes«, pries Thomas den jungen Mönch, dem das sichtlich peinlich war. »So ist er nicht nur der lateinischen und der griechischen, sondern auch der hebräischen Sprache fließend mächtig. Und – ein wenig sogar des Arabischen.«

»Des Arabischen?«, fragte Tariq erstaunt.

Thomas forderte Johannes auf zu antworten.

»Nun ja«, sagte der mit überraschend heller Stimme. »Ich habe die Sprache nie erlernt. Doch konnte ich einmal einige Blätter arabischer Handschriften studieren, die eine Übersetzung eines der Werke des großen Aristoteles darstellten. So erschloss sich mir die Sprache schnell. Was auf der anderen Seite jedoch keine große Kunst war, da mir der Inhalt des Schriftstücks geläufig war und die Ähnlichkeit des Arabischen mit dem Hebräischen sehr groß ist.«

»Meine Anerkennung«, sagte Tariq. »Ein gelehrter Mann wie Ihr muss doch, verzeiht, an einem Ort wie Fulda schnell an seine Grenzen stoßen. Ihr solltet an einem Ort mit vielen großen Bibliotheken leben, wo Ihr Euch mit anderen großen Geistern des Abendlandes austauschen könntet.«

»Ihr seid sehr höflich«, sagte Johannes. »Aber mir gefällt es hier, und genug Bücher zum Lesen habe ich auch.«

Die Glocke, die die Fratres zum Abendgebet rief, bereitete der Begegnung ein jähes Ende. Höflich, aber bestimmt wurden die Gäste von Notker hinausgebeten, wo im Hof bereits die Pferde auf sie warteten. Gernot konnte sich gar nicht richtig von Konrad verabschieden, geschweige denn ihn mit Anna bekannt machen. So blieb ihm nur ein letzter Blick auf seinen Sohn, der, von Johannes bei der Hand genommen, in der Basilika verschwand.

Auf dem Weg zurück ins Gasthaus sprach niemand ein Wort, und auch das Abendessen verlief überwiegend schweigend. Anna fragte Gernot nicht nach seinen Empfindungen, wofür er ihr dankbar war, denn er wusste selbst nicht, woran er mit sich war. Zum einen war er überglücklich, seinen Sohn gefunden zu haben, zum anderen plagte ihn die Furcht, ihn schon wieder verloren zu haben, so sehr wie der Knabe an Fulda und insbesondere an Johannes hing. Wie Thomas Ravennus ihm schon in Aniane gesagt hatte, die beiden schienen einander wie Brüder zugetan zu sein.

Aufgewühlt von den Ereignissen zog sich jeder beizeiten in seine Schlafkammer zurück. Und so fiel weder Gernot noch Anna und erst recht nicht Thomas Ravennus auf, dass Tariq das Gasthaus spätabends noch einmal verließ.

Strahlender Sonnenschein begrüßte sie am nächsten Morgen. Anna und Gernot waren die Ersten, die sich in der Gaststube einfanden. Anna frisch und rosig wie immer, Gernot mit schwarzen Schatten unter den Augen. Die halbe Nacht hatte er nicht geschlafen, und als er schließlich doch eingenickt war, hatten ihn Alpträume heimgesucht, an die er sich gottlob lediglich schemenhaft erinnern konnte. Nur eine allgemeine Verwirrung war zurückgeblieben.

»Dich zu fragen, wie du geschlafen hast, spare ich mir«, sagte Anna und schenkte erst Gernot und dann sich einen Becher Ziegenmilch ein. »Hast du eine Vorstellung, wie es weitergehen soll? Wirst du Konrad mit dir nehmen?«

»Ich versuche, mich in seine Lage zu versetzen«, sagte Gernot. »Nach sieben, beinahe acht Jahren erscheint ein Fremder, der zwar sein Vater, ihm aber gänzlich unvertraut ist, und will ihn aus seiner gewohnten Umgebung, aus allem, was ihm bekannt und lieb ist, herausreißen. Was mag in solch einem Knaben vorgehen?«

»Konrad wird verunsichert sein. Bisher war seine Zukunft klar vorgezeichnet, jetzt ist sie völlig ungewiss. Er kennt nichts außer seiner kleinen überschaubaren Klosterwelt. Andererseits sehe ich darin einen großen Vorteil für dich. Du musst versuchen, ihm das Leben außerhalb Fuldas schmackhaft zu machen. Wecke sein Interesse an der weiten Welt. Erzähle ihm von anderen Ländern, du bist so viel gereist und hast so viel gesehen. Dabei musst du natürlich behutsam vorgehen und ihm Zeit lassen. Aber die hast du ja, vor Ablauf eines Jahres kannst du ohnehin nicht in die Francia zurückkehren.«

Gernot blickte entsetzt auf. »Du meinst, ich soll ein Jahr hier in Fulda verbringen? In diesem trübseligen Nest? Womöglich in diesem Gasthaus bei Haferschleim und Ziegenmilch? Das kann nicht dein Ernst sein, Anna.«

Sie verzog den Mund. »Du wolltest meine Meinung hören, und ich habe sie dir gesagt. Was du damit anfängst, ist deine Sache.«

»Allmächtiger!«

»Störe ich?«, fragte Tariq, der unbemerkt an den Tisch getreten war. Gernot wies auf den freien Platz zu seiner Rechten, und Tariq ließ sich nieder, während Kebir Anna anstupste, damit sie ihn kraulte.

»Wo ist Thomas Ravennus?«, fragte Tariq. »Er ist doch sonst immer der Erste bei Tisch.«

»Du hast Recht«, sagte Gernot. »Ein Langschläfer war er noch nie. Ich werde nach ihm sehen.«

»Bleib sitzen und trink deine Milch. Ich werde an seine Tür klopfen.«

Kopfschüttelnd kehrte Tariq nach wenigen Augenblicken zurück. »Seine Kammer ist leer. Seine Bettstatt scheint er zwar benutzt zu haben, doch das Stroh ist bereits erkaltet. Er muss also schon länger auf den Beinen sein.«

Als der Wirt Tariqs Haferschleim brachte, fragten sie ihn.

»Der Benediktiner hat bereits vor Sonnenaufgang das Gasthaus in Begleitung eines Mönches der Abtei verlassen. Wo soll er schon hingegangen sein? Ins Kloster vermutlich. Nein, er hat keine Nachricht für Euch hinterlassen, Ritter von Besslingen.«

Die Tür flog auf, und Thomas Ravennus stand im Raum. In seiner Miene stritten sich Verwirrung, Ungläubigkeit und höchste Verärgerung.

»Wirt, bringt mir einen Krug Wein!«, polterte er.

»Es ist früh am Morgen«, sagte der Wirt verdattert.

»Habe ich Euch um Eure Meinung gefragt?«

Thomas ließ sich auf der Bank neben Tariq nieder. Auf sein Zeichen schob ihm Gernot einen Schemel zu, auf dem der füllige Benediktiner seine Beine hochlegte.

»Geschwollene Füße habe ich, weil ich zu wenig Schlaf bekommen habe«, schimpfte er. »Und warum das alles? Weil mein Freund Rabanus Maurus offenbar den Verstand verloren hat. Schenkt ein, schenkt ein! Demnächst verlangt Ihr wahrscheinlich noch, dass ich selbst in den Keller steige und mir den Krug fülle.«

Vor lauter Aufregung schüttete der Wirt einen Gutteil daneben. Thomas entriss ihm den Becher, stürzte den Inhalt hinunter und hielt ihn ihm gleich wieder hin. Diesmal landete ein Schwall Wein auf Thomas' Habit.

»Ihr seid ein Esel«, raunzte Thomas den Unseligen an. »Trollt Euch!«

Nachdem er auch den zweiten Becher geleert hatte, entspannten sich seine Züge ein wenig.

»Wollt Ihr uns nicht Näheres berichten?«, fragte Gernot vorsichtig.

»Rabanus muss gänzlich irrsinnig geworden sein«, ereiferte Thomas sich erneut und schlug mit der flachen Hand auf den Tisch, dass sämtliche Gefäße einen Satz machten. »Wisst ihr, was er vorhat? Er will Johannes mit sofortiger Wirkung nach Rom schicken, damit er dort ›eine seinem Geist angemessene Ausbildung‹ erfährt. Die sei in Fulda nicht zu gewährleisten. Alle meine Einwände, Johannes sei zu jung, eine theologische Ausbildung solle schrittweise und nicht überhastet erfolgen, bei den derzeit in Rom herrschenden Verhältnissen könne er leicht in schlechte Gesellschaft geraten, hat er brüsk zurückgewiesen, mir mehrfach das Wort abgeschnitten und mir selbiges dann sogar verboten. Es fehlte nur, dass er mir mit seinem Stab gedroht hätte. Ich kam mir vor wie ein dummer Junge, der von seinem Lehrmeister abgekanzelt wird. Zu guter oder besser schlechter Letzt hat er verfügt, dass ich Johannes in die Heilige Stadt zu begleiten habe, um sicherzustellen, dass sein Werdegang im Sinne der Abtei vonstattengeht. Ich hasse Rom, die stickige Hitze, die Mücken, die aufgeblasenen Römer ... Rabanus weiß das, doch es kümmert ihn nicht. Er sagte nur, er werde sich mit meinem Abt ins Benehmen setzen und diesem einsichtig machen, dass ich in Rom dringender gebraucht werde als in Aniane. Mit Widerspruch rechne er nicht. Damit könnte er ausnahmsweise Recht haben. Mein Abt schlägt drei Kreuze, wenn er erfährt, dass er mich für immer los ist. – Zum Wohl!«

»Johannes müsste eine der führenden Schulen besuchen«, sagte Gernot. »Wer soll dafür aufkommen?«

»Die Abtei. Sonst ist Rabanus der Geiz in Person und

dreht jeden Silberling zweimal um. Ich glaube, nicht einmal der Herr weiß, was in ihn gefahren ist.«

»Und was sagt Johannes dazu? Oder weiß er noch gar nichts von seinem Glück?«

»Doch, doch. Er ist hin und her gerissen. Insgesamt jedoch glaube ich, überwiegt bei ihm die Freude, Neues kennen zu lernen. Wie die jungen Leute halt so sind. Er macht sich ja keine Vorstellung davon, was für ein schrecklicher Ort Rom ist.«

»Wollt Ihr Euch weigern?«

»Wie könnte ich? Ich bin mittellos und muss tun, was man von mir verlangt. Außerdem will ich Johannes nicht seinem Schicksal überlassen, dafür liegt mir zu viel an ihm.« Thomas schenkte sich noch einmal nach. »Schon morgen sollen wir abreisen.«

Erst in diesem Moment begriff Gernot, welche Bedeutung das für Konrad und ihn hatte. Seinem Sohn würde der für ihn wichtigste Mensch im Kloster genommen werden. Vielleicht wäre er so geneigter, Fulda zu verlassen und mit ihm in die Francia zu ziehen. Gernot warf Anna einen Blick zu, und sie nickte. Offenbar dachte sie das Gleiche.

»Das trifft sich gut«, sagte Tariq. »Wenn Ihr nichts dagegen habt, Thomas Ravennus, werde ich Euch auf der Reise nach Rom Gesellschaft leisten. Mit Wein ist das Kloster fürs Erste versorgt, und an Olivenöl, getrockneten Früchten und Seiden herrscht hier kein Bedarf. Ich denke, in Rom lassen sich damit bessere Geschäfte machen. Und zudem: Wenn ich mir vorstelle, ich müsste den Winter so weit im Norden verbringen – brrr!«

»Dann bleiben nur wir übrig«, sagte Anna zu Gernot. »Gesetzt den Fall, Konrad würde angesichts der veränderten Umstände einwilligen, Fulda zu verlassen, wo würden wir den Winter verbringen?«

»Wir?«

»Du vergisst, dass ich das Gold habe und du dir und deinem Sohn nicht einmal eine Mahlzeit kaufen könntest.«

Gernot grinste. »Wie wäre es mit Cordoba? Dort sind die Winter mild.«

»Und wie kommt man dorthin, ohne Karls Reich durchqueren zu müssen?«

»Via Rom und dann mit dem Schiff von Ostia nach Malaka. Wenn wir uns beeilen, schaffen wir es noch vor Einsetzen der Herbststürme.«

Am gleichen Tag sprachen sie mit Konrad, der froh war, noch eine Weile in Johannes' Gesellschaft verbringen zu können. Das würde ihm den Abschied leichter machen, sagte er.

Gut sechs Wochen später trafen sie in der Heiligen Stadt am Tiber ein. Gerade rechtzeitig, um das letzte Schiff nach Andalusien zu erreichen.

ZWEITES BUCH

Cordoba, Herbst 853

Es war kurz nach Mitternacht, als eine hochgewachsene, in schwarze Gewänder gehüllte Gestalt die bereits von den Römern erbaute Brücke über den Rio Guadalquivir überquerte und ihr Pferd in Richtung des Herrscherpalastes lenkte. Die Wachen ließen den Spätankömmling anstandslos vorbei. Nachdem sein Pferd von einem Stallburschen übernommen worden war, wurde er von einem Diener in einen kleinen, prunkvoll ausgestatteten, von einem guten Dutzend Öllampen vortrefflich ausgeleuchteten Raum geleitet, der zu den Gemächern des Emirs gehörte.

Muhammad I., der Herrscher der Umayyaden, war ein zur Fettleibigkeit neigender junger Mann, der sich trotz der vorgerückten Stunde von einem vielleicht zehnjährigen Knaben mit einem Palmwedel Luft zufächern ließ. Ein unnötiger Aufwand, denn innerhalb der dicken Mauern des Palastes war von der Hitze des Tages nichts mehr zu spüren.

Der Emir thronte an einem Zedernholztisch, der mit den verschiedensten Süßspeisen reichlich beladen war. Zwei Gläser mit Tee standen ebenfalls bereit. Mit knappen Gesten bedeutete er seinem Gast, Platz zu nehmen und sich zu bedienen. Der Schwarzgewandete ließ sich nieder, griff jedoch nicht zu.

»Mein Vater – er möge in Frieden ruhen – hat mir von Euch erzählt«, sagte der Emir. »Er schilderte Euch als einen Mann mit bemerkenswerten Fähigkeiten und riet mir, Euch und Eure Pläne nach seinem Tod weiter zu unterstützen.«

Der geheimnisvolle Gast wies mit den Augen auf den Knaben.

»Keine Sorge«, sagte Muhammad. »Er ist taub. Ich für meinen Teil hege allerdings Zweifel, ob ich gut daran täte. Ihr habt viel Geld und Zeit verschwendet, ohne dass ich irgendein Ergebnis Eures Treibens erkennen könnte. Mit den Mitteln, die Eure Unternehmungen bisher verschlungen haben, hätte ich ein ganzes Kriegsschiff ausrüsten können.«

»Meint Ihr ein Kriegsschiff wie jene, die unsere Feinde vor zwei Jahren zu Dutzenden auf den Meeresgrund gerammt haben, Exzellenz? Doch inzwischen hat sich die Lage völlig verändert. Die Stadt, die unsere Truppen schon damals nicht erstürmen konnten, ist mittlerweile stark befestigt. Eingefasst von hohen, starken Mauern, die unsere gefangenen Kämpfer als Sklaven im Dienste der Ungläubigen errichten mussten. Da wird sich ein weiterer Angriff sicherlich lohnen.«

Mit seinem beißenden Spott hatte sich der Sprecher weit vorgewagt. Der Emir zog auch gleich beleidigt die Mundwinkel nach unten. Dennoch verfehlten die Bemerkungen ihre Wirkung nicht.

»Erinnert mich nicht an diese Niederlage«, sagte der Emir in weinerlichem Tonfall, nachdem er ein Stück Kuchen in sich hineingestopft hatte. »Die Zeiten, in denen unsere Heere, nur dem Wort Gottes gehorchend, unaufhaltsam vorstürmten, sind vorbei. Damit werden wir uns, fürchte ich, abfinden müssen.«

»Nicht unbedingt. Nach außen hin wird unser Feind stärker und stärker. Im Inneren aber ist er schwach. Und dort, von seiner hohlen Wurzel aus, können wir ihn packen und zerschmettern, ohne dass dafür ein einziger Krieger marschieren oder ein einziges Kriegsschiff in See stechen muss; das hat mich einst Euer weiser Vater gelehrt.«

»Das sind schöne Worte, fürwahr. Aber derlei Gerede vernehme ich oft. Sagt mir lieber: Was genau habt Ihr vor?«

»Als Euer Vater mich seinerzeit beauftragte, sein Vorhaben in die Tat umzusetzen, galt es zunächst einmal, die Schwachstelle auszukundschaften, an der man ansetzen könnte, um den Feind zu Fall zu bringen. Diese Stelle habe ich gefunden. Nun gilt es, Geduld zu bewahren, bis der Tag gekommen ist, den entscheidenden Schlag zu führen. Ein Schlag, der so fürchterlich sein wird, dass er die Macht der Ungläubigen ein für alle Mal brechen wird.«

»Nennt mir die Schwachstelle, ich will sie kennen.«

»Nehmt es mir nicht übel, Exzellenz, doch Euer Vater nahm mir den Schwur des völligen Stillschweigens gegen jedermann ab. Das ist auch heute noch die Grundvoraussetzung für den Erfolg meines Auftrags.«

»Stillschweigen auch gegen mich? Ich glaube, Ihr vergesst, dass ich Euer Herrscher bin. Für solch ein Übermaß an Vertrauen, wie Ihr es verlangt, bei all dem Geld, mit dem mein Vater Euch ausgestattet hat, kann ich wohl erwarten, etwas genauer unterrichtet zu werden.«

»Ich verlange ein großes Maß an Vertrauen von Euch, Exzellenz, das ist wahr«, sagte der Schwarzgewandete. »So mögt Ihr tun, was Ihr für richtig haltet. Aber lasst Ihr mir ebenso freie Hand, wie Euer Vater es getan hat, dann verspreche ich Euch, Ihr werdet es nicht bereuen. Vielmehr werdet Ihr als der Herrscher in die Geschichte unseres Volkes eingehen, dem es aufgrund seiner Weitsicht und seines Wagemutes gelungen ist, den scheinbar unbesiegbaren Feind auf ewig zu vernichten.«

Vor lauter Aufregung bekam der Emir einen Schluckauf, den er abwechselnd mit Essen, Trinken und Luftanhalten bekämpfte. Bis er wieder ungehindert atmen und sprechen konnte, dauerte es eine Weile.

»Meint Ihr das wirklich?«, fragte er schließlich.

»Unbedingt.«

Kurz wog Muhammad noch einmal das Für und Wider ab, um dann mit mannhafter Miene seine Entscheidung zu verkünden.

»Mir wäre zwar wohler, ich wüsste, was Ihr vorbereitet habt. Doch ich kann auch verstehen, dass jede nur erdenkliche Gefährdung ausgeschlossen werden muss, selbst im Palast des eigenen Herrschers. Ihr dürft zur Kenntnis nehmen, dass ich Euch mein volles Vertrauen schenke.«

Daraufhin förderte er aus der Lade des Tisches ein Pergament zutage, das er mit gefällig geschwungenen Lettern beschriftete und seinem Gast überreichte.

»Hier habt Ihr eine unbegrenzte Vollmacht. Geht ins Schatzhaus und lasst Euch auszahlen, welchen Betrag auch immer Ihr für nötig erachtet.«

Der Schwarzgewandete verneigte sich wortlos und verließ den Raum. Langsam ritt er durch das Palasttor und verschwand zwischen den Schatten der nächtlichen Straße. Der Kampf konnte weitergehen.

Francia, Frühjahr 854

Es war ein warmer, sonniger Frühlingsnachmittag. Die sanft gewellte Landschaft der Francia nordöstlich von Paris bot einen wunderbaren Anblick. Am Wegesrand duftete es nach Märzenbecher und Narzisse, nach Schnittlauch und Kerbel. Gerüche, die Gernot in sich aufsog, während er auf dem Kamm eines Hügels entlangritt. Rechter Hand, im Tal der Aisne, kam die vor knapp vierzig Jahren erbaute Kathedrale von Soissons in Sicht. Nun war es nicht mehr weit bis nach Hause.

Das Gut, das Gernot mit seiner Familie seit der Rückkehr aus Andalusien vor zwölf Jahren bewirtschaftete, lag eingebettet zwischen Kornfeldern und Weinbergen am Rande eines Buchenwaldes, der ebenfalls Teil des Lehens war. Der Boden war fruchtbar und die Erträge entsprechend gut, sodass Gernot sich durchaus als wohlhabend betrachtete.

Als er das Tor zu seiner Wohnburg passierte, kam Konrad ihm entgegengelaufen und nahm das Pferd am Zügel.

»Vater, wir haben Besuch!«, rief er.

Während Konrad den Schecken zum Stall führte, sah Gernot ihm nach. Aus dem zarten Knaben, den er einst in Fulda kennen gelernt hatte, war inzwischen ein stattlicher junger Bursche von zwanzig Jahren geworden, im Grunde alt genug, um als Mann und vollwertiger Ritter zu gelten. Zu Gernots Bedauern hatte er sich jedoch den Schwertübungen und dem Bogenschießen nie mit solcher Begeisterung gewidmet wie dem Lesen und Lernen. Im Grunde seines Herzens war aus ihm geworden, was er immer hatte werden wollen – ein Mönch.

Dass Konrad eher zum Gelehrten als zum Krieger taugte, hatte Gernot gelernt hinzunehmen. Mehr noch, im Grunde seines Herzens war er stolz auf seinen klugen Sohn, dem das Griechische wie das Lateinische so viel flüssiger über die Lippen ging als ihm selbst. Als Konrad jünger gewesen war, hatte Gernot ihm zusätzlich Arabisch beigebracht, wie es in seinem Gedächtnis haften geblieben war in den vielen Jahren als Untertan des Emirs von Cordoba. Aber auch in dieser Sprache hatte sein Sohn ihn längst überflügelt. Ganz nebenbei hatte die Leidenschaft Konrads für die Wissenschaften Gernot die größte Bibliothek weit und breit eingetragen, stattliche neun Bände umfasste sie. Ein Schatz, von dem andere Landadlige nur träumen konnten.

Anna trat vor die Tür, die dreijährige Judith auf dem

Arm. Sie war die Jüngste der Familie, die mit der elfjährigen Hanna und der neunjährigen Magdalena insgesamt sechs Menschen umfasste.

»Was stehst du da herum?«, rief sie. »Hat Konrad dir nicht gesagt, dass wir Besuch haben?«

Erst jetzt wurde Gernot des vierrädrigen, gut ausgestatteten Reisewagens gewahr, der ein wenig versteckt unter dem Vordach des an den Hof angrenzenden, halb offenen Wirtschaftsgebäudes abgestellt war. Da jeder männliche Adlige, der auf sich hielt, mit einem Pferd gekommen wäre, konnte es sich bei dem Besuch nur um eine Frau oder einen Greis handeln. Letzteres erwies sich als richtig.

Trotz des sonnigen Wetters saß Thomas Ravennus vor dem Herdfeuer in der Küche, um seinen Rücken zu wärmen. Gernot erschrak ein wenig, als er seinen ehemaligen Magister erblickte. Der einst so stattliche Mönch war mager geworden und machte einen gebrechlichen Eindruck. Gernot überschlug kurz sein Alter; Thomas musste mittlerweile an die achtzig sein. Zuletzt gesehen hatten sie sich vor sechs oder sieben Jahren bei Hofe in St. Denis.

Nachdem sie sich umarmt hatten, zog Gernot für sich einen Schemel heran und setzte sich Thomas gegenüber. Nunmehr wollte Judith herunter von Mutters Arm und auf Vaters Schoß.

»Ihr wart fleißig, wie ich sehe«, sagte Thomas mit Blick auf die Kleine, lachte meckernd und wurde von einem bösen Hustenanfall heimgesucht. »Seit Jahren bete ich darum, der Herr möge mich endlich abberufen, doch er weigert sich, mich zu erhören. Stattdessen lässt er zu, dass mir immer neue Verantwortung aufgebürdet wird. Nun hat König Karl mich auch noch zu seinem Gesandten in Rom ernannt. Das bedeutet nichts anderes, als dass ich mich künftig den lieben langen Tag mit irgendwelchen verdammten Ränkeschmieden herumärgern kann. Dabei habe ich mit meinen anderen Aufgaben wahrlich genug am Hals.«

»Seid Ihr auf dem Weg nach St. Denis oder kommt Ihr von dort?«

»Ich bin auf der Rückreise nach Rom. Zwei Wochen in dem vermaledeiten St. Denis habe ich gerade hinter mich gebracht. Gott sei es geklagt, welche Schranzen sich mittlerweile dort herumtreiben. Alle Gespräche drehen sich ausschließlich darum, wessen Pferd das schnellste, wessen Rüstung die prunkvollste und wessen Jagdhunde die gehorsamsten sind. Bei dir vorbeizuschauen ist ein Umweg, aber ich wollte dich noch einmal sehen, mein lieber Gernot. Außerdem wollte ich in Erfahrung bringen, was aus dem kleinen Konrad geworden ist. Er ist ja zu einem richtigen Mann herangereift.«

In dem Moment betrat Konrad die Küche. Die letzten Worte des Magisters hatte er mitbekommen und wurde doch tatsächlich rot.

»Seht mich nicht so an«, fuhr Thomas fort. »Ich weiß, dass ich alt werde – Unfug –, dass ich alt bin und an manchen Tagen zum Fürchten aussehe. In Rom gibt es mehr Spiegel, als jemandem wie mir lieb sein kann. – Schön habt ihr es hier. Die Burg hast du prächtig wiederhergerichtet, Gernot. Ich hätte nie gedacht, dass es hier einmal so wohnlich sein könnte.«

»Ihr wart schon einmal hier?«, fragte Gernot erstaunt.

»Zu Zeiten des vor dir Belehnten, der in Fontenoy gefallen ist. Wie hieß er noch gleich? Ich glaube, Gilbert. Kinderlos war er, zu deinem Glück. Ich kenne kein besseres Lehen im Norden des Westreichs. Da steht dir eines Tages ein feines Erbe ins Haus, Konrad.«

»Daran denke ich überhaupt nicht. Meine Eltern sind noch so jung.«

Mit den Jahren hatte er Anna als seine zweite Mutter, wie er sie nannte, angenommen. Was das Alter anging, hatte er in ihrem Falle Recht. Gernot hingegen zählte beinahe zwanzig Lenze mehr als Anna und strebte langsam auf die sechzig zu. Trotz des Altersunterschieds führten sie eine gute Ehe.

»Ihr habt Recht«, sagte Gernot. »Ich habe bezüglich des Lebens nicht den geringsten Grund zur Klage. Wir haben ausreichend zu essen und leben in Frieden mit unseren Nachbarn.«

»Essen ist ein gutes Stichwort. Die römische Küche hängt mir zum Halse heraus. Teigwaren, Teigwaren und nochmals Teigwaren, ich kann sie nicht mehr sehen. Ich hoffe, ihr habt ein anständiges Stück Schweinebraten für mich.«

»Und dazu gibt es einen Krug vorzüglichen Weins aus eigenem Anbau.«

Thomas schüttelte traurig sein Haupt. »Wein, der war einmal. Auf Geheiß des päpstlichen Medicus darf ich nur noch Wasser und unvergorene Fruchtsäfte zu mir nehmen. Leider.«

»Auch in dem Fall seid Ihr hier richtig. Wir haben einen eigenen Brunnen mit einem Wasser, dem heilende Kräfte nachgesagt werden.«

»Ein Wasser, das die Blinden wieder sehen und die Lahmen wieder gehen macht, wie?« Ein weiterer böser Hustenanfall schüttelte den Magister durch.

»Kommt, wir setzen uns vor die Tür und genießen die Abendsonne. Die frische Luft wird Euch gewiss guttun.«

Während Anna sich um das Essen kümmerte, nahmen Thomas, Gernot und Konrad auf der Bank vor dem Haus Platz. Konrad rollte den Hauklotz herbei, den sie für das Spalten von Holzscheiten benutzten, damit der alte Mönch seine Beine hochlegen konnte. Seine Knöchel waren dick geschwollen, als leide er an Wassersucht.

»Was tut sich so in Italien, in Rom?«, fragte Gernot.

Thomas' Miene verfinsterte sich. »Die Lage ist nicht gut. Italien ist weit von dem entfernt, was man gesicherte Verhältnisse nennen würde und wie sie ein geistiges Zentrum wie Rom bräuchte. Daran, dass das Mittelreich keinen inneren Zusammenhalt mehr besitzt, seit Lothar Italien seinem Sohn Ludwig übertragen hat und der vor vier Jahren auch noch zum römischen Mitkaiser gekrönt wurde, hat man sich ja fast schon gewöhnt. Aber die Bedrohungen, denen das Land von allen Seiten ausgesetzt ist, fressen es langsam auf. Normannen, Sarazenen und die sich wie immer geschickt im Hintergrund haltenden Byzantiner nehmen sich mehr und mehr Stücke vom Kuchen, und dieser so genannte Kaiser Ludwig tut nichts dagegen. Eine Schande, dass ein solcher Niemand den Namen seines Großvaters, Gott habe ihn selig, tragen darf. Die mit großem Getue betriebene Belagerung von Bari vor zwei Jahren war alles, was dieser Versager auf dem Thron jemals zustande gebracht hat, noch dazu war sie völlig nutzlos. Danach hat er sich nach Oberitalien zurückgezogen und Rom sich selbst überlassen. In der Stadt herrschen unmögliche Zustände, ohne dass er irgendetwas dagegen unternimmt. Es sind nicht wenige, die sich Lothar zurück an die Macht wünschen, damit endlich etwas zur Festigung der Verhältnisse getan wird. Doch der alte Kaiser hockt des Kämpfens und Regierens müde in Aachen, und ihn bewegt nur noch sein Seelenheil, das er in diesem Leben wohl nicht mehr finden wird. Es ist zum Verzweifeln.«

»Wenn der Kaiser sich nicht um Rom kümmert, was ist mit dem Papst? In einer derartigen Lage wäre es doch an ihm, die Führung zu übernehmen und für Ordnung zu sorgen.«

»Ach, hör mir mit Leo auf!« Thomas Ravennus machte eine wegwerfende Handbewegung. »Der Papst ist alt und schwach, gegen ihn bin ich ein springlebendiger Bursche. Nein, der Mann mag früher einmal ein fähiger Papst gewesen sein. Vor Jahren, als die Flotte der Sarazenen vor Ostia geschlagen wurde und als er im Anschluss die Befestigungsmauern Roms erneuern und ausbauen ließ, da besaß er noch weltliche Führungsstärke. Auch in geistlichen Dingen war seine Meinung damals noch kirchenweit anerkannt. Doch mittlerweile ist das Papsttum ein ebensolcher Popanz geworden wie das Kaisertum. Die gesamte Geistlichkeit redet hinter vorgehaltener Hand nur noch von Leos Nachfolge, und jeder versucht, sich oder seinen Günstling möglichst geschickt ins Spiel zu bringen. Hinzu kommt, dass insbesondere die Byzantiner eifrig dabei sind, durch Ränke die Macht über Italien zurückzugewinnen. In der hohen Geistlichkeit gibt es nicht wenige, die angesichts der offenkundigen Schwäche des fränkischen Kaisertums ernsthaft mit dem Gedanken spielen, den byzantinischen Einfluss zu stärken, trotz aller Unterschiede in Glaubensfragen zwischen der römischen und der griechischen Kirche. Aber besser eine Schutzmacht, mit der man in geistlichen Dingen nicht übereinstimmt, als eine unfähige. Das spricht natürlich niemand laut aus. Noch nicht, sollte ich vielleicht sagen. Es werden Zeiten kommen, da werden solche Meinungen nicht mehr als Verrat betrachtet werden. Wenn sich nach Leos Tod nichts Grundlegendes ändert, prophezeie ich, dass Rom vollends im Chaos versinken wird. Und dann schlägt die Stunde der Byzantiner.«

Thomas Ravennus war schon immer ein Meister der Schwarzmalerei gewesen, aber selbst wenn man diese Neigung berücksichtigte, roch das, was sich in Rom zusammenbraute, nach Krieg. Gernot war froh, in Soissons weit abgelegen zu sein. Und umgehend bestätigte der Magister, was Gernot befürchtete.

»Dass jede christliche Nation in Rom eine eigene Miliz unterhalten darf, macht die Sache nicht eben besser«, fuhr er fort, nachdem er einen Becher Wasser getrunken hatte. »Was wäre zum Beispiel, wenn die Truppe der Byzantiner sich im Streitfall nicht auf den Schutz der griechischen Geistlichen beschränken würde, wie es ihre Aufgabe ist, sondern gegen die Franken oder den römischen Stadtadel zu den Waffen griffe? Wenn es in Rom zu Handgreiflichkeiten kommt, dann ist der Weg zum offenen Krieg in ganz Italien nicht mehr weit. Und an alldem ist nur das gottverdammte fränkische Erbrecht schuld, das unsere Stammlande immer wieder zerstückelt und unsere Hausmacht schwächt und damit den Nährboden für all die Zwistigkeiten innerhalb unserer königlichen Familie bietet. Es ist ja schon so weit, dass die Familienmitglieder sich untereinander eher als Feinde betrachten als die Normannen, Mauren und Byzantiner.«

»Eure Lieblingslitanei, ich weiß«, sagte Gernot. »Am Erbrecht der Franken habt Ihr noch nie ein gutes Haar gelassen. Schon zu meiner Zeit als Zögling habt Ihr prophezeit, dass dieses Recht binnen weniger Generationen zum Machtverfall des fränkischen Reichs führt, und erklärt, wie im Gegensatz dazu das römische Recht über Jahrhunderte mit dazu beigetragen hat, den Römern ihr Imperium zu erhalten.«

»Das römische Recht ist unserem in vielerlei Hinsicht überlegen. Es lag sicherlich nicht nur an der Rechtsordnung, dass das Römische Reich so lange erhalten werden konnte, aber einen gewichtigen Anteil daran hatte sie allemal. Natürlich konnte auch sie nicht verhindern, dass Menschen mit verwerflichen Eigenschaften den Thron der Caesaren bestiegen haben, aber immerhin hat sie dafür gesorgt, dass die Kaiser Roms über ein geeintes Reich gebieten konnten und auch genügend Machtmittel besaßen, es zu regieren und zu verwalten. Nimm es mir nicht übel, Gernot, aber ich wünsche mir derzeit nichts sehnlicher, als dass Lothar noch einmal das Heft des Handelns in die Hand nähme.«

Ein Wunsch, den Gernot ganz und gar nicht teilen konnte. Konrad gefunden zu haben, die Ehe mit Anna und ihre gemeinsamen Kinder, all das hatte Gernot geholfen, Mechthilds Tod zu verwinden. Aber in seinem tiefsten Inneren schlummerte nach wie vor der Wunsch, sich eines Tages an Lothar zu rächen. Aus seiner Sicht hatte der greise Magister, der sich nicht von Gefühlen leiten ließ, sondern immer das große Ganze im Blick hatte, natürlich Recht. Betrachtete man das Schicksal des Reiches über mehrere Generationen, so war in der jetzigen Lage in der Tat ein starker Mann erforderlich, und der Einzige, der dafür in Frage kam, war nun einmal Lothar.

Der Tag verabschiedete sich mit einem lodernden Gelb-Rot, als hätte die untergehende Sonne die Welt jenseits des Horizonts in Brand gesetzt. Für eine Weile genossen sie den Anblick. Dann aber brach das Ungestüm der Jugend durch.

»Habt Ihr noch regelmäßig Verbindung zu Johannes, werter Magister?«, fragte Konrad, der der Unterhaltung der Älteren bisher schweigend gefolgt war. »Seine letzte Nachricht habe ich vor zwei Jahren erhalten und seitdem nichts mehr von ihm gehört.«

»Siehst du, Konrad, jetzt hätte ich es beinahe vergessen: Ich soll dir von Johannes herzlichste Grüße übermitteln, das hat er mir ausdrücklich vor meiner Abreise aufgetragen. Er ist wohlauf, aber sehr beschäftigt. Zum einen sind da seine Studien, die er nach wie vor mit Eifer betreibt, zum anderen hat ihn Papst Leo zu seinem dritten Bibliothekar berufen. Eine außergewöhnliche Ehre für einen Mann seines Alters.«

Nun war Konrad nicht mehr zu bremsen. Er wollte alles über Rom wissen und fragte dem Magister regelrecht Löcher in den Bauch. Der zeigte Verständnis für die Wissbegier des Zwanzigjährigen und beantwortete alle Fragen mit Geduld. Thomas erzählte von der Pracht der Kirchen und der Ruinen, von den vielen Sprachen, die in den Straßen gesprochen wurden, von den Schiffen aus den verschiedensten Ländern, die in Ostia vor Anker lagen, eben von all dem, was Rom zu bieten hatte und die Stadt so anziehend machte. So wäre es wahrscheinlich noch die halbe Nacht weitergegangen, hätte Anna nicht zu Tisch gebeten und Thomas Ravennus damit erlöst.

Am nächsten Morgen stand Gernot am Brunnen und wusch sich, als Thomas Ravennus aus dem Haus trat. Gebeugt und auf seinen Stock gestützt, die andere Hand hinter dem Rücken, machte er einen arg hinfälligen Eindruck.

»Habt Ihr wohl geruht, Magister?«, fragte Gernot und zog sich seine Tunika über.

»Bestens, mein lieber Gernot, bestens. Euer Gästebett ist wunderbar weich. Am liebsten würde ich es mit nach Rom nehmen.«

»Ich schenke es Euch.«

»Wie sollte ich es befördern?«

»Man kann es auseinanderbauen.«

»Dann müsste ich in Rom aber jemanden finden, der es mir wieder zusammenbaut. Nein, nein, das wäre zu schwierig.«

»Nehmt Ihr Brot und Käse zum Morgenmahl?«

»Mir ist recht, was auch immer Anna zubereitet.«

Der Magister hielt seinen Blick unverwandt auf Gernot gerichtet, sagte aber nichts weiter.

»Was seht Ihr mich an?«, fragte Gernot. »Wollt Ihr mir irgendetwas mitteilen? Kann ich irgendetwas für Euch tun?«

»In der Tat, Gernot«, sagte Thomas Ravennus und ging auf seinen ehemaligen Schüler zu. »Ich habe lange mit mir gerungen, ob ich es überhaupt erzählen soll, aber ich komme nicht umhin. Nur sollten wir unter vier Augen darüber sprechen. Komm, lass uns eine kleine Wanderung machen.«

Gemächlich verließen sie den Hof und schritten nach Süden, auf die Weinberge zu. Schließlich ergriff Thomas wieder das Wort.

»Ich habe ein Schreiben für euch bei mir. Streng genommen nicht für euch als Familie, sondern für Konrad. Es ist von Johannes.«

»Da wird Konrad sich aber freuen.«

»Die Frage ist, ob auch du dich darüber freuen wirst.«

»Dann wisst Ihr also, was darin steht?«

»Ich habe es selbstverständlich nicht gelesen. Aber aufgrund der Andeutungen, die Johannes gemacht hat, nehme ich an, dass es sich um eine Einladung handelt.«

»Eine Einladung nach Rom? Für Konrad?«

Thomas nickte und zog ein zusammengerolltes, mit rotem Wachs gesiegeltes Pergament aus seiner Kutte und reichte es Gernot. »Tu damit, was du für richtig hältst.«

Gernot hielt das Pergament in den Händen, als sei es ein unbekanntes Tier, das er nicht einschätzen konnte. Friedfertig oder bissig, harmlos oder giftig. Für ihn stand außer Zweifel, dass – sollte es sich wirklich um eine Einladung zum Besuch der Heiligen Stadt handeln – Konrad sie in jedem Fall annehmen würde. Eine nicht ungefährliche Reise für einen jungen, unerfahrenen Mann, zumal ein Gutteil der Wegstrecke durch den Lothar verbliebenen Machtbereich führte. Eine Unwägbarkeit, die Gernot nicht einzuschätzen wusste. Dazu kamen die Zustände in Rom, von denen Thomas berichtet hatte. Gernot wurde ganz anders, wenn er sich Konrad in dieser Schlangengrube vorstellte. Und dann war da noch etwas. Gernot plagte die Ahnung, dass er seinen Sohn ein für alle Mal an die Wissenschaften verlieren würde, ließe er ihn ziehen. Wer würde dann eines Tages Soissons übernehmen? Außer Konrad hatte Gernot nur Töchter gezeugt.

»Ich kann nicht umhin, Konrad von dieser Reise abzuraten«, unterbrach ihn Thomas in seinen Überlegungen. »Rom ist nichts für einen erfrischend ehrlichen jungen Mann wie ihn. Dort regieren die Verschlagenen.«

»Trotzdem«, sagte Gernot zu seiner eigenen Überraschung. »Es ist seine Entscheidung. Konrad ist alt genug, selbst über sein Leben zu bestimmen.«

»Das heißt, du willst ihm das Schreiben aushändigen?«

»Ja. Sollte es sein, wie wir vermuten, und er entschlösse sich tatsächlich zu dieser Reise, würde ich ihn begleiten. Er hat mein Leben so sehr bereichert, das bin ich ihm schuldig.«

»Wo du gerade davon sprichst, deinen Sohn gegebenenfalls zu begleiten – ich soll dir übrigens Grüße von deinem Freund Tariq ausrichten.«

»Tariq ist in Rom?«, fragte Gernot verblüfft.

»Bereits seit zwei Jahren, wenn auch mit Unterbrechungen.«

»Was tut er dort?«

»Er ist der offizielle Gesandte des Emirs von Cordoba am Hof des Papstes. Nebenbei macht er Geschäfte. Nicht die schlechtesten, wenn du mich fragst. Der Palast, den er bewohnt, muss ein Vermögen gekostet haben.«

»Tariq ist in Rom, ich kann es nicht fassen!« Gernot lachte. »Manchmal glaube ich, er kann riechen, wo Geld zu verdienen ist.«

»Hattest du nicht etwas von Brot und Käse gesagt?«, fragte Thomas und blieb stehen.

»Sicherlich«, sagte Gernot. »Kehren wir um.«

*

Das Schreiben war tatsächlich eine Einladung nach Rom – aber nicht nur auf einen Besuch. Johannes, dessen wissenschaftliche Laufbahn mit der Ernennung zu Papst Leos drittem Bibliothekar einen vorläufigen Höhepunkt erreicht hatte, schrieb, Konrad möge doch nach Rom kommen, sich in Ruhe die Stadt und die Bibliotheken ansehen und dann entscheiden, ob er als Johannes' Mitarbeiter bleiben wolle. Konrad war sofort hellauf begeistert.

Gernot wies ihn auf die Gefahren der Reise hin, schilderte ihm noch einmal eindringlich die unvorhersehbaren, womöglich gefährlichen Lebensumstände in der Ewigen Stadt und ließ auch die Kosten nicht unerwähnt, die ein Aufenthalt in Rom mit sich bringen würde – vergebens. Auch Annas Flehen, er möge doch von dem Vorhaben Abstand nehmen, blieb ohne Wirkung. Der Gedanke, Johannes wiederzusehen und an seiner Seite eine wissenschaftliche Laufbahn einschlagen zu können, war zu verlockend. So stimmte Gernot letztendlich schweren Herzens zu, bestand aber darauf, seinen Sohn auf der Reise zu begleiten.

Am Tag darauf verabschiedete sich Thomas Ravennus. Gefahren von zwei Dienern, die Karl ihm zur Verfügung gestellt hatte, und begleitet von zwei Bewaffneten, die ihm Strauchdiebe und Straßenräuber vom Hals halten sollten, machte er sich auf den Weg zum Kloster Reichenau, wo er den Brüdern vor seiner Rückkehr nach Rom einen Besuch abstatten wollte. Auf der gleichnamigen kleinen Insel im Gnadensee, einem Teil des Bodensees, wollten Gernot und Konrad zu ihm stoßen und mit ihm weiterreisen.

Die folgenden zwei Wochen nutzten Gernot und Konrad für ihre Reisevorbereitungen. So einfach wie seinerzeit in Cordoba war der Aufbruch für Gernot nicht mehr; zunächst musste die Verwaltung seines Lehens sichergestellt werden. Vor Beginn der Erntezeit würden sie sicher nicht zurückkehren, womöglich sogar den Winter in der Heiligen Stadt verbringen.

Guntram, den Gernot immer für den fähigsten unter seinen Bediensteten gehalten hatte, war mächtig stolz, dass sein Herr ihn für die Zeit seiner Abwesenheit zum Verwalter der Burg und der Ländereien ernannte. Abendelang erläuterte Gernot ihm, wann von welchem Dorf welche Steuern einzunehmen waren, welche Bauern nach der Ernte welche Feldfrüchte neu anzupflanzen und auszusäen hatten und was mit den Abgaben an Getreide, Gemüse, Obst und Wein zu geschehen hatte. Unpünktliche Lieferungen von tributpflichtigen Gütern an den Hof in St. Denis zogen für gewöhnlich heftigen Ärger nach sich, wie Gernot aus den Anfangstagen seiner Zeit als Herr von Soissons wusste. Bei dem verschwenderischen Lebensstil, der bei Hof gepflegt wurde, hatte der kahlköpfige König die Steuern und Naturalabgaben seiner Lehensmannen aber auch bitter nötig.

Als alles geregelt war, begannen Gernot und Konrad zu packen. Gernot kleidete sich in sein altes Kettenhemd, das er seit den Tagen des Bruderkrieges im Frankenreich nur ein einziges Mal aus der Truhe geholt hatte, um es seinem Sohn zu zeigen. Dazu befestigte er einen leichten Reisemantel, Bogen und Pfeilköcher am Sattel. Dolch und Schwert trug er am Gurt.

Konrad trug keine Rüstung, nur ein festes Lederwams. Das Schuppenhemd, das Gernot eigens für ihn hatte anfertigen lassen, blieb zu Hause. Konrad verabscheute es wegen seines Gewichts und seiner Steifheit. Bewaffnet war er lediglich mit einem Dolch sowie einem Kurzschwert. Allerdings ließ Konrad es sich nicht nehmen, zwei Bücher, die er besonders liebte, in seine Satteltaschen zu stecken: die Topographie des Kosmas, die von den fernen Ländern des Ostens erzählte, und Ciceros Beschreibung des römischen Staates. Der Gedanke an eine Republik hatte Konrad schon früh in seinen Bann gezogen. Gernot schrieb solche aufmüpfigen Vorstellungen dem Freigeist der Jugend zu und war sich sicher, dass Konrad mit den Jahren zu mehr Einsicht in diesen Dingen finden würde.

Von Anna und den Mädchen tränenreich verabschiedet, brachen sie im Morgengrauen eines der nächsten Tage auf. Ohne Packpferde kamen sie zügig voran. Bis an die Saone verlief die Reise recht ereignislos. Ab dort mussten sie Hochburgund durchqueren und damit das Herrschaftsgebiet Lothars. Aber auch das gestaltete sich ohne Schwierigkeiten, sodass sie nach nicht einmal zwei Wochen über die schmale Landzunge auf die Insel Reichenau ritten.

Ab der Reichenau verlief die Reise ungleich mühsamer und zeitaufwendiger. Zum einen mussten die Alpen überquert werden, zum anderen verhinderte Thomas Ravennus' Reisewagen ein zügiges Vorankommen. Dazu kam, dass das Wetter für die sommerliche Jahreszeit recht kühl war und die Straßen mit zunehmender Höhe immer schlechter wurden. Dem alten Magister kroch die Kälte in die Knochen. Die holperige Fahrt und zwei Achsbrüche verstärkten seine Leiden noch. Als sie auf der italienischen Seite aus den Alpen abstiegen, waren alle erleichtert. Hier war die Luft warm und trocken; die sprichwörtlich gesunden Wetterbedingungen am oberen Po taten ihre Wirkung, und der alte Magister lebte wieder auf.

Bereits am zweiten Tag wurden sie von einem Trupp Reiter angehalten. Das von Karl gesiegelte Pergament, das Thomas als Gesandten auswies und ihm entsprechend der Vereinbarung, die die königlichen Brüder nach dem Krieg in Verdun ausgehandelt hatten, freies Geleit im gesamten Reich der Franken zusicherte, bahnte ihnen jedoch schnell den Weg. Gernot und Konrad, von Ludwigs Soldaten als Teil von Thomas' Gefolge angesehen, wurden wie die gesamte Truppe nur oberflächlich gemustert, und die Reisegesellschaft konnte ungehindert ihren Weg in Richtung Mailand fortsetzen.

»Der Bischof von Mailand ist ein guter Bekannter von mir«, sagte Thomas. »Nach der beschwerlichen Überquerung der Alpen werden wir dort für ein paar Tage Rast machen, bevor wir unsere Reise nach Rom fortsetzen.«

Einen knappen halben Tagesritt vor Mailand versperrte ihnen erneut ein Trupp Berittener den Weg. Weder Thomas noch der von Natur aus argwöhnische Gernot rechneten mit Schwierigkeiten, als sie die königliche Beglaubigung erneut vorzeigten. In der Tat studierte der Anführer der Gruppe das Pergament nur kurz und reichte es Thomas zurück. Doch anstatt den Gesandten mit seinem Gefolge nun weiterreisen zu lassen, begann er jeden der Begleiter des greisen Magisters eingehend zu mustern. Gernot wurde mulmig zumute. Unbewusst tastete er nach dem Griff seines Schwertes. Die anderen waren zu siebt, sie nur zu dritt. Im Ernstfall würde er auf die Fuhrknechte, den greisen Magister und Konrad nicht zählen können.

Inzwischen war der Anführer des Haufens bei Gernot angekommen. Langsam umkreiste er ihn mit seinem Pferd, um ihn von allen Seiten zu betrachten. Das hatte er bei den anderen nicht getan. Äußerlich war Gernot die Ruhe selbst, innerlich jedoch angespannt wie die Sehne eines Bogens.

»Setzt ihn fest!«, rief der Anführer plötzlich.

Gernot versuchte noch, sein Schwert aus der Scheide zu

ziehen, doch die anderen waren schneller. Mit nur einer Handbreit Abstand zielte eine Lanzenspitze auf seine Achselhöhle.

»Ihr seid Gernot von Besslingen, habe ich Recht?«, sagte der Anführer. »Ergebt Euch, jeder Widerstand ist zwecklos. Werft Eure Waffen weg und folgt uns nach Pavia. Ich kann mir gut vorstellen, dass man Euch bei Hof zu sehen wünscht.«

»Wer sollte mich zu sehen wünschen?«

»Das wird sich zeigen.«

Gernot ließ das Schwert zurückgleiten, löste den Gürtel und warf ihn zu Boden. Den Bogen und den Köcher nahm einer der Reiter an sich. Die bewaffneten Begleiter des Magisters taten es ihm gleich. Nur Konrad zögerte.

»Lasst es gut sein«, sagte Gernot. »Tut, was man Euch sagt.«

Bewusst hatte Gernot Konrad nicht als seinen Sohn angesprochen. So bestand immerhin die vage Möglichkeit, dass der Junge zu Thomas' Begleitung gerechnet wurde und somit ebenfalls in den Genuss der Unantastbarkeit des Gesandten kam. Konrad begriff sofort, was sein Vater zu bezwecken versuchte.

»Wie Ihr meint«, sagte er und ließ auch seinen Waffengurt fallen.

Einer der Kaiserlichen stieg vom Pferd und sammelte sämtliche Waffen ein. Flankiert von den Häschern setzten sie ihren Weg fort.

Gernots Gehirn arbeitete fieberhaft. Dass Ludwig II. ihn zu sehen wünschte, hielt er für ausgeschlossen. Also war Lothar in Italien. Plante er etwa seine Rückkehr an die Spitze des Reiches? Das konnte es bedeuten, musste es aber nicht. Vielleicht hatte sein Aufenthalt auch ganz andere Gründe. Nur, woher zum Teufel wusste der Befehlshaber der siebenköpfigen Truppe, wer Gernot war? Er betrachtete den Mann noch einmal eingehend. Auf einmal war er sich fast sicher, ihn schon einmal gesehen zu haben. Wenn ihn nicht alles täuschte, war er einer der Leibwächter Lothars, gegen die er in Fontenoy gekämpft hatte. So ein verfluchter Zufall.

Dass er gehörig in der Klemme saß, war Gernot klar. Wäre Konrad nicht dabei, würde er trotz aller Aussichtslosigkeit einen Fluchtversuch wagen. Aber so blieb ihm nichts weiter, als sich in sein Schicksal zu fügen.

Die Sonne versank, und die Nacht brach herein, dennoch machten die kaiserlichen Ritter keine Anstalten, zu rasten und ein Lager aufzuschlagen. Wahrscheinlich scheuten sie die Gefahr, dass einer im Schutze der Dunkelheit versuchen könnte zu fliehen. So ritten sie die Nacht durch und erreichten am Mittag des folgenden Tages Pavia, in deren Pfalz Ludwig II. zu residieren pflegte und wo sich derzeit vermutlich auch der alte Kaiser aufhielt.

Dem Magister wurde eine standesgemäße Gästeunterkunft zugewiesen, seine Begleitung einschließlich Konrad wurde in einer Scheune untergebracht. Gernot hingegen landete im Verlies unterhalb der Befestigungsanlagen.

Das schwere eiserne Tor der Zelle fiel krachend ins Schloss, und dann wurde es still. So still, dass Gernot der Schrecken in die Glieder fuhr. Er hatte schon vieles erlebt, aber in einem derart engen Raum, noch dazu in völliger Dunkelheit eingesperrt zu sein, war eine gänzlich neue Erfahrung für ihn. Ein Gefühl unendlicher Hilflosigkeit überkam ihn. Er war es gewohnt, das Heft des Handelns in der Hand zu haben, wie ein Schafbock auf die Schlachtbank zu warten, war seine Sache nicht. Diese Ohnmacht, jemandem ausgeliefert zu sein, ohne kämpfen zu können, zermürbte ihn.

Seine größte Sorge war jedoch, was aus Konrad werden

würde. Er konnte nur hoffen, dass weder sein Sohn noch ein anderer aus der Gruppe sich verplapperte und man ihn in ein, zwei Tagen im Gefolge von Thomas Ravennus ziehen lassen würde. Für sich selbst hingegen hegte Gernot keine Hoffnung mehr. Entweder würde Lothar ihn hinrichten oder aber bis zu seinem Ende in diesem Kerker schmachten lassen. Er wusste ja nicht einmal, wann Lothar ihn zu sich rufen würde, um ihn abzuurteilen. Es mochten Tage, Wochen, sogar Jahre vergehen, ohne dass er je wieder das Tageslicht sehen oder mit einem anderen Menschen würde sprechen können. Eine schauderhafte Vorstellung für jemanden, der nichts mehr liebte als durch Wälder und Wiesen zu streifen.

Irgendwann gewann die Erschöpfung trotz seiner Aufgewühltheit die Oberhand, und Gernot streckte sich auf dem Boden aus. Kalt und feucht war das Loch, in das sie ihn gesperrt hatten, bestens geeignet, um es auf der Lunge zu kriegen. Ganz allmählich, obwohl er sich noch immer sträubte, dämmerte er ein und glitt ab in einen dumpfen, unruhigen, von wirren Träumen durchzogenen Schlaf.

Pavia, Sommer 854

Wie lange er bereits im Verlies schmachtete, wusste Gernot nicht. In der Dunkelheit waren Tag und Nacht nicht zu unterscheiden. Auch sein inneres Zeitgefühl, auf das er sich stets hatte verlassen können, war ihm abhanden gekommen. Insgesamt siebzehn Mal hatte man ihm Wasser und Brot durch eine Luke in der Tür gereicht; das Wasser meist brackig, das Brot oft verschimmelt. Wenn sie ihn einmal pro Tag versorgten, was er annahm, dann saß er seit über zwei Wochen hier unten.

Der einzige Besuch, den Gernot in all der Zeit bekommen hatte, war der einer fetten Ratte. Zunächst hatte er sie geduldet, war sie doch wenigstens ein Lebewesen und erinnerte ihn an die Bewegungsfreiheit, die man ihm genommen hatte. Als das Tier jedoch eines Tages, während er schlief, angefangen hatte, an seinem Ohr zu knabbern, hatte er es gepackt und ihm das Genick gebrochen. Hin und her gerissen zwischen Hunger und Abscheu hatte der Hunger schließlich gesiegt. Mit den Zähnen hatte er der Ratte das Fell abgezogen und das rohe Fleisch von den Knochen geschabt. Selbst die Innereien hatte er nicht verschmäht, wobei er die Hoden sogar als köstlich empfunden hatte. Seither lauerte er auf ein zweites Tier, aber es ließ sich keins mehr blicken.

Plötzlich knallten die Riegel, und die Tür wurde aufgestoßen. Gernot hatte das Gefühl, als würde der Lärm ihm den Schädel spalten, so ungewohnt waren Geräusche inzwischen für ihn.

»Hoch mit dir!«, schnauzte eine unbekannte Stimme, und schon packten ihn kräftige Arme und stellten ihn auf die Füße.

Gezerrt und gestoßen stolperte er durch die Kasematten der Befestigungsanlage. Als sie um eine Ecke bogen, ließ ihn der Schein einer brennenden Fackel fast erblinden. Treppauf ging es, immer weiter treppauf, bis er plötzlich im gleißenden Sonnenlicht auf dem Hof stand. Sofort riss er einen Arm vor die Augen; die Schmerzen, die ihm die Helligkeit bereitete, waren unbeschreiblich.

Mit Tritten wurde Gernot über den Hof zum Wohntrakt der Pfalzburg getrieben. Als sie an einem Brunnen vorbeikamen, bat er, trinken zu dürfen, doch die Wachen lachten ihn nur aus und schlugen ihn auf den Kopf. Wieder ging es mehrere Treppen nach oben. Hier, im Inneren der Pfalz, war das Licht gedämpft, und Gernot wagte es, den Arm runterzunehmen und zu blinzeln. Ein letzter Stoß, und er fand sich mutterseelenallein in einem riesigen Saal wieder. So dachte er zumindest.

»Sei mir willkommen auf meiner Feste, mein lieber Gernot«, vernahm er eine wohl bekannte Stimme in einiger Entfernung. »Wie lange ist es nun her, dass wir uns das letzte Mal begegneten? Dreizehn Jahre? Wie auch immer, jedes unserer Zusammentreffen hat den Wesenszug eines Zweikampfes, findest du nicht? Beim letzten Mal konntest du trotz deiner unbestreitbaren Fähigkeiten im Umgang mit dem Schwert gerade mal ein Patt erstreiten. Diesmal hingegen geht der Sieg eindeutig an mich. Darin wirst du mir doch gewiss zustimmen, nicht wahr?«

Lothar hatte sich über die Wirkung, die er auf seinen Gefangenen ausüben wollte, durchaus Gedanken gemacht. Er saß auf einem erhöhten Stuhl mit besonders hoher Lehne, der sich wiederum auf einem Podest am Ende einer lang gestreckten, mehrschiffigen Halle befand. Sowohl die schlanken, mit aufwendigen Schnitzereien verzierten Holzsäulen, die den Weg zu ihm säumten, als auch die vertikale Ausrichtung des Thrones ließen Gernot sich klein und unbedeutend fühlen und zwangen ihn, zu Lothar aufzublicken. Zu jeder Seite des Stuhls hatten zwei mit Schwertern und Lanzen bewaffnete Leibwächter Aufstellung genommen. Mit seinen von der wochenlangen Bewegungslosigkeit noch steifen Beinen stakste Gernot auf das Podest zu, fest entschlossen, sich von dieser Zurschaustellung von Macht nicht einschüchtern zu lassen. Erst als die Schergen ihre Lanzen senkten, blieb er stehen.

Nur zu gerne hätte Gernot Lothar eine saftige Erwiderung an den Kopf geworfen, die seinen Stolz wenigstens ansatzweise wiederhergestellt hätte. Zum Beispiel eine Anspielung auf Lothars verzweifelte Lage auf dem Schlachtfeld von Fontenoy, der er nur mit Hilfe seiner Leibwächter hatte entrinnen können. Doch Gernot schluckte die ihm bereits auf der Zunge liegenden Worte hinunter. Er wusste nicht, was mit Konrad war. War er in Sicherheit, oder saß sein Sohn ebenfalls in einem der Kerkerlöcher? Oder war er gar tot? Eine Ungewissheit, die ihn mahnte, Zurückhaltung zu üben.

»Ja, Ihr habt Recht.« Selbst das Reden fiel ihm schwer nach der langen Zeit der Sprachlosigkeit. »Auf dem Schlachtfeld von Fontenoy mussten wir uns, sicher zu unser beider Bedauern, trennen, ohne endgültig ermittelt zu haben, wer von uns beiden der Bessere ist. Ebenso muss ich Euch natürlich Recht geben, dass diese Runde des Spiels an Euch geht. Mir bleibt nichts anderes übrig, als mich geschlagen zu geben.«

»Wie gut, dass du das einsiehst, Gernot, gewesener Ritter von Besslingen und Soissons.« Der Hohn in Lothars Stimme war unüberhörbar. »Aber ich muss dich berichtigen: Nicht nur diese Runde geht an mich, sondern, da es die letzte ist, das ganze Spiel. Es ist aus mit dir. Du hast mich in Colmar verraten, und du hast mich in Fontenoy verraten. Du hast nie begriffen, dass man nur dann überleben kann, wenn man auf der Seite des Siegers steht, des letztendlichen Siegers. Und das kann nur der Kaiser sein. Aber es muss auch verirrte und verstockte Seelen geben, sonst hätten die Scharfrichter ja nichts zu tun. Und so wirst auch du wie all die anderen Verräter vor dir auf dem Richtblock enden.«

»Gestattet mir eine Frage: Was ist aus Thomas Ravennus, dem Gesandten Eures Bruders Karl, und seinen Begleitern geworden?«

Lothar kratzte sich am Kinn und machte ein fragendes Gesicht, als wüsste er nicht, wen Gernot meinte. Dann aber hellte sich seine Miene auf, und er gab vor, sich zu erinnern.

»Thomas Ravennus, richtig«, sagte er. »Unser alter Lehrmeister. Ich habe ihn selbstverständlich ziehen lassen. Mit seinem Gefolge. Allerdings ohne deinen Sohn Konrad.«

Gernot spürte, wie ihm die Knie zu versagen drohten. Aber er riss sich zusammen.

»Was ist mit Konrad geschehen?«, fragte er betont gleichmütig.

»Was soll schon mit ihm geschehen sein? Er sitzt im Verlies wie du und wartet auf seine Hinrichtung.« Lothar lachte kurz auf. »Schlau von dir zu versuchen, ihn als einen der Begleiter des Gesandten auszugeben. Nur hättest du ihm vorher das schmetterlingsförmige Muttermal an seinem rechten Handgelenk ausbrennen müssen. An dem habe ich ihn erkannt.«

Gernot biss sich beinahe die Zunge ab, aber bei einem dermaßen eitlen, eingebildeten und an Minderwertigkeitsgefühlen krankenden Sauhund half nur eins – schmeicheln.

»Ihr habt schon einmal Euren Großmut bewiesen, mein Kaiser. Damals, in Besslingen, als Ihr darauf verzichtet habt, das Blut meines unschuldigen Sohnes zu vergießen.«

»In der Tat«, sagte Lothar und klang gelangweilt. »Manchmal bin ich zu weichherzig. Ein Knabe, der zum Zeitpunkt des Krieges mit meinem Ahnen noch gar nicht geboren war. In ihm sah ich damals keine Gefahr für mein Geschlecht. Denn wer sollte ihm schon davon erzählen, von wem er abstammte und wie die Geschichte seiner Familie verlaufen war. Bis du, Gernot, auf den törichten Gedanken verfallen bist, den Knaben aus dem Kloster Fulda, dem und der Gnade unseres Herrn Jesus Christus ich ihn anvertraut hatte, zu entreißen. Dass er nun sterben muss, hast du allein dir selbst zuzuschreiben. Aber ich bin kein Unmensch. Ich werde dir ersparen, das Ende deines eigenen Fleisches und Blutes mit ansehen zu müssen. Die Söhne sollten nicht vor ihren Vätern sterben. Daher verfüge ich, dass Konrad erst einen Tag nach dir auf die Richtstätte geführt wird. Dafür solltest du mir dankbar sein, findest du nicht?«

Heiliger Zorn flammte in Gernot auf. Die Schmeicheleien, die ihm so schwer über die Lippen gekommen waren, hatten sich als nutzlos erwiesen. Lothars Entschluss hatte bereits festgestanden, bevor er Gernot überhaupt aus dem Verlies hatte zerren lassen. Jedes weitere Wort war somit überflüssig. Der verfluchte Hund würde in ihm nur einen Aal sehen, der sich im Eimer wand.

Dennoch, hier ging es um Konrad, und um seinetwillen musste Gernot auch nach dem allerletzten Strohhalm greifen. Mit dem Mut der Verzweiflung versuchte er, Lothar bei seiner Ehre zu packen.

»Eben habt Ihr die Schlacht von Fontenoy erwähnt, mein Kaiser«, sagte Gernot und musste sich Mühe geben, dass sich seine Stimme nicht überschlug. »Nun erinnere ich Euch daran, wie Ihr vor mir im Dreck gelegen habt und nur dank der Hilfe Eurer Leibwächter mit dem Leben davongekommen seid. Hier, vor Euren Mannen, nenne ich Euch einen Feigling, der vor dem ehrenvollen Zweikampf im Gefecht geflohen ist. Wenn Ihr auch nur einen Funken der Ehre besitzt, die man von einem Kaiser und einem Sohn des frommen Ludwig erwarten darf, dann willigt ein, Euch hier und jetzt dem Kampf zu stellen. Die Wahl der Waffen überlasse ich Euch.«

Lothar lachte kurz auf. »Ach ja, die Ehre! Was glaubst du Narr eigentlich, weswegen die Männer, die mich beschützen, ihren Dienst versehen? Gewiss nicht aus Treue zu mir. Sie tun es, weil ich sie bezahle, weil ich sie gut bezahle, während sie sich sonst auf dem Acker irgendeines Grafen zuschanden schuften müssten. Du hegst wohl noch den Glauben, dass es die Führungsstärke und die Ausstrahlung sind, die Könige und Kaiser zu Anführern ihrer Untertanen machten. Nein, mit deinem Geschwätz von Ehre kannst du mich nicht locken. Aber wenn dir so sehr am Bild des ehrenvollen Kampfes Mann gegen Mann gelegen ist, bitte: Zweikämpfe werden nicht nur mit Waffen ausgefochten. Wie du selbst zugeben musstest, hatten wir bereits unseren Kampf, und du hast ihn verloren, sonst stündest du jetzt nicht hier vor mir, dreckig und verlaust, ein armseliger Abklatsch dessen, was einmal ein Recke war. Es bleibt dabei: Du wirst am übermorgigen Tag im Morgengrauen auf den Block geführt. Und am Morgen danach wird dir dein Sohn folgen. – So, jetzt schafft ihn mir aus den Augen.«

*

Den Rest dieses Tages und den kommenden Tag verbrachte Gernot in körperlicher und geistiger Reglosigkeit. Sein Schicksal war besiegelt, ein Gefühl, das ihm völlig neu war. So mussten sich Leibeigene und Sklaven ihr Leben lang fühlen. Er haderte auch nicht mehr mit seiner Entscheidung, sich auf die Reise nach Rom zu begeben. Wie er Konrad kannte, wäre der auch allein aufgebrochen, ob Gernot nun seine Zustimmung gegeben hätte oder nicht. Vielleicht wäre er ohne den Vater an seiner Seite nicht in Lothars Hände gefallen, aber darüber zu mutmaßen war müßig.

Stimmen rissen ihn aus einem tiefen, wohltuenden Schlaf. So schlief man, wenn man nichts mehr zu verlieren hatte. Schritte näherten sich seiner Zelle, und Befehle wurden gebrüllt. Jetzt war es so weit, sie kamen ihn holen. Das Einzige, was Gernot bedauerte, war, dass er sich nicht von Konrad verabschieden konnte. Die Tür flog auf, und ein Mann mit einer Fackel stand im Rahmen. Für einen Moment war Gernot geblendet, und als er endlich scharf sah, traute er seinen Augen nicht. Den Fackelträger kannte er beinahe so gut wie sich selbst.

»Wie geht es dir, mein Freund?«, fragte Tariq.

Tariq as-Suri«, sagte Lothar zu Tariq, der zu seinen Füßen in der Audienzhalle stand. »Ihr habt Euch nunmehr mit eigenen Augen davon überzeugen können, dass sowohl Gernot von Besslingen als auch sein Sohn Konrad wohlauf sind. Nun ist es an Euch, Euren Teil der zwischen uns getroffenen Vereinbarung zu erfüllen. In Eurem eigenen Interesse kann ich nur hoffen, dass Ihr mir tatsächlich ein Angebot zu unterbreiten habt, das Euren vollmundigen Ankündigungen gerecht wird. Falls nicht, nun ja, der Scharfrichter hätte wahrscheinlich nichts dagegen einzuwenden, an diesem Morgen einen weiteren Kopf rollen zu lassen.«

Tariq wies auf Gernot und seinen Sohn, die umringt von einem Rudel bewaffneter Schergen einige Armlängen hinter ihm auf dem Boden knieten.

»Ich danke Euch für Euer Vertrauen, Lothar, erhabener Kaiser der Franken«, sagte Tariq und verneigte sich andeutungsweise. »Wie ich bereits bei unserer ersten Unterredung ausführte, bin ich gekommen, um für Leben und Freiheit von Vater und Sohn zu bitten. Was ich Euch als Gegenleistung anzubieten habe, ist wahrlich etwas Besonderes, sodass ich nicht den geringsten Zweifel daran hege, dass Ihr mir meine Bitte gewähren werdet.«

»Redet nicht um den heißen Brei herum«, raunzte Lothar ihn an. »Heraus mit der Sprache: Was habt Ihr anzubieten? Ich hoffe zu Eurem eigenen Wohlergehen, dass Ihr nicht vorhabt, mich zu kaufen. Geld besitze ich nämlich mehr, als ich ausgeben kann.«

»Einen Herrscher von Gottes Gnaden, wie Ihr es seid, kaufen zu wollen, käme mir nie in den Sinn«, entgegnete Tariq. »Allerdings erstaunt mich, Euch in Italien anzutreffen, das Ihr doch schon vor Jahren Eurem Sohn Ludwig, der inzwischen ebenfalls zum Kaiser gekrönt wurde, überlassen habt. Jedermann in Rom wähnt Euch in Eurer Residenz zu Aachen, der Staatsgeschäfte überdrüssig, nur noch den geistlichen Dingen zugetan.«

Zu Gernots Überraschung sprang der Kaiser auf diese Herausforderung an. Offenbar hatte Tariq mit seinen Worten eine empfindliche Stelle getroffen.

»So also spricht das aufgeblasene römische Pack über mich? Woher wollen diese Sumpfkröten wissen, wie viel Leidenschaft für die Kunst der Staatsverwaltung in mir lodert? Nichts wissen sie, nichts! Zugegeben, es ist schwieriger geworden, sehr viel schwieriger sogar, Vorstellungen zu verwirklichen im Lande der Franken. All diese ... diese Bauern sind in ihrem Denken entsetzlich beschränkt, meine kleingeistigen Brüder eingeschlossen. Nie haben sie begriffen, worum es mir im Grunde immer nur gegangen ist: Um ein einiges, starkes, allen inneren wie äußeren Feinden gewachsenes Reich. Ich weiß, da ich Gernot gerade dort vor mir sehe, dass ich niemals zu den Lieblingsschülern des alten Thomas Ravennus zählte, aber ich bin der Einzige, der seine Lehren jemals wirklich verstanden hat!«

Lothar war in einen lautstarken, theatralischen Singsang verfallen. Gernot musste an die Tiraden des kahlköpfigen Karl denken, damals vor der Schlacht von Fontenoy. Der Hang zum Pathos schien in der Familie zu liegen.

»Wieder und wieder hat uns Thomas vorgebetet, wie überlegen das römische Recht unserem althergebrachten fränkischen doch ist. Wie die Gleichstellung aller Prinzen zur Zersplitterung, Schwächung und schließlich zum Untergang des Reiches führen muss. Wahrlich, darin hatte der Alte Recht. Nur die Schlussfolgerungen, die er daraus zog, waren einfältig. Er glaubte doch allen Ernstes, ein Federstrich, die offizielle Einführung des alten römischen Rechtes als einziges und alleiniges Reichs- und Landrecht würde ausreichen, um diese Entwicklung aufzuhalten. Dabei sind Kaiser und Könige keinen Gesetzen unterworfen – sie machen sie! Hat man je einen König gesehen, in seinem Gefolge eine Heeresmacht wohl gerüsteter Streiter, der sich von Gesetzen aufhalten ließ? Die Gesetze verboten Caesar, mit seinem Heer über den Fluss Rubicon nach Italien zu ziehen – doch er hat es getan! Die Gesetze verboten Augustus, sich die Befugnisse eines Diktators auf Lebenszeit anzumaßen – doch er hat es getan! Die Gesetze verpflichteten meinen großen Vorfahren Karl zur ewigen Loyalität gegenüber den fränkischen Königen aus dem Hause Merowechs – doch er setzte diese Schwächlinge, die des Titels eines Königs unwürdig waren, kurzerhand ab und bestieg selbst den Thron der Franken! Nein, große Taten wurden nie von denen vollbracht, die sich an die Gesetze hielten. Um das, was der alte Narr uns beizubringen versuchte, tatsächlich zu verwirklichen, bedarf es nicht eines auf Pergament geschriebenen Gesetzes, womöglich noch in Abstimmung mit der Mehrheit der Fürsten verfasst. Nein, die Macht gehört allein dem, der in der Lage ist, sie sich zu nehmen. Und das habe ich getan! Zuerst habe ich meine Brüder benutzt, um die Herrschaft meines verweichlichten, frömmelnden Vaters zu brechen. Dann machte ich mich daran, meine Brüder zu maßregeln. Nichts anderes hatten sie verdient. Denn anstatt mir, ihrem kaiserlichen Herrn, als treue Vasallen zu huldigen, maßten sie, diese Provinzkönige, sich an, mit dem Kaiser auf gleicher Augenhöhe reden zu wollen!«

Ermattet von seiner flammenden Rede musste Lothar seinen Kopf mit der Hand abstützen. Aber nur für wenige Atemzüge. »Bedauerlicherweise ist es mir jedoch nicht gelungen, diese unbotmäßigen Kerle in ihre Schranken zu weisen, dabei sind sie doch allein, einzig und allein deswegen zu Königen geworden, weil sie meine Brüder sind. Mir, nur mir verdanken sie ihre Stellung.« Lothars Blick wanderte zum Fenster, in dem sich die Strahlen der Morgensonne brachen, kehrte aber wieder zurück zu der vor ihm versammelten Zuhörerschaft. »Und dann der ewige Ärger mit Italien! Alteingesessener lateinischer und langobardischer Stadtadel, dazu die Sarazenen und im Hintergrund immer wieder die verdammten Byzantiner machen es völlig unmöglich, in diesem verfluchten Land irgendein auch nur halbwegs tragfähiges Gefüge aufzubauen. Was habe ich nicht alles versucht, um Ordnung in dieses Chaos zu bringen! Aber genauso gut könnte man versuchen, einer Rotte Wildsauen das Suhlen abzugewöhnen. jetzt soll sich mein ungeratener Sohn an diesem Land die Hörner abstoßen. Rom, dieses Zentrum heimtückischer Machenschaften, ist genau das Richtige für ihn. Dort kann er sich gegen alle Feinde des Reichs gleichzeitig und die päpstliche Verwaltung im Besonderen beweisen. Sollte er das alles überstehen, dann wird er – vielleicht – zu dem Mann werden, der in der Lage ist, die Söhne meiner Brüder zu vernichten und endlich meine Vorstellung eines einigen, starken und unbesiegbaren Frankenreiches zu verwirklichen, eines Frankenreiches, das ganz Europa und eines Tages, da bin ich sicher, die ganze Welt beherrschen wird. Eines Frankenreiches, das endlich würdig ist, dass seine Herrscher den Titel eines Kaisers der Römer tragen. Ob es mir jedoch vergönnt sein wird, diesen Tag noch zu erleben, das bezweifele ich.«

Gernot schauderte, während er diesem hochmütigen Selbstgespräch zuhören musste. Nun konnte es keinen Zweifel mehr geben – Lothar war größenwahnsinnig.

»Ihr habt die Seele der Politik in der Tat sehr viel genauer erfasst als all die anderen vorgeblich Weisen Eures Reiches«, hörte er Tariq sagen. »Aber eine nur scheinbare Nebensächlichkeit ist Euch dabei offenbar entgangen.«

Lothar machte ein verdutztes Gesicht. »Wovon redet Ihr, Maure?«

»Ihr träumt von einer Erneuerung des großen Römischen Reiches – und vergesst dabei völlig eine der wesentlichen Voraussetzungen, auf die sich die Macht ihrer Kaiser stützte. Ihr seid umfassend gebildet, Ihr müsstet alle Titel kennen, die die Römer ihren Kaisern verliehen.«

»Selbstredend kenne ich diese Titel«, brummte Lothar ärgerlich. »Imperator, meist auch Diktator auf Lebenszeit. Zusätzlich noch ausgestattet mit der gesetzlichen Unverletzlichkeit eines Tribuns.«

»Schon richtig, aber den wichtigsten Titel habt Ihr vergessen.«

Lothar machte ein Gesicht wie ein ertappter Schuljunge. »Nun ja … Einige der römischen Caesaren legten auch noch auf den alten republikanischen Titel eines Konsuls wert und ließen sich regelmäßig dazu ernennen.«

»Was ich meinte«, sagte Tariq, »ist der Titel des Pontifex Maximus.«

»Ich weiß, dass Caesar sich im Zuge seines politischen Aufstiegs in dieses Amt hatte wählen lassen. Aber was für eine Bedeutung soll das gehabt haben? Die römischen Kaiser haben diesen Titel zwar weiter geführt, aber ich wüsste nicht, dass er ihre Machtfülle in irgendeiner Form vergrößert hätte.«

»Mit Eurer Annahme habt Ihr Recht, werter Kaiser. Das Amt des obersten Priesters des Reiches gab den Kaisern kein Machtmittel in die Hand, das in irgendeiner Form mit der weltlichen Gewalt vergleichbar gewesen wäre. Aber darum ging es auch nicht. Wichtig war lediglich, dieses Amt zu besetzen, sodass es kein anderer innehaben konnte. Nur weil die Caesaren selbst diesen Titel innehatten, wurde er mit der Zeit so bedeutungslos, dass er Euch nicht einmal eingefallen ist. Hätten jedoch andere dieses Amt regelmäßig ausgeübt, wäre es gar in einer Familie oder innerhalb einer kleinen Gruppe von Adligen von Generation zu Generation weitergegeben worden, dann hätte es sich zwangsläufig zu einem mit dem Kaisertum im Wettstreit stehenden Machtfaktor entwickelt. Allermindestens im moralischen Sinn, doch vielleicht sogar gestützt auf eine von Staat und Kaiser unabhängige Verwaltung. Und kein römischer Kaiser hätte schließlich ohne das Wohlwollen dieser einflussreichen Einrichtung und der sie stützenden Familien herrschen können. Mit dem Ergebnis, dass das Römische Reich von ebensolchen inneren Machtkämpfen erschüttert worden wäre, wie es das Reich der Franken heute wird.«

Lothar winkte mit erhobenem Zeigefinger ab. »Ich glaube, da betrachtet Ihr die Geschichte zu oberflächlich. Ihr vergesst, dass es diese Flügelkämpfe, diese Ränkespiele um die Macht bis hin zum offenen Krieg im Römischen Reich genauso gab, ohne dass die Ämterhäufung der Caesaren sie verhindert hätte. Allerdings auch ohne dass das Reich daran zerbrochen wäre.«

»Gewiss gab es Kämpfe um die Macht, aber das waren immer Kämpfe miteinander streitender Parteien um einen vakanten Caesarenthron. Saß schließlich einer der Anwärter erst einmal fest im Sattel, konnte ihm so gut wie niemand mehr die Macht streitig machen, anders als heute, wo der Kaisertitel – verzeiht mir meine Kühnheit – von den fränkischen Königen nicht mehr geschätzt wird.«

»So ist es – leider. Aber sorgt Euch nicht, mir ist bewusst, was mein Titel und der meines Sohnes in Wirklichkeit wert sind.« Der Kaiser verharrte einen Augenblick schweigend, den Blick zur Decke gerichtet. Dann richtete er ihn wieder auf Tariq. »Ihr redet schlau, Tariq as-Suri, gerade so, als wüsstet Ihr einen Ausweg aus diesem Dilemma.«

»So ist es in der Tat, erhabener Kaiser«, sagte Tariq. »Der Ausweg ist das Angebot, das ich Euch für das Leben meines Freundes und seines Sohnes machen will.«

»Endlich kommen wir zur Sache. Ich bin ganz Ohr.«

»Meine Beschreibung einer angenommenen, vom Kaiser unabhängigen Nebenautorität eines Pontifex Maximus sollte auf das heutige Papsttum abzielen.«

»Was Ihr nicht sagt«, bellte Lothar ihn an. »Haltet Ihr mich für beschränkt?«

»Selbstverständlich nicht«, beeilte sich Tariq zu sagen. »Ich wollte diesen Punkt nur noch einmal herausstellen. Kommen wir also zur Gegenwart. Ziel ist es, die Macht des Kaiseramtes im fränkischen Reich zu festigen und eine Machtfülle, wie sie die römischen Caesaren innehatten, herzustellen. Dazu wäre erforderlich, Eure Macht von der weltlichen auch auf den geistlichen Bereich auszudehnen. Betrachtet Euch die muslimischen Länder: Der Kalif, der die weltliche, militärische und religiöse Macht gleichermaßen in den Händen hält, herrscht über ein Reich von den Bergen jenseits des Euphrat bis zur Küste des Atlantik, ein Reich, das sich über drei Erdteile erstreckt. Eine solche Herrschaft ist das wahre Erbe der römischen Caesaren. Daher rate ich Euch, verleibt Euch die Macht des Papstes ein, denn der zusammengeführten Autorität von Kaiser- und Papsttum wird kein König, kein Bischof und auch sonst niemand mehr Widerstand zu leisten wagen.«

Lothar dachte eine Weile nach. Dann jedoch lachte er laut auf.

»Dieser Vorschlag soll Euer Angebot an mich sein, mit dem Ihr die Freilassung Eurer Freunde erreichen wollt? Ich fürchte, Ihr macht Euch lächerlich. Wie sollte die Macht des Papstes, die inzwischen über Jahrhunderte gewachsen ist, zu brechen sein? Nicht ohne einen Krieg um Italien, und der wäre derzeit für keinen der fränkischen Herrscher zu gewinnen. Am wenigsten für mich.«

»Die Macht des Papstes zu brechen ist gar nicht erforderlich. Ist der Feind so stark, dass man ihn nicht besiegen kann, sollte man sich seine Macht zunutze machen. Kämpft nicht gegen das Papsttum – werdet Papst! Der greise und kränkliche Leo siecht seinem Ende unaufhaltsam entgegen; die Auseinandersetzungen um seine Nachfolge sind bereits in vollem Gange. Unterschiedliche Machtgruppen des alten lateinischen wie des jungen langobardischen römischen Stadtadels ringen um den Stuhl Petri, mit Byzantinern und – wie ich zu meiner Schande eingestehen muss – teilweise auch Sarazenen als Geldgebern im Hintergrund. Macht Euch diese undurchsichtige Lage zunutze – greift in Leos Nachfolge ein!«

»Wie stellt Ihr Euch das vor?« Lothar war ärgerlich von seinem Thron aufgesprungen und lief auf dem Podest auf und ab. »Die Machtverhältnisse innerhalb Roms sind viel zu verzwickt, als dass ich mich selbst als Anwärter ins Spiel bringen könnte. Keine der maßgeblichen Gruppen wäre ernsthaft dazu zu bewegen, den amtierenden Kaiser der Franken zum Papst zu wählen. Jeder, der dieses Vorhaben unterstützte, würde sich und die eigene Familie jedes weiteren Einflusses in Rom berauben.«

»Als ich sagte ›Werdet Papst!‹, meinte ich es nicht im unmittelbaren Sinn. Dass der Kaiser der Franken sich selbst auch noch zum Papst wählen lassen könnte, halte auch ich für unmöglich. Nein, ich meinte eher, dass Ihr die Wahl eines Euch eng vertrauten Menschen zum Papst in die Wege leiten solltet; eines Menschen, der gar nicht anders kann, als Euren Interessen zu dienen.«

»Wer sollte das sein? Ich verfüge über keinen Vertrauten in so hoher Position in der geistlichen Hierarchie, der für das Amt des Papstes in Frage käme.«

»Hierin irrt Ihr, erhabener Kaiser«, sagte Tariq. »Eben diese Person werde ich Euch gewissermaßen auf einem silbernen Teller überreichen. Das ist mein Angebot. Aber nun seid Ihr wiederum am Zug, wie wir es vereinbart haben. Unterzeichnet und siegelt die Freilassungsurkunde für Gernot von Besslingen und seinen Sohn, und ich werde Euch den Namen des Mannes nennen.«

Lothar blieb stehen, verschränkte die Hände hinter dem Rücken und wippte auf den Fußballen. Immer wieder wanderte sein Blick zwischen Gernot und Tariq hin und her.

Gernot kam es wie eine Ewigkeit vor, eine Ewigkeit, in der für Konrad und ihn über Leben und Tod entschieden wurde. Schweißtropfen rannen seine Schläfen hinab, aber er wagte es nicht, sie wegzuwischen. Zuletzt blieb Lothars Blick an ihm hängen, bohrte sich förmlich in ihn hinein. Demütig senkte Gernot die Augen.

»Schreiber!«, hörte er Lothar rufen. »Bringt ein Pergament und das Siegel!«

Die Urkunde war schnell ausgefertigt. Lothar unterzeichnete sie, der Schreiber tropfte über einer Kerze geschmolzenes Wachs auf das Pergament, in das der Kaiser das Siegel drückte.

»Ich sehe, Ihr seid ein Mann, der zu seinem Wort steht, erhabener Kaiser«, sagte Tariq. »Ihr habt Euren Teil des Handels erfüllt. Gernot und Konrad sind frei, und ich vertraue auf Euer Ehrenwort, dass das auch so bleiben wird. Nun aber will ich Euch nicht länger auf die Folter spannen. Die Person, die ich Euch vorschlagen will, ist Euer Sohn. Denn wer wäre besser geeignet als er, Eure Interessen in Rom zu vertreten?«

Lothar blickte zunächst erstaunt, dann sehr böse.

»Für diesen törichten Vorschlag soll ich Gernot und seinen Sohn freilassen? Der Gedanke, Ludwig auf den Papstthron zu setzen, ist genauso närrisch, als würde ich mich selbst darum bewerben.«

»Aber nicht doch, Eure Hoheit«, wiegelte Tariq ab. »Ich spreche weder von Ludwig noch von Eurem Sohn Lothar. Ich meine Euren erstgeborenen Sohn, der gerade in Italien weilt.« Tariq dehnte die Pause genießerisch aus. »Ich spreche von Johannes.«

»Ich habe keinen Sohn namens Johannes.«

»O doch, Majestät. Hieltet Ihr Euch nicht im Frühjahr 817 zu Ingelheim auf?«

»Anno 817? Gütiger Gott, das ist eine Ewigkeit her. Mag sein, aus dem Stegreif kann ich das nicht beantworten.«

»Vielleicht erinnert Ihr Euch aber an die Schwester der Fährhauswirtin, eine junge Frau namens Walburga.«

Gernot, der inzwischen wie Konrad auf einer Bank hatte Platz nehmen dürfen, sah förmlich, wie die Erinnerung bei Lothar einschlug.

»Hm … Ja, ich glaube, ich erinnere mich an jenes Weib. Was hat es mit ihr auf sich?«

»Ihr ließet ihr etwas zurück«, sagte Tariq mit einem, wie Gernot fand, spöttisch-genüsslichen Unterton. »Neun Monate nach Eurem Aufenthalt schenkte sie einem Knaben das Leben, der schon als Kind hoch begabt gewesen sein soll. Später hat er dann im Konvent von Fulda Aufnahme gefunden und wurde dort ausgebildet. Inzwischen lebt er in Rom und dient Papst Leo als dritter Bibliothekar. Belesen und beredt, wie er ist, ist Johannes der Liebling der geistigen und vor allem geistlichen Elite der Heiligen Stadt. Seinem Urteilsvermögen insbesondere in Glaubensfragen wird heute schon mehr Bedeutung beigemessen als dem so manches alten Wissenschaftlers.«

»Aber wer sagt mir –«

»Keine Sorge, erhabener Kaiser, Johannes' Abstammung

ist zweifelsfrei belegt. Thomas Ravennus, Euer ehemaliger Lehrmeister, war bei der Geburt des Kindes zugegen. Er war es auch, der die Begabung des Knaben erkannte und förderte. Zu Recht, wie sich nunmehr zeigt, Johannes wird trotz seines jugendlichen Alters von nicht wenigen als möglicher Nachfolger Papst Leos gehandelt. Und sollte in Rom erst bekannt werden, wessen Sohn er ist, dann wird Johannes kaum eine andere Möglichkeit haben, denn als Sachwalter Eurer Anliegen in der Kurie aufzutreten. Weniger aufgrund der Blutsverwandtschaft, sondern weil keine der anderen Kongregationen ihm mehr vertrauen würde. Ihm bliebe gar nichts anderes übrig, als sich auf Eure Seite zu stellen.«

»Dann weiß er gar nicht, dass ich sein Vater bin?«

»Nein, aber Ihr könntet es ihm ja sagen.«

Gernot beobachtete, wie Lothar sich mit der Zunge über die Lippen fuhr. Was Tariq ihm unterbreitet hatte, musste für den Kaiser wie der Geruch von Blut für einen Löwen sein. Seinen Nachkommen auf dem Thron des Petrus zu sehen, wäre eine späte Wiedergutmachung für all die Schmach, die er meinte im Laufe der Jahre erlitten zu haben. So würde sein Leben zum Ende hin doch noch einen Sinn bekommen.

Gernot gönnte ihm alles andere als das, aber Konrads und sein Leben hingen davon ab.

Rom, Sommer 854

Die kleine Truppe sammelte sich lange vor Sonnenaufgang im Hof der Burg von Pavia. Sie bestand aus einem geschlossenen Reisewagen, in dem im Schutz der Dunkelheit drei Menschen unerkannt Platz nahmen, Gernot und Konrad auf ihren Pferden sowie einer Begleitmannschaft von acht schwer bewaffneten Reitern. Zwei Ersatzpferde für den Wagen und zwei Packpferde wurden zusätzlich mitgeführt. Noch vor dem ersten Hahnenschrei verließ die Gruppe, die Schildwache in eine Wolke Staub hüllend, die kaiserliche Pfalz.

Die Reise ging über den Apennin nach Genua. Am Mittag des vierten Tages hatte Gernot zum ersten Mal Gelegenheit, mit Tariq unter vier Augen zu sprechen, während Lothar mit seiner Leibwache zu einem nahegelegenen See zum Baden aufgebrochen war.

Die beiden Freunde setzten sich im Schatten einer Zypresse auf einen Felsbrocken. Gernot rupfte einen Grashalm ab und spielte damit herum.

»Endlich habe ich die Möglichkeit, dir zu danken«, sagte er. »Ohne deine Hilfe wären Konrad und ich schon im Reiche des Herrn.«

»Es war mir ein Vergnügen«, sagte Tariq.

»Wie hast du von unserer Lage erfahren?«

»Thomas Ravennus ist, nachdem euer Kaiser ihn hat ziehen lassen, so schnell er konnte nach Rom geeilt und hat mir von deiner und deines Sohnes Gefangennahme berichtet. Seiner Meinung nach war ich der Einzige, der euch noch helfen konnte. Und damit hatte er Recht.«

»Du hast mit hohem Einsatz gespielt. Lothar hätte dich ebenso festsetzen und hinrichten lassen können, zumal du ein Gesandter des Feindes bist. – Bist du das eigentlich wirklich?«

»Willst du mein vom Emir gezeichnetes und gesiegeltes Beglaubigungsschreiben sehen? In Rom zeige ich es dir gerne. – Sicher gab es Unwägbarkeiten, wie Lothar sich verhalten würde. Hätte ich ihm kein vernünftiges Angebot unterbreitet, hätte mich das den Kopf kosten können. Aber den Vorschlag, Johannes zum Papst zu machen, fand ich so betörend, dass ich mir keine wirklichen Sorgen gemacht habe.«

»Woher wusstest du, dass Johannes Lothars Sohn ist? Hat Thomas Ravennus dir davon erzählt?«

Tariq nickte. »Sinnvollerweise, ja.«

»Traust du ihm denn?«

»Wem?«

»Lothar.«

»Selbstverständlich nicht. Sobald wir Rom erreicht haben, solltest du mit deinem Sohn das Weite suchen. Am besten, ihr nehmt ein Schiff von Ostia nach Marseille. Ich traue eurem Kaiser durchaus zu, dass er sich, sobald er hat, was er will, nicht mehr an sein gegebenes Wort erinnert.«

Gernot seufzte. »Das wird schwierig, fürchte ich. Johannes hat Konrad eingeladen, ihm einen längeren Besuch abzustatten.«

»Du bist sein Vater.«

»Konrad ist kein Kind mehr.«

»Ich habe getan, was ich konnte. Der Rest ist deine Angelegenheit.«

Noch am gleichen Abend erreichte die Reisegesellschaft Genua, wo sie die Nacht in einer einfachen Herberge am Hafen verbrachten.

Der weitere Weg verlief entlang der ligurischen Küste in Richtung Süden. Keine zwei Wochen nach ihrer Abreise aus Pavia und ohne jede Zwischenfälle erreichten Lothar, Tariq, Gernot, Konrad und die anderen Rom.

Der Palazzo des maurischen Gesandten lag unweit der Basilika Santa Maria Maggiore, die Papst Liberius an ebenjener Stelle hatte errichten lassen, an der es am vierten August des Jahres 352 geschneit hatte, nachdem ihm dieses Wunder zuvor von der Mutter Gottes angekündigt worden war. Thomas Ravennus hatte nicht übertrieben, ein derart prunkvolles Heim hatte Gernot noch nie gesehen, und selbst Lothar, der unerkannt mit seinem Sekretär und Tariq im Wagen gereist war, nickte anerkennend. Marmor, edle Hölzer, Glas, Gold, Silber und Elfenbein waren geradezu verschwenderisch eingesetzt worden. Dabei machte das Gebäude von außen einen eher unscheinbaren Eindruck, was angesichts der unzähligen Räuber, die die Straßen Roms unsicher machten und auch vor Einbrüchen nicht zurückschreckten, sicher vernünftig war. Was Gernot allerdings vermisste, war ein Hund, denn Hunde hatte Tariq immer gehabt. Wie der Maure auf Nachfrage angab, war der treue Kebir vor zwei Jahren gestorben. Dem struppigen Tier trauerte er noch immer nach und hatte sich deswegen noch nicht dazu durchringen können, sich einen neuen Hund ins Haus zu holen.

Am Nachmittag des nächsten Tages machte sich die Gruppe auf zum Lateran. Zwei Wagen mit jeweils drei Insassen holperten über die mit glatten Steinplatten gepflasterten Straßen. So eindrucksvoll die neuen, wehrhaften Stadtmauern waren, so unübersehbar war in den Straßen, wie es um die Ewige Stadt wirklich bestellt war. Die meisten der Bürgerhäuser, selbst die kleinen Paläste der Stadtadligen wirkten heruntergekommen, manche geradezu baufällig. Lediglich die vielen jahrhundertealten Vorgängerbauten ließen die einstige Pracht und Größe des Zentrums des römischen Weltreiches erahnen.

Der päpstliche Palast war in einem etwas besseren baulichen Zustand, unterschied sich aber ansonsten kaum von den Villen der lateinischen und langobardischen Adligen. Da Tariq ihren Besuch durch einen Diener hatte ankündigen lassen, wurden sie am Eingang bereits von Thomas Ravennus in Begleitung des päpstlichen Sekretärs erwartet. Tariq stellte Lothar als lombardischen Adligen mit einem erfundenen Namen vor, was der Sekretär anstandslos hinnahm.

Der alte Magister hingegen zwinkerte wie ein Schuljunge, der einen Streich ausgeheckt hatte.

»Verzeiht, Herr Gesandter«, sagte der Sekretär zu Tariq. »Der Heilige Vater wird heute Nachmittag nicht in der Lage sein, Euch zu empfangen. Schon seit langem plagen ihn Schwächezustände und Fieberschübe. Ihr werdet Euch, fürchte ich, noch einige Tage in Geduld üben müssen, ehe Ihr eine Audienz erhalten könnt. Ich hoffe, Ihr empfindet dies nicht als Herabsetzung; leider besteht derzeit keine andere Möglichkeit.«

»Wie ich den maurischen Gesandten kenne, wertet er dies keinesfalls als Herabwürdigung«, mischte Thomas sich ein. »Genauso wenig wie ich, der ich bereits seit meiner Ankunft ausharre, um dem Papst meine Aufwartung machen zu können. Vielmehr ist es erstaunlich, dass der Heilige Vater seine Amtsgeschäfte selbst vom Krankenlager aus standhaft weiterführt, was sowohl mir als auch meinem königlichen Auftraggeber höchsten Respekt abnötigt.«

Lothar blickte säuerlich drein, hielt aber seinen Mund. Thomas Ravennus räusperte sich.

»Diesem jungen Herrn«, sagte er, wobei er auf Konrad wies, »liegt eine Einladung des dritten Bibliothekars zur Besichtigung des päpstlichen Bücherschatzes vor. Ich hoffe, es spricht nichts dagegen, dass Ihr uns bei ihm anmeldet.«

Der Sekretär prüfte das Einladungsschreiben eingehend und gestattete dann, dass Thomas, Tariq, Lothar, Gernot und Konrad im Scriptorium der kurialen Bibliothek warteten.

Die Bibliothek und mit ihr das Scriptorium waren in einem Anbau der päpstlichen Hauskapelle Sancta Sanctorum untergebracht. Das Scriptorium war ein karger Raum, in dessen Mitte mehrere Reihen von Schreibpulten standen, an denen üblicherweise Mönche unter Anleitung eines Vorlesers mit dem Kopieren der gesammelten alten Handschriften beschäftigt waren. Zurzeit war der Raum jedoch leer und unbenutzt. Thomas winkte Konrad zu sich und ließ ihn einen Blick in die benachbarte Bibliothek werfen. Der längliche, gut drei Mannslängen messende Raum war die Wände hoch bis zu den Deckenbalken mit Regalen voller gebundener Kodizes und Behältnissen für zusammengerollte Schriftrollen angefüllt. Konrad kam aus dem Staunen nicht heraus, wie Gernot väterlich gerührt feststellen musste. Aber so viele Bücher auf einmal hatte auch er noch nicht gesehen. Wenn er die Kodizes und die Schriftrollen überschlägig zusammenrechnete, kam er auf schätzungsweise zweitausend Bände, ohne Zweifel eine der größten Bibliotheken der Christenheit. Lediglich der Kaiser des fernen Byzanz besaß angeblich noch mehr Bücher, wie Thomas Konrad erläuterte.

Hier wohnen und arbeiten zu dürfen, jeden Tag von all der ganzen Weisheit umgeben, die in den Bänden gesammelt war, damit würde für Konrad zweifellos ein Traum in Erfüllung gehen, der sich so daheim im Frankenland niemals verwirklichen ließe. Dies war der Platz, an den sein Sohn gehörte; diese Erkenntnis traf Gernot hier und jetzt mit aller Macht. Und er würde ihm helfen, diesen Traum Wirklichkeit werden zu lassen.

Während der gesamten Reise von Pavia nach Rom hatten die alten Erzfeinde kein Wort miteinander gewechselt, waren sich aus dem Weg gegangen, wo sie nur konnten, und hatten selbst die Begegnung ihrer Blicke gemieden. Offenbar war auch Lothar nicht wohl, dass das Spiel zwischen ihnen, sofern man unversöhnlichen Hass aufeinander als Spiel bezeichnen konnte, wieder kein Ende gefunden hatte. Im Augenblick saß der Kaiser auf einem Stuhl neben dem Eingang, die Kapuze seines Mantels tief ins Gesicht gezogen, und schien in Gedanken versunken zu sein.

Während Gernot und Konrad noch immer die Bücherwände bestaunten, wurde unvermittelt eine Tür geöffnet, die zu einem Gang zum päpstlichen Palazzo führte, und ein Mann, der für seine Mitte dreißig sehr jung wirkte, trat mit drei unter den Arm geklemmten Schriftrollen heraus. Als er der Gruppe gewahr wurde, die sich im Scriptorium aufhielt, erstarrte er. Einen Moment lang blieb er wie angewurzelt stehen, dann aber warf er die Schriftrollen auf den Tisch des Vorlesers, breitete die Arme aus und eilte auf Konrad zu.

»Konrad!«, rief er. »Wäre ich dir auf der Straße begegnet, hätte ich dich nicht wiedererkannt. Du bist ja inzwischen größer als ich.«

In der Tat maß Konrad mindestens einen halben Kopf mehr als der päpstliche Bibliothekar.

»Johannes! Wie freue ich mich, dich zu sehen.« Die beiden fielen sich in die Arme.

»Wie lange ist es her, dass wir uns trennen mussten?«, fragte Johannes.

»Eine Ewigkeit, aber nun bin ich hier.«

»Schön! Erinnerst du dich noch an unsere Gespräche und gemeinsamen Studien?«

»Wie könnte ich das jemals vergessen, all das, was ich von dir gelernt habe. Unsere Streitgespräche über die Schriften des Aristoteles und des heiligen Augustinus – davon zehre ich noch heute.«

Johannes wandte sich von Konrad ab und ging auf die anderen zu. »Auch Euch, Gernot von Besslingen, wünsche ich einen guten Tag. Ich hoffe, Ihr hattet eine angenehme Reise. Und Ihr, Tariq as-Suri, ich freue mich, Euch ebenfalls wiederzusehen. Den Magister habe ich ja bereits vorhin begrüßt, aber er hat mir kein Wort davon gesagt, dass Ihr kommen würdet.«

Johannes' Blick streifte den Mann, der neben der Tür saß,

da aber niemand Anstalten machte, sie miteinander bekannt zu machen, wandte er sich wieder Konrad zu.

»Es ist schön, dass du meinen Brief erhalten hast«, sagte er. »Ich hatte dir ja geschrieben, dass ich zum dritten Bibliothekar Papst Leos aufgerückt bin. Und in dieser Position habe ich das Anrecht auf einen persönlichen Sekretär. Hättest du nicht Lust dazu, diese Pflicht zu übernehmen? Ich weiß, es ist nicht nur eine Wohltat, die ich dir anbiete. Die Arbeit in der Bibliothek ist mühevoll. Sie besteht nicht nur aus ständigem Lesen und Studieren, wie sich das ein Außenstehender vielleicht vorstellt. Nein, die Hauptarbeit ist es, den Zustand der Bände zu überprüfen, dieselben zu erfassen, aber auch als Vorleser oder Kopist zu dienen, wann immer es notwendig ist. Der Heilige Vater verlangt oft nach Büchern, um eine Argumentation in einem Brief zu untermauern oder wenn er beabsichtigt, ein neues geistliches Gesetz zu erlassen. Da ist es an uns Bibliothekaren, ihm schnell die richtigen Bände zu bringen und auch zu wissen, wo die entsprechenden Stellen zu finden sind, die ihm bei seiner Entscheidung helfen könnten. Aber verzage nicht, neben all der Arbeit bleibt noch Zeit genug, um in den Abendstunden selbst lesen oder angeregt Streitgespräche führen zu können. Du musst dich natürlich nicht sofort entscheiden. Bleibe mit deinem Vater, so lange du willst, und sieh dir in Ruhe alles an. Wo hat man euch untergebracht? Im päpstlichen Gästehaus? Falls nicht, werde ich mit dem Haushofmeister der Kurie reden.«

»Nicht nötig, Johannes«, sagte Gernot. »Wir sind aufs Beste versorgt.«

»Dann ruht euch erst einmal aus von eurer langen Reise. Ich werde meine heutigen Pflichten hinter mich bringen, und heute Abend können wir dann zusammen essen, wenn ihr wünscht, und alles weitere in Ruhe besprechen.«

Mit diesen Worten machte sich Johannes daran, die Buchrollen, die er aus dem päpstlichen Palast mitgebracht hatte, wieder in die Regale zu räumen.

Während die anderen das Scriptorium bereits verlassen hatten, fing Lothar Tariq am Eingang ab.

»Das ist also mein Sohn?«, fragte er.

»In der Tat«, sagte Tariq. »Er hat das Zeug dazu, der nächste Papst zu werden – sofern er die nötige Unterstützung hat. Dritter Bibliothekar scheint auf den ersten Blick kein allzu eindrucksvoller Rang zu sein, aber eine hohe Position in der kurialen Hierarchie war noch nie eine Sicherheit für eine erfolgreiche Papstkandidatur. Auch wenn Johannes keines der hohen Ämter in der päpstlichen Verwaltung bekleidet, so ist seine Stellung doch im Bezug auf den Zugang zu Nachrichten kaum hoch genug einzuschätzen. Und dass er einer der großen Intellektuellen Roms ist, wird von niemandem in Frage gestellt, weder innerhalb noch außerhalb der frankenfreundlichen Partei der Heiligen Stadt. Daher dürfte es auch nicht schwierig sein, denjenigen römischen Adligen, die bei der Besetzung des Heiligen Stuhls ein Wort mitzureden haben, glaubhaft zu machen, dass Johannes über jeden Zweifel erhaben ist, dieses hohe Amt auszufüllen. Und sollten sie sich wider besseres Wissen gegen diese Einsicht sträuben, dann wird ein wenig fränkisches Gold sein Übriges tun.«

»Dass Johannes den Intellekt zum Pontifex hat, will ich gar nicht bezweifeln«, sagte Lothar. »Aber er wirkt noch so jugendlich. Sechsunddreißig Jahre an sich sind schon nicht viel für ein so gewichtiges und verantwortungsvolles Amt – doch Johannes sieht gerade mal halb so alt aus. Ich habe Heere angeführt, ich weiß, wie bedeutsam die kraftvolle Ausstrahlung eines Anführers ist. Wie soll ein so bübisch aussehender Papst ein Führer werden? Glaubt Ihr im Ernst, er könnte jemals maßgeblichen Einfluss auf die Könige erlangen?«

»Weniger das Aussehen eines Mannes ist entscheidend für seine Ausstrahlung, sondern seine Taten. Was wäre, wenn der neue Papst gleich als eine seiner ersten Amtshandlungen eine Tat vollbringen würde, die ihm immer währenden Ruhm in den Annalen der Christenheit sichern würde? Niemand würde es wagen, die Autorität eines solchen Papstes in Frage zu stellen. Kein Bischof, kein König, nicht einmal der griechische Kaiser in Byzanz.«

»Hm – ein Papst, der seine Autorität durch ruhmreiche Taten beweist, dessen Entschlusskraft wird kaum jemand anzweifeln. Doch was für eine Tat sollte das sein? Wir führen keinen Krieg gegen die Ungläubigen, in dem der Papst seine Kraft als Einiger des Abendlandes unter Beweis stellen könnte, noch sehe ich eine Möglichkeit, dass die römische Kurie die theologischen Differenzen zu den griechischen Kirchen des Ostens ausräumen könnte. Was bleibt da?«

»Die Grenzen des Christentums auszuweiten, das gilt doch zu allen Zeiten als ruhmreich, oder?«

»Ihr sprecht in Rätseln, Tariq. Wo sollte Johannes denn die Grenzen des christlichen Abendlandes erweitern? Nicht einmal gegen die heidnischen Wenden könnte er militärisch in Erscheinung treten. Die wenigen Truppen, über die die römische Kurie verfügt, sind kaum in der Lage, die Byzantiner an den Grenzen des päpstlichen Machtbereiches in Schach zu halten, und die römischen Stadtmilizen hören auf das Kommando des Adels und der einzelnen in Rom vertretenen Landsmannschaften, aber bestimmt nicht auf den Heiligen Vater.«

»Grenzen verschiebt man nicht nur mit Heeren. Verhandlungen können oft genauso gute, wenn nicht bessere Dienste leisten.«

»Was schwebt Euch vor? Nun redet endlich in klaren Worten.«

»Nun ja, im Grunde habe ich strenge Order, bis zur Wahl eines neuen Papstes Stillschweigen zu bewahren. Aber wenn ich Euch anders nicht überzeugen kann ... Ich trage eine Nachricht meines Herren, des Emirs von Cordoba, in meinem Gepäck. Wie Ihr sicherlich wisst, ist der Titel eines Emirs nicht gerade mit vielen Vorrechten verbunden, weitaus weniger, als dies beim Königstitel der Christen der Fall ist. Ein Emir ist zwar für das Land, das er verwaltet, voll verantwortlich und kann in vielen Bereichen nach eigenem Gutdünken handeln, doch die Oberhoheit besitzt immer der Kalif, der einen Emir jederzeit absetzen kann. Spanien ist ein reiches Land, die Kalifen waren immer froh, wenn es von Männern, die ihr Geschäft verstanden, effizient verwaltet wurde und reiche Tribut- und Steuererträge brachte. Im Gegenzug gewährleisteten sie Schutz gegen äußere Feinde. Die Nachkommen des Emporkömmlings Abbas, die das Kalifenamt an sich gerissen und das Zentrum ihrer Macht nach Bagdad, tief in Asien, verlagert haben, nehmen sich zwar weiterhin die Steuern, vernachlässigen aber grob ihre Pflichten. Der ständigen Einfälle der Normannen muss sich das Emirat von Cordoba ganz allein erwehren. Tribute in die ferne Hauptstadt zu entrichten, bei allen Schwierigkeiten aber trotzdem allein dazustehen, das ist eine Lage, die meinem Herrscher zunehmend weniger behagt.«

»Was hat das mit der römischen Kurie zu tun?«, fragte Lothar ungehalten. »Kommt doch endlich zur Sache.«

»Habt noch ein wenig Geduld, ehrenwerter Kaiser«, erwiderte Tariq. »Nur wenn Ihr die Ausgangslage völlig versteht, werdet Ihr auch meinen Plan verstehen.«

Um sich weiter ungestört unterhalten zu können, ordnete Lothar an, sein Sekretär solle auf dem Pferd hinter einem der Leibwächter Platz nehmen. Der betagte Dickwanst nahm das mit entsetztem Blick auf, ergab sich aber in sein Schicksal. Lothar und Tariq bestiegen die Kutsche, und der Kaiser gab den Befehl abzufahren.

»Nun«, sagte Tariq. »Seine Majestät, Emir Muhammad von Cordoba, plant, die Steuerzahlungen an den Kalifen einzustellen und die Unabhängigkeit Spaniens zu verkünden. Der Kalif wird sich die regelmäßigen Einkünfte aus dem westlichen Mittelmeer jedoch kaum entgehen lassen wollen. Daher wird er mit an Sicherheit grenzender Wahrscheinlichkeit seine Streitmacht in Nordafrika in Marsch setzen und über die Meerenge bei Sebta in Spanien einfallen lassen. Die mächtigen Reiterheere aus Afrika und Asien abzuwehren, dazu werden die zwar starken, doch zahlenmäßig unterlegenen Streitkräfte Spaniens nicht ausreichen. Aber sollte dem Emir ein Kontingent gut ausgerüsteter fränkischer Ritter zur Verfügung stehen, um das Zentrum seiner Truppen zu stärken, dann sähe das schon ganz anders aus.«

»Ich wüsste nicht, warum ich das tun sollte – den Feind unterstützen. Vor allem vermag ich nicht zu erkennen, was das dem Papst nützen sollte.«

»Das Ersuchen um eine fränkische Hilfstruppe würde der Emir natürlich nicht mit leeren Händen stellen. Die Verhandlungen, in die er mit der römischen Kurie eintritt, sobald ein neuer Papst gewählt wäre, würden ein einmaliges Angebot enthalten: Wenn Rom ihn mit der Vermittlung eines fränkischen Heeres im Kampf gegen den Kalifen unterstützen würde, wäre der Emir im Gegenzug bereit, zusammen mit seinem gesamten Hofstaat und Volk zum Christentum nach römischer Liturgie überzutreten. Der Papst müsste Muhammad zum König krönen und seine Herrschaft über Spanien anerkennen, dann würde Spanien hinfort als christlicher Staat Seite an Seite mit dem Frankenreich stehen, und seine Besitztümer wären wieder Teil des Abendlandes.«

Lothar starrte den Mauren wie gebannt an. Spanien zurück im Schoß der Christenheit? Das wäre in der Tat etwas, das für alle Zeiten ruhmreich in den Annalen der ewigen Geschichtsschreibung erwähnt werden würde. Trotzdem kniff er misstrauisch die Augen zusammen.

»Wie ich Euch einschätze, Tariq as-Suri, vermittelt Ihr solch einen Handel nicht umsonst. Welchen eigenen Vorteil hättet Ihr davon?«

»Das Alleinhandelsrecht für mich und meine Familie auf hundert Jahre zwischen dem jetzigen Cordoba und Italien.«

Lothar konnte sich ein Grinsen nicht verkneifen. »Nicht übel. – Einverstanden, führt Euren Plan aus. Ihr habt meine vollste Unterstützung, eine Mehrheit des römischen Stadtadels für die Wahl Johannes' zum Papst zu erwirken. Sollte Johannes tatsächlich gewählt werden, werde ich dafür sorgen, dass aus meinem Reichsteil und dem von meinem Sohn Ludwig beherrschten Italien ein schlagkräftiges Ritterheer ausgehoben wird, um unseren neuen Verbündeten Muhammad im Kampf zu unterstützen. Solltet Ihr allerdings in irgendeiner Form falschspielen, werde ich keinen Wimpernschlag zögern, Euch spüren zu lassen, was es bedeutet, den Kaiser zu hintergehen.«

Tariq nickte zum Zeichen, dass er des Kaisers Drohung verstanden hatte und durchaus ernst nahm. In genau diesem Moment entluden sich die Gewitterwolken, die den ganzen Nachmittag über der Stadt gehangen hatten, mit einem gewaltigen Blitz, der unweit einschlug, gefolgt von einem infernalischen Donnerschlag. Beide, der Kaiser wie der cordobische Gesandte, zuckten zusammen, und keiner von ihnen wusste, ob das ein gutes oder schlechtes Omen war.

Rom, Herbst 854

Gernot stand frühmorgens auf der Terrasse von Tariqs Palazzo, blickte über die Stadt und hing seinen Gedanken nach. Die sommerliche Mückenplage war vorüber. Endlich konnte man wieder ruhig schlafen und den Aufenthalt im Freien genießen. So sehr er auch Anna und die Mädchen vermisste, seine Sorge um Konrad und dessen Fußfassen in Rom, dieser unheimlichen Stadt, hielt ihn immer wieder davon ab, den Zeitpunkt seiner Rückreise festzulegen.

Lothar war seit dem Tag, da er Johannes mitgeteilt hatte, dass er sein Vater sei, wie ausgewechselt. Von seiner Menschenfeindlichkeit und dem Verfolgungswahn, die ihn früher stets beherrscht hatten, war kaum noch etwas zu spüren. Er wirkte heiter, fast leutselig, hatte Gernot sogar einmal zu dessen völliger Verunsicherung als »meinen alten Freund« bezeichnet. Die Sucht nach Ruhm hatte ihn völlig im Griff; die Aussicht, als derjenige Kaiser in die Geschichte einzugehen, der Spanien heim ins Reich des Christentums geholt hatte, gab ihm offenkundig frischen Lebensmut. Es fiel ihm sichtlich schwer, nicht sofort jedem päpstlichen Beamten von seinem Vorhaben zu erzählen. Aber Tariq hatte ihm eingeschärft, bestenfalls Thomas Ravennus ins Vertrauen zu ziehen, und alles Weitere ihm zu überlassen. Frohgemut hatte Lothar kurz darauf Rom in Richtung Oberitalien verlassen.

Johannes hatte auf die Neuigkeit, dass er ein Abkömmling des Kaisers der Franken war, freudig, aber dennoch zurückhaltend reagiert. Auch die Eröffnung, dass man ihn zum Nachfolger Papst Leos machen wollte, hatte er erstaunlich gelassen hingenommen, beinahe so, als hätte er das erwartet. All das hatte Gernot nur aus zweiter Hand erfahren, teils von Thomas Ravennus, teils von Konrad, teils von Tariq. Bei den Begegnungen zwischen Lothar und Johannes war er nicht zugegen gewesen, wie man ihn auch nicht zu den Beratungen über die Kandidatur Johannes' hinzugezogen hatte. Die unglaubliche Nachricht, dass der Emir von Cordoba mit seinem Volk geschlossen zum Christentum übertreten wollte, hatte er sogar nur durch einen Zufall mitbekommen, als er unfreiwilliger Ohrenzeuge eines Gesprächs zwischen Tariq und Thomas Ravennus geworden war.

Ob es daran lag, dass die Dinge an ihm vorbeiliefen oder er einfach zu viel ungewohnte Muße hatte, jedenfalls wuchsen Gernots Bedenken von Tag zu Tag. Geradezu misstrauisch beobachtete er, wie Tariq seine Pläne vorantrieb. Ohne jede Schwierigkeit setzte der Maure um, was er sich vorgenommen hatte. Für Gernots Empfinden jedoch fügte sich alles allzu reibungslos ineinander. Irgendeinen Haken musste die Sache haben, das spürte Gernot, wenn er auch nicht wusste, welchen. Die größte Sorge bereitete ihm dabei, dass Konrad inzwischen mittendrin steckte.

Sein Sohn war bester Dinge, seit er an Johannes' Seite in der päpstlichen Bibliothek arbeitete. Sämtliche Tätigkeiten, die ihm aufgetragen wurden, gingen ihm nach eigener wie auch nach Johannes' Aussage leicht und rasch von der Hand. Gleich ob es das Kopieren oder das Exzerpieren wichtiger Texte war, die der schwächliche Papst aus der Bibliothek anforderte, all das begeisterte ihn derart, dass selbst das geliebte Werk des Kosmas immer öfter unangerührt neben seinem Bett liegen blieb.

Dafür hatte sich Entscheidendes ereignet, das der Sicherheit Konrads zugute kam. Am Abend vor seiner Abreise nach Pavia hatte Lothar Gernot vor der Versammlung aller in Rom anwesenden fränkischen Adligen vergeben und ihm das Recht verbrieft, sich in seinem Reichsteil frei und ungehindert bewegen zu können. Die Feindschaft, die so viele

Jahre zwischen ihnen bestanden hatte, war also öffentlich beendet worden. Gernot musste bei dieser Feierlichkeit ein paar Mal heftig schlucken, bevor ihm der im Gegenzug erforderliche Treueid gegenüber dem Kaiser der Franken über die Lippen kam. Zu schwer wog immer noch die Trauer um Mechthild. Im Grunde war es ihm unmöglich, Lothar zu vergeben und all das Leid zu vergessen, das er ihm und seiner Familie zugefügt hatte. Andererseits war Konrad das Einzige, was ihm von Mechthild geblieben war. Und Konrad war hier in Rom, im Dienste der Kurie, am Ziel seiner Wünsche. Noch nie hatte Gernot seinen Sohn so glücklich und erfüllt gesehen. Sollte sein brüderlicher Freund Johannes tatsächlich zum nächsten Papst gewählt werden, dann wagte Gernot sich nicht auszudenken, welche Aufstiegsmöglichkeiten noch vor Konrad liegen mochten. Auf geradezu widersprüchliche Weise hatte er das Gefühl, er sei es Mechthild schuldig, den Gedanken, an Lothar Rache zu nehmen, endlich aufzugeben, weil er ihrem gemeinsamen Sohn nur auf diese Weise ein halbwegs sicheres Leben in der Ewigen Stadt ermöglichen konnte.

Thomas Ravennus dagegen schien etwas zu bedrücken. Er führte seine Pflichten aus, nahm die Audienzen wahr, die Papst Leo ihm gewährte, und erläuterte die Position Karls zu diversen politischen und geistlichen Fragen, doch seinen Gefährten, insbesondere Gernot, wich er aus. Er war sogar aus Tariqs Palazzo in das päpstliche Gästehaus umgezogen, wo er bleiben durfte, bis ein geeignetes Haus für ihn als Gesandten des Königs gefunden wäre. So selten ihre Begegnungen inzwischen waren, die stets bedrückte Miene des Magisters bestärkte Gernot in seinen Sorgen und in dem Gefühl, dass irgendetwas nicht stimmte.

*

»Die Zeit hier in Rom ist wunderbar. Ich hätte nie gedacht, dass ich einmal die Möglichkeit haben würde, so viele Bücher zu lesen und mit so vielen gelehrten Leuten sprechen zu können.«

Konrad war von hinten an Gernot herangetreten und hatte ihm einen Arm um die Schultern gelegt. Gernot hatte in diesem Augenblick das Gefühl, die Rollen von Vater und Sohn seien getauscht worden.

»Es ist nicht so, dass ich nicht gerne in Soissons gelebt hätte«, fuhr Konrad fort. »Aber die Studien, die ich hier betreiben kann, stellen alles in den Schatten, was ich mir in dieser Hinsicht erträumt habe. Natürlich weiß ich, dass du mich lieber als Krieger sehen würdest, so wie du einer gewesen bist, Vater. Aber die Literatur und das Studium der alten Sprachen gehen mir über alles. Und wenn du ehrlich bist, musst du zugeben, dass aus mir nie ein gescheiter Kämpfer geworden wäre.«

Konrad ließ seinen Vater los und trat ein Stück zur Seite, um ihn besser ansehen zu können.

»Du wirkst besorgt, Vater.«

»Wundert dich das?«

»Gewiss ist mir bewusst, dass du nicht gerne ohne mich nach Soissons zurückkehren willst und dich grämst, ob ich hier allein zurechtkommen werde. Ich werde euch immer vermissen, dich, Anna und meine Schwestern. Und jedes Mal, wenn Magister Thomas oder ein anderer ins Frankenland reist, werde ich euch schreiben. Und besuchen werde ich euch auch, so oft es mir möglich sein wird.«

Gernot gab ein Brummen von sich, sagte aber nichts.

»Stell dir vor, Johannes würde wirklich Papst, wie viele es sagen, dann hätte ich die Möglichkeit, selbst päpstlicher Bibliothekar zu werden, im Laufe der Zeit vielleicht sogar der oberste.«

Gernot wandte den Kopf und sah seinen Sohn nachdenklich an. Angesichts des engen persönlichen Verhältnisses zwischen ihm und Johannes schien es ein eher bescheidener Traum zu sein, erster Bibliothekar zu werden. Falls die Wahl tatsächlich auf Johannes fallen sollte, dann standen Konrad nach Gernots Meinung noch ganz andere Möglichkeiten offen. Aber wahrscheinlich würde Konrad, selbst wenn ihm das Amt des Ersten Geheimsekretärs der päpstlichen Kurie angetragen werden sollte, trotzdem die Stellung eines Bibliothekars vorziehen – Gernot wusste, wie wenig sich sein Sohn aus dem Schmieden politischer Ränke und höfischer Intrigen machte und wie sehr er im Gegensatz dazu seine Bücher liebte.

Noch immer hatte Gernot seine Zustimmung zum Verbleib Konrads in Rom nicht erteilt, und auch jetzt drückte er sich davor. So standen Vater und Sohn eine Weile schweigend nebeneinander und genossen, wie die aufgehende Sonne die Stadt in die unterschiedlichsten Farben tauchte.

*

Es war einer jener ereignislosen Morgen, die Gernot neuerdings im Bett verbrachte, als es unerwartet an der Tür klopfte. Konrad konnte es nicht sein, der saß um diese Zeit schon im Scriptorium der Bibliothek und fasste vermutlich eine der langatmigen Argumentationsketten Platos so zusammen, dass auch der altersschwache Papst sie ohne Mühe würde nachvollziehen können.

Tariq konnte es ebenfalls nicht sein, er war gestern zu geschäftlichen Verhandlungen ins nahe Ostia aufgebrochen und wollte erst übermorgen zurückkehren.

Gernot stand auf und öffnete die Tür spaltweit. Davor stand einer der Diener Tariqs und trat verlegen von einem Fuß auf den anderen. »Was gibt es?«, fragte Gernot.

»Besuch, Ritter von Soissons«, sagte der Diener. »Der dritte Bibliothekar des Papstes wartet in der Eingangshalle.«

Gernot wusch sich in der bereitstehenden Eisenschüssel das Gesicht, zog sein Gewand über und ging nach unten. Johannes stand vor der marmornen Büste Julius Caesars, einer von mehreren, die die Halle säumten.

»Entschuldigt, dass ich Euch so früh am Morgen störe«, sagte der Bibliothekar. Das klang frech, schließlich ging es stramm auf Mittag zu.

»Nicht der Rede wert«, entgegnete Gernot daher kühl. »Darf ich Euch eine Erfrischung bringen lassen? Ihr seid sicher schon seit Stunden auf den Beinen.«

»Nein, danke. Ich würde lieber gleich zur Sache kommen.«

»Setzen wir uns doch.« Gernot wies auf die Gruppe lederbezogener Hocker, die für eilige Besucher bereitstand. »Was kann ich für Euch tun?«

»Wie Ihr wisst, habe ich Konrad, als ich ihn zu mir nach Rom einlud, nicht nur für ein paar Wochen hierher gebeten«, sagte Johannes, wobei er Gernot fest in die Augen blickte. »Vielmehr hatte ich von Anfang an die Absicht, ihm einen wichtigen Posten zu übertragen, über dessen Besetzung zu entscheiden ich in meiner Position als päpstlicher Bibliothekar das Recht habe. In den vergangenen Wochen hat Konrad sich bestens eingearbeitet, und die Aufgaben eines Bibliothekars scheinen ihm nicht nur zu liegen, sondern auch große Freude zu bereiten. Nun würde ich Konrad jedoch nie eine Entscheidung abverlangen, ob er für immer in Rom bleiben möchte, ohne vorher mit Euch gesprochen zu haben. Und – um das gleich klarzustellen – an Eure Entscheidung werde ich mich auch halten. Ihr seid Konrads Vater, und ich weiß, wie wichtig es ist, die Bande, die zwischen Vater und Sohn bestehen, nicht zu stören. Ihr müsst mir auch nicht sofort eine Antwort geben, Herr von Soissons, doch ich bitte Euch, denkt wohlwollend über mein Angebot nach. Wenn Ihr alles sorgsam abwägt, da bin ich sicher, werdet Ihr mir meine Bitte nicht abschlägig bescheiden.«

»Bruder Johannes, denkt nicht, dass ich es nicht ertrüge, Konrad ziehen zu lassen. Wäre er Krieger geworden, wie ich es eigentlich geplant hatte, dann hätte ich ihn schon vor Jahren als Knappen zur Ausbildung zu einem anderen Ritter geben müssen. Mir ist bewusst, dass Väter ihre Söhne irgendwann loslassen müssen – und Konrads Weg ist zweifellos der eines Gelehrten. Ich sehe auch ein, dass er diesen seinen ureigenen Weg am besten hier in dieser Stadt gehen kann, zumindest besser als an irgendeinem anderen Ort im Abendland. Aber versteht auch, dass ich mir Sorgen mache. Rom ist ein grausamer Schlund, der schon viele hoffnungsvolle junge Männer verschlungen hat, und ich möchte nicht, dass Konrad ein ähnliches Schicksal widerfährt.«

»Denkt Ihr dabei auch an die Pläne, die der Kaiser … mein Vater mit mir hat?«

»Selbstverständlich. Ich muss Euch nicht sagen, dass Päpste gefährlich leben. Und wenn Konrad in Eurer Nähe wäre …«

»Ihr macht mir Mut. Aber im Ernst, ich weiß selbst nicht, ob ich über diese Entwicklung glücklich sein soll. Niemals habe ich mit so etwas gerechnet, obwohl ich schon lange weiß, dass Lothar mein Vater ist. – Erstaunt Euch das? – Magister Thomas hat es mir vor vielen Jahren erzählt, als er begann, meine Studien zu beaufsichtigen. Er wollte damit mein Selbstwertgefühl stärken. Ich verdanke dem alten Magister so viel, viel mehr als meinem Erzeuger. Ohne Thomas Ravennus wäre ich nie dort, wo ich heute bin. Für niemanden ist es leicht, seinen Weg im Leben zu finden, auch nicht für den Sohn eines Kaisers. Insbesondere, wenn er illegitim ist.«

Bei den letzten Sätzen schwang ein leichtes Zittern in Johannes' Stimme mit. Seine verwirrende Familiengeschichte schien dem gelehrten, sonst so abgeklärt wirkenden Klosterbruder doch mehr zuzusetzen, als es üblicherweise den Anschein hatte.

»Ja, der alte Thomas war und ist ein hervorragender Lehrer«, sagte Gernot. »Nur macht er auf mich in der letzten Zeit einen sehr besorgten Eindruck. Als würde ihm irgendeine Schwierigkeit zu schaffen machen, für die er keine Lösung findet. Ist Euch das auch schon aufgefallen?«

»Was für eine Schwierigkeit sollte das denn bitte sein?«, fragte Johannes unvermutet scharf. »Der Magister ist wahrscheinlich überarbeitet. Die Rolle eines Gesandten liegt ihm gar nicht.«

»Seltsamerweise plagen mich ähnliche Bedenken, was Euren raschen Aufstieg betrifft. Und ich leide nicht an Überarbeitung, im Gegenteil.«

»Da kann ich Euch leider nicht helfen.« Johannes räusperte sich und nahm sich in der Lautstärke wieder zurück. »Soweit es Konrad betrifft, kann ich Euch jedoch beruhigen. Rom ist der gesamten Christenheit heilig. Kein christlicher König würde es wagen, diese Stadt anzugreifen, noch nicht einmal der griechische Kaiser im fernen Byzanz. Jeder, der Rom in Gefahr bringt, muss mit dem Widerstand des gesamten Abendlandes rechnen, denkt nur an die Niederlage der sarazenischen Schiffe vor Ostia vor nicht allzu langer Zeit.«

»Seltsam«, sagte Gernot. »Wenn Rom wirklich die sicherste Stadt der westlichen Welt ist, warum beklagen sich dann die Römer so sehr über ihre Schutzlosigkeit und die Untätigkeit der fränkischen Kaiser?«

»Das ist alles halb so schlimm. Da wird aus Gründen innerrömischer Machtkämpfe viel aufgebauscht.« Johannes stand auf. »Meine Pflichten rufen mich. Dann kann ich also bezüglich Konrads Verbleib in den nächsten Tagen mit Eurer Entscheidung rechnen?«

»Sobald eine Entscheidung gefallen ist, werdet Ihr davon Kenntnis erhalten, Johannes.«

Dass die Entscheidung längst gefallen war, weil Gernot von Anfang an beabsichtigt hatte, Konrad freie Hand zu lassen, behielt er für sich. Es war aufschlussreich, sich einmal mit Johannes unterhalten zu haben. So harmlos, wie der Bibliothekar sich immer gab, war er beileibe nicht. Gernot hielt ihn für ausgesprochen zielbewusst und durchaus machtversessen. Und bis zu einem gewissen Grad auch für durchtrieben. In seinen Augen war er nicht der beste Umgang für Konrad. Aber wer war das schon?

*

Wurden Gernots Tage zumeist von Müßiggang beherrscht, so rissen ausgerechnet heute die bedeutungsschweren Gespräche nicht ab.

Kaum hatte Gernot sein karges Morgenmahl verzehrt, meldete der Diener, Thomas Ravennus wünsche ihn zu sprechen.

»Gut, dass ich dich antreffe, Gernot«, sagte der Magister und setzte sich auf die gepolsterte Bank, die auf der anderen Seite des Tisches stand und auf der Tariq seine Mahlzeiten nach alter römischer Sitte liegend einzunehmen pflegte. »Wir müssen uns dringend unterhalten.«

»In letzter Zeit habt Ihr nicht den Eindruck gemacht, als sei Euch am Umgang mit mir gelegen«, sagte Gernot spitzer, als er eigentlich beabsichtigte.

»Vergib einem alten Mann, den seine Pflichten so sehr in Anspruch nehmen, dass er nicht in der Lage ist, Zeit für seine persönlichen Freunde zu erübrigen.«

»Natürlich.«

»Gernot, ich mache mir Sorgen um die politische Entwicklung hier in Rom. Ich habe lange über Tariqs Pläne nachgedacht. Gewiss, aus seiner Sicht der Dinge tut er das Richtige, anders hätte er dich ja auch gar nicht aus den Klauen Lothars befreien können. Auch dem Reich der Franken ist er mit seinem Vorhaben zunutze, ebenso natürlich seinem Heimatland. Seit die Kalifen ihre Hauptstadt weg vom Mittelmeer verlegt haben, ist Asien der Schwerpunkt ihres Reiches. Spanien kann auf lange Sicht wirtschaftlich nur blühen, wenn es sich – zumindest was den Handel angeht – verstärkt in Richtung der Staaten des christlichen Westens orientiert. Und nicht zuletzt tut er sich selbst Gutes, schließlich sichert er seiner Familie das Handelsmonopol für mehrere Generationen.«

»Ihr schweift ein wenig ab, Meister.«

»Nun ja, ich wollte damit nur zum Ausdruck bringen, dass Tariq in Anbetracht dessen, was er weiß, sicher klug und richtig handelt. Doch er weiß eben nicht alles, und das ist die Schwierigkeit.«

»Thomas Ravennus, Ihr habt mich von Anfang an gelehrt, auf Klarheit und Eindeutigkeit in meiner Ausdrucksweise zu achten. Leider beherzigt Ihr diese Regel selbst nicht.«

Der Magister blickte sich um, als fürchte er, belauscht zu werden. »Ich kann leider nicht deutlicher werden, mein lieber Gernot. Du musst mir einfach vertrauen und mir eine große Bitte erfüllen.«

»Wenn Ihr mir sagt, was Ihr von mir verlangt, werden wir sehen.«

»Was mich beschäftigt, ist für dich sicherlich nicht leicht zu begreifen. Daher mache ich es kurz: Johannes darf nicht Papst werden.« Jedes Wort des letzten Satzes sprach Thomas überdeutlich aus.

Mit allem hatte Gernot gerechnet, aber nicht damit. Er war wie vom Donner gerührt. Johannes war von klein auf Thomas' Schützling, und auf einmal wollte der Magister seine Laufbahn jäh beenden? Gernot fehlten die Worte.

»Hast du verstanden, was ich gesagt habe?«, hakte Thomas nach.

»Womit, um alles in der Welt, hat Johannes Euren Zorn erregt, Magister?«

»Johannes ist ein weiser und gelehrter Mönch. Doch die Gelehrsamkeit allein macht aus einem Mönch noch keinen guten Papst. Die Kunst der Kirchenverwaltung wie der Staatsverwaltung fordert Opfer von den Menschen. Meiner Meinung nach hat Johannes das nicht begriffen.«

Was sollte diese verschrobene, schwammige Ausdrucksweise? Gernot konnte mit den Worten des Magisters nichts anfangen. Meinte Thomas etwa, dass Johannes noch zu jung sei? Sicher war er das, aber das hatte der Magister von Anfang an gewusst.

»Ich sehe deinen fragenden Gesichtsausdruck, Gernot. Ich kann mir vorstellen, wie du dir dein Gehirn zermarterst. Aber ich kann dir nicht mehr erzählen, so gern ich auch würde. Du musst mir einfach vertrauen.«

Das klang geradezu flehentlich. Gernot wusste immer weniger, was er davon halten sollte.

»Lassen wir das einfach mal so stehen. Aber welche Rolle habt Ihr mir bei dieser Geschichte zugedacht? Ihr spracht vorhin von einer großen Bitte.«

»Um Johannes kümmere ich mich«, sagte Thomas hastig, nachdem er erneut einen Blick über die Schulter geworfen hatte. »Ich werde noch einmal eingehend und nachdrücklich mit ihm reden. Sollte das wider Erwarten nicht fruchten, werde ich natürlich andere Maßnahmen ergreifen müssen. Doch das soll dich nicht kümmern. Worum ich dich bitte, ist, Konrad schnellstens von hier fortzubringen. Eure Freilassung war Teil des Handels, Johannes auf den Thron des Pontifex zu setzen. Sollte er nicht Papst werden, seid ihr in höchster Gefahr. Also nimm deinen Sohn an die Hand und reist, so schnell es geht, nach Soissons zurück.«

Gernot schüttelte vor Fassungslosigkeit den Kopf, was Thomas falsch deutete.

»Gernot, du machst dir keine Vorstellung davon, was in den nächsten Wochen in Rom geschehen wird. Flieht, solange ihr noch könnt, sonst werden die Ereignisse euch überrollen und zermalmen. Und versprich mir, dass du Tariq nichts von unserem Gespräch erzählst.«

Gernot lief nun schon den zweiten Tag durch Tariqs Palazzo wie ein gefangenes Raubtier. Heute drehte er zum Kopfschütteln der Dienerschaft seine Runden im Atrium. Was Thomas Ravennus ihm mitgeteilt hatte, beunruhigte ihn zutiefst. Der Magister war bekanntermaßen ein alter Schwarzseher, aber Gernot hatte ihn noch nie derart in Aufruhr erlebt. Dieses ständige Umblicken, als seien ihm Verfolger auf den Fersen. Entweder wurde er auf seine alten Tage sonderbar, oder aber seine Warnung war wirklich ernst zu nehmen.

Das Schlimmste für Gernot war, dass er niemanden hatte, mit dem er darüber sprechen konnte. Thomas Ravennus wollte ihn über das Gesagte hinaus nicht einweihen, und Tariq schied aus naheliegenden Gründen als Vertrauter aus. Gernot stellte sich lieber nicht vor, was der Maure, nachdem er bereits so viel in das Vorhaben hineingesteckt hatte, mit dem Magister machen würde, erführe er von dessen Absichten.

Blieb nur Konrad. Den konnte Gernot jedoch genauso wenig einweihen. Zum einen würde sein Sohn annehmen, Gernot habe sich das ausgedacht, um ihn wieder mit nach Soissons nehmen zu können, zum anderen bestand die Gefahr, dass er Johannes davon erzählen würde. Welche neuen, zusätzlichen Verwicklungen das schaffen würde, wusste nur der Teufel.

»Gernot, ich grüße dich«, sagte plötzlich eine Stimme in seinem Rücken, dass er erschrocken herumfuhr. Im Durchbruch stand Tariq.

»Du siehst mich an, als sei ich ein Gespenst«, sagte Tariq. »Was ist mit dir los?«

»Entschuldige«, sagte Gernot. »Ich war in Gedanken und habe dich nicht kommen hören.«

»Was hast du groß zu denken, mein Freund? Genieße das Leben.«

»Das kann ich nicht, Tariq. Dazu bin ich nicht geboren. Ich war noch nie ein Müßiggänger. Dass ich keine Aufgabe habe, macht mich völlig närrisch. Außerdem sorge ich mich um meinen Sohn.«

»Wieso das? Konrad konnte es doch besser gar nicht antreffen. Sekretär im Dienste eines der angesehensten Männer der Stadt zu sein, der zudem dabei ist, in Kürze allerhöchste Weihen zu empfangen – was will man mehr? Oder, besser gefragt, was willst du mehr? Gib es zu, du sähest lieber, Konrad würde mit dir nach Soissons zurückkehren und auf eurem Acker Furchen ziehen.«

»Sicher, aber das ist es nicht. Ich bin wirklich kein furchtsamer Mann, Tariq, aber diese Stadt macht mir Angst. Ich finde sie unheimlich.«

»Weil du die Zusammenhänge nicht verstehst, Gernot.« Tariq wies auf die geflochtenen Sessel, die als Bestuhlung des Atriums dienten. »Setzen wir uns einen Moment.«

Die Sessel knarzten, als sie sich niederließen.
»Du weißt, dass ich in Ostia war?«, begann Tariq.
»Du hast es mir selbst vor deiner Abreise gesagt. Ich habe dich auch gefragt, ob ich dich begleiten dürfe, damit ich ein wenig Abwechslung erführe.«
»Das ging wirklich nicht. Ich habe mich nämlich mit Lothar getroffen.«
»Ich denke, er ist in Pavia.«
»Er ist eigens für dieses Treffen aus dem Norden Italiens angereist. Er wollte in Rom nicht gesehen werden, und was wir zu besprechen hatten, war äußerst geheim. Das Vorhaben Johannes tritt in seine entscheidende Phase.«
»Was soll das heißen?«
»Das will ich dir erklären. Meine unermüdliche Überzeugungsarbeit war erfolgreich. Unter den langobardischen Adligen sind die meisten der Meinung, dass der fränkische Einfluss in der Heiligen Stadt endlich wieder gestärkt werden sollte, und sie sind heilfroh, dass der rechtmäßige Kaiser der Franken die Geschäfte in Italien wieder in die Hand nehmen will. Dabei wissen sie noch nicht einmal, dass Johannes sein Abkömmling ist. Das hebe ich mir sozusagen als letzten Trumpf auf. Die alteingesessenen römischen Stadtadligen hingegen haben die byzantinische Partei begünstigt – bis vor kurzem. Hier musste ich mit ein paar Gaben nachhelfen, um die Wortführer der einflussreichsten Familien für die Sache des Johannes zu gewinnen. Bleibt noch eine Schwierigkeit: die italienischen Bischöfe, die auch ein gewisses Mitspracherecht haben. Ihretwegen habe ich mich mit Lothar getroffen, und ich muss sagen, wir haben eine durchaus zufrieden stellende Lösung gefunden.«
»Aha.«
»Du klingst so gespannt, als würde ich dir berichten, welche Farben die neuen Tuniken haben, die ich bestellt habe.«

»Entschuldige, aber warum erzählst du mir dies alles? Du hast mich bisher nicht in deine Pläne eingeweiht, warum also soll ich nunmehr Kenntnis davon erhalten?«

»Das wirst du noch sehen«, sagte Tariq und zwinkerte vielsagend. »Wie bereits erwähnt, die Bischöfe stellen noch ein gewisses Hindernis dar, genauer gesagt nur eine Hand voll, nämlich die, deren mittelitalienische Sitze nicht zu den einträglichsten gehören, die die römische Kurie zu vergeben hat. Daher habe ich Lothar gebeten, dafür zu sorgen, dass man ihnen nach der nächsten Papstwahl die Bischofswürde in einer der wohlhabenderen Städte des Mittelreiches verleiht. Dem hat Lothar zugestimmt, und er ist umgehend nach Aachen aufgebrochen, um alles Erforderliche in die Wege zu leiten. Somit gibt es keinen Grund mehr, dass Johannes' Wahl zum nächsten Papst verhindert werden könnte. Was sagst du nun?«

»Ich habe nie am Erfolg deiner Arbeit gezweifelt«, sagte Gernot.

»Und nun kommen wir zu dem, was dich betrifft. Was würdest du sagen, wenn dein Sohn nach der Papstwahl ebenfalls ein Bischofsamt in Lothars Reich übernähme?«

»Konrad ist erst zwanzig!«

»Das spielt keine Rolle. Er könnte auch fünfzehn sein. Auf jeden Fall würden wir so zwei Keiler mit einem Spieß zur Strecke bringen. Konrad bräuchte nicht Ritter oder Bauer zu werden wie du, sondern könnte ein hohes geistliches Amt bekleiden – und wäre trotzdem weg aus dem von dir so gefürchteten Rom. Würde dich das beruhigen?«

»Ich weiß nicht …« Angesichts dessen, was Thomas Ravennus ihm gesagt hatte, ängstigte dieser Vorschlag Gernot mehr, als Konrad in der Ewigen Stadt zu wissen. Das behielt er aber wohlweislich für sich.

Tariq schlug Gernot munter auf die Schulter. »Denk darüber nach, mein Freund, noch ist es ja nicht so weit. Schließlich lebt der alte Papst noch.«

»Endlich spricht das mal jemand aus«, murmelte Gernot, doch da war Tariq schon entschwunden.

*

Das Gerücht, Johannes habe beste Aussichten, zum kommenden Papst gewählt zu werden, breitete sich zwar nur unter der Hand, aber dennoch rasend schnell in Rom aus. Gernot hatte regelrecht Mitleid mit dem greisen und kränklichen Leo, auch wenn er ihn persönlich nicht kannte. Er empfand es als unwürdig, wie mit ihm, der sich im Gegensatz zu vielen seiner Vorgänger während seines Pontifikats große Verdienste erworben hatte, umgesprungen wurde. Wie Konrad berichtete, wurde selbst in seiner unmittelbaren Umgebung völlig offen über sein baldiges Ende und die Nachfolge auf dem Papstthron gesprochen.

Ob es diese Unverfrorenheiten waren, die Leos Lebenswillen stärkten, oder ob gar Gottes Hand im Spiel war, wie Thomas Ravennus meinte, Leo dachte jedenfalls nicht daran, abzutreten. Einen schweren Husten, der ihn lange ans Bett fesselte, überwand er entgegen allen Vorhersagen seiner Ärzte und nahm seine Amtsgeschäfte bald darauf wieder in vollem Umfang auf. So blieb Adel und Geistlichkeit nichts anderes übrig, als ihre Aufmerksamkeit wieder anderen Belangen zu widmen.

Die Byzantiner und ihre Vormachtbestrebungen in Italien gaben hierfür reichlich Gesprächsstoff ab. Schon lange genügte es dem griechischen Kaiser nicht mehr, im Süden des Landes militärische Präsenz zu zeigen. Vielmehr wurden die Versuche der Griechen, Einfluss auf die Entwicklung in der Heiligen Stadt zu nehmen, immer unübersehbarer. In Rom war jedem Beobachter augenfällig, wie sehr die in der Stadt ansässigen Byzantiner versuchten, die wackligen Kräfteverhältnisse zu ihren Gunsten zu verschieben. Mit Bestechung und Versprechungen, manchmal auch mit Drohungen, versuchten sie zunehmend Kontrolle über die Anführer der verschiedenen, einander ständig misstrauisch beäugenden Stadtmilizen zu erlangen. Ebenso gingen sie gezielt auf einzelne Stadtadlige und sogar Mitglieder des lateinischen Klerus zu. Aber das Bündnis, das Tariq durch sein Verhandlungsgeschick, die vorteilhaften Handelsbeziehungen, die er anbieten konnte, und nicht zuletzt durch den unauffälligen Einsatz von Gold geschmiedet hatte, hielt. Dazu trug allerdings auch bei, dass die päpstliche Verwaltung sowie die Vertreter des fränkischen Kaisers in offiziellen Schriften die Zusammenarbeit mit den Griechen für gesetzeswidrig erklärt hatten. Eigens dafür waren mehrere Gutachten von Scholaren der Jurisprudenz angefertigt worden, die die im römischen Reichsrecht festgelegten Grundsätze zur Einheit des Reiches entsprechend ausgelegt hatten.

Die Parteigänger der Griechen konnten also nicht offen handeln. Dafür klappte die heimliche Verständigung zwischen ihnen umso besser. Mehr als das: Bereits zweimal hatte Tariq der unangenehmen Tatsache gegenübergestanden, dass geheime Einzelheiten seiner Bestechungsweisen ans Tageslicht gekommen waren. Zwar konnte er die aufgebrachten Adligen, die in diesem Zusammenhang beschuldigt worden waren, beruhigen, was ihn allerdings nicht nur ein großes Maß an Überredungskunst, sondern auch eine nicht unbeträchtliche Summe zusätzlichen Goldes gekostet hatte. Außerdem musste die weitere Verbreitung dieser Gerüchte durch zusätzliche Bestechung aller inzwischen hinzugekommenen Mitwisser eingedämmt werden. Tariqs bereits sicher geglaubte Wahlgemeinschaft konnte so doch noch ins Wanken geraten. Schließlich sah er keine andere

Möglichkeit – obwohl er gerade die unangenehmen Seiten seiner Arbeit so unauffällig wie möglich handhabte –, als Gernot umfassender als bisher ins Vertrauen zu ziehen.

»Irgendetwas ist faul«, meinte er eines Abends. »Du weißt, dass nur wenige Leute von den Übereinkünften wissen. Selbst dich habe ich nicht ins Vertrauen gezogen. Ich hoffe, du verstehst das und siehst es mir nach.«

»Worüber ich nichts weiß, kann ich nicht sprechen«, sagte Gernot. »Auch nicht versehentlich. Außerdem interessieren mich – mit Verlaub gesagt – die finanziellen Gesichtspunkte der römischen Politik nicht sonderlich.«

»Schön, dass du das so siehst. Aber nunmehr brauche ich deine Hilfe. Allein durch Spitzeltätigkeit und Gegenbestechung können die Byzantiner und ihre Parteigänger nicht derart vertrauliche Kenntnisse erlangt haben. Dass es irgendeinem griechischen Schnüffler gelungen sein mag, bei einem geheimen Gespräch unter einem nicht überwachten Fenster zu stehen und zu lauschen, mag in einem einzelnen Fall angehen. Doch gleich zweimal hintereinander in so kurzem zeitlichen Abstand? Da glaube ich nicht mehr an Zufall. Irgendwo, im innersten Kreis unserer Vertrauten, muss sich eine undichte Stelle befinden. Nur, wer könnte das sein? Ich denke, ich habe alle Menschen, die ich ins Vertrauen gezogen habe, sorgsam ausgewählt. Und ich bin mir sicher, dass ich jeden Einzelnen gut genug kenne, um abschätzen zu können, wie seine jeweiligen Eigeninteressen gelagert sind. Ich zermartere mir den Kopf, aber mir will niemand einfallen, der einen vom griechischen Kaiser abhängigen Papst, ja, ein von Byzanz abhängiges Rom aus welchen Gründen auch immer gutheißen würde. Hast du eine Vorstellung, wo das Leck im Schiff sein könnte?«

Natürlich hatte Gernot einen Verdacht. Die Worte des Magisters Thomas waren eindeutig genug gewesen. Aber wäre er dazu in der Lage, mit den Byzantinern – den Feinden des Reiches – gemeinsame Sache zu machen? Johannes war Thomas' Schützling von Kindesbeinen an. Warum bloß hatte er sich jetzt, so kurz vor dem entscheidenden Aufstieg ins höchste geistliche Amt, von dem gelehrten Mönch abgewandt?

Alles Fragen, auf die Gernot keine sinnvollen Antworten einfallen wollten. »Vertrau mir, auch wenn ich es dir nicht erklären kann«, hatte der alte Magister gesagt. Das wollte Gernot gerne, selbst wenn das bedeutete, Tariq in gewisser Weise zu hintergehen. Tariq, seinen langjährigen Freund, der ihn, den mittellosen Flüchtling, damals, als er nach Spanien gekommen war, in sein Haus eingeladen und ihm großzügig das Geld für seine Fechtschule vorgestreckt hatte. Der Konrad und ihm in Pavia das Leben gerettet hatte. Aber was der Magister ihm anvertraut hatte, konnte er dem maurischen Freund unmöglich mitteilen. So edelmütig Tariq einerseits war, so jähzornig und rachsüchtig konnte er andererseits sein.

Gernot versuchte sich einzureden, dass sein Schweigen Tariq gegenüber weniger schwer wog, als wenn er sein Thomas Ravennus gegebenes Wort brach. Aber war es wirklich so, dass Handeln, gleich ob gut oder schlecht, moralisch schwerer wog als Nichthandeln? Kam es nicht am Ende nur auf die Auswirkungen an? Was, wenn er sich falsch entschied, wenn der Magister etwas im Schilde führte, das er nicht einschätzen konnte? Etwas, dessen Konsequenzen er eigentlich verhindern müsste?

Trotzdem entschied sich Gernot, Tariq erst einmal nichts zu sagen. Er musste versuchen, mehr über die Hintergründe des sich entwickelnden Konfliktes zwischen Thomas und Tariq herauszufinden. Er nahm sich vor, eigene Nachforschungen anzustellen, was nicht ganz einfach werden würde, da er außer den Gefährten kaum jemanden in Rom kannte. Aber eine andere Möglichkeit gab es nicht.

»Nein«, sagte Gernot daher. »Aber ich will gerne darüber nachdenken.«

»Tu das, mein Freund«, sagte Tariq. »Ich zähle auf dich.«

*

In der nächsten Zeit fiel es Gernot nicht schwer, Tariq und Thomas Ravennus aus dem Weg zu gehen. Der Maure hielt sich immer seltener in Rom auf, allenthalben reiste er in Mittelitalien umher, um irgendwelche Geschäfte abzuschließen. Thomas ging seinen Verpflichtungen als Gesandter nach und beriet Leo IV auf dessen Wunsch immer öfter in theologischen Fragen, bis der Papst Anfang November einen erneuten Zusammenbruch erlitt. Von da an waren die unzähligen Sekretäre und offiziellen Berater des Papstes seine Gesprächspartner, die laut Protokoll im Grunde gar nicht selbstständig mit fremden Gesandten verhandeln durften. Aber allen war klar, dass Leo nur noch bedingt zu eigenständigen Entscheidungen fähig war.

Gernot versuchte derweil, auf den unterschiedlichsten Wegen an Informationen zu gelangen. Die ständig brodelnde Gerüchteküche der Kurie bot dazu reichlich Gelegenheit. Obwohl bei jedem Gespräch betont wurde, wie geheim das gerade Gesagte sei, war sowohl die fränkische als auch die byzantinische Partei händeringend auf der Suche nach zusätzlichen Verbündeten, die ihnen in der von allen baldigst erwarteten Wahl eines neuen Papstes von Nutzen sein würden. Nun zahlte sich aus, dass Gernot sich bisher aus allem herausgehalten und keine eindeutige Stellung bezogen hatte. Beide Parteien betrachteten ihn als möglicherweise gewinnbringenden Freund. Überall in der Stadt, auf der Straße, in den Gängen des kurialen Gästehauses oder den Weinstuben kam er mit Klerikern, Offizieren und Beamten ins Gespräch. Zu Beginn belanglose Plaudereien, die jedoch recht schnell in den Versuch mündeten, ihn über seine Einstellung bezüglich der kommenden Papstnachfolge auszufragen.

Gernot ließ sich bis zu einem gewissen Punkt auf diese Gespräche ein. Während der Jahre an den Höfen des frommen Ludwig und später Karls des Kahlen hatte er gelernt, dass es durchaus nützlich sein konnte, Gegenspielern einige sorgsam ausgewählte Informationen preiszugeben. Indem man sie gewissermaßen anfütterte, gewann man ihr Vertrauen und machte ihnen zugleich Gier auf mehr. Einige wurden dadurch so gierig, dass sie ihrerseits Dinge enthüllten, über die sie unter anderen Umständen niemals gesprochen hätten. Und nicht zuletzt konnte man durch geschickt gestreute, scheinbar vertrauliche Nachrichten Spuren legen, die einen Feind in die Irre führen und zu falschen Schlussfolgerungen verleiten konnten. So weit zumindest die Theorie.

Tatsächlich jedoch erwies sich das Ganze als erheblich schwieriger, zumal Gernot kein geübter Ränkeschmied war, sondern im Grunde seines Herzens eine ehrliche Haut, der Lügen zuwider waren. Doch immerhin brachte er in Erfahrung, dass Tariq trotz aller Schwierigkeiten ganze Arbeit geleistet hatte: Die griechische Partei hatte kaum noch Aussicht, einen eigenen Günstling in aussichtsreiche Stellung zu bringen. Sollte Thomas Ravennus, aus welchen Gründen auch immer, verhindern wollen, dass Johannes zum Papst gewählt wurde, würde er dieses Ziel kaum dadurch erreichen, dass er mit den Byzantinern gemeinsame Sache machte. Aus Gernots Sicht stand bereits fest, dass in jedem Fall ein Gefolgsmann des Frankenreiches der kommende Papst werden würde. Zu verzweifelt muteten in letzter Zeit die Versuche der Griechen an, in Rom Verbündete zu gewinnen.

Auch unter den römischen Beamten bildete sich mehr und mehr die Meinung, dass es richtig sei, die Verbindung mit den Griechen als illegal einzustufen und zu bestrafen. Bislang hatten die Rechtsberater des Papstes diese noch mehrheitlich befürwortet; ein Druckmittel, mit dem die päpstliche Verwaltung ihre Unabhängigkeit vom fränkischen Kaiser im fernen Norditalien zu beweisen gedachte. Langsam setzte sich bei den Mitgliedern der geistlichen und beamteten Führungsschicht der Heiligen Stadt jedoch die Ansicht durch, man müsste sich dem politisch wie militärisch mächtigsten Verbündeten des Papsttums – dem Frankenreich – anschließen, insbesondere natürlich, wenn es um den eigenen Vorteil ging.

Der kommende Papst würde also ein Franke werden. Wollte Thomas Ravennus Johannes' Wahl verhindern, musste sich sein Vorhaben innerhalb der von dieser unumstößlichen Tatsache gesetzten Grenzen abspielen, das hieß, er musste einen anderen Franken gegen die Partei Lothars als Gegenkandidaten aufbauen. Dazu hatte er aber kaum noch Zeit, da Leo nach allem, was man hörte, sehr schwach war. Die Neuwahl eines Papstes in naher Zukunft war also mehr als wahrscheinlich. So blieben dem Magister im Grunde nur seine engen Verbindungen zum Hofe Karls des Kahlen. Doch wer aus Karls Umfeld, das Gernot recht gut kannte, wäre zum künftigen Pontifex geeignet? Soweit er das beurteilen konnte, niemand.

Gernot erschien es fast ein wenig bitter, aber ein Gutes hatte dieses Hin und Her in Rom doch: Konrad wurden durch diesen Anschauungsunterricht hoffentlich seine revolutionären Ideen eines republikanischen Systems nach altrömischem Vorbild ausgetrieben und die Vorteile einer starken Führung vor Augen geführt.

Blieb herauszufinden, ob tatsächlich der alte Magister

Thomas hinter den Ränken gegen Johannes steckte, und, falls ja, welchen Gegenbewerber er ins Feld zu führen gedachte. Gernot beschloss, seine Nachforschungen in dieser Richtung zu verstärken. Insgeheim hegte er die Hoffnung, dass dem nicht so sei. Vielleicht war ja ganz jemand anderer der Judas. Wer auch immer.

Rom, Winter 854/855

Eines Morgens, Gernot hatte gerade sein Pferd für einen Ausritt gesattelt, erhielt er die Nachricht, dass Thomas Ravennus die Stadt bereits vor zwei Tagen mit Ziel St. Denis verlassen habe. Gernot wunderte sich – so spät im Jahr würde der Abgesandte Karls es niemals schaffen, noch über die Alpen zu kommen. Auf den Pässen lag gewiss schon hoher Schnee. Wie alle anderen hatte auch er fest damit gerechnet, der Magister bliebe den Winter über im milden Italien, nicht nur wegen des seinen Knochen zusetzenden Wetters im Norden, sondern auch, weil jeder in Rom begierig war, den immer näher rückenden Wechsel an der Spitze der Kirche mitzuerleben.

Das seltsame Verhalten des alten Benediktiners ließ nur einen Schluss zu: Er musste es verdammt eilig haben. Irgendein Vorhaben musste schleunigst in die Tat umgesetzt werden, wenn möglich vor dem Beginn der Wahl. Und dieses Vorhaben ließ sich weder in Rom verwirklichen, noch war es an Karls Hof in St. Denis angesiedelt; den Übergang über den Alpenkamm würde Thomas zu dieser Jahreszeit nicht mehr wagen. Es musste sich also um irgendeine Verbindung nach Norditalien handeln. Wenn Gernot eins und eins zusammenzählte, blieb da nur Lothars Sohn Ludwig der Zweite in Pavia.

Bei seinen Gesprächen in der Stadt erfuhr Gernot zudem, dass der Oberbefehlshaber der berittenen Stadtmiliz der Franken in der Heiligen Stadt, Reiteroberst Daniel von Soest, Rom in Begleitung eines kleinen Trupps verlassen hatte. Wie für einen Gesandten war es auch für einen führenden Angehörigen der Milizen mehr als ungewöhnlich, sich in solch heiklen Zeiten nicht in der Ewigen Stadt aufzuhalten. Die Institution der verschiedenen Stadtmilizen war einst ein Mittel des Ausgleichs zwischen den verschiedenen Nationen gewesen, die Ansprüche in der Heiligen Stadt unterhielten. Selbst die Byzantiner hatten das Recht auf eine solche Truppe. Aufgabe der Milizionäre war es, Gesetz und Ordnung aufrechtzuerhalten und die Pilger ihres Volkes vor Räubern, aber auch ungerechtfertigten Übergriffen der päpstlichen Beamten zu schützen. In Krisenzeiten, und ein Regierungswechsel in der Kurie gehörte zweifellos dazu, war es außerdem üblich, dass die Milizen den Forderungen der hinter ihnen stehenden Gruppierungen den entscheidenden Nachdruck verliehen. Entsprechend genau war das Kräfteverhältnis der einzelnen Trupps ausgewogen. Dass nun einer der Kommandeure Rom in einer Zeit derartiger Anspannung verließ, war für Gernot Veranlassung genug, der Sache auf den Grund zu gehen.

Seine Vorahnung trog ihn nicht: Eine Gruppe Johannes treu ergebener Mönche war Daniel und seinen Männern ein Stück des Wegs nachgeritten. Nach ihrer Rückkehr berichteten sie, die Milizionäre hatten im Galopp die alte Straße entlang der Küste nach Norden genommen. Das konnte bedeuten, dass sie auf dem Weg nach Pavia waren. Alles sprach dafür.

Die Vermutung, dass Thomas Ravennus mit der Hilfe Ludwigs ein geheimes Vorgehen plante, war nicht mehr von der Hand zu weisen. Und Daniel von Soest spielte darin irgendeine Rolle. Es war an der Zeit, vorsichtig bei Konrad vorzufühlen, ob in Johannes' unmittelbarer Umgebung Befürchtungen in dieser Richtung erörtert wurden.

»Johannes hat oft von Daniel gesprochen«, sagte Konrad, als sie beim gemeinsamen Nachtmahl saßen. »Die beiden sind sich todfeind. Der Soester neidet Johannes allem Anschein nach seinen Aufstieg. Seiner Meinung nach gehört in diesen schweren Zeiten ein Soldat und kein Gelehrter auf den Thron Petri, immerhin könnte nicht ausgeschlossen werden, dass ein weiterer Angriff der Sarazenen bevorsteht. Für die gebildeten Stände hat Daniel von Soest nur Verachtung übrig.«

»Der Mann hat ein reichlich großes Maul für jemanden, dessen ritterlicher Werdegang darauf gründet, Dieben nachzustellen und bestechlichen päpstlichen Beamten Angst einzujagen«, erwiderte Gernot. »Eine wirkliche Schlacht hat dieser so genannte Krieger doch bislang höchstens aus weiter Ferne gesehen.«

»Es ist schön zu hören, dass du so denkst, Vater. Lange Zeit hatte ich befürchtet, du könntest Sympathien hegen für einen Soldatenpapst.«

»Nicht für so einen, mein Sohn. Ich weiß, ich habe dir lange das Leben schwer gemacht, weil ich aus dir einen großen Krieger machen wollte. Aber deswegen musst du nicht denken, ich würde das Militärische über alles andere stellen. Die Könige sollten aus dem Kriegerstand kommen und sich in den geistigen Dingen mit fähigen Kirchenmännern umgeben, die ihnen Rat erteilen. Doch die geistlichen Fürsten, allen voran der Papst, müssen von anderer Beschaffenheit sein. Ihre Aufgabe erfordert Seele und Verstand, was nicht heißt, dass sie nicht ihrerseits Soldaten als Berater brauchen, sollten sie doch einmal in den Krieg ziehen müssen.«

»Entschuldige, wenn ich das so ohne Umschweife anspreche, aber ich habe das Gefühl, dass du insgeheim dagegen bist, dass Johannes Papst wird. Die letzte Zeit verbrachte ich vorwiegend in der Bibliothek und konnte nicht viel mit dir reden, dennoch ist mir nicht verborgen geblieben, dass du ständig grübelst und dich mit wem auch immer triffst. Mir ist auch nicht entgangen, dass in den weltlichen und geistlichen Hierarchien Roms ständig neue Intrigen gegen Johannes gesponnen werden. Bitte sag mir: Wie tief steckst du in alldem?«

Als er das hörte, bedauerte Gernot, Konrad nicht früher ins Vertrauen gezogen zu haben. Sein eigener Sohn dachte, er könnte einer der Vordenker der gegen Johannes gerichteten Verschwörung sein. Wie zum Teufel hatte das nur geschehen können? Einem Impuls folgend wollte er seinen Sohn in die Arme nehmen, hatte dann jedoch Angst, Konrad könnte das als Ablenkung von der eigentlichen Sache missverstehen.

»Glaubst du wirklich, ich wäre in der Lage, deinen Freund und damit auch dich derart zu hintergehen?«, fragte er stattdessen. »Richtig ist jedoch, dass ich dir einiges verschwiegen habe. Ich verfolge die Intrigen, die gegen Johannes' Kandidatur gesponnen werden, seit geraumer Zeit, wollte dich aber nicht in die Geschichte hineinziehen.«

»Du scheinst zu vergessen, wo ich arbeite. Ich müsste blind und taub sein, würde ich davon nichts mitbekommen.«

»Nun gut, da du anscheinend an der Quelle sitzt, kannst du mir vielleicht Folgendes verraten: Ist dir irgendetwas bekannt geworden, das auf eine Entzweiung zwischen Johannes und Thomas Ravennus schließen lässt?«

Es war offensichtlich, dass Konrad sich auf die Zunge biss, dafür kannte Gernot seinen Sohn gut genug.

»Nein, nicht das Geringste«, stammelte Konrad. »Mir ist in dieser Hinsicht weder etwas aufgefallen noch etwas zu

Ohren gekommen. – Jetzt muss ich aber zu Bett gehen, morgen hab ich einen anstrengenden Tag vor mir. Es war schön, mal wieder mit dir zu plaudern. Gute Nacht, Vater.«

»Gute Nacht, mein Sohn«, sagte Gernot und saß noch lange nachdenklich am Tisch.

*

Seit diesem Abend ging Konrad seinem Vater aus dem Weg. Jedes Mal, wenn Gernot versuchte, mit ihm ins Gespräch zu kommen, schützte er Arbeit vor und flüchtete in die Bibliothek. Zuletzt kehrte er nicht einmal mehr zum Schlafen in Tariqs Palazzo zurück, sondern nächtigte in einer Kammer im päpstlichen Gästehaus. Gernot verwirrte und beunruhigte das zutiefst, aber er war machtlos dagegen.

Johannes war indessen immer größeren Anfeindungen seitens einer kleinen, aber lautstark auftretenden Fraktion innerhalb des römischen Adels ausgesetzt. Papst Leo, so schwach er auch war, bemerkte vom Krankenbett aus, wie die Lage in der Heiligen Stadt allmählich außer Kontrolle geriet. Die Kurie wurde schon seit geraumer Zeit als führerlos empfunden. In dieser Situation sah der Heilige Vater sich genötigt, einen Schritt zu unternehmen, um die miteinander streitenden Parteien zu einen. Lange, zu lange hatte er sich bedeckt gehalten, welchen Kleriker er für seinen geeigneten Nachfolger auf dem Stuhl Petri hielt. Bei all der Schacherei in den Reihen des Klerus und Adels war die wichtigste Stimme der lateinischen Christenheit stumm geblieben.

Leo IV. tat seine Meinung zwar nicht offen kund, aber doch eindeutig. Eines Morgens betrat ein Bote des Papstes die Bibliothek und forderte Johannes in schroffem Tonfall auf, unverzüglich zum Heiligen Vater zu kommen. Auf Johannes' Frage, welche Bücher Leo denn zu sehen wünsche, erhielt er keine Antwort. Verwunderung machte sich unter den Beschäftigten der Bibliothek ebenso wie bei Konrad breit. Unmittelbaren Kontakt zu seinen Bibliothekaren hatte der Papst schon länger kaum mehr gesucht. Nahezu alle wichtigen theologischen Entscheidungen, die die Konsultation der alten Folianten erforderten, hatten in letzter Zeit die Berater des Papstes getroffen, und Leo hatte nur noch sein Siegel unter die von ihnen abgefassten Edikte gedrückt.

Nach einer Zeitspanne, die nicht ausgereicht hätte, eine halbe Seite zu schreiben, kehrte Johannes zurück und nahm Konrad beiseite.

»Papst Leo hat mir mitgeteilt, dass ich mit sofortiger Wirkung von meinen Pflichten als dritter Bibliothekar entbunden bin«, sagte er und machte ein verschmitztes Gesicht. »Das bedeutet, dass ich von heute an nicht mehr in der Bibliothek arbeiten werde.«

»Und das freut dich?«, fragte Konrad verwirrt.

»Ja, ich bin nämlich von diesem Augenblick an des Papstes erster Sekretär und Berater. Eine verantwortungsvolle Stellung, gerade in so schwierigen Zeiten wie jetzt.«

»Will der Papst damit unterschwellig zum Ausdruck bringen, dass du sein Nachfolger werden sollst?«

»Es ist Unrecht, die ganze Zeit nur über das Ende Leos zu mutmaßen. Das machen schon genügend Menschen in Rom und ganz Italien. Natürlich ist er alt und schwach, doch er war einmal ein großer Papst. Wir sollten mit etwas mehr Respekt über ihn reden. Im Grunde hast du aber Recht. Man kann meine Ernennung so auffassen, dass Leo damit seine Nachfolge regeln will. Zumindest wird der römische Adel es so verstehen. Wie auch immer, dritter Bibliothekar bin ich nun nicht mehr, und als neuer erster Sekretär habe ich ein gewichtiges Wort mitzureden, wen der Papst zu meinem Nachfolger in diesem Amt ernennt. Wie wäre es, hättest du Lust dazu?«

Seit jenem Tag sah Gernot seinen Sohn noch seltener als zuvor. In so kurzer Zeit und vor allem in so jungen Jahren in der Hierarchie der römischen Kurie derart weit aufgestiegen zu sein, war mehr als ungewöhnlich, entsprechend ernst nahm Konrad seine neuen Pflichten.

In der Geistlichkeit und beim römischen Adel hatte die Ernennung Johannes' zum obersten Beamten der päpstlichen Kurie genau die Wirkung, die er selbst vorausgesehen hatte. Dass auch der Heilige Vater dem allgemeinen Günstling bei der erwarteten Papstwahl seinen Segen erteilt hatte, machte ihn fast unangreifbar. Seiner Wahl zum neuen Papst nach Leos Ableben schien nun endgültig nichts mehr im Wege zu stehen.

*

Da nun wirklich alles geregelt schien, wagte Tariq es, zu einer seit langem geplanten Reise in den Süden Italiens aufzubrechen. Die Städte des Mezzogiorno stöhnten zwar unter der straff geführten byzantinischen Verwaltung und der damit einhergehenden immensen Steuerlast, andererseits garantierten die stabilen Verhältnisse Verlässlichkeit und Sicherheit. Höchste Zeit für das Haus der as-Suris, dort Handelsbeziehungen zu knüpfen.

Wenige Tage nach Tariqs Abreise meldeten Reiter der Stadtmilizen und der päpstlichen Garde das Herannahen eines gewaltigen Zuges von Rittern und herrschaftlichen Reisewagen. Im Sommer wären die Staubwolken, die ein solcher Heereszug aufwirbelt, schon mehrere Tagesmärsche im Voraus zu sehen gewesen. Jetzt im Winter, da der Regen die zum Teil schon seit den Zeiten der römischen Caesaren nicht mehr erneuerten Straßen in einen Morast verwandelt hatte, konnte sich ein Heer der Heiligen Stadt weitgehend unbemerkt nähern.

In aller Eile wurden die Befestigungen der Stadt von den päpstlichen Gardisten bemannt. Auch die Stadtmilizen machten sich zum Kampf bereit. Niemand wusste, wer dort draußen vor den Toren der Stadt lagerte und welche Absicht diese Streitmacht verfolgte. Waren es die Sarazenen, die einen erneuten Angriff auf Rom planten? Konnten sie in Italien gelandet sein, ohne dass ihre Galeeren und Segler von der päpstlichen und fränkischen Flotte im Tyrrhenischen Meer bemerkt worden wären? Zwar waren die Beziehungen seit der Niederlage der muslimischen Seestreitkräfte vor Ostia freundschaftlicher geworden, wozu nicht zuletzt auch Tariqs Wirken als Gesandter des Emirs von Cordoba beigetragen hatte. Aber vielleicht war der Angriff diesmal von Bagdad aus gesteuert.

Oder handelte es sich um eine Vorhut des byzantinischen Heeres? Taktisch wäre es für den griechischen Kaiser durchaus sinnvoll, im Angesicht der bevorstehenden Niederlage seiner Parteigänger bei der Papstwahl alles auf eine Karte zu setzen und mit seinen Truppen Druck auf die Heilige Stadt auszuüben. Doch das Heer, das die Späher beobachtet hatten, hatte sich der Stadt von Norden genähert, nicht von Süden oder Osten. Eine solche Bogenbewegung wäre für die Byzantiner ohne Nutzen gewesen; vielmehr hätten sie durch dieses Verhalten wertvolle Zeit verloren. Nein, nach Gernots Einschätzung handelte es sich bei den Kriegern weder um die Sarazenen noch um die Griechen.

Nachdem die bunt zusammengewürfelten Besatzungen der römischen Mauern einen Tag aufgeregt in ihren Stellungen ausgeharrt hatten, bestätigte sich Gernots stille Vermutung. Ein kleiner Trupp Ritter in fränkischen Schuppenpanzern erschien vor dem äußeren Stadttor. Nachdem sie sich als Boten zu erkennen gegeben hatten, wurden sie eingelassen. Noch am selben Tag verließen die päpstlichen Soldaten ihre Verteidigungspositionen, und auf den Straßen Roms machte das Gerücht die Runde, Kaiser Ludwig sei im Anmarsch, um der Heiligen Stadt und dem Heiligen Vater seine allfällige Aufwartung zu machen.

Damit hatte nun niemand gerechnet. Ludwig, Herrscher über Italien und Schutzherr des Papstes, hatte sich bisher noch nie um Rom gekümmert. Jetzt, wo die Wahl eines neuen Oberhauptes der lateinischen Kirche nur noch eine Frage der Zeit war, hatte er sich offensichtlich besonnen und den Entschluss gefasst, gestaltend in die römische Politik einzugreifen. Was er allerdings mit seinem hochherrschaftlichen Auftritt genau zu bezwecken gedachte, überforderte die Vorstellungskraft der meisten Römer.

Gernot aber dachte weiter. Er ärgerte sich, dass es ihm nicht gelungen war, rechtzeitig mehr darüber herauszufinden, was hinter Johannes' Rücken gespielt wurde. Nun schien alles offensichtlich. Magister Thomas ebenso wie Oberst Daniel hatten sich mit Lothars Sohn gegen die Interessen Lothars verbündet. Nur warum sie das taten, leuchtete Gernot noch immer nicht ein. Als ob Lothar sich das gefallen ließe. Mit ihrem verschwörerischen Treiben bewirkten sie bestenfalls einen Krieg zwischen Vater und Sohn.

Am Mittag des dritten Tages kam der Zug Kaiser Ludwigs in Sicht. Alles Volk lief auf den Straßen zusammen, um dem prunkvoll aufgeführten Schauspiel seines Einzugs in die Heilige Stadt beizuwohnen. Ludwig genoss seine Rolle sichtlich. An der Spitze seiner Mannen ritt er in Richtung Lateran. Die Leibwache aus schwer bewaffneten Kämpfern, die ihm per pedes apostolorum folgte, war in glänzend polierte Panzer gehüllt. Die Eisen der Schuppen und die Spitzen ihrer Lanzen funkelten in der Wintersonne.

Es folgten mit prächtigen blauen und roten Stoffen geschmückte Wagen, in denen seine Berater sowie der übrige

Hofstaat saßen. Einfachere, von Maultieren gezogene Wagen, zum Teil Karren, die mit Vorräten und der übrigen standesgemäßen Ausstattung beladen waren, hielten gebührenden Abstand. Die Nachhut bildete eine weitere Abteilung Panzerreiter.

Sein Weg führte den Kaiser zum päpstlichen Palast, wo ihn die hohen kurialen Beamten mit Johannes an der Spitze empfingen und ihm die gebührende Ehre erwiesen. Ludwig hielt sich jedoch nicht lange mit den päpstlichen Würdenträgern auf, obwohl diese zurzeit de facto die wahren Machthaber Roms waren. Vielmehr verlangte er, umgehend zum Papst vorgelassen zu werden. Den Hinweis, der Papst sei wieder einmal sehr schwach und könne nur mit Mühe sprechen, überging er und sagte, was er zu bereden habe, ginge nur ihn und den Stellvertreter Christi etwas an.

Gernot beschlich eine ungute Vorahnung dessen, was in den nächsten Tagen auf Rom zukommen würde.

*

Rom, Herbst 854

Es war spät geworden an diesem Abend. Die Sonne hatte sich schon lange über dem Tyrrhenischen Meer verabschiedet, als Konrad endlich den letzten Folianten zuschlug und in sein Fach zurücklegte. Anschließend löschte er die Kerzen bis auf eine, die er brauchte, um den Weg zu finden.

Durch den Verbindungsgang gelangte er von der Bibliothek in den päpstlichen Palast. Als er die Tür zum Gang hinter sich schloss, löschte er die Kerze; ab hier spendeten Wandfackeln Licht, was in der Bibliothek aus naheliegenden Gründen verboten war.

Schier endlos führte ihn sein Weg durch Gänge, Treppen hinauf und andere wieder hinab, bis er schließlich Johannes'

Privatgemächer erreicht hatte. Der Freund hatte ihn gebeten, ihn nach Beendigung seines Dienstes in seiner Unterkunft aufzusuchen, was außergewöhnlich war. Die Arbeit Betreffendes besprachen sie für gewöhnlich in der Bibliothek, manchmal auch in einer unweit gelegenen Taverne. Dass Johannes Konrad gewissermaßen zu sich nach Hause bestellte, war bisher noch nicht vorgekommen.

Zudem hatte Johannes dabei geheimnisvoll, ja geradezu verschwörerisch getan. Konrad fragte sich, was sein Vorgesetzter ihm wohl mitzuteilen hatte. Vielleicht ging es um die sehnlich erwartete Zusage einer festen Anstellung. Das würde auch das Augenzwinkern von Pater Anselmo, des obersten Leiters der päpstlichen Bibliotheken, erklären, das Konrad am Nachmittag glaubte wahrgenommen zu haben. Was auch immer geschehen mochte, aufregend war es allemal.

Anhand der Wegbeschreibung, die Johannes ihm gegeben hatte, stand Konrad endlich vor der Tür zu dessen Gemächern und klopfte, aber niemand antwortete. Konrad versuchte es noch einmal, aber nichts regte sich. Dabei hatte Johannes gesagt, er warte auf ihn. Konrad wollte sich schon wieder abwenden, als er ein Geräusch hinter der Tür vernahm. Es hatte geklungen, als sei ein Buch zu Boden gefallen. Erneut klopfte er, doch wieder erhielt er keine Antwort. Schließlich fasste er sich ein Herz, schob den Riegel auf und trat unaufgefordert ein.

Tatsächlich lag ein Buch auf dem marmornen Boden. Es war von einem Stapel gerutscht, der höchst unsachgemäß auf einer Liege abgelegt worden war. Konrad hob den Band auf und stellte ihn auf das Bücherbrett neben dem Fenster.

Plötzlich ertönte aus dem Nebenraum ein Plätschern. Konrad klopfte an die nur angelehnte Tür und rief:

»Ich bin es, Johannes. Ich warte im Wohnraum auf dich.«

Während es nebenan zum wiederholten Mal plätscherte, setzte Konrad sich auf eine der beiden Liegen und nahm ein Buch zur Hand. Es handelte sich um ein kleines kräuterkundliches Verzeichnis mit aufwendiger Beschreibung der einzelnen Pflanzen. Obwohl es keine Abbildungen enthielt, waren die einzelnen Kräuter derart genau und ausführlich beschrieben, dass Konrad sich zugetraut hätte, sie nur mit Hilfe dieses Büchleins in freier Natur zu bestimmen. Ein wahrer Meister der Sprachkunst, der dieses kleine Werk verfasst hatte.

Die Tür ging auf, und Johannes stand im Raum. Er trug einen seidenen Umhang, der ihm bis zu den Waden reichte. Seine Haare sahen feucht aus, und selbst auf die Entfernung konnte Konrad riechen, dass er sich mit Lavendelöl eingerieben hatte. Eine Weile sahen sie einander lächelnd an, keiner von ihnen sagte ein Wort. Dann streifte Johannes mit einer geschmeidigen Bewegung seinen Umhang ab und ließ ihn zu Boden gleiten. Er war völlig nackt.

Anstatt seinen Blick abzuwenden oder die Augen niederzuschlagen, starrte Konrad den unbekleideten Körper mit großen Augen an.

»Das ist, was ich dir mitteilen wollte, mein Freund«, sagte Johannes.

»Du bist wunderschön«, sagte Konrad.

»Ich bin nicht schön, ich bin zu mager.«

»Für mich bist du wunderschön.«

Konrad erhob sich und ging langsam auf Johannes zu, der ihm federnd zwei kleine Schritte entgegenkam. Schließlich standen sie einander auf Ellenlänge gegenüber.

»Nun weißt du es«, sagte Johannes, strich über Konrads Wange, legte dann eine Hand in seinen Nacken und zog seinen Kopf zu sich herunter. »Küss mich.«

Das tat Konrad. Und er blieb die ganze Nacht.

Konrad wandte sich nach Wochen erstmals wieder an seinen Vater, um mit ihm die gegenwärtige Lage zu erörtern.

»Erst vor kurzem hat Papst Leo Johannes zu seinem ersten Sekretär ernannt und ihm damit vor den Augen aller Römer seine Gunst bewiesen«, sagte Konrad. »Doch jetzt wird Johannes kaum noch zu Leo vorgelassen. Wie kann es sein, dass der Heilige Vater ihm an einem Tag bedeutet, dass er ihm über seinen Tod hinaus Vertrauen schenkt, und ihn wenig später nicht mehr sehen will? Und wie kann es sein, dass zu so wichtigen Verhandlungen wie denen zwischen dem Papst und seinem kaiserlichen Schutzherrn der wichtigste Unterhändler der Kurie, der erste Sekretär, mit einem Mal nicht zugelassen wird? Was um alles in der Welt ist da geschehen, Vater?«

Was Gernot eigentlich dachte, behielt er für sich, um seinen Sohn nicht noch mehr zu beunruhigen. Vielmehr sagte er:

»Bei alten und zudem kranken Menschen muss man von Zeit zu Zeit mit wunderlichem Verhalten rechnen. Außerdem ist die Wahrnehmung der Interessen eines Staates oft auch eine Frage des Blickwinkels. Würde Ludwig schon jetzt mit dem Mann verhandeln, der allenthalben als der kommende Papst gehandelt wird, würde er dessen Anspruch damit gewissermaßen im Vorfeld anerkennen. Noch aber ist Leo Papst, und Ludwig hat das zu beachten, und sei es nur aus zeremoniellen Gründen. Schließlich haben Klerus und Adel von Rom ihre Wahl erst noch zu treffen, darüber kann Ludwig sich nicht hinwegsetzen.«

»Glaubst du eigentlich, was du da sagst?«

»Ich vermute, dass es so ist. Mehr kann ich dir dazu im Augenblick nicht sagen.«

Noch am Abend des gleichen Tages trat Ludwig auf den

Vorbau des päpstlichen Palastes hinaus. Auf dem Platz davor, den der größte Obelisk Roms zierte, hatte sich inzwischen eine ansehnliche Menschenmenge versammelt. Auch einige Adlige, vor allem solche langobardischer Abstammung, hatten sich unter das Volk gemischt. Die meisten Angehörigen des alteingesessenen Stadtadels hatten nur ihre Diener geschickt, um über alles Berichtenswerte Kunde zu erhalten. Selbst auf dem Pflaster auszuharren erschien ihnen nicht standesgemäß.

Ludwig stand lange schweigend auf dem Balkon und ließ seinen Blick über die Menge schweifen. Obwohl auf dem Platz ein ziemliches Gedränge herrschte, war es erstaunlich still. Jeder harrte dessen, was Ludwig zu sagen hatte, eine Situation, die der gerade mal dreißigjährige Mitkaiser sichtlich genoss.

»Senat und Volk von Rom!«, rief er schließlich aus. Alle stutzten. Diese altertümliche Redewendung benutzte kein Mensch mehr. »Wisset, dass euer Rufen nach Schutz, nach Beistand gegen die Bedrohungen, denen eure Stadt ausgesetzt ist, nicht ungehört verhallt ist. Euer Kaiser, dem ihr Treue und Gefolgschaft gelobt habt, ist herbeigeeilt, um euch vor jeglicher Unbill zu bewahren. Byzantiner wie auch Sarazenen haben sich erfrecht, die von Gott gewollte Herrschaft der Franken über Italien und die Einheit des Reiches sowie des Kaisertums zu bedrohen.«

Es folgte eine Kunstpause, die wohl die Bedeutung seiner Worte hervorheben sollte. Gernot überkam eine finstere Ahnung, worauf der Kaiser hinauswollte.

»Bevor den äußeren Feinden der Heiligen Stadt das Fürchten gelehrt werden wird, gilt es jedoch zunächst die Feinde zu bekämpfen, die die Stadt von innen zu zersetzen trachten. Es gibt in Rom nicht wenige, die an der fränkischen Oberhoheit Verrat geübt und insgeheim mit den Byzantinern Verbindungen unterhalten haben. Sie werden abgeurteilt und auf das Strengste bestraft werden.«

Daher wehte also der Wind. Dass die Byzantiner im südlichen Italien erneut Fuß gefasst hatten, war Ludwig stets gleichgültig gewesen. Aber mutmaßlich hatten Thomas Ravennus und Daniel von Soest dem Kaiser in leuchtenden Farben geschildert, wie griechische Unterhändler in Rom immer mehr Adlige für ihre Sache anwarben. Das war eine Bedrohung anderen Ausmaßes, die den Mitkaiser zum Handeln zwang. Waren aus Rom auch keine erheblichen Steuereinnahmen zu erwarten, eine Stadt von so großer geistlicher Bedeutung durfte nicht an die Griechen verloren gehen.

Gegen Nachmittag kamen Gernot Gerüchte zu Ohren, der Gesandte Karls sei im Gefolge Ludwigs nach Italien zurückgekehrt. Und schon am Abend stand der alte Magister vor Tariqs Palazzo.

»Seid gegrüßt, Magister Thomas«, sagte Gernot und benahm sich dem alten Benediktiner gegenüber wie immer, während sie in der Empfangshalle Platz nahmen.

Müde und gebrechlicher denn je wirkte sein alter Lehrer. Und neuerdings durchzogen auch noch Sorgenfurchen sein Gesicht.

»Ich kann mir vorstellen, wie du dich fühlst«, begann Thomas ohne Umschweife. »Die Lage muss für dich ausgesprochen unübersichtlich sein.«

»Das ist harmlos ausgedrückt. Ich erkenne, was sich vor meinen Augen abspielt, aber ich verstehe es nicht. Ich bin zeitlebens ein Krieger gewesen, kein Gelehrter und noch viel weniger ein Politiker. Meine Sache war es immer, dem Gegner von Angesicht zu Angesicht gegenüberzutreten, nicht im Verborgenen Ränke zu schmieden. Sagt mir, Magister, was um alles in der Welt geht hier vor? Ihr versucht mit allen Mitteln zu verhindern, dass Johannes zum Papst gewählt wird. Warum? Ich habe eben Ludwigs Ansprache vor dem Lateranpalast gehört. Angeblich ist er gekommen, um die Parteigänger der Griechen aus der Stadt zu jagen. Aber Johannes steht nicht auf der Bestechungsliste des Kaisers von Byzanz. Er wäre ganz und gar ein Papst der Franken, das wisst Ihr genau. So frage ich Euch noch einmal: Was geschieht hier? Ihr seid kein Machtmensch und zudem ein Mann von hoher Moral. Ihr würdet so etwas nicht tun, gäbe es dafür keine handfesten Gründe.«

Die Miene des Magisters wurde noch ernster. »Das Letzte, was ich wollte, war dich und Konrad in die Sache hineinzuziehen, Gernot. Das weißt du. Deshalb habe ich dich ja auch gedrängt, die Stadt zu verlassen. Aber da ihr geblieben seid, haben die Entwicklungen euch mitgerissen, schlimmer noch, ihr steckt mittlerweile mittendrin. Folglich reicht es nicht mehr, dich nur zu bitten, mir einfach zu vertrauen.«

»Das seht Ihr ganz richtig.«

»Johannes ist ausgesprochen klug, und ich bezweifle keinesfalls, dass er ein treuer Untertan des fränkischen Reiches ist. Dass er mit den Griechen gemeinsame Sache machen würde, habe ich im Übrigen nie behauptet. Es hat ausgereicht, Ludwig ein paar Tage lang damit in den Ohren zu liegen, wie nahe die Byzantiner daran seien, die Macht in Rom an sich zu reißen. Dass das maßlos übertrieben war, ist nebensächlich. Ludwig ist hier, und er wird sich die Gelegenheit nicht entgehen lassen, sein beschädigtes Ansehen ohne allzu großen Aufwand wiederherzustellen. Johannes' Namen mit den Byzantinern in Verbindung gebracht hat ausschließlich sein Neider Daniel von Soest. Er hat das Gerücht streuen lassen, Johannes habe heimlich Verbindung mit dem Kaiser der Griechen.«

»Ihr habt Ludwig nicht zugetragen, dass Johannes ein illegitimer Sohn Lothars und somit sein Halbbruder ist?«

»Hätte ich das getan, wäre Johannes vielleicht schon nicht mehr am Leben. Unsere Herrscherfamilie zögert nicht, einander abzuschlachten, wenn es um die Macht geht. Nein, der Preis wäre allemal zu hoch.«

Trotz des Ernstes ihrer Unterredung hatte Gernot das Gefühl, dass der Alte klammheimliche Freude darüber empfand, dass es ihm gelungen war, Ludwig zu beeinflussen. Eine Selbstgefälligkeit, die Gernot zornig machte.

»Haltet Ihr Euer Handeln etwa für moralischer, nur weil nicht Ihr es wart, der Johannes fälschlich bezichtigt hat?«, fragte er scharf. »Es wäre Euch ein Leichtes gewesen, die Anschuldigungen des Daniel von Soest zu entkräften, was Ihr aber nicht getan habt, da sie Euren Plänen vortrefflich zupasskamen. Ob Ihr nun eine Absprache getroffen habt oder nicht, für mich seid Ihr Verbündete im Geiste.«

Trotzig stülpte der Magister die Lippen vor, sagte aber nichts.

»Meine Frage habt Ihr übrigens noch nicht beantwortet«, fuhr Gernot fort. »Warum arbeitet Ihr gegen Johannes?«

»Weil er nicht auf mich gehört hat!«, schrie Thomas Ravennus. »Zuletzt habe ich ihn sogar angefleht, von seiner Kandidatur zurückzutreten, doch er wollte davon nichts wissen. Dieses Untier namens Machtgier hat ihn gepackt und fest im Griff. Er ist nicht mehr er selbst, sondern nur noch Sklave seiner Eitelkeit.«

»Ich wiederhole mich gerne: Was spricht dagegen, dass Johannes Papst wird?«

Thomas Ravennus atmete schwer. Das Rasseln in seinen Atemwegen war deutlich zu hören.

»Augenscheinlich nichts«, sagte er nach einer Weile so leise, dass Gernot ihn nur mit Mühe verstand. »Doch da gibt es etwas, weshalb er in der Christenheit nicht an zu herausragende Stelle gelangen sollte. Ich habe ihn ermuntert und gefördert, das weißt du genauso gut wie ich. Er ist es wert, als einer der großen Gelehrten unserer Zeit bleibenden Ruhm zu ernten. Aber er darf dabei nicht zu sehr in den Vordergrund treten. Aus der Stille eines Klosters heraus zu wirken, zu schreiben, seine Weisheit durch Briefe und Bücher in die Welt hinauszutragen, das ist seine Bestimmung. Immer wieder habe ich ihm gesagt, dass er seinen Ehrgeiz auf dieses Ziel richten muss. Nicht darauf, vor den Massen zu stehen, ihnen zu predigen und sie zu führen. Damit würde er großes Unheil heraufbeschwören, das weiß er genau. Als er nach Rom ging, um hier zu studieren und später in der päpstlichen Bibliothek zu arbeiten, war mir nicht wohl dabei. Doch ich habe es im Vertrauen darauf, dass er weiß, wo seine Grenzen sind, hingenommen. Nun hat sein schneller Aufstieg seine Sinne vernebelt. Er ist viel zu jung, er ist viel zu unerfahren, aber er hat einen scharfen Geist. Eine teuflische Mischung, die ihn überheblich gemacht hat.«

»Verzeiht, wenn ich Euch widerspreche, aber Johannes ist nicht überheblich. Ich kenne ihn mittlerweile recht gut, und was immer Ihr gegen ihn vorzubringen habt, Überheblichkeit gehört nicht zu seinen Eigenschaften.«

»Doch, ich bleibe dabei«, sagte Thomas Ravennus und stampfte tatsächlich mit dem Fuß auf. »Mag sein, dass er gegenüber anderen Menschen nicht überheblich ist, auf jeden Fall aber im Angesicht des Wagnisses. Er kennt keine Gefahr, er ist über alle Maßen sorglos. Du hast an vielen Schlachten teilgenommen, Gernot, du weißt, dass es kein Zeichen von Mut ist, die Augen vor Gefahren zu verschließen und einfach so zu tun, als gäbe es sie nicht. Das ist Dummheit. Nichts als Dummheit.«

»Ihr braucht mir den Unterschied zwischen Tapferkeit und Leichtsinn nicht zu erklären, den kenne ich nur zu gut.

Aber was um alles in der Welt würde denn geschehen, sollte Johannes Papst werden? Welches dunkle Geheimnis birgt seine Person, seine Geburt oder sein Werdegang?«

»Ich habe dir alles erzählt, was ich dir erzählen kann. Du hast jetzt die Bestätigung, dass ich hinter dieser Intrige stecke. Das ist ein großer Vertrauensbeweis. Wir beide wissen, was geschehen würde, würde das eben Gesagte diesen Raum verlassen, sei es in Richtung Ludwig oder Johannes oder Lothar oder Tariq. – Wo ich gerade seinen Namen erwähne, wo steckt unser maurischer Freund eigentlich? Ich habe ihn seit einer Ewigkeit nicht mehr gesehen.«

»Ihr wart ja auch unterwegs, um Ränke zu schmieden. Tariq hält sich in Apulien und der Basilicata auf. Wir erwarten ihn aber täglich zurück.«

»So, so, Apulien und die Basilicata. Wirf mir also nicht vor, ich würde dir nicht genug Vertrauen entgegenbringen. Aber dabei kann ich eine – nennen wir es Grenze – nicht überschreiten. Du fragtest nach einem dunklen Geheimnis; nun, es ist weniger dunkel, als du dir vielleicht ausmalst, aber noch immer dunkel genug, um ein Geheimnis bleiben zu müssen. Ich werde es um jeden Preis bewahren. Hörst du, um jeden Preis! Selbst um den, dass ich deine Achtung verliere oder meine eigene vor mir selbst. Du musst mir einfach vertrauen, Gernot.«

»Das habt Ihr schon einmal von mir verlangt. Kurz darauf seid Ihr nach Pavia aufgebrochen, um Kaiser Ludwig falsche Anschuldigungen ins Ohr zu flüstern. Womit muss ich diesmal rechnen?«

Der Alte erhob sich mühselig, ging gebeugt zu Gernot und legte ihm zaghaft die Hand auf die Schulter.

»Ich verstehe deine Verbitterung«, sagte er, und der Gram in seinen Zügen war unübersehbar. »Du fühlst dich hintergangen. Mir erginge es an deiner Stelle nicht anders. Doch ich beschwöre dich bei allem, was mir heilig ist: Unternimm nichts, Gernot, um deinet-, deines Sohnes und der Kirche willen.«

Sie verabschiedeten sich nicht. Thomas Ravennus schlurfte zur Tür, und Gernot sah ihm nach. Das war alles.

*

Es dauerte nur wenige Tage, da wurde in der Stadt bekannt, Ludwig II. würde höchstpersönlich in dem Palast, den Leo III., der Namensvorgänger des amtierenden Papstes, neben der Kirche Petri hatte errichten lassen, über die Verräter zu Gericht sitzen. Gleichzeitig besetzten kaiserliche Soldaten die Mauern der Stadt und schlossen die Tore. Niemand kam mehr hinein oder hinaus, ohne sich ihnen zu erkennen zu geben.

Am selben Abend schlugen einige der Männer des Kaisers an allen Plätzen der Stadt Pergamente an, auf denen die Namen derjenigen verzeichnet waren, die sich vor dem Gericht zu verantworten hatten. Würden sie sich binnen zwei Tagen stellen, wurde ihnen eine gerechte Verhandlung und als Höchststrafe die Verbannung aus dem Frankenreich in Aussicht gestellt. Würden sie jedoch auf der Flucht gefasst, so drohte ihnen die Hinrichtung.

Die Liste sorgte für große Aufregung in den Straßen Roms. Unter den Angeklagten waren viele, deren Wohlwollen für die Griechen ein offenes Geheimnis war und die mehr oder weniger offen für einen Anschluss Italiens an Byzanz gestimmt hatten. Aber dass der Name des Johannes, in den Augen der meisten Römer der künftige Heilige Vater, auf dieser Liste stand, löste allenthalben Empörung aus. Die Soldaten des Kaisers hatten alle Mühe, die Ordnung in den Straßen aufrechtzuerhalten. Niemand hatte mit einer so offenen Schmähung gerechnet. Niemand außer Gernot.

Am größten war die Unruhe in der unmittelbaren Umgebung des Papstes. Dass sein erster Sekretär in diesen Tagen die Öffentlichkeit mied, war nachvollziehbar. Aber auch Leo selbst fühlte sich in die Enge getrieben. Vor nicht allzu langer Zeit hatte er Johannes zu seinem ersten Sekretär ernannt, einen Mann, der nun des Verrates und der Verschwörung mit den Feinden des Reiches bezichtigt wurde. Sei es durch Duldung oder durch Unwissenheit, einen Verräter in die höchste Stellung der päpstlichen Verwaltung erhoben zu haben, fiel in jedem Fall auf den Papst zurück.

Alles Volk von Rom strömte zusammen, als sich die Nachricht herumsprach, der alte Papst würde nach seiner langen Bettlägerigkeit noch einmal zu den Gläubigen sprechen. Der Platz vor der Peterskirche war überfüllt, als die Sänfte mit dem greisen Pontifex vor das Kirchenportal getragen wurde. Dennoch war es mucksmäuschenstill; die gebrochene Stimme des Papstes war gut zu verstehen, obwohl er kraftlos sprach.

»Seid nicht aufgebracht, Römer«, begann er. »Der Kaiser, Oberherr der Stadt Rom und ganz Italiens, ist auf meinen Wunsch hier. Ich weiß, dass Johannes viele Anhänger unter euch hat. Auch ich halte viel von seinem Geist, nicht umsonst habe ich ihn vor kurzem zu meinem Sekretär ernannt. Doch wenn er es mit dem griechischen Kaiser gehalten hat, dann muss er aus dieser Position, aus der gesamten römischen Kurie entfernt werden. Ich werde mich jedem Urteilsspruch des Kaisers unterwerfen, und ich beschwöre euch, dies ebenfalls zu tun.«

Die kurze Rede war beendet, und Leos Sänfte wurde zurück in die Kirche getragen. Murrend, aber ohne Anzeichen von Aufruhr ging das Volk auseinander. Gernot glaubte, dass die Römer, wenn auch widerstrebend, nach diesen

Worten des großen alten Papstes den Lauf der Dinge hinnehmen würden.

*

Gernot konnte nicht schlafen. Regen schlug gegen die Läden, und der Wind zerrte an ihnen. Aber auch ohne diesen Lärm wäre er nicht zur Ruhe gekommen. Zu sehr beschäftigten ihn die Ereignisse der letzten Tage und vor allem das, was Johannes und damit auch Konrad noch bevorstehen mochte. Am schlimmsten empfand er seine Ohnmacht. Die Ohnmacht, das Wissen, das er um die hinterhältigen Ränke hatte, nicht einsetzen zu können, ohne den einen oder anderen von ihm geschätzten Menschen ins Unglück zu stürzen. Es war zum Verzweifeln.

Plötzlich saß er aufrecht im Bett. Das Geräusch, das vom Fenster gekommen war, konnte der Wind unmöglich verursacht haben. Da – erneut. Jetzt war er sich sicher, dass jemand an die Lade klopfte. Er stand auf, ging zum Fenster und löste den Riegel. Auf dem Sims unter dem Fenster, die Finger in einer Mauervertiefung verkrallt, stand ein triefend nasser römischer Milizionär.

»Ich bin's«, sagte Tariq. »Komm, hilf mir rein.«

Mit einigem Hauruck gelang es Gernot, den Mauren in sein Zimmer zu ziehen. Dann schlich er auf Tariqs Geheiß in dessen Zimmer, um ihm trockene Kleider zu holen. Nachdem der nächtliche Besucher sich umgekleidet hatte, setzten sie sich an den kleinen Tisch, an dem Gernot seine Schreibarbeit erledigte.

»Kein Licht!«, sagte Tariq, als Gernot das Talglicht entzünden wollte. »Niemand darf wissen, dass ich hier bin. Auch die Diener nicht.«

»Wie bist du überhaupt in die Stadt gekommen? Alle Tore sind bewacht.«

Tariq wies auf die nasse Kleidung, die in der Ecke lag. »Die habe ich einem Milizionär abgekauft. – Gernot, was ist hier los?«

»Wie viel weißt du denn?«

»Nur dass Ludwig aus dem Nichts mit einer Streitmacht aufgetaucht ist. Nicht einmal für ein paar Tage kann man die Stadt verlassen!«

Gernot gab Tariq eine Zusammenfassung dessen, was sich seit seiner Abreise nach Süditalien ereignet hatte. Thomas Ravennus' unrühmliche Rolle ließ er dabei außen vor und schob den Verrat allein Daniel von Soest unter.

»Johannes soll sich mit den Byzantinern verbündet haben?«, schnaubte Tariq. »Das ist doch lächerlich. Jeder weiß das. Vielleicht war es doch ein Fehler, nicht öffentlich zu machen, wer sein leiblicher Vater ist. Sich mit Lothar anzulegen, würde Ludwig niemals wagen.«

»Nun ist es dafür zu spät. Ich bin mir nicht sicher, ob Lothar sich jetzt noch zu seinem illegitimen Sohn bekennen würde, da Ludwigs Truppen bereits in Rom stehen. Es könnte zum Krieg kommen.«

»Will er nun als Einiger des Abendlandes in das Buch der Geschichte eingehen oder nicht?«

»Du vergisst, dass Lothar in Aachen sitzt. Bis er auch nur benachrichtigt wäre, ist der Prozess gegen Johannes dreimal vorbei. Und sachlich, wie er denkt, würde er sich den Gegebenheiten anpassen.«

Tariq griff urplötzlich nach Gernots Hand. »Hast du die Liste gesehen? Steht mein Name darauf?«

»Nachdem ich Johannes' Namen entdeckt hatte, habe ich nach deinem gesucht. Du bist nicht verzeichnet.«

»Puh! Trotzdem werde ich vorerst in Deckung bleiben. Man kann Namen auch nachtragen.«

»Was willst du nun tun?«

Tariq schüttelte den Kopf. »Ich weiß es nicht. Ich weiß es verdammt noch mal nicht. Ich weiß nur eins, ich werde mich von diesem hinterlistigen Schwein nicht um die Früchte meiner Arbeit der letzten Jahre bringen lassen.«

Gernot kniff die Augen zusammen. »Sagtest du Jahre?«

Tariq grinste. »Du weißt doch, ich übertreibe gerne.«

Lange Zeit saßen sie schweigend beieinander. Tariq zermarterte sich das Hirn, und Gernot beobachtete ihn dabei. Plötzlich sprang der Maure auf, dass sein Schemel umfiel.

»Ich hab die Lösung!«, sagte er. »Gernot, ich habe sie. Doch dazu brauche ich deine Hilfe. Du musst für mich die Kastanien aus dem Feuer holen.«

»Wie stellst du dir das vor?«

»Das werde ich dir erklären, mein Freund. Hör zu …«

Johannes stellte sich der Gerichtsbarkeit des Kaisers, genau wie die meisten anderen Angeklagten. Die Ankündigung, mit einer für den Vorwurf des Hochverrates recht glimpflichen Strafe davonzukommen, hatte Wirkung gezeitigt.

Ludwig hatte beschlossen, die Verhandlungen öffentlich stattfinden zu lassen, davon versprach er sich offenbar die beste Wirkung auf die Römer. Zu Anfang ließ er einen Kleriker vorführen, der aus seinen Sympathien für die Byzantiner nie einen Hehl gemacht hatte. Seine Verurteilung war nur eine Formsache, doch Ludwig hielt Wort. Zwar wurde der Geistliche wieder festgesetzt, aber seine Überfahrt auf einem byzantinischen Schiff, das über den Winter in Ostia lag, wurde auf Kosten des Kaisers in die Wege geleitet.

Bereits als Zweiter kam Johannes an die Reihe. Oberst Daniel von Soest selbst führte die Anklage.

»Dieser Mann hier hat, wie die anderen Angeklagten auch, gemeinsame Sache mit den Byzantinern gemacht. Braucht es noch mehr Worte, um allen hier Anwesenden deutlich zu machen, was für ein Mensch vor uns steht? Ein Verräter, der die höchste Strafe verdient. Und Hochverrat wird mit dem Tode bestraft. Doch wenn es Eurer Gnaden gefällt, erhabener Kaiser, dann lasst ihn nicht hinrichten, sondern verbannt ihn an den Hof des griechischen Kaisers oder in den Osten zu den Wenden. Soll er doch die heidnischen Barbaren in den Wäldern jenseits der Elbe bekehren, in der Heiligen Stadt hat er jedenfalls nichts mehr verloren.«

Ludwig nickte und erteilte per Handzeichen Johannes das Wort.

»Ich habe der Aufforderung Eurer Majestät Folge geleistet und bin aus freien Stücken vor diesem Gericht erschienen. Auch zuvor habe ich niemals gegen die Anordnungen und Befehle der Könige und Kaiser der Franken gehandelt und nie meinen Herrn und Gönner Papst Leo hintergangen. Erhabener Kaiser, ich bitte Euch, messt mich an meinen Taten und nicht an verleumderischen Anschuldigungen.«

Ein Raunen ging durch die Menge. Die meisten Römer standen auf Johannes' Seite, das war unverkennbar. Trotzdem waren viele erstaunt; niemand hatte dem zart wirkenden Mönch eine so kraftvolle Stellungnahme zugetraut.

»Glaubt ihm nicht«, sagte Daniel. »Auch wenn er sich gut verteidigt. Dass Johannes hier, vor diesem kaiserlichen Gericht, seine Untaten abstreiten würde, war zu erwarten. Rhetorisch hat er gewiss von den Klassikern, in denen er ja so belesen ist, viel gelernt. Ich hingegen bin kein gebildeter Mönch, ich bin lediglich Soldat. Sprachliche Kunstgriffe sind meine Sache nicht. Dafür biete ich das Edelste: die Wahrheit.«

Auch Daniel von Soest erntete hier und da beifälliges Gemurmel. Ludwig ließ seinen Blick über die Zuhörerschaft gleiten. Keine Frage, der Oberst der Miliz verstand das Handwerk des Anklägers. Doch der Kaiser war unschlüssig, wem er glauben sollte. Oder besser gesagt, wem Recht zu geben ihm mehr Vorteile verschaffen würde. Daniels Anklage stattzugeben würde seine Stärke und Handlungsfähigkeit vor den Augen der Römer demonstrieren. Johannes freizusprechen würde ihm hingegen das Wohlwollen des Volkes einbringen. Ein Volk, auf das er, obwohl dem Namen und Titel nach der Souverän, angewiesen war, wenn er fernab der Heiligen Stadt in Pavia residierte. Ein Urteil zu fällen war unter diesen Voraussetzungen wahrlich nicht leicht. Ludwig schwitzte angesichts der Bürde der auf ihm lastenden Verantwortung. Aber noch war die Verhandlung ja nicht zu Ende.

Johannes wollte gerade zu einer erneuten Erwiderung ansetzen, als die Augen aller Anwesenden sich plötzlich auf die Tür richteten, um zu sehen, wer es wagte, verspätet zu erscheinen und die Sitzung des Gerichts zu stören. Und dann besaß der Nachzügler auch noch die Unverfrorenheit, anstatt sich auf eine der dicht besetzten Kirchenbänke zu quetschen, die für die Zuschauer in die Audienzhalle geschafft worden waren, geradewegs nach vorn auf die Richterbank zuzumarschieren.

»Mein Name ist Gernot, Ritter von Soissons«, sagte der Mann mit lauter Stimme. »Ehrwürdiger Kaiser, ich bin nicht gewillt, diesem unwürdigen Schauspiel hier zuzusehen. Johannes ist unschuldig, und jeder hier weiß das, der Ankläger eingeschlossen. Ich bin Franke, ein Gefolgsmann König Karls, und habe Eurem Vater, Kaiser Lothar, den Treueid geschworen. Ich denke, damit stehe ich außerhalb jeden Verdachts, mit den Byzantinern gemeinsame Sache zu machen. Wie der Ankläger bin auch ich Soldat, aber im Gegensatz zu ihm habe ich mein Leben schon unzählige Male im Kampf für das Frankenreich eingesetzt. Niemand in diesem Saal sollte das besser wissen als Ihr, erhabener Kaiser. Deshalb bitte ich Euch, mir das Wort zu erteilen.«

»Das Wort habt Ihr bereits an Euch gerissen, Gernot von Soissons«, sagte Ludwig säuerlich. »Aber bitte, bringt vor, was immer Ihr zu sagen habt.«

»Ihr alle habt gehört, was Daniel von Soest vorgebracht hat«, sagte Gernot laut und deutlich. »Aber hat er Euch Beweise vorgelegt? Hat irgendjemand der hier Anwesenden – und wie ich sehe, haben sich viele Adlige und päpstliche Beamte eingefunden – jemals von etwas erfahren, das einen derart ungeheuerlichen Verdacht rechtfertigen würde? Wurde Euch, erhabener Kaiser, im Vorfeld irgendein Zeuge benannt, der nicht zum Freundeskreis oder zur Miliz Daniels gehört? Ich behaupte, nein. Tatsache ist hingegen, dass dieser Oberst hier, der sich vor Euch und dem Volk Roms als großer Krieger aufspielt, ohne jemals einen Tropfen seines Blutes für Euch vergossen zu haben, aus einem ganz bestimmten, niedrigen Beweggrund Rede gegen Johannes führt: Er strebt nämlich selbst das Amt des Papstes an.«

Rufe der Empörung hallten durch den Saal, und eine tumultartige Unruhe setzte ein. Die Saaldiener hatten alle Mühe, die Menge zur Vernunft zu bringen.

»Ein Reiteroberst strebt nach der Papstkrone?«, fragte Ludwig ungläubig, nachdem endlich Ruhe eingekehrt war. »Habt Ihr Beweise für Eure kühne Behauptung?«

»Allerdings, Majestät. Ich kann Euch verschiedene ehrwürdige Männer benennen, die bezeugen können, dass Daniel schon lange auf eine Übernahme dieses Amtes hinarbeitet. Soldaten, Geistliche, Adlige. Lauthals hat dieser Mann schon vor vielen Monaten herausposaunt, dass angesichts der Bedrohung durch die Sarazenen die Zeit reif sei für einen Soldatenpapst und dass ein weichlicher, in Schreibstuben und hinter Büchern aufgewachsener Mönch in diesen Zeiten auf dem Stuhl Petri fehl am Platze sei. Ich schätze, gewiss ein Viertel der hier Anwesenden könnte Euch das bestätigen.«

Im Saal erhob sich allenthalben Gemurmel, das aber sofort verstummte, als die Saaldiener mit ihren Stöcken drohten.

»Gernot von Soissons hat Recht«, rief einer trotz der angedrohten Prügel. »Daniel hat mehrfach von einem Soldatenpapst gesprochen, da nur der die Heilige Stadt vor den Sarazenen bewahren könnte.«

»Ist das wahr, Daniel von Soest?«, fragte Ludwig streng. »Entspricht diese Ungeheuerlichkeit der Wahrheit?«

Daniel glotzte, als habe ihm ein Ziegenbock die Hörner in den Unterleib gerammt.

»Antwortet gefälligst!«, donnerte Ludwigs Stimme durch den Saal.

»Ja … nein!« Daniel trat von einem Bein aufs andere. »Wahr ist an dieser Behauptung allein, dass ich mich immer dafür eingesetzt habe, dass die Heilige Stadt verteidigt werden muss. Gegen die Sarazenen wie auch gegen die Griechen. Und dass es dazu eines starken Papstes bedarf, keines schwächlichen Ordensbruders.«

Gernot jubilierte innerlich. Daniel war ihm in die Falle getappt.

»Jetzt verstehe ich Euch, Daniel von Soest.« Gernot klang beinahe entschuldigend. »Einen Papst, der stark genug ist, Rom gegen alle seine Feinde zu verteidigen, so war das gemeint, aber Ihr habt dabei nicht notwendigerweise von Euch selbst gesprochen. Wenn das so ist, nehme ich diesen Teil meines Angriffs gegen Euch selbstredend zurück.«

Jeder im Saal konnte sehen, wie Daniel ein paar Fingerbreit größer wurde, als er sich in triumphierender Pose aufrichtete. »So ist es, Herr von Soissons. Genau das habe ich gemeint, und nichts anderes.«

»Ihr plädiert demnach für eine Stadt Rom, die sich, geführt von einem Papst als spirituellem, weltlichem und militärischem Oberherrn, eigenständig gegen alle Feinde zur Wehr setzen soll. Dass eine Stadt dieser Größe die dafür notwendigen Mittel nur aufbringen kann, indem sie überall in Mittelitalien selbst die Steuern einnimmt, versteht sich für jeden Menschen mit auch nur geringen wirtschaftlichen Kenntnissen von selbst.«

»Das habe ich doch überhaupt nicht gesagt«, beschwerte sich Daniel. »Ich –«

»Doch, doch, genau das waren Eure Worte – beziehungsweise die unmittelbare Schlussfolgerung aus ihnen«, fiel Gernot ihm mit schneidendem Tonfall ins Wort. »Ihr habt damit zum Ausdruck gebracht, dass Ihr ein Rom wollt, das unabhängig ist von den Kaisern der Franken, was am Ende nichts anderes bedeutet als die Loslösung Roms vom Reich. Von einem Reich, das sich nach Recht, Gesetz und legitimem Anspruch seiner Herrscher noch immer das Römische Reich nennt, und nicht etwa nur Reich der Franken, an dem die Heilige Stadt nur ein unbedeutendes Anhängsel wäre. Römisches Reich! Habt Ihr, Oberst von Soest, Euch jemals Gedanken darüber gemacht, was das bedeutet? Warum wir das Recht, nach dem wir uns richten, das römische Recht nennen? Warum jeder, der sich auch nur einigermaßen als gebildet betrachten will, die lateinische Sprache beherrschen muss? Offenbar nicht. Was Euch vorschwebt, ist nichts weniger als die Auflösung all dessen, was uns Christen heilig ist – die Einheit der abendländischen Kirche und unsere gemeinsamen kulturellen Wurzeln.«

Gernot war sich der Tatsache bewusst, dass er maßlos übertrieben hatte, aber den Mienen der Zuhörer nach zu urteilen hatte er ihr Wohlwollen gewonnen – und so vielleicht auch das des Kaisers.

»Das sind verleumderische Unterstellungen!«, rief Daniel. »Alles, was ich –«

»Alles, was Ihr sagen wolltet, war, dass Ihr den hier anwesenden, erhabenen Kaiser Ludwig aus der Stadt Rom, die er legitim beherrscht, vertreiben wollt! Des Kaisers Bürde wie auch sein Recht ist es, den Schutz der Heiligen Stadt zu gewährleisten. Aber Ihr seid der Meinung, die Römer bräuchten seine schützende Hand nicht. Aber, Daniel von Soest, damit habt Ihr Eure Rechnung ohne das Volk von Rom gemacht. Ohne die, die klar und unbenebelt zu denken verstehen und die wissen, dass es der Kaiser ist, der die Feinde Roms, Italiens, ja der ganzen lateinischen Christenheit davon abhält, mit ihren Flotten vor unseren Küsten aufzutauchen, unsere Handelsschiffe zu versenken und nach Belieben ihre Truppen anzulanden.«

Die reichen Bürger unter den Zuschauern nickten als Erste. Mit der Erwähnung der Seeherrschaft hatte Gernot ihren Nerv getroffen: Fast jede der wohlhabenden städtischen Bürgerfamilien, die im Gegensatz zu den Adligen keine Ländereien in Latium besaßen, verdankte ihren Wohlstand den Handelsschiffen, die in ihrem Auftrag das mittelländische Meer befuhren.

»Wer soll denn die Freiheit der Meere und die Sicherheit der italienischen Küsten verteidigen?«, setzte Gernot halb an den Kaiser, halb ans Publikum gewandt noch einen drauf. »Oberst Daniel mit seiner Hand voll berittener Milizionäre vielleicht? Nein. Daniel ist nicht töricht. Er weiß selbst, dass er das nicht kann. Aber wer, um alles in der Welt, soll es dann tun? Darauf gibt es nur eine Antwort. Ich brauche sie euch nicht zu geben, ihr alle, Römer und Franken, habt schließlich Augen zum Sehen, Ohren zum Hören und einen Kopf zum Denken. Woher, so frage ich euch, kennt Daniel die Namen derer so genau, die tatsächlich mit den Griechen paktiert haben? Jene wirklichen Verräter, mit denen er seine Liste durchsetzt hat, um ihre Echtheit vorzutäuschen? Die Namen kleiner Zuarbeiter der Griechen, so klein, dass sie offenbar inzwischen entbehrlich geworden sind? Antwortet endlich, Daniel! Sagt mir, wer Euch die Erlaubnis erteilt hat, sie ans Messer zu liefern. – Aber vielleicht irre ich mich ja auch. Vielleicht hatte der Kaiser der Griechen ja ganz andere Gründe, Euch diesen Befehl zu geben. Zumal es ja auf Euer Bestreben zurückgehen soll, dass niemand von ihnen zum Tode verurteilt werden soll. Redet endlich, Daniel von Soest!«

Der Oberst stand wie angewurzelt da und brachte vor lauter Entsetzen kein Wort heraus. Hilfesuchend blickte er zum Kaiser, doch Ludwig wandte den Kopf ab.

»Ihr zieht es also vor zu schweigen? Wie Ihr wollt, Daniel.« Gernot wandte sich wieder dem Kaiser zu. »Erhabener Kaiser! Hiermit erhebe ich, Ritter Gernot von Soissons, mit dem Recht eines fränkischen Adligen Anklage gegen Daniel von Soest, Oberst in der Reiterei der Miliz der Franken zu Rom. Die Anklage lautet Hochverrat, die entsprechenden Beweise habe ich Euch soeben vorgelegt.«

Der Saal tobte, die stockschwingenden Diener hin oder her. Nach Volkes Meinung hatte Gernot es geschafft.

Daniel war so vernünftig, seinen Mund zu halten und sich der Gnade des Kaisers anzuvertrauen. Ganz gleich, was er jetzt noch vorbrächte, es würde nur nach krampfhafter Rechtfertigung klingen.

Ludwigs Urteilsspruch war nur noch Formsache. Johannes wurde wegen erwiesener Unschuld freigesprochen und noch am selben Tag von Leo in allen Ehren in seinen Ämtern und Würden bestätigt. Überall wo er auftauchte, brandete ihm Jubel entgegen.

In aller Stille wurden noch einige der allzu offensichtlichen Parteigänger der Byzantiner abgeurteilt, aber für den Fortgang der Gerichtsverhandlungen interessierte sich kaum noch jemand. Ludwig II. war bestrebt, während der nächsten Tage möglichst oft in Gesellschaft der beiden neuen bewunderten Lieblinge der Römer, Johannes und Gernot, gesehen zu werden.

*

In Tariqs Palast erwartete Gernot ein Festmahl. Seine sämtlichen Lieblingsspeisen und den von ihm bevorzugten Rotwein aus der Gegend um Montepulciano hatte der Maure auftischen lassen. Sie speisten lange und schweigend, wie Gernot es bevorzugte. Erst als sie das Mahl mit Käse, getrockneten Früchten, Kuchen und Tee abschlossen, ergriff Tariq das Wort.

»Ich bin dir zu großem Dank verpflichtet, mein Freund«, sagte er. »Ohne deinen persönlichen Einsatz wäre der Prozess wohl zu Johannes' Ungunsten ausgegangen. Du hast dich als ein wahrer Advocatus erwiesen.«

»Zum ersten und, wie ich hoffe, auch letzten Mal«, sagte Gernot. »Ich war entsetzlich aufgeregt. Diese Art von Auseinandersetzung ist nichts für mich.«

»Deine Aufregung hat man dir aber anscheinend nicht angemerkt. Mein Leibdiener, den ich als Beobachter zur Verhandlung geschickt habe, hat nichts dergleichen verlauten lassen.«

»Ein höflicher Mensch.«

»Verrate mir, was du dir als Belohnung wünschst, und du kannst dein Begehr als bereits erfüllt betrachten.«

»Ein Leben in Ruhe und Frieden in einem Land, in dem alle Menschen sich wie Brüder behandeln.«

Tariq hob entschuldigend die Hände. »Dir diesen Wunsch zu erfüllen liegt leider nicht in meiner Macht. Nein, ganz im Ernst, du musst doch Wünsche haben, Gernot. Ein neues Pferd, neue Waffen oder Gewänder, Schmuck für Anna, was auch immer. Oder soll ich dir meinen Leibdiener überlassen? Er würde dir jeden Tag schmeicheln, wenn du möchtest.«

Bei der Vorstellung musste Gernot schmunzeln. Einen persönlichen Schmeichler zu haben, das wäre wahrhaftig etwas Außergewöhnliches. Spätestens nach zwei Tagen wäre er dieses Getues wahrscheinlich überdrüssig.

»Meinen Sohn auf gutem Weg zu wissen und bald in meine Heimat im Tal der Aisne zurückkehren zu können, ist alles, was ich mir wünsche, Tariq. Tut mir leid, aber du wirst dein Geld für andere Dinge ausgeben müssen.«

Von einem Moment auf den nächsten wurde der Maure ernst.

»Der Prozess ist zwar verlaufen, wie ich es mir gewünscht habe«, sagte er nachdenklich, »doch ich habe noch immer nicht in Erfahrung gebracht, wer der Verräter in unseren eigenen Reihen ist.«

»Das ist doch nebensächlich. Die Wahl Johannes' zum Papst ist doch nun nur noch eine Formsache.«

»Und was, wenn er erneut tätig wird? Es ist immer übel, eine Laus im Pelz zu haben, vor allem wenn man nicht weiß, wo sie sitzt.« Tariqs Augen wurden ganz schmal. »Ich bin noch einmal alle in Frage Kommenden durchgegangen. Ohne Scheuklappen, ohne falsche Rücksichtnahme. Und am Ende ist ein Name übrig geblieben. Nur dieser Mensch kann der Verräter gewesen sein, obwohl ich keinen einzigen Beweis für seine Untat habe.«

Gernot rührte in seinem Tee, da der Honig sich noch nicht vollständig aufgelöst hatte.

»Willst du gar nicht wissen, wer derjenige ist?«

»Nein«, sagte Gernot. »Solange du keine Beweise hast, will ich mich nicht mit Misstrauen vergiften.«

Tariq blickte ihm lange forschend in die Augen, und Gernot hielt seinem Blick stand. Schließlich senkte der Maure seine Lider.

»Vielleicht hast du Recht«, sagte er. »Misstrauen ist ein langsam wirkendes Gift. Es zerstört eher denjenigen, der misstraut, als den, dem sein Misstrauen gilt. Ich werde diesen Namen also für mich behalten.«

»Willst du auch weiterhin nach Beweisen gegen den Verräter suchen?«

»Nein«, sagte Tariq. »Nur wenn er es noch einmal versuchen sollte.«

Rom, Juni 855

Gernots Ansehen war durch sein mutiges Auftreten vor Gericht erheblich gewachsen. Da die fränkische Stadtmiliz nach Daniel von Soests Ausweisung aus der Stadt und seiner Verbannung in seine rheinische Heimat einen neuen Reiteroberst brauchte, trug man ihm diesen Posten an. Er konnte nicht verhehlen, dass ihm das Angebot schmeichelte, trotzdem lehnte er ab. Sobald als möglich wollte er nach Soissons zurückkehren. Seine Sehnsucht nach Anna und seinen Töchtern war riesengroß. Trotzdem versprach er Konrad, so lange in Rom zu bleiben, bis Johannes zum Nachfolger Leos gewählt worden war und damit Konrads Platz in der Kurie sichergestellt sein würde. Aber das konnte dauern. Weder der nasskalte Winter noch das feuchte Frühjahr, das wie immer die halbe Stadtbevölkerung aufs Lager gezwungen hatte, hatten der Gesundheit des Heiligen Vaters Schaden zufügen können. Dass die von ihm bevorzugte Nachfolgeregelung auch den Segen des Mitkaisers und Königs von Italien hatte, gab ihm offenbar neue Lebenskraft. Gernot sah sich schon einen weiteren Winter in der Stadt am Tiber verbringen.

Thomas Ravennus hatte er seit dem Prozess gegen Johannes nicht mehr gesehen. Gernot hatte nur vernommen, der Magister sei auf Weisung Karls nach St. Denis gereist. Gerne hätte er ihm einen Brief für Anna mitgegeben, aber da Thomas Rom ohne Ankündigung verlassen hatte, blieb Gernot nur, seine Zeilen einem Fernhändler mitzugeben, der ihm dafür reichlich Silberlinge abknöpfte.

Der Mann der Stunde war zweifellos Johannes. Die Beliebtheit, die er durch den gewonnenen Prozess erlangt hatte, hatte bis in den Sommer hinein nicht im Geringsten nachgelassen. Gernot begegnete der künftige Papst seit seinem Auftritt in der Verhandlung mit einer Mischung aus aufrichtiger Bewunderung und tiefer Dankbarkeit. Den »Advocatus« beeindruckte das wenig, aber er freute sich, dass letztendlich Konrad einen Vorteil davon haben würde. Seine Position in der Kurie und damit seine Zukunft wurden zunehmend unantastbarer.

Nur über die Rolle, die Thomas Ravennus zukünftig spielen würde, war sich Gernot im Unklaren. Zweifellos war er es, den Tariq im Verdacht hatte, Verrat geübt zu haben. Gernot mutmaßte schon, der Magister kehre vielleicht gar nicht nach Rom zurück, als eines Abends einer der Diener plötzlich seinen Besuch anmeldete.

»Seid gegrüßt, Magister Thomas«, sagte Gernot und schritt ihm in der Empfangshalle entgegen. »Wir haben uns lange nicht gesehen.«

»Die Pflichten eines Gesandten bestehen auch darin, dem Entsender hin und wieder Bericht zu erstatten, was sich am Ort der Entsendung so ereignet hat«, drechselte der Benediktiner und schaute sich nach beiden Seiten um. »Ist Tariq im Haus?«

»Nein«, sagte Gernot. »Er hält sich in Ostia auf, wo ein Schiff mit Waren aus dem Emirat eingelaufen ist. Wolltet Ihr ihn sprechen?«

»Nein, ich will mit dir sprechen. Ich brauche deine Unterstützung.«

Sie ließen sich im Atrium nieder, wo es an diesem schwülen Abend noch am erträglichsten war. Ein Diener trug Früchte und Tee auf, und nachdem beide etwas zu sich genommen hatten, sagte der Magister:

»Ich komme geradewegs aus dem päpstlichen Palast. Papst Leo hat einen Zusammenbruch erlitten, und diesmal sieht es so aus, als gewähre der Herr ihm endlich die Gnade, ihn abzuberufen.«

»Leo war schon oft totgesagt und hat sich jedes Mal wieder hochgerappelt. An sein Ableben glaube ich erst, wenn ich seinen Leichnam sehe.«

»Nur, dann wäre es zu spät zu handeln. Man muss auf den Tag vorbereitet sein.«

»Seid Ihr schon wieder dabei, Ränke zu schmieden, Magister? Ich habe bisher für mich behalten, was Ihr mir über Eure Rolle anlässlich der Einmischung Ludwigs anvertraut habt. Aber ich muss Euch warnen: Tariq hat Euch allem Anschein nach in Verdacht, und ich denke, er wird Euch auch beobachten lassen, sobald er erfährt, dass Ihr zurückgekehrt seid. Also hütet Euch davor, neue Intrigen anzuzetteln. Die Sache ist endgültig entschieden, und Ihr solltet hinnehmen, dass Ihr nicht nur eine Schlacht, sondern den Krieg verloren habt.«

»Das kann ich unmöglich. Sollte Johannes tatsächlich Papst werden, steht die Zukunft der Kirche, ja der gesamten christlichen Welt auf dem Spiel. Hättest du dich beim Prozess gegen Johannes doch nur herausgehalten, dann wäre die Welt jetzt um eine Sorge ärmer.«

»Übertreibt nicht so. Die Welt hat in dieser Angelegenheit keine Sorgen, da Ihr die Euren nicht kundtut. Hättet Ihr mir reinen Wein eingeschenkt und mir gesagt, weswegen Johannes ungeeignet ist, hätte ich mich vielleicht nicht eingemischt. Aber sollte ich nur aufgrund Eurer vagen Andeutungen schweigen? Nein, Thomas Ravennus, dass ich Johannes beigesprungen bin und Eure Kreise gestört habe, halte ich nach wie vor für richtig.«

Thomas hob den Kopf zum Himmelszelt, wo, wenn man genau hinsah, die ersten Sterne funkelten. Gernot bezweifelte allerdings, dass die trüben Augen seines ehemaligen Lehrers diese zu entdecken vermochten. Vielleicht sah er dafür etwas anderes, was Gernot verborgen blieb.

»Ich hätte die Ernennung Karls zu seinem Gesandten in Rom nie annehmen dürfen«, sagte Thomas nach einer Weile. »Verdammte Politik! Aber auch im hohen Alter ist man vor Eitelkeit nicht gefeit. Besonders wenn man erkennen muss, dass keine wirkliche Zukunft mehr vor einem liegt, dass alles, was man im Leben erreichen wollte, entweder schon erreicht ist oder aber nie mehr erreicht werden wird. Als Erzieher und Ausleger der Heiligen Schrift genieße ich ein gewisses Ansehen, doch echten Ruhm, der meinen Namen für die Nachwelt erhält, habe ich nie erworben. Weder habe ich ein großes philosophisches, historisches oder theologisches Werk verfasst, obwohl ich in allen drei Disziplinen mehr tiefschürfende Gedanken entwickelt habe als die meisten berühmten Autoren der Antike oder Gegenwart. Noch habe ich jemals an den Hebeln kirchlicher Würde und Macht gesessen, dabei hätte mein staatsmännisches Verständnis mich auch dazu befähigt. Ja, nicht einmal zu einem lausigen Bischofssitz hat es im Laufe meines langen Lebens gereicht.«

»Gebt Acht, dass Ihr nicht in Eurem Selbstmitleid ertrinkt, Magister«, sagte Gernot kalt.

»Darum geht es doch gar nicht, mein Sohn. Ich habe meinen Lebenslauf nur angeführt, um dir den Unterschied zwischen Johannes und mir aufzuzeigen. Ich hatte nie einen Förderer, ich stand immer für mich allein. Als ich Johannes' unstrittige, aber brachliegende Talente entdeckte, wollte ich ihm ein ähnliches Schicksal ersparen. Deswegen habe ich ihn gefördert, wo ich nur konnte. Dabei habe ich von Anfang an klargestellt, dass sein Streben eine gewisse Grenze nicht überschreiten darf, und er war damit einverstanden. Bis er die Gelegenheit bekam, Leos Nachfolge anzutreten.«

»Das habt Ihr mir schon anlässlich unserer letzten Unterredung in ähnlicher Form erzählt.«

»Daran kannst du erkennen, wie wichtig es mir ist, dass du den Hintergrund verstehst, vor dem ich mich zum Handeln – nenne es von mir aus Intrigieren – gezwungen gesehen habe.«

»Wenn ich ehrlich sein soll, weiß ich nicht, worauf dieses Gespräch hinauslaufen soll, außer dass Ihr längst bekannte Tatsachen wiederkäut.« Gernot nahm sich eine Orange und begann sie zu schälen. »Eingangs spracht Ihr davon, dass Ihr meine Unterstützung bräuchtet. In welcher Hinsicht?«

»Liebst du deinen Sohn, Gernot?«

»Über alles. Er ist Mechthilds Vermächtnis an mich.«

»Dann sprich mit Johannes und verlange von ihm, seine Kandidatur als Papst zurückzuziehen.«

Gernot lachte auf. »Ihr macht mir Spaß. Mit welcher Begründung?«

»Indem du ihm das Geheimnis, das ihn umgibt, vorhältst.

Dann weiß er, dass nicht nur ich, sondern mindestens noch ein Zweiter davon Kenntnis hat. Er könnte sich von allen geachtet in ein Kloster zurückziehen und seinen Studien nachgehen. Das wäre kein unehrenvoller Abgang, wie er ihm durch eine Verurteilung im Prozess drohte.«

»Dazu müsste ich das Geheimnis aber kennen«, sagte Gernot.

»Wenn du beim Leben deines Sohnes schwörst, in meinem Sinne mit Johannes zu sprechen, werde ich es preisgeben. Doch du musst zuerst schwören.«

»Das kann ich nicht, ohne zu wissen, um was es geht. Womöglich erzählt Ihr mir anschließend einen hanebüchenen Unsinn, den ich Johannes niemals vorhalten würde.«

»Ich kann es dir nur sagen, wenn du vorher schwörst«, flehte Thomas eindringlich. »Bitte, Gernot, um deines Sohnes willen.«

»Schweigt, alter Narr!«, donnerte eine Stimme hinter ihnen.

Beider Köpfe flogen herum. Mit hochrotem Gesicht stand Tariq im Türbogen, den Dolch in der Hand.

»Noch ein Wort, Thomas, und Ihr seid des Todes!«, zischte er.

Gernot war bestürzt. So hatte er seinen maurischen Freund noch nie erlebt. Während er fassungslos den Kopf schüttelte, begann der Magister zu röcheln, verdrehte die Augen und fiel von seinem Stuhl.

*

»Was hast du mit ihm gemacht?«, fragte Gernot, als Tariq ins Atrium zurückkehrte.

»Nichts«, sagte der Maure. »Thomas hat einen schweren Zusammenbruch erlitten und liegt nun im Gästegemach. Sein Herz rast, und er verliert immer wieder die Besinnung.

Sobald es ihm etwas besser geht, werden die Diener ihn in seine Unterkunft im päpstlichen Palast bringen, wo Leos Medicus sich um ihn kümmern kann.«

»Hättest du ihn umgebracht, wenn er weitergesprochen hätte?«

Tariq grinste schief. »Ich bin arabischer Abstammung. Wie bei unseren Pferden fließt heißes Blut in meinen Adern.«

»Das beantwortet meine Frage nicht.«

»Er hat nicht weitergesprochen, darauf kommt es an.«

Tariqs Leibdiener brachte frischen Tee, den beide jedoch nicht anrührten.

»Du kennst das Geheimnis, das Johannes umgibt«, sagte Gernot. Es war eine Feststellung, keine Frage.

»Ja«, sagte Tariq. »Ich kenne es.«

»Und?«

»Und was?«

»Verrätst du es mir?«

»Es ist nichts von Bedeutung.«

»Es ist nichts von Bedeutung!« Gernot schlug sich mit der Handfläche vor die Stirn. »Laut Thomas Ravennus ist es geeignet, die christliche Welt aus den Angeln zu heben, und du sagst mir, es sei ohne Bedeutung. Dabei wolltest du ihn eben noch umbringen, wenn er es ausgeplaudert hätte. Was zum Henker soll ich davon halten?«

Tariq atmete einmal tief durch. »Nun gut, mir scheint fast, dass du ein Anrecht darauf hast, es zu erfahren. Immerhin habe ich dir zu verdanken, dass die Anklage gegen Johannes fallengelassen wurde.«

»Dafür habe ich nie etwas verlangt. Das habe ich getan, weil die Anklage ein Unrecht war.«

»Gernot, der Edelmütige.« Tariq hob die Hand. »Das meine ich nicht spöttisch. Im Gegenteil, ich bewundere dich, weil du dir in dieser elenden verlogenen Welt so viel Anstand bewahrt hast. Dafür achte ich dich.«

»Erzähl mir lieber von dem Geheimnis.«

Tariq nahm sein Glas zur Hand und schwenkte es, trank aber noch immer nicht. »Johannes hat in jungen Jahren einen Mord begangen. Er hat seinen Bruder getötet. Die Tat wurde nie gesühnt. Würde das bekannt, wäre es um seine Wahl zum Papst geschehen.«

Johannes, dieser kleine, schmale, sanfte Bursche, sollte ein Mörder sein? Ein Brudermörder? Wie Kain? Gernot konnte es nicht glauben. Ungläubig starrte er Tariq an.

»Nun weißt du es endlich«, sagte Tariq.

»Wie hast du davon erfahren?«

»Nun ist es aber gut, ja? Auch zwischen Freunden gibt es Grenzen.«

Gernot strich sich über Wangen und Kinn. Seit Tagen hatte er sein Messer nicht mehr gewetzt und seine Bartstoppeln geschabt. Albern, dass er in diesem Augenblick daran dachte.

»Wie könnte das denn ruchbar werden?«, fragte er.

»Was weiß ich. So alt ist Johannes ja nicht. Womöglich leben noch Zeugen, die ihn beschuldigen könnten.«

»Weißt du auch, wo sich das zugetragen hat?«

»Dort, wo er seine Kindheit verbracht hat. Ich glaube, ihr nennt die Gegend Wormsfeldgau.«

»Dann war er ein Kind, als er zum Mörder wurde?«

»Ja! Und nun will ich über diese Angelegenheit nicht mehr sprechen. Und du wirst darüber schweigen, und zwar gegen jedermann.«

»Sonst würdest du mich töten«, sagte Gernot.

»Fordere es nicht heraus, mein Freund«, sagte Tariq mit einer Stimme, die so kalt war, dass sie jedem anderen das Blut in den Adern hätte gefrieren lassen. »Fordere es nicht heraus.«

Rom, August 855

Eine Zeit lang war strittig, wer ärger daniederlag, der Heilige Vater oder Thomas Ravennus. Konrad, mit dem Gernot sich nunmehr regelmäßig zur Einnahme des Mittagsmahls traf, brachte täglich die Einschätzungen des päpstlichen Medicus mit, der sich um beide kümmerte. So erfuhr Gernot als einer der wenigen Laien alles Wissenswerte über eines der am besten gehüteten Geheimnisse der römischen Kurie.

Natürlich war allen bekannt, dass der Papst seit seiner kurzen Rede vor der Peterskirche nicht mehr öffentlich aufgetreten war. Anlässlich der Osterprozession hatte er sich vertreten lassen, zum ersten Mal während seines achtjährigen Pontifikats. Aber genau wusste niemand außerhalb des Papstpalastes, wie es wirklich um ihn stand. Seit Wochen kam er kaum noch zu Atem. Zu eigenständigen Entscheidungen, gleich ob politischer oder theologischer Natur, war er überhaupt nicht mehr in der Lage. Immer öfter war er geistig weggetreten. Dies war auch der Grund, warum sein Gesundheitszustand verschleiert wurde. Das Volk mochte einen Papst mit körperlichen Gebrechen verkraften, einen Pontifex, der nicht mehr laufen oder seine Hand heben konnte. Aber ein Papst, der nur noch unverständliches Zeug vor sich hin brabbelte, der wie ein Kleinkind mit Brei gefüttert werden musste und weder seine Blase noch seinen Darm kontrollieren konnte, würde nicht nur das Vertrauen der Gläubigen in diesen Menschen erschüttern, sondern auch in die Institution der Kirche insgesamt. Leos bedauerlicher Anblick musste den Menschen unbedingt verborgen bleiben, das war die einhellige Meinung der Kongregation der höchsten geistlichen Würdenträger.

Johannes führte derweil die Geschäfte der römischen Kurie fast im Alleingang. Er erledigte alle anfallenden Arbeiten äußerst wirkungsvoll und leitete die anderen Beamten in einem verbindlichen Stil an, sodass sich niemand gegängelt fühlte und auf den Gedanken kam, Johannes maße sich Würden an, die ihm nicht – noch nicht – zustanden. Doch bei allem Fleiß und aller Umsicht fehlte es ihm an einem: an Lebenserfahrung. Ein Mangel, den weder seine Intelligenz noch seine theologische Bildung wettmachen konnten. Glücklicherweise wusste er darum und suchte deshalb immer wieder den Rat kluger Männer, gerne auch außerhalb des Zirkels seiner klerikalen Berater. Ein Grund, warum Gernot von Johannes immer häufiger in den Palast gebeten wurde. Zuletzt ging er nahezu täglich in den Privatgemächern des ersten Sekretärs ein und aus, wobei er so oft wie möglich die Gelegenheit nutzte, nach Thomas Ravennus zu sehen.

Seinem alten Magister ging es eher noch schlechter als dem Heiligen Vater. Mit schiefem Gesicht, gänzlich unfähig zu sprechen, aber mit wachen Augen lag er auf seinem Lager und starrte an die Decke. Sobald jemand an das Bett trat, blickte der Alte den Besucher an, aber ob er denjenigen erkannte, blieb ungewiss. Nahrung konnte er nicht mehr zu sich nehmen, da ihm das Schlucken unmöglich war, nur mit Hilfe eines in den Rachen geschobenen Strohhalms vermochten die Diener ihm tropfenweise Wasser einzuflößen. Entsprechend schnell baute er ab.

Als Gernot ihn an diesem Abend besuchte, war Thomas nur noch Haut und Knochen. Jetzt war ihm auch noch der Bart geschoren worden; Gernot hatte ihn nie zuvor ohne gesehen, völlig fremd kam er ihm vor. Links und rechts der Bettstatt brannten Kerzen, gerade so, als hätte man den Magister bereits aufgebahrt. Aber er lebte noch, seine Brust hob und senkte sich schwach, aber erkennbar. Gernot setzte sich an seine Seite, ergriff seine Hand und hielt sie fest.

Nachdem er den Alten eine Weile beobachtet hatte, schweiften seine Gedanken ab. Zurück in jene Zeit, als er aus Cordoba losgeritten und die ihn umgebende Welt noch geordnet und einfach gewesen war. Lothar war sein Todfeind, und an ihm Rache zu üben, war damals Gernots letzter noch verbliebener Lebenszweck gewesen. Tariq, der ihm in all den Jahren des Exils ein treuer Freund gewesen war, und Thomas Ravennus, für dessen Weisheit er größte Bewunderung empfunden hatte, waren die Gefährten gewesen, denen er zu jeder Zeit und in allen Lebenslagen unvoreingenommen vertraut hatte. Der Feind auf der einen Seite, Freunde und Verbündete auf der anderen, so simpel hatte die Welt des Gernot von Besslingen im Jahre des Heilands 841 ausgesehen.

Und was war daraus geworden? Ein unendlich verworrenes Geflecht. Im Kleinen wie im Großen. Die einander angeblich so unversöhnlich gegenüberstehenden feindlichen Brüder Lothar, Ludwig und Karl hatten sich nach dem Ende des Bruderkrieges die Herrschaft über das Land der Franken zwar nicht in herzlicher Eintracht, aber doch im Einvernehmen geteilt, und das unter annähernd gleichen Bedingungen, wie sie vor Kriegsbeginn geherrscht hatten. Gernot konnte sich nicht helfen, aber dass ein so großer Teil des fränkischen Adels damals auf dem blutgetränkten Feld von Fontenoy sein Leben gelassen hatte, war gänzlich sinnlos gewesen. Und er hatte mittendrin gesteckt und reihenweise getötet im Glauben an – ja, woran eigentlich? Gernot wusste es nicht einmal mehr.

Und was war aus seiner Freundschaft zu Tariq und Thomas geworden? Beide hatten in der Krise um die Nachfolgeregelung Leos Wesenszüge offenbart, die Gernot ihnen niemals zugetraut hätte. Kalt und berechnend hatten sie gehandelt und wären beinahe über Leichen gegangen, nur um ihre eigenen Vorhaben durchzusetzen. Beide hatten versucht, ihn für ihre Zwecke zu beeinflussen. Gernot fragte sich, ob er sie auch heute noch als Freunde bezeichnen konnte. Traurigerweise musste er die Frage mit nein beantworten. Wenn er überhaupt noch jemandem traute, dann seinem Sohn. Aber auch der ging bereits seiner eigenen Wege. »Gernot, es wird Zeit, dass du nach Hause gehst«, sagte er zu sich selbst.

Plötzlich hatte er das Gefühl, der Magister habe seine Hand gedrückt. Die Augen des alten Mannes waren klar und blickten ihn direkt an. Erneut spürte Gernot dieses Zupacken. Forderte Thomas seine Aufmerksamkeit, wollte er ihm gar etwas mitteilen?

»Magister Thomas, könnt Ihr mich verstehen?«, fragte Gernot.

Der Alte schlug die Augenlider zweimal nieder.

»Soll das ›ja‹ bedeuten?«

Wieder schlug Thomas die Lider zweimal nieder. Gernot war verunsichert. Thomas Ravennus verstand ihn offensichtlich. Aber wie sollte er sich so mit ihm unterhalten? Er musste ihm Fragen stellen und hoffen, dass es die richtigen waren.

»Habt Ihr Durst?«

Der Magister reagierte nicht, sah ihn nur starr an.

»Wollt Ihr mir etwas mitteilen?«

Jetzt antwortete er mit seinen Augen. Gernot überlegte fieberhaft. »Wenn ich Euch das Alphabet aufsage, bedeutet Ihr mir, wenn ich den richtigen Buchstaben gesagt habe?«

Der Magister bestätigte.

»Nun gut«, sagte Gernot. »Versuchen wir es. A … B … C …«

Lange geschah nichts. Erst beim zwanzigsten Buchstaben erfolgte der doppelte Lidschlag.

»Das T. Beginnt das Wort mit T?«

Der Magister bestätigte erneut. Gernot grübelte. Welches Wort mit T konnte Thomas nur meinen? Es gab unzählige. Aber etwas Beliebiges wie Tasse würde es nicht sein, vielmehr musste es sich um etwas Naheliegendes handeln.

»T wie Tod?«, fragte er. »Meint Ihr den Tod?«

Falsch.

»Trauer?«

Wieder falsch.

»Tempel?«

Erneut lag er daneben.

»Traum? Taufe? Topf?«

Thomas reagierte nicht. So hatte das keinen Zweck. Einfach drauflos zu raten brachte nichts. Gernot überlegte erneut. Der gesuchte Begriff musste etwas sein, das sie verband. Vielleicht war es ja auch ein Name.

»Tariq?«, fiel Gernot spontan ein.

Thomas schlug seine Lider zweimal nieder.

»Es handelt sich also um Tariq. Was ist mit ihm? Wollt Ihr ihn sehen?«

Das wollte Thomas offensichtlich nicht.

»Soll ich ihm eine Nachricht von Euch zukommen lassen?«

Auch das war falsch.

»Wir versuchen es noch einmal mit dem Alphabet, ja? – A ... B ... C ...«

Die Reaktion erfolgte wieder bei T. Gernots Gedanken kreisten derart schnell, dass ihm der Schweiß auf die Stirn trat.

»T, T, T«, murmelte er. »Was meint Ihr nur?«

Unendlich langsam öffnete der Magister seinen halbseitig gelähmten Mund. Die Zähne waren gelb, das Zahnfleisch war schwarz vor Fäulnis.

»Ihr wollt versuchen zu sprechen?«

Gernot hatte die Absicht des Alten erraten. Ganz dicht brachte er sein Ohr an die aufgeplatzten Lippen des Todkranken. Ein kaum wahrnehmbares Stöhnen entrang sich dem Schlund des Magisters, fast schon an der Grenze zur Einbildung.

»Wiederholt das Wort«, flüsterte Gernot.

Wieder stöhnte Thomas Ravennus, diesmal etwas lauter. Das Wort war wieder nicht zu verstehen, aber immerhin war Gernot sich nunmehr sicher, dass es zweisilbig war.

»Versucht es noch einmal, Magister.«

Aber Thomas hatte sich bereits verausgabt, kein Ton kam mehr über seine Lippen.

»Also noch einmal wie eben«, sagte Gernot. »Handelt es sich um eines der Wörter, nach denen ich vorhin gefragt habe?«

Die Bestätigung blieb aus. Gernot wusste nicht mehr weiter. In seiner Not sagte er jedes zweisilbige Wort daher, das ihm gerade einfiel und mit einem T begann. Er plapperte und plapperte, aber die Augenlider des Magisters blieben regungslos. Es war zum Verzweifeln.

»Zum Teufel damit!«, fluchte Gernot.

Und da antwortete der Alte. Nicht zweifach bejahte er, nein, seine Lider flatterten regelrecht.

»Teufel?«, fragte Gernot ungläubig. »Ihr meint den Teufel?«

Die Bestätigung erfolgte umgehend.

»Tariq und der Teufel?«

Damit lag er daneben. Im Kopf spielte er andere Kombinationen durch. Kaum eine machte Sinn.

»Tariq ist ein Teufel?«, fragte er schließlich.

Der Magister geriet völlig außer sich, so sehr, dass er sogar versuchte, den Kopf zu heben. Dann sank er erschöpft zurück und schloss die Augen. Gernot fürchtete, er sei gestorben. Als er aber sein Ohr an die Brust des Alten legte, schlug das Herz noch. Umgebracht hatte ihn das Gespräch nicht, aber ihm seine letzten Kräfte geraubt.

Gernot deckte den Magister zu und verließ das Zimmer. Den Diener, der vor der Tür auf einem Stuhl sitzend eingeschlafen war, wies er an, bald nach dem Kranken zu sehen.

*

Das Erlebte beschäftigte Gernot so sehr, dass er unaufmerksam war und in die falsche Richtung ging. Der päpstliche Palazzo war ohnehin mehr etwas für Freunde von Labyrinthen; gewöhnliche Menschen konnten sich in dem Gewirr von Gängen nur verlaufen. Schließlich fand er sich in einem unbeleuchteten Treppenhaus wieder, das er nie zuvor betreten hatte. Eine schmale Stiege kam aus der Tiefe und schraubte sich allem Anschein nach bis hinauf zum Dach. Dort oben, zwei Stockwerke über ihm, fiel dämmriges Licht ein und Stimmen waren zu hören. Gernot sah sich um. Den Weg zurück zu Ravennus' Gemach würde er allein nicht mehr finden, eher würde er sich noch ärger verlaufen, und die Treppe hinunterzusteigen mochte ihn sonst wohin bringen. Also beschloss er, es auf dem Dach zu versuchen. Vielleicht konnten ihm die Menschen dort oben den Weg zum Ausgang weisen.

Jede einzelne Stufe knarzte, trotzdem konnte Gernot die Leute auf dem Dach weiterhin reden hören, auch wenn er nicht verstand, was sie sagten. Allem Anschein nach waren es zwei, die jetzt scherzten und lachten. Bis sie schlagartig verstummten. Gernot hielt inne. Hatten sie gehört, dass jemand die Treppe heraufkam? Er wollte schon rufen und sich ankündigen, aber es war ja nicht mehr weit. Noch vier oder fünf Stufen, und er würde oben sein. Vorsichtig ging er weiter, bemüht, keinen unnötigen Lärm zu veranstalten.

Das Dach hatte einen Aufsatz in Form eines Häuschens, in dem die Stiege endete. Von dort gelangte man durch eine Tür, die jetzt offen stand, auf das Dach des Palazzos. Gernot steckte den Kopf nach draußen.

Keine zwei Armlängen von ihm entfernt standen zwei Menschen, die sich eng umschlungen hielten und einander leidenschaftlich küssten. Wenn der Papst das wüsste, dachte Gernot, dass sich einer seiner Bediensteten mit irgendeinem Weibsbild zum Stelldichein auf dem Dach seines Palastes traf. Er wollte sich unauffällig zurückziehen, um die Liebenden nicht zu stören, doch es war zu spät. Die beiden hatten ihn bereits bemerkt und blickten ertappt in seine Richtung.

Es war Nacht, aber der volle Mond beschien die Gesichter, sodass Gernot sie mühelos erkennen konnte. Er erstarrte wie einst Lots Frau; der Schock hätte nicht größer sein können. Vor ihm standen Johannes, der zukünftige Heilige Vater, und sein Sohn Konrad.

Gernot lag auf seinem Bett. Sein Herz hämmerte, und sein Atem ging stoßweise. Er schloss die Augen und bedeckte sie zusätzlich mit seinem Unterarm, aber die Bilder, die sich ihm ins Gedächtnis gefressen hatten, wurde er nicht los. Wieder und wieder tauchten Johannes und Konrad vor seinem geistigen Auge auf, wie sie sich umfasst und ihre Lippen aufeinandergepresst hatten. Dann ihre entsetzten, geweiteten Augen, als sie merkten, dass er sie bei ihrem widernatürlichen Treiben beobachtete. Gernot hätte am liebsten laut geschrien, seinen Schmerz hinausgebrüllt, wenn er nicht befürchtet hätte, damit den gesamten Palazzo zu wecken. So biss er sich in die Hand, bis er Blut schmeckte.

Wie er den Weg hinaus aus dem Papstpalast gefunden hatte, wusste er nicht mehr. Er war die Treppe hinuntergestürzt, endlose Gänge entlanggelaufen, hatte weitere Treppen benutzt, Türen aufgestoßen, war mit Wachen zusammengeprallt und hatte irgendwann, völlig unerwartet, im Freien gestanden. Auch an den Ritt durch die Stadt zu Tariqs Palazzo im Schatten von Santa Maria Maggiore hatte er keine Erinnerung. Er wusste nur, dass er Tariqs Leibdiener zur Seite gestoßen hatte, die Treppe hinaufgehastet war und sich in seinem Zimmer eingeschlossen hatte. Und hier lag er nun.

»Herr, was habe ich verbrochen, dass du mir das antust?«, schluchzte er.

Diese verfluchte Stadt, dieser Sündenpfuhl, diese Lasterhöhle – von Anfang an war Gernot dagegen gewesen, dass Konrad hier lebte. Er hatte gespürt, dass das die falsche Umgebung für seinen Sohn sein würde. Aber er hatte sich nicht durchgesetzt, und nun zahlte er den Preis dafür. So schnell wie möglich würde er Rom verlassen und nach Soissons zurückkehren. Hier hatte er nichts mehr verloren.

Gernot fiel in einen quälenden, von Alpträumen beherrschten Schlaf. Wie im Fieberwahn wälzte er sich hin und her und kam erst im Morgengrauen zur Ruhe.

*

Als Gernot am nächsten Tag die Lade seines Schlafgemachs aufstieß, stand die Sonne bereits hoch am Himmel. Blinzelnd sah er, dass Menschen aufgeregt auf der Straße vor dem Palazzo hin und her liefen und einander irgendetwas zuriefen, von dem er aber immer nur die Worte »Papa« und »Pontifex« verstand. Dann wurde energisch an seine Tür geklopft. Als Gernot öffnete, stand Tariq davor.

»Komm mit«, sagte er. »Der Papst ist tot.«

In Windeseile warf Gernot seine Tunika über und schlüpfte in seine Sandalen. Die Diener hielten die Pferde schon bereit, und im Galopp sprengten Tariq und Gernot durch die Straßen in Richtung des päpstlichen Palastes, wo bereits Menschenmassen zusammengeströmt waren. Schlagworte liefen wie Lauffeuer durch die Menge, und alle schwätzten durcheinander. Tariq und Gernot führten ihre Pferde in den Schatten der Patriarchalbasilika San Giovanni in Laterano, wo sich bereits zahlreiche andere Reiter, ausnahmslos Adlige, eingefunden hatten. Auch hier diskutierte man wild, ohne dass jemand mehr wusste, als dass Leo IV. der die Geschicke der Stadt so viele Jahre geleitet hatte und der lateinischen Christenheit ein wirklich großer Führer gewesen war, seine Augen für immer geschlossen hatte. Alle Blicke waren auf den Palast gerichtet, doch vorerst geschah nichts, woran man hätte erkennen können, was sich im Inneren des düsteren Gebäudes tat.

Die Sonne hatte beinahe den Zenit erreicht, als Johannes am Fenster im ersten Stock des Palastes erschien. Bei seinem Anblick schnürte es Gernot unwillkürlich die Kehle zu. Der Sekretär breitete seine Arme aus und brachte die Menge damit zum Schweigen.

»Senat und Volk von Rom, römischer und fränkischer Adel!«, begann er mit der althergebrachten Formel. »Wisset, dass unser aller Heiliger Vater in den Morgenstunden des heutigen Tages durch Gott, unseren Herrn, von dieser Welt abberufen worden ist. Am dritten Tage von heute ab wird er unter der Kirche des heiligen Petrus zur Ruhe gebettet, wie es seit alters her Sitte ist. Ich rufe für den Tag nach der Beisetzung alle, die für das römische Volk und die römische Kirche zu sprechen die Würde haben, auf, sich in der Audienzhalle des alten päpstlichen Palastes Leos des Dritten einzufinden. Den römischen, den langobardischen sowie den fränkischen Stadtadel, aus der Bürgerschaft die altehrwürdigen Patrizier sowie alle Geistlichen und Ordensmänner, die von Gott und der Kurie dazu berufen worden sind. In gemeinsamer Andacht werden wir uns dort Gottes Leitung anempfehlen, damit er uns eingebe, wer als sein neuer Stellvertreter auf Erden auf den Stuhl Petri gesetzt werden soll.«

Damit war die Ansprache beendet, das Volk strömte auseinander. Jeder, der durch Ernennung oder althergebrachte Sitte auf der Wahlversammlung Rede- und Abstimmungsrecht besaß, setzte sich sofort mit seinesgleichen zusammen. In allen Tavernen, Klöstern, Adelspalästen und Patriziervillen der Stadt bildeten sich Zirkel, in denen die jeweilige Strategie für die bevorstehende Wahl besprochen wurde.

Auch Tariq war Tag und Nacht unterwegs und traf sich mit Gott und der Welt, um sämtliche Mitglieder seines Bündnisses noch einmal auf die bevorstehende Wahl einzuschwören. Wenn Gernot ihn überhaupt zu Gesicht bekam, dann nur im Morgengrauen, wenn er mit verquollenen Augen heimkehrte, um den Palazzo kurz darauf wieder zu verlassen. Schlaf schien der Maure in diesen Tagen nicht zu benötigen. Gernot war es, als könnte er die Wolke von Gemurmel hören, die über der gesamten Stadt lag.

*

Mit sich selbst wusste er wenig anzufangen. Mittags beobachtete er das Gasthaus, in dem er mit Konrad regelmäßig gegessen hatte, aber sein Sohn ließ sich dort nicht mehr blicken. Abends schlich er um den päpstlichen Palast herum und blickte hinauf zu Konrads Fenster. Außer flackerndem Kerzenschein und einem gelegentlichen Schatten war dort nichts zu sehen. Aber was hätten sie sich auch sagen sollen, wären sie sich begegnet? So schwer es ihm auch fiel, Gernot beschloss, seinen Sohn zu vergessen, und bereitete alles vor, um gleich nach Leos Beisetzung die Stadt zu verlassen.

Die Zeremonie war schlicht, aber ergreifend. So wenig sich die Römer in den letzten Monaten um den Papst gekümmert hatten, so groß war nunmehr ihr Bedürfnis, Papst Leo dem Vierten die letzte Ehre zu erweisen und sich gemeinsam an die großen und ruhmreichen Tage seines Pontifikates zu erinnern. An die Niederlage der maurischen Kriegsflotte vor Ostia und an den Ausbau der römischen Stadtbefestigungen, mit dem sich der Verstorbene ein Denkmal für die Ewigkeit gesetzt hatte.

Johannes war bei den Trauerfeierlichkeiten nicht zu übersehen, aber nach seinem Sohn hielt Gernot vergeblich Ausschau. Womöglich war er der Beisetzung absichtlich ferngeblieben, um ihm nicht über den Weg zu laufen. Oder Johannes hatte ihm dazu geraten.

Bei Gernots Rückkehr in den Palazzo wartete Tariq bereits auf ihn.

»Die Diener sagen, du hättest Vorbereitungen getroffen, Rom morgen zu verlassen«, sagte der Maure. »Warum hast du mir nichts davon gesagt?«

»Das ist meine Sache«, antwortete Gernot maulig.

»Was soll das heißen?«

»Ich habe Sehnsucht nach meiner Frau, die ich seit einem Jahr nicht gesehen habe. Ist das so schwer zu verstehen?«

»Natürlich nicht, mir geht es ja selbst nicht anders. Auch ich vermisse Aisha.«

»Wirklich? Das Gefühl habe ich nicht, sonst würdest du dich kaum seit Jahren in Rom aufhalten.« Gernot machte eine umfassende Geste. »Ich wundere mich ohnehin, wie du dir diesen Palast und alles, was dazugehört, leisten kannst, obwohl du kein Handelshaus unterhältst, keine Handelsbediensteten beschäftigst und selbst so gut wie nie arbeitest.«

»Ich weiß gar nicht, was du willst«, sagte Tariq. »Monatlich läuft ein Schiff mit Waren aus dem Emirat in Ostia ein.«

»Ich bin kein Kaufmann, aber ich weiß trotzdem, wie viel man womit verdienen kann. Mit dem Gewinn aus einer Schiffsladung im Monat kannst du diesen Aufwand unmöglich bestreiten.«

»Dann weißt du mehr als ich. Aber du hast Recht, in manchen Monaten ist es knapp, da lassen sich die Kosten nicht decken. So ist das nun mal im Leben eines Kaufmanns. Investitionen zahlen sich nicht immer sofort aus. Ich habe dir doch erzählt, dass ich dem Haus as-Suri das Handelsmonopol mit Rom für die kommenden zehn Jahre gesichert habe. Dann wird ein Schiff pro Tag in Ostia einlaufen. Kannst du dir vorstellen, wie hoch mir meine Aufwendungen damit verzinst werden?«

»Tariq ist ein Teufel.« Diese Worte, die der Magister bestätigt hatte, gingen Gernot nicht mehr aus dem Sinn. Irgendetwas war hier faul, wenn er auch nicht die leiseste Ahnung hatte, was. Auf jeden Fall misstraute er dem Mauren inzwischen zutiefst.

»Wozu mischt ein Muselmane wie du sich in fränkische Belange ein?«, fragte Gernot weiter. »Wozu förderst du einen Mann wie Johannes, dessen Kandidatur zum Pontifex aufgrund seiner düsteren Vergangenheit ein unerhörtes Wagnis darstellt?«

»Zum Beispiel, um einem Freund das Leben zu retten, oder hast du das schon vergessen?«

»Nein, das habe ich nicht. Aber das eine hat mit dem anderen nichts zu tun. Das Vorhaben, Johannes zum Papst zu machen, musst du schon länger verfolgt haben. Der Ritt nach Pavia dauert nicht lange genug, um sich all das auszudenken, was du Lothar damals vorgeschlagen hast. Sei offen, seit wann arbeitest du daran?«

Tariq atmete einmal durch. »Du bist undankbar, Gernot. Du treibst es noch so weit, dass ich eines Tages bereuen werde, dich damals dem Scharfrichter entrissen zu haben.«

»Ich bereue das bereits heute«, sagte Gernot. »Es wäre wirklich besser gewesen, mein Leben hätte in Pavia sein Ende gefunden.«

»Und was ist mit deinem Sohn?«

»Für ihn gilt das Gleiche.«

Tariq schüttelte seinen Kopf, langsam und voller Unverständnis. »Ich glaube, es ist wirklich an der Zeit, dass du nach Hause reitest, Gernot. Du redest dummes Zeug.«

»Eine Frage habe ich vorher noch. Bist du dir ganz sicher, dass es sich bei dem dunklen Fleck in Johannes' Leben um den Mord an seinem Bruder handelt?«

»Sonst hätte ich es dir kaum gesagt.«

»Könnte es nicht sein, dass er aus ganz anderen Gründen untauglich für das höchste kirchliche Amt ist?«

»Was meinst du?«

»Zum Beispiel, dass er es mit dem Gebot der Enthaltsamkeit, der Keuschheit nicht so genau nimmt.«

»Selbst wenn dem so wäre, Johannes ist ein junger Mann, was erwartest du? Aber wie kommst du darauf?«

»Ein Gerücht, das mir zu Ohren gekommen ist.«

»Ein Gerücht!« Tariq grinste spöttisch. »Diese Stadt ist voller Gerüchte. Wenn ich jetzt auf die Straße ginge und einem beliebigen Menschen erzählte, dass die Sarazenen morgen einen Angriff auf Rom unternehmen werden, kletterten noch heute Abend sämtliche Milizionäre auf die Stadtmauern und machten sich verteidigungsbereit. So sieht das hier aus. In dieser Stadt kann man nur überleben, wenn man zwischen wahr und unwahr unterscheiden kann.«

»Das konnte ich schon immer«, sagte Gernot.

»Woran ich zweifle. – Aber lassen wir das. Willst du nicht

noch einen Tag länger bleiben? Für morgen Abend plane ich ein Festmahl zu Ehren des neuen Papstes, und ich würde mich freuen, wenn du und dein Sohn daran teilnähmt. Es wäre dann gleichzeitig so etwas wie ein Abschiedsfest für dich.«

Die Erwähnung seines Sohnes versetzte Gernot einen Stich. »Ich werde darüber nachdenken.«

Am kommenden Tag strömte beinahe die gesamte Einwohnerschaft Roms vor dem alten Papstpalast zusammen, so erschien es Gernot jedenfalls. Fast jeder Kleinadlige, jeder städtische Bürger, der sich mindestens ein Schiff leisten konnte, sowie fast die Hälfte aller römischen Geistlichen mussten es sein, die sich in der Audienzhalle drängten. Die alten Kirchenbänke, die Ludwig für die Gerichtsverhandlung gegen die geheimen Zuträger der Griechen hatte hereintragen lassen, waren längst wieder entfernt worden. Der Saal platzte fast aus allen Nähten, und hätte jeder der Anwesenden auch noch einen Sitzplatz beansprucht, so wäre die Wahl, die doch angeblich von Gott persönlich gelenkt wurde, mit Sicherheit im schieren Chaos geendet.

Allerdings stellte sich bei allem Durcheinander bald heraus, dass die Wahl schnell entschieden sein würde, und das ohne Überraschungen. Bereits während der Debatte wurde klar, dass eigentlich alle Gruppen, die in Rom eine Rolle spielten, mehrheitlich Johannes unterstützten: Der fränkische Adel, weil er Franke und noch dazu ein Abkömmling des Königshauses war, was Tariq den Fürsten zu ihrer überschäumenden Freude erst in den letzten Tagen mitgeteilt hatte; der lateinische und langobardische Adel wegen seiner klassischen Bildung; die Geistlichkeit, weil Leo der Vierte ihn deutlich als den von ihm bevorzugten Nachfolger bezeichnet hatte, und schließlich die römischen Patrizier, weil er noch jung war, und sie sich deswegen ein langes Pontifikat verbunden mit politischer wie wirtschaftlicher Stabilität versprachen.

Und so trat, nach nur einem Wahlgang, schließlich der Befehlshaber der päpstlichen Leibgarde an das große, zum Platz mit dem Obelisken gelegene Fenster und verkündete den ungeduldig Wartenden, Papst Johannes VIII. werde sich in den nächsten Augenblicken dem Volk zeigen.

Trotz seiner weichen, noch jugendlich wirkenden Züge strahlte Johannes, als er im langen Krönungsmantel und mit der dreistufigen Papstkrone auf dem Kopf auf den Balkon hinaustrat, eine große Würde aus, deren Faszination sich unten auf dem Platz kaum jemand entziehen konnte. Jedem der dort Versammelten war klar ersichtlich, dass mit Johannes ein Papst vor ihnen stand, der die Fähigkeiten hatte, die Bedeutung seines Amtsvorgängers noch zu übertreffen.

*

Für das Bankett hatte Tariq alles aufgeboten, was Rom in diesen Tagen zu bieten hatte. Eine Dekoration aus den unterschiedlichsten Blumen, aus Palmwedeln und Bambus, eine Gruppe Musikanten, die mit Flöten, Trommeln und einem völlig neuen Instrument aus England, einer so genannten Harfe, aufspielten, und selbstverständlich Speisen und Weine in üppiger Menge und nur vom Feinsten. Entsprechend entzückt waren die Gäste, die aus den verschiedenen Gruppen der Oberschicht stammten. Lediglich der neu gewählte Heilige Vater ließ auf sich warten, was die bereits Anwesenden aber keinesfalls daran hinderte, schon kräftig zuzulangen. Gegen Mitternacht traf dann auch der Pontifex mit seinem Gefolge ein, der an diesem Abend gleich auf drei Bankette eingeladen war und sie der Reihe nach besuchte. Seinen Begrüßungsworten nach war das Fest, das Tariq ausrichtete, das prachtvollste, aber das hatte er wahrscheinlich auch bei den anderen beiden zuvor gesagt.

Gernot reckte den Hals, konnte Konrads Gesicht aber nirgendwo ausmachen. Schließlich wandte er sich an einen der päpstlichen Gefolgsmänner, der ihm persönlich bekannt war, und fragte nach dem Verbleib seines Sohnes. Der Mann erklärte ihm, der dritte Bibliothekar habe sich unwohl gefühlt und sei im Palast geblieben. Kurz entschlossen ließ Gernot sein Pferd satteln und ritt durch das nächtliche Rom zum Lateran. Die Wachen vor dem Palast waren verdoppelt worden, was jedoch nicht auf eine plötzliche Gefährdung des neuen Papstes zurückzuführen, sondern als Ehrerbietung zu verstehen war.

Völlig überrascht war Gernot, als man ihm den Zutritt verweigerte. Erst nach langem Gerede mit dem wachhabenden Offizier wurde er zu einem der untergeordneten Sekretäre des Papstes namens Clemens vorgelassen.

Clemens war verdrießlich, weil er in dieser Nacht den Dienst versehen musste, und gab Gernot unmissverständlich zu verstehen, dass man ihn nicht zu seinem Sohn vorlassen werde. Als Gernot den Grund dafür zu erfahren verlangte, zuckte der Sekretär nur mit den Schultern.

»Anweisung von oben«, sagte er.

»Dann möchte ich Thomas Ravennus einen Besuch abstatten.«

Clemens sah ihn an, als habe er den Verstand verloren. »Thomas Ravennus könnt Ihr nicht besuchen. Er ist tot.«

Gernot war wie vor den Kopf geschlagen. »Wann ist er gestorben?«

»Heute Nachmittag. Hat man Euch das nicht mitgeteilt?«

»Wohl kaum, sonst hätte ich ja nicht begehrt, ihn zu sehen. War jemand bei ihm, als er die Augen schloss?«

»Der Heilige Vater höchstselbst«, sagte Clemens und bekreuzigte sich. »Nun müsst Ihr aber wieder gehen, sonst bekomme ich Scherereien. Man hätte Euch eigentlich nicht einmal zu mir vorlassen dürfen.«

Staksigen Schrittes verließ Gernot den Palast. Als er in den Sattel stieg, spürte er zum ersten Mal in seinem Leben sein Alter. Er stand jetzt im sechzigsten Jahr, und er konnte nicht sagen, dass es das beste seines Lebens war. Wie vor zwei Nächten blickte er hinauf zum zweiten Stock. Diesmal erhellte kein Kerzenschein Konrads Fenster, und kein Schatten zeigte ihm an, dass sein Sohn anwesend war. Trotzdem hob er die Hand zum Gruß, bevor er sein Pferd wendete und zurückritt.

*

Seine wenigen Habseligkeiten waren schnell gepackt. Der dicke Mantel, der ihn auf so manchem Feldzug gewärmt hatte, den er aber im milden Süden Italiens nie getragen hatte. Die ganze Zeit hatte er in einer Truhe gelegen. Löcher hatte er glücklicherweise keine bekommen; der Lavendelbeutel, den er sich aus Aquitanien mitgebracht hatte, hatte die Motten ferngehalten. Der Bogen und die Pfeile, die er diesseits der Alpen nie benutzt hatte, kein einziges Mal war er auf der Jagd gewesen. Das Kurzschwert, das er sich in Rom hatte anfertigen lassen, da es handlicher war als sein Bidenhander. Und sein alter Dolch, den er immer am Gürtel trug, um sich notfalls Straßenräuber und anderes Gesindel vom Hals halten zu können. Als alles an Sattel und Gürtel befestigt war, kam Tariq die Eingangsstufen des Palazzos herunter.

»Mein Fest scheint dir nicht zu gefallen«, sagte er. »Du

hast so gut wie nichts gegessen und getrunken, warst lange abwesend, und dann reist du auch noch mitten in der Nacht ab.«

»Ich reite nur bis zur Stadtmauer«, sagte Gernot. »Dann bin ich morgen der Erste, der die Stadt verlässt. Irgendwer hat mir mal erzählt, das brächte Glück.«

Gernot zeigte auf sein Langschwert und sein altes Kettenhemd, die er auf der Mauer abgelegt hatte. »Sei so gut und sorge dafür, dass Konrad diese Sachen erhält. Mehr habe ich ihm leider nicht zu geben.«

»Wenn du mir im Gegenzug einen Gefallen tust, gerne.« Tariq zog zwei gefaltete Pergamente aus seinem Umhang. »Worum ich dich bitte, bedeutet einen Umweg für dich, aber keinen sehr weiten. Dies ist ein Brief für Kaiser Lothar in Aachen. Wir haben vereinbart, dass ich ihm Mitteilung mache, sobald sein Sohn zum Papst gewählt wurde. Ich könnte den Brief natürlich auch mit einem Boten senden, aber das wäre nicht dasselbe.«

»Ich weiß nicht ...«

»Sei so gut. Überreiche ihn ihm und reite zügig weiter nach Soissons. Dort wirst du bestimmt schon erwartet.«

»Nun gut«, sagte Lothar und steckte den Brief in sein Lederwams. »Was hat es mit dem anderen Schreiben auf sich?«

»Der Brief ist für dich. Du darfst ihn aber erst lesen, wenn du Lothar den seinen übergeben hast, hörst du?« Tariq zwinkerte. »Sonst bringt das Unglück.«

»Aha. Merkwürdig.«

»Wenn du ihn gelesen hast, wirst du mich verstehen. – So, nun muss ich aber wieder zurück, meine Gäste warten.«

»Leb wohl, Tariq.«

»Leb wohl, Gernot. Wir werden uns nicht wiedersehen.«

»Ich weiß«, sagte Gernot. »Alles hat seine Zeit, und alles

hat sein Ende. Thomas Ravennus ist übrigens heute Nachmittag gestorben. Von seiner Seite hast du also keine weitere Einmischung zu befürchten.«

»Euer Gott sei seiner Seele gnädig«, sagte Tariq, ging ein paar Schritte rückwärts und drehte sich dann um. »Und deiner auch.«

Gernot schwang sich in den Sattel. Die Jahre, die er eben noch gespürt hatte, waren wie weggeblasen. Ohne sich noch einmal umzudrehen, ritt er vom Hof.

Rom verließ er am Morgen tatsächlich als Erster.

Rom, September 855

Es war gegen Mitternacht, als eine hochgewachsene schwarz gewandete Gestalt auf einem Rappen durch die ewige Stadt am Tiber galoppierte. Reiter und Pferd muteten wie Gespenster an, da zwar das Getrappel der Hufe auf den Pflastersteinen zu hören war, sie jedoch im Dunkel der bewölkten Nacht so gut wie nicht auszumachen waren.

Angekommen am Lateran übergab der Schwarzgewandete das Pferd den Wachen und zeigte unaufgefordert das vom Papst eigenhändig ausgestellte und gesiegelte Pergament vor, das ihm jederzeit ungehinderten Zutritt zum päpstlichen Palast gestattete. Zügigen Schrittes durchquerte er die Halle, nahm auf der Treppe immer zwei Stufen auf einmal und eilte durch die von Fackeln erleuchteten Gänge in Richtung der päpstlichen Privatgemächer. Als er um die letzte Ecke bog, stand er unvermittelt Konrad gegenüber.

»Ihr?«, fragte Gernots Sohn. »Was führt Euch zu dieser Stunde hierher?«

»Ich habe mit seiner Heiligkeit zu reden.«

»Das wird nicht gehen«, sagte Konrad und verstellte dem Schwarzgewandeten den Weg. »Der Heilige Vater hat sich soeben hingelegt. Er fühlt sich nicht wohl.«

»Das ist ja nichts Neues, das geht nun schon seit Wochen so. Eben deshalb will ich ihn sprechen.«

»Wegen seines Unwohlseins?«

»Weil er sich seit nunmehr zwanzig Tagen nicht mehr in der Öffentlichkeit hat blicken lassen. Du wirst doch die Gerüchte über eine unheilbare Erkrankung des Heiligen Vaters vernommen haben, die in der Stadt in Umlauf sind.«

»Das ist doch nur Geschwätz.«

»Nein, mein lieber Konrad, es ist mehr«, sagte der Schwarzgewandete nachdrücklich. »So kann es nicht weitergehen. Kein Herrscher, verfüge er auch über noch so viel formelle Macht, kann auf Dauer ohne die Unterstützung und das Wohlwollen seiner Untertanen regieren. Besonders wenn es sich um einen Herrscher wie den Papst handelt, dessen maßgeblicher Einfluss vor allem moralischer Natur ist. Daher verlange ich, dass er übermorgen an der großen Prozession nach Santa Maria Maggiore teilnimmt. Ansonsten wird sich die Unruhe, die in der Bevölkerung herrscht, kaum noch zügeln lassen.«

»Ihr richtet ein Verlangen an den Heiligen Vater?«, fragte Konrad entrüstet. »Nicht einmal die Kurie wagt es –«

»Spiel dich nicht auf, Bursche. Mir steht das zu.«

»Ich wüsste nicht, wieso.«

Der Schwarzgewandete trat so dicht an Konrad heran, dass ihre Gesichter nur noch eine Handbreit getrennt waren.

»Mir steht das zu, weil ich alles über den Heiligen Vater weiß. Ich weiß, wer er ist, ich weiß, was er ist, und ich weiß, welches Unwohlsein ihn plagt. Und nun lass mich vorbei.«

Ohne eine Entgegnung abzuwarten, ließ der Schwarzgewandete den völlig verdatterten Konrad stehen und betrat die Gemächer seiner Heiligkeit. Im Aufenthaltsraum waren alle Kerzen gelöscht, doch durch den Spalt der lediglich angelehnten Tür zum Schlafgemach fiel ein schmaler Lichtstreifen. Der nächtliche Besucher klopfte kurz an, öffnete die Tür jedoch, ohne eine Antwort abzuwarten.

Johannes lag auf dem Rücken in der päpstlichen Bettstatt, die für ihn viel zu groß wirkte. Trotz der spärlichen Beleuchtung durch lediglich zwei Kerzen war zu erkennen, dass sein Gesicht aufgedunsen war. Feuchte Haare klebten ihm in der Stirn. Sein Blick irrte umher, bevor er den Besucher gewahrte. Matt hob seine Heiligkeit die Hand zum Gruß.

»Was führt Euch zu mir?«, fragte er.

»Ich habe mit Euch zu reden«, sagte Tariq as-Suri. »Unverzüglich.«

Prüm, September 855

Der Übergang über die Alpen war nicht allzu schwierig gewesen; die Sonne schien, und die Pässe waren Anfang September noch schneefrei. Außerdem ritt Gernot allein und hatte nicht wie bei seiner letzten Reise durch die Berge einen schweren Reisewagen im Schlepp, in dem ein alter Magister mit gichtigen Knochen saß.

Knapp einen Monat benötigte er für seinen Weg, der ihn überwiegend das Rheintal stromabwärts führte. Mit jedem Tag, den er sich weiter nach Norden bewegte, wurde es kälter, und auf dem letzten Tagesritt bis Aachen begann es sogar zu regnen. So gefroren hatte Gernot schon lange nicht mehr.

Die Stadt und die Pfalz wirkten verschlafen. Nebel waberte selbst mittags noch um die gewaltige Pfalzkapelle, in der die Gebeine Karls des Großen, des Vorfahren der gegenwärtigen fränkischen Könige und Kaiser, ruhten.

Das Tor zur Pfalz war unbewacht, und einer der Flügel stand offen. Gernot ritt hinein. Im Hof der Anlage waren einige wenige Knechte damit beschäftigt, Wasser und Holz in den Küchentrakt zu tragen und Gerümpel fortzuschaffen, das in einer Ecke angehäuft war. Kein einziger Bewaffneter war zu sehen. Das konnte nur bedeuten, dass Lothar und sein Hofstaat nicht anwesend waren. Gernot saß ab, und da niemand Anstalten machte, ihm behilflich zu sein, führte er sein Pferd selbst in die Stallungen, sattelte es ab und gab ihm zu fressen und zu saufen.

Als er wieder ins Freie trat, bemerkte er einen in feines Tuch gewandeten dicklichen Mann, der sich im Hof umschaute. Als der Dicke Gernot erblickte, hob er die Hand zum Gruß und kam mit kleinen flinken Schritten auf ihn zu.

»Seid mir gegrüßt, edler Herr«, sagte er munter. »Kann ich Euch irgendwie zu Diensten sein?«

»Meine Name ist Gernot von Soissons, und ich habe einen Brief aus Rom für Kaiser Lothar im Gepäck.«

»Oh!«

»Oh?«

»Ja, leider. Ihr kommt zu spät. Der Kaiser hat die Pfalz vor vier Tagen verlassen und wird auch nicht zurückkehren.«

»Befindet er sich auf Reisen?«

»Weniger. Er hat sich von allem Weltlichen zurückgezogen.«

»In ein Kloster?«

»So ist es. Seinen Hofstaat hat er angewiesen, sich nach Pavia, Frankfurt und St. Denis zu begeben, um seinen Sohn und seine Brüder von seinem Entschluss zu unterrichten und sich anschließend in die Dienste Kaiser Ludwigs zu stellen.«

»Hat das Kloster auch einen Namen?«

Der Dicke verzog das Gesicht, als leide er an einem eiternden Backenzahn.

»Ich bin nicht befugt, darüber Auskunft zu geben. Euren Brief könnt Ihr aber getrost bei mir abgeben. Ich werde dafür Sorge tragen, dass der Kaiser ihn baldmöglichst erhält.«

Gernot übersah die ausgestreckte Hand des Dicken. »Habt Ihr hier überhaupt irgendeine Befugnis?«

»Ja, selbstredend. Meine Güte, ich habe mich Euch gar nicht vorgestellt. Verzeiht. Harald von Eupen. Ich verwalte die Pfalz. Mit ein wenig Gesinde bin ich zurückgeblieben, um die Gebäude in gebrauchsfähigem Zustand zu halten, bis ein neuer Graf ernannt ist.«

»Den Brief, den ich bei mir führe, darf ich nur dem Kaiser höchstselbst übergeben. Darin wird ihm kundgetan, wer der neue Bischof zu Rom ist, also der Heilige Vater.«

»Es gibt einen neuen Papst?«

»So ist es.« Gernot verschärfte den Tonfall. »Harald von Eupen, wollt Ihr wirklich auf Eure Kappe nehmen, dass diese bedeutsame Nachricht den Kaiser nicht erreicht?«

Der Dicke war so aufgeregt, dass das Hüpfen seines Adamsapfels selbst durch den Speck zu erkennen war. Es galt eine Entscheidung zu treffen, und das war seine Sache nicht. Er war lediglich Befehlsempfänger.

»Also denn«, sagte er schließlich, wobei er grinste wie ein Äffchen. »Für diese Nacht lasse ich Euch das beste Schlafgemach herrichten, das wir haben. Und morgen werde ich Euch den Weg zum Kloster Prüm genau beschreiben.«

Gernot wog einen Augenblick das Für und Wider ab, eine Nacht in der Pfalz zu verbringen. Einerseits wollte er schnell weiter, schließlich war nicht Prüm sein Ziel, sondern

Soissons. Andererseits lockten ein Bad in einem Zuber voll heißem Wasser, ein warmes Essen und ein richtiges Bett. Dagegen sprach natürlich auch, dass ihm der Verwalter vermutlich den ganzen Abend die Ohren vollreden würde. Aber letztendlich überwog doch die Sehnsucht nach den lange entbehrten Annehmlichkeiten. Gernot willigte ein, über Nacht zu bleiben.

Am nächsten Morgen schlief er aus; für den Ritt nach Prüm würde er ohnehin zwei Tage brauchen, da kam es auf die eine Stunde auch nicht an. Das Frühstück war üppig. Neben Brot, Grützbrei und Eiern wurden ein gebratenes Huhn, süßes Gebäck sowie eine Schüssel mit Äpfeln aufgetragen. Offenbar lagerten in den Kellern, Speichern und Ställen der Pfalz noch etliche der Vorräte, die ursprünglich zur Versorgung des ganzen Hofstaates angelegt worden waren. Nachdem Gernot sich ausgiebig gestärkt hatte, sattelte er sein Pferd, dem es sichtlich gutgetan hatte, nach so langer Zeit mal wieder Hafer und Gerste zu fressen.

Der Ritt führte ihn an Kornelimünster vorbei auf verschlungenen Pfaden hinauf in die dunklen, bergigen Wälder der Eifel. Ein Gefühl von Heimat bemächtigte sich seines Herzens. Der Himmel mit seinen tief hängenden Wolken, die klaren Bäche, der harzige Geruch des Waldes, all das erinnerte ihn an zu Hause. An sein altes Zuhause, das er unwiederbringlich verloren hatte. Besslingen oder was davon übrig geblieben war, lag keine zwei Tagesritte von hier entfernt.

Ein Frösteln überkam ihn. Ende September war es hier schon empfindlich kühl, das hatte er nach dem langen Aufenthalt im Süden völlig vergessen. Dazu waren die Wege eng und schlecht. Immer wieder musste er umgestürzte Bäume umgehen, die meist frisch gebrochen waren, wahrscheinlich Opfer eines frühherbstlichen Sturms. Es folgte ein schier endloser Buchenwald. Buchen, Buchen, nichts als Buchen, hier würde sich die Schweinemast lohnen.

Erst in der Abenddämmerung des zweiten Tages erreichte Gernot im Dauerregen das im engen Tal der Prüm gelegene Lieblingskloster der Karolinger mit seiner »goldenen Kirche«. So wurde die dem heiligen Salvator gewidmete Kapelle im Volksmund wegen ihrer üppigen Ausstattung genannt. Als besondere Reliquie bewahrte man hier die Sandalen Christi auf.

Gernot stieg vom Pferd, nahm es am Zügel und klopfte an das schwere, aus Eichenholz gefertigte Tor.

»Wer begehrt Einlass?«, krächzte eine Stimme.

Gernot nannte seinen Namen. »Ich habe Kaiser Lothar eine Nachricht aus Rom zu überbringen.«

»Einen Kaiser Lothar gibt es hier nicht«, belehrte ihn die Stimme durch das geschlossene Tor. »Aber wenn Ihr, wie ich annehme, Bruder Lothar meint, der vor sechs Tagen in dieses Kloster eingetreten ist, dann werdet Ihr Euch in Geduld üben müssen. Lothar muss erst seine Gartenarbeit beenden, danach ist Essenszeit und anschließend gemeinsames Gebet. Sollte er dann nicht zu erschöpft sein von seinem langen Arbeitstag, wird er sich vielleicht mit Euch unterhalten. Aber kommt doch erst einmal herein. Euch bei diesem Wetter vor der Pforte stehen zu lassen, wäre unchristlich.«

Eine Tür, die fast unsichtbar in den rechten Flügel des Tores eingelassen war, wurde geöffnet, und ein alter Mönch mit kantigem Gesicht und einer rübenlangen Nase ließ Gernot ein.

Offenbar meint es der alte Kaiser ernst mit dem Leben als Mönch, dachte Gernot. Nach Vorzugsbehandlung klingt das nicht.

Er führte sein Pferd in den Stall, versorgte es und ließ sich dann zur Küche bringen, wo man ihm Brot und Fisch reichte. Während die Mönche in der Klosterkirche zur Andacht verschwanden, setzte Gernot sich auf eine Steinbank, die im Kreuzgang des Klosters stand, und blickte auf den innerhalb der im Quadrat angeordneten Säulengänge angelegten kleinen Garten. Wie friedlich es hier war. Wenn er an die langen Jahre der Kämpfe dachte, die Lothar ebenso wie er selbst hinter sich gebracht hatte, dann verstand er, wie man die Würden und Vorrechte eines Kaisers aufgeben konnte, um auf seine alten Tage im Schutz dieser Klostermauern das Leben eines einfachen Mönchs zu führen.

Der Singsang, der aus der Klosterkirche herüberklang, brach mit einem Mal ab; der Abendgottesdienst war beendet. Der knochige Mönch, der Gernot hereingelassen hatte, tauchte wieder auf.

»Bruder Lothar steht Euch jetzt zur Verfügung«, sagte er. »Aber belästigt ihn nicht zu lange. Morgen steht die Apfelernte an.«

Als Lothar den Kreuzgang entlang auf ihn zukam, war Gernot eigenartig zumute. Es war so viel passiert, seit sie sich das letzte Mal vergangenes Jahr in Rom gesehen hatten. Gernot kam es vor, als sei seitdem eine Ewigkeit vergangen. Und dann tauchte wie aus dem Nichts die Szene vor seinem geistigen Auge auf, wie er in Pavia vor Lothars Thron gestanden und der Kaiser es sichtlich genossen hatte, seinen alten Feind um sein eigenes und das Leben seines Sohnes zittern zu sehen. Aber nun war aus dem ehemaligen Todfeind ein friedfertiger Klosterbruder geworden. Ein Gedanke, an den Gernot sich erst einmal gewöhnen musste.

Als Lothar vor ihm stand, erhob sich Gernot, und beide blickten einander eine Weile unverwandt an. Wahrscheinlich ging dem alten Kaiser ähnlich Befremdliches durch den Kopf.

»Sei mir gegrüßt, Gernot von Besslingen und Soissons«,

sagte Lothar. »Mir wurde gesagt, du bringst mir Kunde von meinem Sohn aus Rom.«

»In der Tat, Bruder Lothar. Ich bringe Euch frohe Kunde: Die Wahl Eures Sohnes Johannes zum Papst ist erfolgt. Er ist das neue Oberhaupt der christlichen Kirche.«

Lothar verzog keine Miene. »Nichts anderes habe ich erwartet. Mein Sohn Ludwig hielt mich über Boten ständig über die Entwicklungen in Rom auf dem Laufenden. Da sich abzeichnete, dass alles wie geplant und zu meiner Zufriedenheit verlaufen würde, sah ich die Zeit als gekommen an, mein Gelübde zu erfüllen und dem Konvent zu Prüm beizutreten. Mein Sohn Ludwig ist nunmehr alleiniger Kaiser. Er ist noch jung; er wird noch regieren, wenn meine Brüder längst unter der Erde liegen. Mit Johannes als Papst an seiner Seite wird keiner ihrer Nachkommen, weder in Frankfurt noch in St. Denis, es wagen, seine Oberhoheit in Frage zu stellen.«

Lothar fasste Gernot am Arm und führte ihn den Kreuzgang entlang.

»Wenn die Söhne meiner Brüder irgendwann die Regierung über ihre Territorien übernehmen, wird Ludwig schon so lange Kaiser sein, dass er diese Kinder mühelos beherrschen kann«, fuhr er gestenreich fort. »Aber das Wichtigste ist: Auch das Papsttum ist in unserer Hand. Jetzt muss nur noch der Übertritt der Spanier zum Christentum vollzogen werden, und Emir Muhammad muss Ludwig den Lehnseid leisten. Dann sind Karl der Kahle und seine missratenen Nachkommen von kaiserlichen Landen eingeschlossen, und es wird ihm nichts anderes übrig bleiben, als die Oberherrschaft des Kaisers über alle fränkischen Länder ein für alle Mal anzuerkennen. Ludwig des Deutschen Söhne im Osten werden allein nie so stark werden, dass sie eine Loslösung vom Reich betreiben könnten, allein schon weil sie mit den

Heiden in den Wäldern jenseits der Elbe genug zu tun haben. Vielmehr werden sie froh sein, bis in alle Ewigkeit dem starken fränkischen Kaiserreich anzugehören, um sich nicht allein mit den Wenden herumschlagen zu müssen.«

Gernot blickte kurz zur Seite und meinte ein Leuchten in Lothars Augen wahrzunehmen. Aber er mochte sich auch täuschen.

»Mein Traum ist, dass diese beiden höchsten Ämter auf Dauer in der Familie vererbt werden; die Kaiserkrone für den ältesten Sohn des Kaisers, die Papstkrone für den zweitgeborenen. So würde dann auch mit einem Schlag der Bruderzwist bei der Erbteilung vermieden, der unser Reich so oft an den Rand des Abgrundes gebracht hat. Herrliche Zeiten werden für das Reich der Franken anbrechen, wahrhaft herrliche Zeiten. Spanien, die Francia, Deutschland, Italien und vielleicht sogar das Reich der Idrisiden im nördlichen Afrika werden unter einer Krone vereint das westliche Mittelmeer zu einem fränkischen Binnenmeer machen. Die Zeiten der römischen Caesaren werden zurückkehren! Über kurz oder lang werden wir Franken sogar dem Herrscher der Griechen in Byzanz, der sich schon viel zu lange den Kaisertitel angemaßt hat, Einhalt gebieten.«

Lothar rieb sich närrisch vor Vorfreude die Hände. »Ich muss schnellstens einen Brief an Tariq schreiben. Über den erfolgten Übertritt der spanischen Mauren zum Christentum möchte ich umgehend unterrichtet werden. Spätestens im kommenden Sommer muss Muhammad meinem Sohn den Lehnseid leisten, woraufhin Ludwig ihn als König von Spanien einsetzen wird. Ich habe alles genau geplant. Du kannst auf dem Rückweg nach Rom gleich noch einen Brief für Ludwig mitnehmen. Die kaiserlichen Truppen, die den Umayyaden helfen sollen, die Abbassiden abzuwehren, sollen in Spanien verbleiben, dagegen wird Muhammad sich kaum sträuben können. So haben wir meinen Halbbruder Karl in der Zange, auf dass er nie wieder aufmucken kann.«

Lothar nötigte Gernot, ihm in seine Zelle zu folgen, die erwartungsgemäß karg ausgestattet war. Außer einer Pritsche, einem Stuhl und einem Tisch beherbergte sie keine Möbel. Der Wandschmuck bestand aus einem Kruzifix. Lothar kramte eine Kerze, einen Bogen Pergament, Tinte und einen Federkiel aus der Lade unter dem Tisch hervor. Nachdem er die Kerze angezündet hatte, setzte er sich und tauchte die Feder in die Tinte ein. Der angeblich allem entsagende Mönch war doch geblieben, was er immer gewesen war: ein umtriebiger Herrscher. Offenbar hatte er allen Ernstes vor, das Kaiserreich von Prüm aus mit Hilfe von Briefen und Boten zu lenken. Dass Gernot überhaupt nicht vorhatte, noch einmal nach Rom zurückzukehren, behielt er erst einmal für sich.

»Bevor Ihr Euren Brief verfasst, solltet Ihr zunächst das Schreiben lesen, das Tariq mir für Euch mitgegeben hat«, sagte er stattdessen. »Vielleicht enthält es ja einen Zeitplan für die Eingliederung Spaniens ins Kaiserreich.«

Hektisch riss Lothar ihm das gerollte Pergament aus der Hand, brach das Siegel und begann zu lesen. Seine fiebrig wirkende Betriebsamkeit fiel innerhalb weniger Wimpernschläge von ihm ab. Ungläubig starrte er auf das Schreiben. Seine Augen wurden immer größer, so riesig, wie Gernot es bei keinem Menschen je für möglich gehalten hätte. Dann stieß er einen gurgelnden Laut aus, der nichts Menschliches an sich hatte, ließ den Brief fallen, sprang auf und packte sein Gegenüber an der Kehle. Gernot war völlig überrascht. Wie ein Irrsinniger drückte Lothar zu, nicht um ihn zu erwürgen, nein, um ihm die Kehle zu zerquetschen. Gernot griff nach Lothars Handgelenken, aber genauso gut hätte er versuchen können, eine Würgeschlange von ihrem Tun abzuhalten.

Und plötzlich, von jetzt auf gleich, lockerte sich Lothars Griff. Völliges Unverständnis spiegelte sich auf einmal in seinen Augen. Tapsig wie ein Bär machte er zwei Schritte rückwärts, fasste sich an die Brust und stürzte zu Boden wie vom Blitz getroffen. Gernot atmete erst einmal tief durch, dann beugte er sich hinab und fühlte Lothars Puls. Es war, als taste er an einem Scheit Brennholz nach Leben. Das Herz seines Erzfeindes, des einst so mächtigen und gefürchteten Kaisers der Franken, hatte aufgehört zu schlagen. Lothar war tot.

Noch leicht benommen von dem Angriff, setzte Gernot sich auf die Pritsche und hob das auf dem Boden liegende Pergament auf. Der Brief war in bestem Latein und Tariqs sehr leserlicher Schrift abgefasst.

»Erhabener Kaiser der Franken und Römer«, stand da. »Soeben habt Ihr die Nachricht erhalten, Euer Sohn Johannes sei in Rom als Papst eingesetzt worden. Das ist zutreffend und zugleich nicht – denn Ihr habt keinen Sohn dieses Namens. Wohl aber habt Ihr eine Tochter namens Johanna. Sie ist es, die Ihr selbst mit meiner bescheidenen Hilfe auf den Thron Petri gesetzt habt. Es wird Euch nicht schwerfallen, Euch auszumalen, welche Wirkung die Enthüllung des wahren Geschlechts des Heiligen Vaters haben wird. Die Franken werden in Rom auf ewig verrufen sein und den Byzantinern den lange ersehnten Vorwand liefern, ganz Italien zu besetzen. Darüber hinaus wird dieses Geschehnis den Glauben der Anhänger der westlichen Kirche derart untergraben, dass ich wage vorherzusagen, die lateinische Christenheit wird diesen Schlag nicht als Einheit überstehen. Viele werden ihr Heil in der Kirche des Ostens suchen und sich dem Kaiser der Griechen anschließen; die Mehrheit aber, so hoffe ich doch, wird diese Gelegenheit nutzen und sich endlich für den Glauben an die letzten und allgemein gültigen Wahrheiten entscheiden, die uns durch den Mund des Propheten Mohammed überliefert worden sind.

Meinen aufrichtigen Glückwunsch, erhabener Kaiser. Ein herausragender Platz im Buch der Geschichte ist Euch sicher. Ihr seid der Herrscher, der durch seine Leichtgläubigkeit und seinen Größenwahn zum Totengräber des fränkischen Kaiserreiches und der lateinischen Christenheit wurde.

Mit vorzüglicher Ehrerbietung grüßt Euch Euer ergebener Diener Tariq as-Suri.«

EPILOG

»Gernot, mein Freund,

ich verlange nicht, dass du mich verstehst, und ich mache auch gar nicht erst den Versuch, dir meine Beweggründe zu erklären. Wir leben zwar auf einer Erde, aber doch in zwei Welten, da dein und mein Glaube wie Feuer und Wasser zueinander sind. Daher muss jeder von uns tun, was er tun muss, so schwer es uns auch manchmal fallen mag. Aber wie ich dich kenne, hast du sicher einige Fragen zu den praktischen Dingen, und die will ich dir, so gut es geht, beantworten.

Erfahren habe ich von Johannes' Existenz bereits in Aniane, als dein ehemaliger Magister dich nachts aufsuchte, um dir von deinem Sohn zu berichten. Ich habe euch nicht belauscht, aber die Wände waren so dünn, dass ich nicht umhinkam, eure Unterredung mitzubekommen.

Die Tatsache, dass Johannes in Wirklichkeit eine Frau ist, fiel mir gleich bei unserer ersten Begegnung mit ihr in Fulda auf. Du erinnerst dich sicher an Kebir, meinen treuen Jagdhund. Männer mochte er nicht, doch er ist immer zu jeder Frau hingelaufen, so auch zu Johanna. Ich habe Abt Rabanus Magnus noch am gleichen Abend mit meinem Wissen erpresst und so seine Einwilligung erwirkt, Johanna mit nach Rom nehmen zu dürfen.

Rabanus wusste übrigens nicht, dass Johanna in Wirklichkeit eine Frau ist. Sie ist sehr geschickt und hat tatsächlich alle über ihr wahres Geschlecht getäuscht. Außer Thomas Ravennus, der sie ja von klein auf kannte. Er hatte dem

Rollentausch zunächst zugestimmt, da das für Johanna die einzige Möglichkeit war, die Bildung zu erwerben, die sie sich wünschte und die sie verdiente. Sie ist wirklich ein außergewöhnlich heller Kopf. Doch irgendwann hat sich das Ganze gleichsam verselbstständigt und wuchs deinem Magister über den Kopf. Vielleicht hat er mit den Jahren auch die Wahrheit verdrängt und sie überhaupt nicht mehr als Frau gesehen. Erst als Johannas' Wahl zum Papst anstand, wurde ihm die Unmöglichkeit dieses Vorgangs bewusst, weswegen er versucht hat, sie bei Ludwig dem Zweiten als byzantinischen Zuträger zu denunzieren.

In meinen Plan, ihr wahres Geschlecht irgendwann nach ihrer Wahl zum Papst preiszugeben, ist Johanna nicht eingeweiht. Ich bin mir sogar sicher, dass sie sich bis vor einem Jahr selbst für einen Mann gehalten hat, so sehr war ihr der Wechsel des Geschlechtes in Fleisch und Blut übergegangen. Ja, bis dein Sohn Konrad nach Rom kam!

Aus der einstigen Freundschaft wurde Liebe, die leider nicht ohne Folgen geblieben ist. Zum Zeitpunkt der Niederschrift dieses Briefes ist Johanna schwanger, und ich weiß nicht, wie lange sie ihren Zustand noch wird geheim halten können. Ob es daher in meiner Macht liegt, den günstigsten Zeitpunkt für ihre Bloßstellung zu bestimmen oder ob mir die Natur dabei zuvorkommt, weiß ich nicht.

Was ich damit bezwecke, kannst du dir sicher vorstellen. Vielleicht hast du es aber auch aus dem Brief erfahren, den ich dir für Lothar mitgegeben habe. Jedenfalls werde ich nach Beendigung meiner Mission nach Cordoba zurückkehren.

Ich hoffe, du verstehst zwischen der Aufgabe, die ich zu erfüllen hatte, und meiner Freundschaft zu dir zu unterscheiden. Das eine hat mit dem anderen nichts zu tun.

Allah sei mit dir und möge dir noch ein langes Leben schenken. Dein Freund Tariq.«

Gernot floh noch am Abend von Lothars Tod aus dem Kloster Prüm. Wie von ihm befürchtet, setzten ihm Häscher nach, da man ihn für den Tod des ehemaligen Kaisers verantwortlich machte. Dank seiner guten Ortskenntnisse vermochte er ihnen jedoch zu entkommen. Eine Woche später traf er in Soissons ein, wo er bereits sehnsüchtig erwartet wurde. Noch knapp zwanzig Jahre an Annas Seite waren ihm vergönnt, bis er in der Nacht zum 24. Dezember 873 im Schlaf verstarb.

Johanna erlitt am 29. September 855 während der Prozession zur Kirche Santa Maria Maggiore vor den Augen der versammelten Geistlichkeit und den Einwohnern Roms eine Fehlgeburt. Entsetzt über den Betrug knüppelte sie die rasende Meute noch an Ort und Stelle zu Tode und verscharrte ihre sterblichen Überreste und die ihrer Leibesfrucht am Wegesrand. Unter Androhung der Todesstrafe wurde der Bevölkerung untersagt, ihrer in irgendeiner Weise zu gedenken. Dennoch wurden dort immer wieder Kruzifixe und Blumensträuße gefunden, die nachts heimlich abgelegt worden waren.

Die Kurie kürte gleichsam über Nacht, ohne öffentliche Wahl Anastasius III. zum neuen Papst. Nach heftigen Protesten aus der Bevölkerung wurde er jedoch abgesetzt und Benedikt III. zum neuen Pontifex geweiht.

Reihenweise wurden Daten gefälscht, um die Regentschaft Johannes des Achten aus den Annalen zu tilgen, wie auch der Vatikan die Existenz eines weiblichen Papstes bis auf den heutigen Tag leugnet. Interessanterweise wurde zu jener Zeit jedoch die Sedia stercoraria eingeführt, ein Stuhl aus rotbraunem Marmor mit einer schlüsselförmigen Öffnung im Sitz. Dieser Stuhl diente dazu, dass sich ein Kardinal durch das Abtasten der Geschlechtsorgane des neugewählten Papstes davon überzeugen konnte, dass dieser tatsächlich ein Mann war. Inzwischen steht dieser Stuhl im Maskenkabinett der Vatikanischen Museen.

Konrad gelang es, aus Rom zu entkommen. Den Winter verbrachte er südlich der Alpen in wechselnden Verstecken. Erst mit Beginn der Schneeschmelze wagte er die Überquerung des Gebirges und traf im Sommer 856 in Soissons ein. Zwei Jahre später heiratete er eine Adlige aus der Nachbarschaft, mit der er fünf Kinder hatte. Johanna vergaß er dennoch nie.

Tariq ging im Oktober 855 an Bord des letzten Seglers, der in jenem Jahr Italien mit Ziel iberische Halbinsel verließ. Östlich der Balearen geriet das Schiff in einen schweren Sturm und sank. Keiner der an Bord Befindlichen überlebte.

AUTHENTISCHE FIGUREN

Karl der Große (748–814)
Ludwig I., genannt Ludwig der Fromme (778–840), Sohn Karls des Großen
Lothar I. (795–855), Sohn Ludwigs I.
Ludwig der Deutsche (806–876), Sohn Ludwigs I.
Karl der Kahle (823–877), Sohn Ludwigs I.
Ludwig II. (825–875), Sohn Lothars I.
Papst Leo III. (?–816)
Papst Leo IV. (790–855)